Harper
Collins

Paula Stern

Die Kaffeedynastie – Tage des Aufbruchs

Roman

Harper
Collins

HarperCollins®

FSC
MIX
Papier
FSC® C014496

2. Auflage: November 2020
Originalausgabe

Dieses Werk wurde vermittelt durch die
Literaturagentur Beate Riess.

Umschlaggestaltung: Hauptmann & Kompanie Werbeagentur AG, Zürich
Umschlagabbildung: Susan Fox / Trevillion Images, GoodStudio / Shutterstock
Satz: GGP Media GmbH, Pößneck
Printed in Germany
Dieses Buch wurde auf FSC®-zertifiziertem Papier gedruckt.
ISBN 978-3-95967-540-6

www.harpercollins.de

Für
Jan Marc Möbius.
Danke.

Personen und Handlungsorte

Euweiler

Ein kleiner fiktiver Ort in der Eifel, in der Nähe von Aachen. Hier erlebt Eberhard Ahrensberg seine Kindheit und Jugend im Krieg und in der Nachkriegszeit.

Aachen

Die Villa Ahrensberg ist im Preusweg angesiedelt.
Die Firmenvilla von *Ahrensberg Kaffee* steht in der Lütticher Straße. Das Firmengebäude bekam im Laufe der Jahrzehnte mehrere Anbauten – in diesen Hallen wird Kaffee gelagert, geröstet und für den Einzelhandel verpackt.

Brasilien

Die verpachtete Kaffeeplantage der Familie Ahrensberg liegt in São Paulo.

Familie Ahrensberg

Die Urgroßeltern
August Ahrensberg
Johanna Ahrensberg

Die Kinder
Marianne, Rudolf, Barbara und Eberhard

Die Großeltern
Eberhard Ahrensberg, geb. 1929
Magdalena Ahrensberg, geb. 1932

Sohn
Günther

Die Eltern
Günther Ahrensberg, geb. 1950
Esther Ahrensberg, geb. 1960

Die Kinder
Alexander Ahrensberg, geb. 1985
Corinne Ahrensberg, geb. 1992

Mitarbeiter bei Ahrensberg Kaffee und in der Villa

Thomas Feldmann – Marketing
Beatrice Breithaupt – Chefsekretärin
Karsten Otto – Qualitätsbeauftragter
Karl Lohmeyer – Außendienst
Emil – Pförtner
Kurt – Hausmeister
Klara – Haushälterin in der Villa Ahrensberg

Freunde

Susan Jones
Sebastian Wagner
Noah Engel
Sarah Rosenbaum

Familie Pelzmann
Bernhard Pelzmann
Charlotte Pelzmann

Tochter
Isabella Pelzmann

Familie Rosenbaum
Jacob Rosenbaum
Rebecca Rosenbaum

Tochter
Sarah

Die Bewohner der Kaffeeplantage
Fernando Oliveira Silva
Luciana Crepaldi Oliveira

Tochter
Katalina Oliveira Silva

Kapitel 1
Der Einschnitt

Brasilien • Brasil • Brazil

Gegenwart: Oktober

Einen Moment blieb Corinne stehen, um durchzuatmen. Sie nutzte die kurze Pause und sah sich wieder einmal voller Bewunderung um. Mit jedem Tag, den sie hier war, liebte sie Brasilien noch ein bisschen mehr. Tiefblau und wolkenlos spannte sich der Himmel über dieses verzauberte Stück Welt. Als Schutz vor der schräg stehenden Sonne hielt Corinne ihre Hand wie einen Schirm über die Augen. Ihr Blick wanderte über den grünen Wald entlang des sanft ansteigenden Berges aufwärts. Bis weit nach oben konnte sie die Kaffeesträucher ausmachen, die sich in die Schatten der Bäume duckten. Zwischen den Blättern blitzten leuchtend rot die reifen Kaffeekirschen hervor, die alle noch geerntet werden mussten. Und das nicht nur heute, sondern in den nächsten Wochen alle paar Tage aufs Neue.

Über Corinnes linker Schulter hing an einem Riemen der halb gefüllte geflochtene Erntekorb. An ihrer rechten Hüfte baumelte zusätzlich der Jutesack für die *Spezialernte*, wie Fernando es mit einem Augenzwinkern genannt hatte. Jacu Bird Kaffee – Corinne rümpfte unwillkürlich die Nase bei dem Gedanken daran. Anfangs hatte es sie Überwindung gekostet, den mit Kaffeebohnen versetzten Kot der Vögel mit der bloßen Hand zu sammeln. Inzwischen dachte sie gar nicht mehr darüber nach und freute sich stattdessen über jeden neuen Fund. Sie wusste, dass diese Ausbeute für Fernando und seine junge Familie das Gold der gesamten Ernte war, es war der Teil, der ihnen zu einem besseren Leben verhalf.

Die Begeisterung für diesen speziellen Kaffee konnte Corinne zwar so gar nicht nachvollziehen, doch Kaffeeliebhaber auf der ganzen Welt waren bereit, horrende Preise für den Genuss zu bezahlen. Sie selbst kannte bislang nur den aus Indonesien stammenden ebenso teuren Kopi Luwak, den Katzenkaffee, den sie jedoch aus Prinzip nicht trank. Von dem Vogelkaffee hatte sie bis gestern noch nie etwas gehört. Da sie gerade erst anfing, sich über die Containerlieferungen Arabica an die Familienfirma hinaus intensiv mit dem Kaffeegeschäft auseinanderzusetzen, war das jedoch nicht verwunderlich. Es gab noch unglaublich vieles, was sie über Kaffee lernen wollte, sie stand ganz am Anfang.

Eines wusste Corinne allerdings schon jetzt – mit diesem Spezialkaffee brauchte sie ihrem Vater ebenso wenig zu kommen wie mit dem Kopi Luwak. Und das war tatsächlich auch gut so. In diesem Fall musste sie ihrem Vater sogar recht geben, eine derart teure Bohne war sicher nicht für eine Großrösterei geeignet.

Corinne hatte allerdings noch ein weiteres, für sie sehr wichtiges Argument, das einer Massenverarbeitung entgegenstand. Was die sprungartig gestiegene Nachfrage des Kopi Luwak für die Tiere bedeutete, war schlimm. Da die wild gesammelten verdauten Kaffeebohnen nicht mehr ausreichten, um den Bedarf zu decken, wurden die Schleichkatzen nun oft unter schrecklichen Bedingungen in Käfigen gehalten und mit Kaffeebohnen gefüttert. Der Gedanke daran machte Corinne das Herz schwer. So etwas sollte man keinem Tier antun, und sie würde das nie durch den Handel mit einer unter solch schlechten Bedingungen produzierten Ware unterstützen.

Corinne war froh, dass die Jacu Birds hier auf der Farm als freie Kolonie leben durften und nicht Gefahr liefen, eingesperrt zu werden. Um das weiterhin zu gewährleisten, sollte ein solcher Kaffee eine Spezialität bleiben, die von Natur aus begrenzt zur Verfügung stand.

Bei diesen Gedanken musste Corinne unwillkürlich lächeln. Da hatte die Sturheit ihres Vaters doch tatsächlich einmal etwas Gutes, auch wenn es dem Kaffeebaron sicher nicht um Tierschutz, sondern um Wirtschaftlichkeit ging.

Als hätten sie ihre Gedanken gehört, trug der Wind Jacu-Bird-Rufe bis zu Corinne. Die Vögel hatten sich vor der Erntetruppe ins Unterholz zurückgezogen, aber Corinne kannte ihren Klang. Erst gestern hatte Fernando Corinne die Tiere gezeigt. Sie waren leise durch den Wald gegangen und hatten sie beobachtet. Die Jacu Birds waren dunkelgrau bis schwarz, mit einer auffälligen roten Gurgel. Ausgewachsen hatten sie etwa die Größe eines Truthahns, aber Corinne fand sie um einiges hübscher.

Um möglichst viele Tiere bei sich auf der Plantage zu haben, sorgte Fernando für bestmögliche Lebensbedingungen für die Jacu-Bird-Kolonie. Er war stolz, dass die Vögel freiwillig bei ihm lebten und sich augenscheinlich wohlfühlten. Für ihn waren sie überaus wertvolle Mitarbeiter. Und die Tiere dankten es ihm mit vielen gefressenen und wieder ausgeschiedenen Kaffeekirschen. Dabei erwiesen sie sich als große Feinschmecker, was die herausragende Qualität der Bohnen gewährleistete. Für einen Jacu Bird kamen nur perfekt reife Kirschen als Mahl infrage, überreife oder unreife Früchte wurden verschmäht.

Schweren Herzens riss Corinne sich von dem Anblick der Landschaft los und kam mit ihren Gedanken zurück zu ihrer Aufgabe. Sie musste mitarbeiten, dafür war sie schließlich hier, und nicht um mit offenen Augen ihren Tagträumen nachzuhängen. Sie zog das locker gewordene Band aus ihren Haaren und knotete es mit geübten Handgriffen wieder fest.

Mit ihren dunklen Locken und ihrem sonnengebräunten Teint fiel sie unter den Einheimischen kaum auf. Wäre ihr Portugiesisch nicht so holprig, könnte sie direkt als eine von ihnen durchgehen – diese Vorstellung gefiel Corinne. Sie wollte hier nicht als die Tochter des Landverpächters und wichtigsten Ernteabnehmers wahrgenommen werden, sondern den Menschen auf Augenhöhe begegnen, mit ihnen ins Gespräch kommen und so das wahre Leben auf der Plantage kennenlernen.

Mit einem Seufzer auf den Lippen bog sie ihren schmerzenden Rücken durch und rieb sich die zerkratzten Hände – das war der Preis, wenn man dazugehören wollte. Sie seufzte noch einmal, und nahm sich den nächsten Kaffeestrauch vor. Schon seit den frühen Morgenstunden ernteten sie, doch ein Ende war nicht in Sicht. Natürlich hatte sie gewusst, dass die Arbeit der Erntehelfer beschwerlich war, doch zwischen Wissen und eigener Erfahrung bestand ein beträchtlicher Unterschied, davon erzählten ihre inzwischen hoffnungslos übersäuerten Muskeln.

Von Tag zu Tag wuchs Corinnes Hochachtung vor den Arbeitern, die nie müde zu werden schienen und so gelassen die schwere Arbeit bewältigten. Sie kämpfte tapfer, doch Corinne schaffte es nicht, das hohe Tempo mitzuhalten. Obwohl sie regelmäßig Sport machte, fehlte es ihr an Kondition, und auch ihre Geschicklichkeit ließ leider zu wünschen übrig. Damit hatte Corinne nicht gerechnet. Es sah so einfach aus, wenn die Hände der Erntehelfer über die Früchte gingen und sprichwörtlich im Handumdrehen die reifen – und nur die reifen! – Kirschen in deren Korb landeten. Bei ihr ging es nicht nur deutlich langsamer, sondern auch sehr viel unpräziser. Immer wieder streifte sie versehentlich auch unreife Kirschen von den Sträuchern. Diese musste sie dann mühsam aussortieren, denn sie würden die Qualität mindern, und Fernando duldete keine Schlamperei – auch nicht von ihr.

Künftig würde sie nie wieder eine Tasse Kaffee achtlos hinunterkippen, dessen war Corinne sich sicher. Die Arbeit auf der Plantage lehrte sie Respekt.

Trotz dieser Schwierigkeiten war Corinne auch nach den ersten Wochen noch immer vollkommen verzaubert von dem Land und den Menschen. Sie war glücklich, auf der Kaffeeplantage sein zu dürfen, und stolz auf sich selbst, dass sie diese Reise bei ihrem Vater hatte durchsetzen können. Es hatte sie einiges an Überzeugungsarbeit gekostet, bis sie den Kaffeebaron von der Notwendigkeit dieses Praktikums überzeugt hatte. Aber letztlich waren ihm die Argumente ausgegangen – oder die Lust an den leidigen Debatten, die tagtäglich bereits am Frühstückstisch begannen. Jedenfalls hatte er Corinnes Reise nach Brasilien zugestimmt und ihren Aufenthalt auf der Kaffeeplantage in São Paulo organisiert.

Das Land gehörte den Ahrensbergs, sie hatten die Plantage bereits über Generationen an Fernandos Familie verpachtet und waren selbst der Hauptabnehmer für die Ernte aus dem flacheren Teil der Plantage, der mit Maschinen bearbeitet wurde. Der handgepflückte Kaffee interessierte den Kaffeebaron nicht, den verkaufte Fernando an kleinere Zwischenhändler. Der Jacu-Bird-Kaffee ging direkt an erlesene kleine Röstereien.

Von der ersten Sekunde an hatte Corinne sich wohlgefühlt in Südamerika. Sie liebte die offene Art der Brasilianer. Berührungsängste und förmliche Zurückhaltung gab es hier nicht. Fast alle begegneten ihr mit einem Lächeln und spürbarer Neugier. *A alemã* – die Deutsche, wurde sie von den meisten genannt, wenn sie über sie sprachen.

Obwohl die Menschen hier auf der Plantage ein viel härteres Leben führten, als Corinne das aus Deutschland gewohnt war, klagten sie nie. Oder Corinne hatte es bislang noch nicht mitbekommen. Es lag ihr viel daran, einen Blick hinter die Kulissen zu erlangen. Sie wollte die Abläufe, aber auch die Menschen besser kennenlernen, mit denen Ahrensberg-Kaffee – also auch sie irgendwann – zusammenarbeitete. Sie brauchte Argumente, wenn sie es schaffen wollte, neuen Wind in das Familienunternehmen zu bringen.

Auch wenn es körperlich und emotional sehr anstrengend war, genoss Corinne jede Sekunde, die sie hier in Brasilien auf der Kaffeeplantage sein konnte. Besonders aber freute sie sich, jetzt bei der Handernte mitmachen zu dürfen. Sie hatte das Gefühl, dem Geheimnis des Kaffees noch nie so nahe gekommen zu sein wie hier, zwischen den Bäumen, mit durchgeschwitzter Kleidung und zerkratzten Unterarmen.

Die letzten Wochen war sie unten in der Ebene gewesen und hatte die maschinelle Ernte kennengelernt. Die ganzen Kirschen wurden direkt nach der Ernte in großen Behältern gewaschen und danach zum Trocknen auf speziellen Matten ausgebreitet. Erst nach dem Trocknen, wenn das Fruchtfleisch eingetrocknet und braun verfärbt war, wurde es samt Pergamenthaut von den Kernen gelöst. Danach wurden die grünen Rohbohnen nach Qualitätsstufen sortiert und weltweit ausgeliefert.

In diesem Teil der Plantage war alles auf Masse und Geschwindigkeit ausgelegt. Corinne hatte sich, auch wenn sie glücklich war, hier sein zu können, etwas verloren gefühlt zwischen all den Maschinen und in der Arbeitshektik. Das alles hatte nicht viel mit ihrer romantischen Vorstellung vom Kaffeeanbau zu tun. Aber es war die Grundlage für die weltweite Versorgung der Menschen mit Kaffee. Und es war der Ausgangspunkt des Erfolges des Kaffeeunternehmens Ahrensberg, das konnte sie nicht von der Hand weisen.

Vielleicht musste die Romantik da zwangsläufig auf der Strecke bleiben. Vielleicht hatte auch ihr Vater recht, und sie war nur eine Träumerin, die irgendwann erwachsen werden musste.

Hatte er am Ende deshalb dieser Reise zugestimmt, weil er wusste, dass die Gegebenheiten vor Ort sie ernüchtern würden? Corinne traute es ihrem Vater zu. Es wäre ein kluger Schachzug von ihm gewesen, und dass er ein kluger Mann war, stand für sie außer Frage.

Aber er hatte nicht mit dem anderen Teil der Plantage gerechnet. Nicht damit, dass Corinne am Ende doch noch ihr Kaffeeparadies finden würde. Vermutlich hatte er keine Ahnung, dass es dieses Paradies hier überhaupt gab. Das war für die Firma uninteressant, also kümmerte es ihn nicht. Doch Corinne kümmerte es. Und sie liebte es von ganzem Herzen.

Was für ein Unterschied war es doch zwischen der Kaffeefabrik, wie Corinne die große Plantage in Gedanken nannte, zu dem Anbau hier oben im Wald. Ob sich das wirklich rechnete? Für die Natur auf jeden Fall. Wenn es danach ginge, würde Corinne sich immer für eine gesunde Mischkultur aussprechen – aber es musste auch wirtschaftlich vertretbar sein. Die Qualität musste den hohen Ernteaufwand rechtfertigen, und selbst dann würde es schwierig werden, den Kaffeebaron zu überzeugen.

Corinne ahnte, dass hitzige Debatten notwendig sein würden, um bei ihrem Vater ein Umdenken zu erreichen. Er hielt biologisch-dynamischen Anbau und Handernte für Ideologien verblendeter Träumer. Für ihn zählten nur finanzielle Fakten. Ein möglichst hoher Ertrag mit möglichst wenig Aufwand und dabei ein trinkbares Ergebnis. Darum ging es ihm für das Familienunternehmen, damit war Ahrensberg-Kaffee groß geworden. Für den Kaffeebaron gab es keinen Grund, an dieser Firmenphilosophie etwas zu ändern.

Doch solch ein Denken war längst nicht mehr zeitgemäß, davon war Corinne fest überzeugt. In Zeiten von Klimawandel und Umweltschutz gab es ihrer Meinung nach so etwas wie eine unternehmerische Verantwortung.

Schon als klar war, dass sie für drei Monate nach Brasilien gehen würde, um den Kaffeeanbau von der Pike auf zu lernen, hatte sie deshalb den Plan gefasst, sich nicht nur um den Massenanbau zu kümmern. Es war ihr Glück gewesen, dass Fernando beides hatte. Die große Plantage in Zusammenarbeit mit dem Kaffeebaron und sein kleineres Herzstück, mit dem er sich seinen Traum erfüllte. Auch wenn es ein ziemlich anstrengender Traum war, wie Corinne seit heute klar war. Sie atmete noch einmal durch und betrachtete die vor ihr liegende Plantage mitten im Wald.

Die Kaffeesträucher standen saftig grün zwischen den Bäumen. Die Kirschen wirkten gesund und prall. Den ganzen Vormittag hatten fleißige Hände geschickt nur die reifen Früchte geerntet, sie waren gut vorangekommen. Dennoch lag noch ein gutes Stück Arbeit vor ihnen. Fernando wollte diesen Abschnitt heute beenden.

»Schau nicht so skeptisch. Ich habe die besten Erntehelfer der Region verpflichtet«, erklang nun Fernandos Stimme ein Stück seitlich von Corinne. »Die schaffen das heute.« Der Plantagenchef kam zu ihr hinüber. »Was ist? Bestehst du darauf, hier weiterzumachen, oder bist du bereit, von dem Gold zu kosten, das hier heranwächst?«

»Ich kann es kaum erwarten!«, antwortete Corinne und schenkte Fernando ein dankbares Lächeln. »Es muss einen guten Grund geben, dass du das hier auf dich nimmst.« Sie zögerte kurz, dann schob sie hinterher: »Und einen noch besseren Grund, um den Kaffeebaron zu überzeugen.« Ihr Vater würde ihr den Kopf abreißen, wenn er wüsste, was sie hier trieb. Er ging davon aus, dass Corinne sich ausschließlich auf den Massenanbau und alle damit zusammenhängenden Abläufe konzentrierte.

Fernandos Lachen perlte warm zu ihr hinüber. »Ich glaube, das ist immer wieder die Aufgabe der neuen Generation – die

Alten von Neuerungen überzeugen. Mein Vater wollte den Wald roden und auch hier oben eine maschinenzugängliche Plantage aufbauen. Wir haben nächtelang diskutiert.«

»Was für ein Glück, dass du dich durchgesetzt hast«, antwortete Corinne.

»Glück ist relativ«, kam es von Fernando zurück. »Er ist gestorben, bevor er seine Pläne umsetzen konnte. Ich bin nicht sicher, ob ich ihn hätte aufhalten können.«

Mitfühlend legte Corinne ihre Hand auf Fernandos Schulter. »Das tut mir leid«, sagte sie leise und ärgerte sich über ihre unbedachte Bemerkung.

»Schon gut. Das konntest du ja nicht wissen, und es ist lange her. Aber das war der Grund, weshalb ich bereits mit Anfang zwanzig, noch vor dem Ende meines Studiums, die Pacht übernommen habe. Ursprünglich wollte ich ein Jahr nach Deutschland, studieren und den Kaffeehandel von der anderen Seite kennenlernen. Aber das Leben schert sich nicht um Pläne.«

So wie ich, dachte Corinne, wir wollten beide die andere Seite des Geschäfts kennenlernen. Nur war es bei Fernando bei dem Wunsch geblieben. Wieder wurde ihr bewusst, wie dankbar sie für ihre Möglichkeiten sein musste.

»Wie wäre es denn, wenn du nach der Ernte für ein paar Wochen zu uns nach Deutschland kämest?«, fragte sie spontan.

»Wer weiß«, Fernando zwinkerte ihr zu. »Eines Tages packe ich vielleicht tatsächlich meine beiden Frauen, und wir erfüllen uns diesen Traum.«

»Eine Unterkunft ist euch gewiss«, versicherte Corinne. »In der Villa Ahrensberg ist genug Platz, und liebe Menschen sind uns herzlich willkommen.«

»Ob der Kaffeebaron das auch so sieht?« Fernandos Miene blieb skeptisch. Corinne wusste, weshalb, und sie wusste, dass er recht hatte. Ihr Vater hatte Fernando und die anderen Kaffeebauern nie auf Augenhöhe behandelt. Er war fair, aber hart, und er ließ keinen Zweifel, dass er sich aufgrund seiner wirtschaftlichen Stärke überlegen fühlte.

Aber die Villa war auch Corinnes Zuhause. Sie würde dafür sorgen, dass ihre Freunde, als solche betrachtete sie Fernando und dessen Familie, sich willkommen fühlten.

»Genug geträumt«, schwenkte Fernando von den Zukunftsideen weg. »Komm! Luciana wartet auf uns, und ich werde dir den ersten Vogelkaffee deines Lebens zubereiten. Du wirst staunen.«

Corinne lehnte den Kopf gegen die Holzwand des Hauses, vor dem sie zusammen mit Luciana saß. Die Sonne stand inzwischen hoch und wärmte ihr Gesicht. Von drinnen drang Fernandos zufriedenes Summen und das Klappern der Tassen zu ihnen hinaus. Ein sanfter Windhauch trug Kaffeearoma zu ihnen, Corinne hob schnuppernd die Nase. Da kam auch schon Fernando heraus und hielt ihr eine Tasse hin.

»Koste und sage mir, ob er die Rückenschmerzen und den Muskelkater wert ist«, forderte der Brasilianer sie auf.

»Obrigado, Fernando«, dankte Corinne und nahm ihm die Tasse aus den Händen.

Auch Luciana bekam eine Tasse des Luxuskaffees und bedankte sich mit einem Kuss bei ihrem Mann. Baby Katalina schlief in der Wiege neben Luciana und nuckelte im Traum an ihrer kleinen Faust.

Neugierig beugte Corinne sich über ihre Tasse und erschnupperte das Aroma des Kaffees. Das also war er, der Jacu-Bird-Kaffee. »Wie hast du ihn geröstet?«, fragte Corinne. »Sehr dunkel?«

Fernando schüttelte verneinend den Kopf. Er stand auf, ging ins Haus und kam gleich darauf mit einer kleinen Keramikdose zurück. Als er vor Corinne stand, hob er den Deckel. »Hier, sieh selbst, er ist ziemlich hell. Ich habe den Röstvorgang fast unmittelbar nach dem ersten Crack unterbrochen. Durch die Fermentation im Vogelmagen verändert der Kaffee seine Zusammensetzung. Er verliert Bitterstoffe und muss vorsichtig geröstet werden, um sein volles Aroma zu entfalten. Also, was sagst du?« Er zuckte mit seinem Kinn in Richtung der Kaffeetasse in Corinnes Händen.

Sie nahm einen ersten Schluck und spürte den Aromen nach. Ein zweiter Schluck folgte. Corinne hatte die Augen geschlossen, um sich ganz auf ihr Geschmacksempfinden konzentrieren zu können.

»Wow«, hauchte sie, öffnete ihre Augen und sah Fernando an. »So einen Kaffee habe ich wirklich noch nicht gekostet. Er ist so unglaublich mild und hat trotzdem kräftige Aromen. Ich schmecke Frucht, Trockenobst, und eine deutliche süße Note, Anis würde ich sagen.«

Fernando strahlte. »Du bist gut«, lobte er Corinnes Aromenanalyse. »Mach weiter«, forderte er sie auf.

Corinne nahm einen dritten Schluck und spürte dem Mundgefühl nach, das der Kaffee auslöste. »Er ist leicht sämig, aber nicht zu schwer. Das Aroma hält lange an. Fantastisch! Fernando, jetzt hast du mich überzeugt. Dieser Kaffee ist jeden schmerzenden Muskel wert. Wie schade, dass ich den nicht unseren Kunden anbieten kann.«

»Zum Glück ist der Absatz kein Problem«, erzählte Fernando, der sich inzwischen auch gesetzt hatte. »Wir könnten jetzt schon mehr verkaufen, als wir produzieren. Nur die Bürokratie macht mir Kopfschmerzen. Und die hohen Transportkosten. Das ist der Preis, wenn man direkt vermarktet und mit kleinen Röstereien zusammenarbeitet. Aber ich bin dennoch sehr zufrieden, es gibt mir ein Stück Freiheit.«

Corinne sah den Stolz in der Miene des Mannes und freute sich mit ihm. Gerade als sie ihn fragen wollte, ob er ihr vor ihrer Abreise ein Kilo verkaufen würde, klingelte das Telefon.

Fernando entschuldigte sich und nahm das Gespräch an. Nach einem kurzen Austausch reichte er den Hörer an Corinne weiter. »Dein Bruder«, sagte er.

Alexander? Aber weshalb rief er auf dem Festnetz an und nicht auf ihrem Handy? Im nächsten Moment fiel Corinne ein, dass das Handy ausgeschaltet in ihrem Zimmer lag.

»Alexander?«, meldete sie sich und sie spürte, dass ihr Herz schneller schlug. Ein Anruf ihres Bruders war ungewöhnlich.

»Corinne, du musst umgehend nach Deutschland kommen. Der Kaffeebaron …«

»Papa?«, rief sie und sprang auf. Katalina begann zu weinen, Corinnes Ausruf hatte sie geweckt. Luciana nahm das Baby auf den Arm und wiegte es beruhigend.

Das Schweigen am anderen Ende der Leitung dehnte sich aus, bis Corinnes Geduldsfaden riss. »Jetzt rede schon, Alexander. Was ist mit unserem Vater?«

»Er hatte einen Schlaganfall. Corinne … komm schnell, bitte. Ich glaube, es sieht nicht gut aus.«

Kapitel 2
Auf dem Heimweg

Aachen • Oche • Aix-la-Chapelle • Aken • Aquae Granni

Gegenwart: Oktober

Ungeduldig warf Corinne einen Blick aus dem kleinen Fenster neben ihrem Sitz. Sie trank den letzten Schluck ihres Tomatensaftes und verzog das Gesicht. Was würde sie jetzt für eine gute Tasse Kaffee geben – aber darauf musste sie warten, bis sie in Aachen war. Sie freute sich jetzt schon auf einen Besuch im Café *Emotion*. Was in Flugzeugen als Kaffee ausgeschenkt wurde, hatte so gar nichts mit Genuss zu tun, darauf verzichtete sie lieber.

Hinter Corinnes Stirn pochte es schmerzhaft, ihre Augen brannten. Sie war vollkommen übermüdet, und dennoch hatte sie es während des gesamten Flugs nicht geschafft, länger als immer wieder ein paar Minuten zu schlafen. Kaum war sie eingenickt, schreckte sie auch schon wieder hoch. Sofort waren ihre Gedanken in Aachen, bei ihrem Vater. Hoffentlich kam sie rechtzeitig. Hoffentlich ging es ihm schon besser. Hoffentlich war alles viel weniger schlimm, als Alexander es geschildert hatte. Hoffentlich!

Seit ihrer übereilten Abreise hatte sie keine neuen Nachrichten aus Deutschland bekommen. Sie hatte es mehrfach versucht, aber niemanden erreicht. In ihrem Kopf kreisten die Gedanken seit Stunden nur um dieses »Hoffentlich«.

Gerade flog der Pilot eine Kurve. Der linke Flugzeugflügel senkte sich, und Corinne konnte sehr weit unten die ersten Häuser als kleine Punkte erspähen. In ein paar Minuten würden sie zum Landeanflug ansetzen. Allein dieses Wissen genügte, um Corinnes Puls ungut zu beschleunigen. Schlagartig wurden ihre Hände feucht und der Mund staubtrocken.

Es war immer das gleiche Spiel. Corinne kannte das schon und versuchte sich auf ihre Atmung zu konzentrieren, um damit die vibrierenden Nerven zu beruhigen. In Gedanken spazierte sie durch den brasilianischen Regenwald, erntete Kaffee und sammelte Jacu-Bird-Kot. Das lenkte sie kurzfristig ab, doch die Stimme des Kapitäns, die nun aus den Lautsprechern schepperte, holte sie unsanft in die Wirklichkeit zurück.

»Verehrte Fluggäste, wir beginnen nun mit dem Landeanflug auf Düsseldorf. Bitte bringen Sie Ihren Sitz in eine aufrechte Position und klappen Sie Ihre Vordertische hoch. Das Wetter in Düsseldorf ist überwiegend sonnig bei angenehmen 16 Grad. Ich bedanke mich für Ihr Vertrauen in mich und meine Crew und in die Brazil Airwings. Wir wünschen Ihnen einen angenehmen Aufenthalt oder eine angenehme Weiterreise. Bitte nehmen Sie Ihre Plätze ein und bleiben Sie angeschnallt, bis das Anschnallzeichen über Ihren Köpfen erloschen ist. Auf Wiedersehen und good bye.«

Wie immer bei Ankündigung der Landung, stellten sich Corinnes Härchen auf den Unterarmen senkrecht, während sie die Finger so fest sie konnte in die Armlehne krallte. Der erste Bodenkontakt ging ihr durch und durch, ihr Magen krampfte sich zusammen. Am liebsten hätte sie den Kopf in den Schoß gelegt und sich mit den Armen geschützt, doch sie blieb tapfer gerade sitzen. Das Lächeln auf ihren Lippen war eingefroren, wer ihr jetzt in die Augen blickte, würde blanke Todesangst entdecken. Sie warf einen kurzen Blick zur Seite. Wie konnte ihr Sitznachbar nur so entspannt vor sich hinsummen, während sich in Corinnes Kopf die schlimmsten Szenarien abspielten?

Als die Räder der Maschine endgültig auf dem Rollfeld aufgesetzt hatten und das Flugzeug langsam ausrollte, blies Corinne erleichtert den Atem aus, den sie zwischenzeitlich, ohne es zu merken, angehalten hatte. Sie löste die um die Armlehne gekrampften Finger und spürte, wie das Blut wieder zirkulieren konnte. Sie hatte überlebt!

Jetzt konnte sie auch wieder lächeln und amüsiert den Kopf über sich selbst schütteln. Diese Panik bei Landungen war wirklich albern. Corinnes Verstand wusste das, leider schaffte sie es nicht, es auch ihrer Seele zu vermitteln.

Dabei liebte sie es, zu fliegen. Besonders Starts lösten richtiggehend Glücksgefühle in ihr aus. Wenn sie in den Sitz gedrückt wurde und die enorme Kraft spürte, die dabei auf sie wirkte, brandete eine unbändige Freude in ihr auf. In dieser Phase eines Flugs musste sie immer ein Juchzen unterdrücken, denn es hatte etwas von Neubeginn. Das sprichwörtliche Durchstarten wurde in solchen Momenten körperlich greifbar, und Corinne genoss das freudige Prickeln, das sie erfasste.

Bei den Landungen hingegen war es jedes Mal ein Drama.

Wie gut, dass Alexander jetzt nicht neben ihr saß. Er hätte sich nur über sie lustig gemacht – ältere Brüder konnten wirklich fies sein, selbst, wenn sie eigentlich schon erwachsen waren.

Ihre Landungspanik hatte sie für einen kurzen Moment von dem Anlass ihrer Reise abgelenkt. Mit der nun folgenden Entspannung schob sich die dunkle Wolke jedoch wieder mit Macht in ihr Bewusstsein. Hoffentlich! Da war es wieder, das Wort, das sie seit Stunden umtrieb.

Normalerweise genoss Corinne es, sitzen zu bleiben und in Ruhe abzuwarten, bis der Trubel weniger wurde. Diese Minuten gaben ihr auch immer Gelegenheit, sich nach dem

Landungsstress in Ruhe zu sammeln. Nicht so an diesem Abend. Ungeduldig sprang sie schon Sekunden bevor das Fasten-Seatbelts-Schild erlosch auf und zerrte ihre Reisetasche aus der Ablage. Sie hatte nur das Nötigste eingepackt, ihren Koffer würde Fernando ihr nachschicken.

Mit vielen Entschuldigungen und einigen Remplern zwängte Corinne sich durch die Menge der Reisenden, die allesamt im Aufbruch waren, und erreichte als eine der Ersten den Ausgang. Sie steuerte auf den Mietwagenverleih zu und stürmte kurz darauf mit den Papieren und dem Autoschlüssel in der Hand weiter. Als sie im Slalom um die vielen Menschen herum die Gänge des Flughafens entlanghastete, klingelte ihr Handy. Endlich!

»Alexander, wie geht es Papa?«, rief sie, kaum, dass sie den Anruf angenommen hatte. Sie drückte das Telefon fest an ihr rechtes Ohr, und mit dem Zeigefinger gegen ihr linkes, um das Rauschen, das um sie herumwaberte, auszublenden.

»Unverändert«, antwortete ihr Bruder. Er klang erschöpft. »Sie haben ihn in ein künstliches Koma gelegt. Ich habe Mama nach Hause gebracht, damit sie sich etwas ausruhen kann. Wo bist du?«

»Gerade gelandet«, antwortete Corinne. Sie hatte die Haltestation des SkyTrains erreicht und stellte sich zu den Wartenden. »In einer guten Stunde bin ich da. Wo liegt er? In der Uniklinik? Treffen wir uns dort?«

»Komm nach Hause, Corinne. Es ist schon spät, sie lassen dich jetzt sicher nicht zu ihm.«

Spät? Corinne hatte überhaupt kein Zeitgefühl. Der Blick auf ihre Armbanduhr, die sich dank Funkübertragung der neuen Zeitzone bereits angepasst hatte, bestätigte Alexanders Worte. Es war schon fast zehn Uhr. Wirklich keine gute Zeit für einen Krankenbesuch. »In Ordnung. Ich beeile mich.«

Als sie endlich in die Auffahrt zur Villa einbog, strahlte das Haus ihr hell erleuchtet entgegen. Warm und behaglich wirkte es. Kaum vorstellbar, dass die Bewohner nicht gemütlich beieinandersaßen und den Abend genossen, sondern aufgewühlt und voller Sorgen waren. Gleich würde sie erfahren, wie es um ihren Vater stand. Gleich konnte sie ihre Ängste mit ihrer Familie teilen, gemeinsam würden sie das durchstehen, dessen war sie sicher.

Vor Erleichterung stiegen Corinne Tränen in die Augen. Sie hatte zwischendurch gezweifelt, ob sie die Strecke bis nach Hause überhaupt schaffen würde oder ob sie doch besser das Auto stehen lassen und sich ein Taxi nehmen sollte. Auch Sebastian anzurufen wäre eine Option gewesen. Ihr bester Freund seit dem Kindergarten hätte sich ganz sicher sofort ins Auto gesetzt und sie aufgelesen. Aber dann hätte sie sich am nächsten Tag um den abgestellten Leihwagen kümmern müssen oder jemanden bitten, das für sie zu übernehmen.

Allein die Überlegungen, wie sie das organisieren könnte, hatten sie schon überfordert. Sie hatte ja keine Ahnung, was sie zu Hause erwartete. Also hatte sie gekämpft und sich verbissen wachgehalten. Sie hatte laut gesungen und Grimassen geschnitten, alles nur um ja nicht hinter dem Steuer einzuschlafen.

Die Räder rutschten ein Stück über den Kies, als Corinne vor der Eingangstreppe scharf bremste. Sie zog den Schlüssel aus dem Zündschloss und sprang beinahe gleichzeitig schon aus ihrem Wagen. Die Eingangstür öffnete sich, als Corinne, immer zwei Stufen auf einmal nehmend, die Treppe hoch stürmte. Ihr Bruder stand mit ernster Miene im Portal.

»Hallo, Alexander. Wie steht es?« Corinne umarmte Alexander kurz und suchte dann seinen Blick. Sie hätte sich gern einen Moment in seine Arme geschmiegt, aber das Verhältnis zwischen ihnen, das früher so innig gewesen war, ließ das heute nicht mehr zu. Alexander hatte sich stark von Corinne und seiner Familie distanziert und sich ein eigenes Leben aufgebaut. Auch wenn ihn die jetzige Situation ganz offensichtlich mitnahm.

»Er lebt«, beruhigte ihr Bruder sie. Er zuckte mit den Schultern. Seine Stimme klang kraftlos. Müde sah er aus. Unter seinen Augen zeigten sich dunkle Schatten, und seine Frisur, auf die er normalerweise sehr viel Wert legte, war verstrubbelt. »Lass uns drinnen sprechen. Mama ist im Kaminzimmer.«

Kaum hatte er den Satz beendet, rannte Corinne auch schon los, an der breiten geschwungenen Treppe in der Eingangshalle vorbei zum zweiten Raum rechter Hand. Ungeduldig stieß sie die Tür auf und trat eilig ein.

»Mama!« Mit wenigen Schritten war Corinne bei ihrer Mutter, zog sie aus dem Ohrensessel und umarmte sie fest. Wie klein und schwach sie sich anfühlte, dabei war Esther Ahrensberg die stärkste Frau, die Corinne kannte. Obwohl sie diesen Sommer ihren sechzigsten Geburtstag gefeiert hatte, sprühte die Frau des Kaffeebarons normalerweise nur so vor Energie. Sie lachte gern und viel, liebte das Leben und bildete im Haus das Gegengewicht zur strengen Haltung ihres Mannes. Im Moment war von dieser Kraft allerdings nichts zu spüren. Müde lehnte Corinnes Mutter ihr Gesicht an die Schulter ihrer Tochter.

»Gut, dass du da bist, Löckchen.«

»Das ist doch wohl klar.« Normalerweise mochte Corinne es nicht, wenn ihre Mutter sie mit diesem Kosenamen aus ihrer Kindheit ansprach, doch im Moment war das unwichtig. Sie schob Esther auf den Sessel zurück und setzte sich selbst ihr gegenüber. Alexander legte zwei Scheite Holz nach. Bevor er sich zu ihnen setzte, fragte er: »Soll ich Klara rufen? Hast du Hunger?«

Fast gleichzeitig sagte ihre Mutter: »Du musst vollkommen erschöpft sein, Liebes. Konntest du im Flugzeug etwas schlafen?« Esther warf ihrer Tochter einen besorgten Blick zu.

Doch Corinne wehrte ab. Es war doch wirklich vollkommen unwichtig, ob sie genug Schlaf bekommen hatte, und der Hunger – den sie tatsächlich hatte – konnte auch warten. Auf Klara, die Haushälterin, war Verlass. Sicher hatte sie dafür gesorgt, dass Corinne nachher im Kühlschrank etwas zu essen finden würde. Vermutlich stand eine extra Portion *Oma Lilo Bavaroise* für sie bereit. Klara liebte es, »ihr Kindchen«, das Corinne für sie noch immer war, zu verwöhnen. Und Corinne liebte die Kaffeecreme, deren Rezept seit Generationen in der Familie gehütet wurde und der Überlieferung nach von ihrer Ururgroßmutter Lilo stammte. Aber bevor sie etwas essen konnte, brauchte sie Fakten.

»Erst einmal möchte ich wissen, was passiert ist und wie es Papa geht«, sagte Corinne deshalb in einem sehr bestimmten Tonfall.

Zusätzlich zu dem Licht des Kaminfeuers brannten auch die zwei Stehlampen und hüllten den Raum samt der gemütlichen Sitzgruppe in ihr warmes Licht. Corinnes Mutter hatte unverkennbar ein Händchen für Inneneinrichtung. Vor dem Kamin hatte sie einladend mehrere Sessel mit dunkelroter Polsterung und kleine Beistelltische mit geschwungenen Füßen aus Gusseisen und Platten aus Kirschholz arrangiert. Die Behaglichkeit dieser Szenerie stand in krassem Gegensatz zu Corinnes aufgewühltem Inneren.

Auf dem kleinen Tisch neben ihr standen eine Karaffe Zitronenwasser und Gläser bereit, Corinne goss sich ein. Gierig trank sie ein paar große Schlucke, während sie darauf wartete, dass ihre Mutter oder Alexander endlich das Wort ergriffen.

»Dein Vater hatte einen Schlaganfall«, erklärte ihre Mutter – allerdings erzählte sie damit nichts Neues, was Corinne ein leises ungeduldiges Schnauben entlockte.

»Und er hat ein Hirntrauma«, ergänzte Alexander, bevor Corinne nachhaken konnte. »Wie es aussieht, ist er wohl einfach so umgekippt und muss dabei sehr unglücklich mit dem Kopf gegen die Schreibtischkante geknallt sein. Dabei war nur Minuten vorher alles ganz normal. Beatrice meinte, er habe sich Kopfschmerztabletten von ihr geben lassen, aber das ist ja nun auch nichts Besonderes, oder? Ich meine, nur weil jemand Kopfschmerzen hat, denkt man doch nicht gleich an so etwas Schlimmes?« Alexander beugte sich nach vorn und fuhr sich mit den Händen durch die kurzen hellbraunen Haare.

»War jemand bei ihm?«, fragte Corinne. »Wurde er schnell versorgt?«

»Wir hatten kurz vorher eine Diskussion über den richtigen Führungsstil, du weißt schon, das Übliche eben. Ich war wütend und habe das Gespräch abgebrochen. Als es passiert ist, war ich in meinem Büro. Beatrice saß im Vorzimmer an ihrem Schreibtisch. Sie hat es poltern hören und ist zum Glück gleich rüber, um nachzusehen. Sie hat Vater am Boden liegend gefunden – ohnmächtig und blutend. Natürlich hat sie sofort Alarm geschlagen und erste Hilfe geleistet.« Zornig schlug ihr Bruder mit der flachen Hand auf die Sessellehne. »Wäre ich doch nur ein paar Minuten später gegangen. Vielleicht hätte ich ihn auffangen können. Aber ich war so sauer …« Alexander barg sein Gesicht in den Händen und verharrte in dieser Position.

»Alexander«, mischte sich nun ihre Mutter ein und legte ihrem Sohn die Hand auf die Schulter. »Der Streit hat nichts damit zu tun. Und selbst wenn du im Raum gewesen wärst, wie hättest du so schnell reagieren sollen? Hör auf, dich verrückt zu machen. Du hast gehört, was der Arzt gesagt hat, niemand hätte das vorhersehen oder verhindern können.«

Alexander hob den Kopf. Er blickte in das lodernde Kaminfeuer, und Corinne konnte sehen, dass Tränen in seinen Augen glitzerten. In diesem Moment war von der Distanz, um die Alexander sich immer bemühte, nichts zu spüren.

»Ich weiß«, sagte er nach einer Weile. »Natürlich weiß ich es. Aber ich will nicht, dass die letzte Erinnerung an meinen Vater ein Streit ist.« Jetzt knetete er seine Hände. Seine Stimme zitterte, als er weitersprach. »Es war noch nie leicht mit uns, aber so darf es nicht enden. Nicht so, bitte nicht.«

»Und so wird es auch nicht enden«, warf Corinne sehr bestimmt ein. Sie verlor langsam die Geduld. Sie war nicht um die halbe Welt gejagt, um nun hier mit ihrer Familie schwarzzumalen. Sie wollte sich an die Hoffnung klammern und gar keinen anderen Gedanken zulassen. »Was soll denn das? Papa lebt. Wenn ich euch richtig verstanden habe, wurde er schnell versorgt. Das ist bei einem Schlaganfall doch ein sehr entscheidender Faktor, oder? Papa kommt wieder auf die Beine, das wäre doch gelacht.« Sie zitterte. Bitte Papa, mach, dass ich recht habe, mach, dass du schnell wieder gesund bist, flehte sie in Gedanken.

Ihre Mutter lächelte ihr kurz zu, doch sie stimmte nicht in Corinnes Optimismus ein. »Wir hoffen es, Liebling, aber um ehrlich zu sein, der Arzt wirkte bei unserem Gespräch nicht sehr zuversichtlich. Niemand weiß, wie stark sein Gehirn geschädigt wurde. Besonders schwierig ist die Situation durch das doppelte Problem – einerseits der Schlaganfall und andererseits das Trauma durch den Sturz. Sie haben ihn in ein künstliches Koma gelegt, damit er sich erholen kann. Wir müssen abwarten.«

»Es gibt Hoffnung«, beharrte Corinne aufgebracht. »Das zählt.« Die Vorstellung, dass ihr Vater sterben könnte, raubte ihr den Atem. Egal wie schwierig er manchmal war, sie liebte ihn. Ohne ihn ging es nicht. Auf keinen Fall!

»Ja, das zählt«, stimmte ihre Mutter ihr zu.

»Trotzdem ist die Lage kritisch, wir dürfen uns nichts vormachen«, sagte Alexander. »Und ganz egal, wie es sich entwickelt, auf jeden Fall wird Vater lange ausfallen.«

Esther Ahrensberg wirkte sehr gefasst. Sie atmete tief ein und aus und drückte das Kreuz durch. Corinne beobachtete, wie ihre Mutter die Schwäche, die Corinne bei der Begrüßung gespürt hatte, energisch wegschob und ihre gewohnte Haltung wiederfand. Jetzt sah sie ihre Kinder ernst an. Erst Alexander, dann Corinne. »Wir müssen dafür sorgen, dass alles geregelt weiterläuft. Wir haben die Verantwortung für die Firma und für die Mitarbeiter. Ihr beide müsst für Eberhard einspringen. Ihr müsst kommissarisch die Firmenleitung übernehmen, bis euer Vater es wieder selbst kann.«

»Es ist doch selbstverständlich, dass ich einspringe«, beeilte sich Alexander, seine Mutter zu beruhigen. »Immerhin bin ich schon eine Weile in der Firma und kenne die Abläufe und Anforderungen. Corinne ist noch nicht so weit, aber das ist kein Problem, ich bin ja da.«

»Spinnst du?«, fuhr Corinne ihren Bruder etwas heftiger an als geplant. Der Ärger über Alexanders ständige Hochnäsigkeit ihr gegenüber und die Angst um ihren Vater entluden sich in diesem Moment wie ein gewaltiges Unwetter.

Was fiel ihrem Bruder nur ein? Und das ausgerechnet jetzt, in dieser Situation. Außerdem – nur weil sie das Nesthäkchen war, musste er sich nicht aufspielen wie der Platzhirsch. Früher war Alexander gern mit ihr zusammen gewesen, sie wusste nicht, weshalb er sie so sehr aus seinem Leben ausgeschlossen hatte, aber aus dem Familienunternehmen würde er sie nicht drängen. Außerdem war sie es ihrem Vater schuldig, dass sie sich auch einbrachte. »Selbstverständlich springe ich ebenfalls ein. Nach dem Praktikum bei Fernando wäre ich ohnehin in die Firma gekommen, jetzt beginne ich eben etwas früher.«

»Und gleich in der Chefetage, statt erst einmal die Abläufe kennenzulernen, wie es geplant war?« Alexander zog spöttisch eine Augenbraue hoch. »Stell dir das mal nicht zu einfach vor,

Löckchen. Das ist ein beinhartes Geschäft. Die Konkurrenz schläft nicht.«

»Ich stelle mir nichts einfach vor, und hör auf, mich Löckchen zu nennen, wenn überhaupt, dann ist das Mama vorbehalten. Mein Name ist Corinne. Wir werden Papa gemeinsam vertreten und die Firma führen. Genau so, wie Mama es gesagt hat.« Corinne blitzte ihren Bruder wütend an. Das würde ihm so passen, den Chef zu spielen und sie Botengänge machen zu lassen. Aber da hatte er sich geschnitten. Sie ärgerte sich, dass er keinen Spitznamen hatte, mit dem sie kontern konnte. Ihre Mutter hatte ihn immer nur »mein Großer« genannt – das käme ihm gerade recht, wenn Corinne das übernehmen würde.

Gleichzeitig spürte sie einen schmerzhaften Stich. Alexander war so unnahbar, ganz anders als früher. Sie vermisste den liebevollen großen Bruder, der er während ihrer Kindheit für sie gewesen war. Sie beide waren sich trotz der sieben Jahre Altersunterschied immer sehr nah gewesen. Alexander hatte seine kleine Schwester vergöttert. Wann genau hatte er diese Mauer aus Distanziertheit um sich herum eigentlich errichtet? Corinne konnte es nicht genau sagen – es war ein schleichender Prozess gewesen.

Irgendwo auf seinem Weg von der Kindheit zum Erwachsensein hatten sie ihre innere Verbindung verloren. Sie gingen zwar höflich miteinander um, aber sie waren sich nicht mehr vertraut. Und jetzt versuchte er sie sogar ganz offen auszugrenzen. Corinne konnte es kaum fassen. Und sie war unfassbar traurig, die Angst um ihren Vater, der Jetlag und jetzt auch noch Alexanders Kampfansage – das war alles etwas zu viel für sie. Mühsam kämpfte sie gegen die Tränen an, die in ihre Augen drängten. Sie durfte jetzt nicht weinen, sie musste beweisen, dass sie stark war.

»Ihr seid die Kinder eures Vaters«, seufzte Esther. »Das könnt ihr wirklich nicht leugnen. Aber hört mal, ihr beiden, ich erwarte von euch, dass ihr euch vertragt. Geschwisterstreitereien dulde ich nicht, verstanden? Das heißt für euch: Alle Entscheidungen werden gleichberechtigt gefällt. Könnt ihr euch einigen, ist alles in Ordnung, dann lasse ich euch freie Hand. Falls es Probleme gibt, müsst ihr mich hinzuziehen. Ich halte die Anteile eures Vaters. Alles klar?« Ihre Mutter sah erst Corinne, dann Alexander fest in die Augen, bis beide ihrer Vorgabe mit einem Nicken zustimmten. Zufrieden nickte auch Esther. »Gut. Dann ist fürs Erste alles besprochen. Ich werde jetzt schlafen gehen. Morgen möchte ich gleich früh ins Krankenhaus, um zu sehen, wie es eurem Vater geht. Gute Nacht, Alexander. Gute Nacht, Löckchen.« Sie gab jedem einen Kuss, schenkte ihnen ein kurzes Lächeln und ging dann mit müden Schritten aus dem Raum.

Corinne sah ihrer Mutter hinterher. Es war wirklich erstaunlich, gerade vorhin hatte sie doch gedacht, wie klein und verletzlich sie wirkte, doch Esther Ahrensberg behauptete sich nicht umsonst seit Jahrzehnten an der Seite des Kaffeebarons. Wenn es darauf ankam, hatte Corinnes Mutter eine Stärke, die manch anderen in die Knie zwang.

Alexander schien es ähnlich zu empfinden, denn er grinste Corinne schief an. »Fast wie früher, wenn sie uns bei einem Streich erwischt hat und uns eine Standpauke hielt, oder?«

»Mama ist wirklich etwas Besonderes«, stimmte Corinne Alexander zu. Wie er sie so schelmisch ansah, fühlte es sich für einen Moment tatsächlich fast an wie früher – damals, als sie einander noch nahe gewesen waren. Doch diese Verbundenheit gab es nicht mehr, darüber konnte auch dieser kurze Augenblick der Nähe nicht hinwegtäuschen, das hatte Alexander ihr gerade eben sehr deutlich vor Augen geführt.

Sie saßen eine Weile schweigend in ihren Sesseln und sahen dem Feuer zu, wie es um die Holzscheite züngelte. Alexander hatte beschlossen, die Nacht in der Villa zu bleiben, das kam nicht mehr sehr oft vor, seit er eine eigene Wohnung am Rand der Innenstadt hatte. Er hatte sich einen Whisky eingegossen und auch Corinne davon angeboten. Doch sie hatte mit einem kurzen Kopfschütteln abgelehnt. Vermutlich würde schon der erste Schluck sie umhauen, so übermüdet und hungrig wie sie war. Der Jetlag und die Aufregung hatten Corinne im Griff. Obwohl sie so lange nicht richtig geschlafen hatte, fühlte sie sich wie elektrisiert.

Sie würde zusammen mit ihrem Bruder *Ahrensberg Kaffee* leiten. Das war eine enorme Verantwortung, dessen war sie sich bewusst, es war aber auch eine ungeahnte Chance. Vater würde sicher einige Wochen, vielleicht sogar länger, ausfallen. Sie konnte die Zeit nutzen, um sich einzuarbeiten und ihrem Bruder, aber auch ihren Eltern zu zeigen, dass sie das Zeug dazu hatte. Endlich würde sie dazugehören und hätte ein Mitspracherecht. Sie hatte so viele Ideen, die die Firma modernisieren und zu ihrer Weiterentwicklung beitragen könnten. Viele Strukturen waren doch reichlich antiquiert, der Kaffeebaron hatte sich immer gegen jede Neuerung gewehrt. *Tradition ist verlässlich* – das war von jeher sein Leitspruch gewesen.

Corinne hatte schon während ihres Studiums oft mit ihm diskutiert. Wenn ihr Großvater nur den Traditionen verhaftet gewesen wäre, gäbe es *Ahrensberg Kaffee* vermutlich gar nicht, hatte sie stets argumentiert, war jedoch gegen den unbeugsamen Willen ihres Vaters nie angekommen.

Corinne hatte ihren Großvater geliebt und vermisste ihn bis heute schmerzlich. Und es stimmte, hätte Eberhard Ahrensberg nicht immer wieder den Mut zu Neuerungen und Änderungen aufgebracht, wäre die Familienfirma nie so weit gekommen. Er hatte dafür gesorgt, dass *Ahrensberg Kaffee* ein Weltunternehmen wurde, in Deutschland sogar Marktführer. Doch diese Vormachtstellung war nicht in Stein gemeißelt, man musste mit der Zeit gehen – genau das, womit der Kaffeebaron sich entsetzlich schwertat.

Die Ideen wirbelten wild in Corinnes Kopf herum. Sie fühlte sich energiegeladen. Am liebsten hätte sie direkt losgelegt.

»Wir müssen das zusammen hinkriegen«, unterbrach Alexander Corinnes Gedanken. »Wir müssen Papa zeigen, dass wir das können. Und wir müssen dafür sorgen, dass er stolz auf uns ist.«

Erstaunt sah Corinne auf. Das waren ja ganz neue Töne.

»Wir werden *Ahrensberg Kaffee* voranbringen«, antwortete sie.

»Und zwar genau so, wie unser Vater das von mir erwartet. Es läuft alles stabil und zuverlässig, und ich werde dafür sorgen, dass das auch so bleibt«, ergänzte Alexander.

Corinne unterdrückte den Impuls, ihrem Bruder das restliche Zitronenwasser ins Gesicht zu schütten. Er hatte wieder nur von sich gesprochen. Sollte er ruhig erst einmal glauben, er habe die Zügel in der Hand. Sie würde ihn sehr schnell eines Besseren belehren und ihm zeigen, dass sie ihren Platz in der Geschäftsführung ebenso verdiente wie er.

Um nicht doch noch die Contenance zu verlieren, ergriff Corinne die Flucht.

»Ich gehe schlafen«, sagte sie deshalb nur, stand auf und stellte ihr halbvolles Wasserglas mit leisem Klirren auf den kleinen Tisch zurück. »Gute Nacht.«

Diesen Kampf würden sie in der Firma ausfechten, nicht hier und jetzt, völlig übermüdet und überrumpelt von der Situation.

Kapitel 3

Sicherheitstruppe

Euweiler • Euwiller

März 1943

Es dämmerte bereits. Nicht mehr lange und die Nacht würde sich über die Welt senken. Höchste Zeit für Eberhard, nach Hause zu kommen, wenn er keinen Ärger riskieren wollte. So spät hatte es eigentlich gar nicht werden sollen, er wusste ja, dass Jugendliche sich bei Dunkelheit nicht auf den Straßen tummeln sollten. Das wurde nicht gern gesehen, und normalerweise hielt Eberhard sich daran.

Kaum hatte er das gedacht, hörte er auch schon das verhasste scheppernde Lachen, das ihm augenblicklich die Haare zu Berge stehen ließ. Ausgerechnet jetzt mussten sie hier entlangkommen! Bevor die gefürchtete Truppe um die Ecke bog, konnte Eberhard sich eilig hinter der hohen Buchenhecke des nächsten Hauses in Sicherheit bringen.

Was für ein Glück, dass es überall diese Windschutzhecken gab. Kurz dachte er daran, wie oft er sich schon über den verhassten Eifler Wind geärgert hatte, jetzt war Eberhard dankbar. *Alles ist für etwas gut*, pflegte seine Mutter immer zu sagen.

Während er sich tief in den Schatten der Zweige drückte und hoffte, dass sie ihn nicht entdecken würden, raste Eberhards Herz. So fest er konnte presste er die Kiefer zusammen, damit seine Zähne nicht klapperten und ihn verrieten. Als sein Hals zu kratzen begann, flehte er Richtung Himmel. Bitte nicht! Bitte lieber Gott, hilf mir, dass ich jetzt nicht husten muss. Er versuchte so krampfhaft, den Hustenreiz zu unterdrücken, dass seine Augen zu tränen begannen. Die Sekunden zogen sich in die Länge, die Zeit schien stillzustehen. Eberhard atmete so flach wie möglich, um das Kratzen im Rachen nicht zu verschlimmern. Er hatte das Gefühl, jeden Moment ohnmächtig zu werden.

Die Schritte kamen immer näher. Hart knallten die Absätze der schweren Stiefel auf den Untergrund. Jetzt waren sie nah genug, dass Eberhard verstehen konnte, was sie sprachen – gleich darauf war ihm klar, er hätte es lieber nicht gehört.

»Diese Schlampe Maria wird sich so schnell nichts mehr trauen«, tönte der tumbe Heinz mit unverkennbarem Stolz in der Stimme. »Der haben wir die Lust auf Rassenschande ordentlich abgeschnitten.« Er lachte lautstark über seinen eigenen Spruch.

Eberhard erstarrte. Für einen Moment vergaß er sogar den Hustenreiz und ballte zornig seine Fäuste. Maria war Isabellas Freundin. Was war mit ihr? Was hatten sie ihr angetan? Doch bevor er die nächsten Sätze hörte, ahnte er es bereits. Er hatte Isabella so oft gewarnt. Maria war zu leichtsinnig gewesen, jemand musste sie gesehen und verraten haben. Die Bande wartete nur auf solche Gelegenheiten, er hatte es ihnen doch gesagt. Verzweiflung stieg in ihm hoch, als er weiter lauschte.

»Dieses verkommene Subjekt soll froh sein, dass es noch lebt«, stimmte Friedrich mit ein.

»Frauenzimmer.« Max spuckte das Wort regelrecht aus. Dann lachte er keckernd. »Wie der Dariusz sich angepisst hat vor lauter Schiss, als sie ihn abgeführt haben. Feig bis in die Haarspitzen, die alte Polensau, das sag ich euch. Aber Großmaul genug, um unsere Mädels anzugaffen. Na, das werden sie ihm schon austreiben, da bin ich sicher. Ich hörte, ihm wird eine Sonderbehandlung zuteil.«

Während der Unterhaltung hatten sie die Stelle passiert, wo Eberhard hinter der Hecke kauerte und versuchte, sich unsichtbar zu machen. Als sie ein paar Meter weiter waren, atmete er erleichtert, aber immer noch vorsichtig aus. Nicht, dass sie doch etwas hörten und sich umdrehten. Eberhard wischte sich den kalten Schweiß von der Stirn. Das war gerade noch mal gut gegangen.

Allerdings nur für ihn. Sie hatten Dariusz abgeführt. Den fröhlichen, gutmütigen Polen, der als Hilfsarbeiter bei den Pelzmanns lebte. Gelebt hatte, korrigierte Eberhard sofort seine eigenen Gedanken. Gallenbitter stieg die Wahrheit in ihm hoch. Er wusste, was es bedeutete, wenn sie von Sonderbehandlung sprachen, Dariusz würde nicht mehr zurückkehren. Nie mehr.

Er musste gleich morgen zu Isabella. In der Schule konnten sie nicht sprechen, die Wände hatten Ohren. Aber er musste hören, was genau geschehen war. Hoffentlich hatte sie sich nicht auch in Gefahr gebracht. Kurz war er versucht, gleich zu seiner Freundin zu gehen, doch damit würde er nicht nur sich selbst Ärger einhandeln, sondern auch Isabella. Das wollte er nicht riskieren.

Max Markwart und seine Kumpels liefen auf Geheiß von August Ahrensberg im Dorf Patrouille, um für Ordnung zu sorgen. August Ahrensberg war mit seinem Kolonialwarenladen nicht nur der führende Geschäftsmann im Umkreis, sondern auch Ortsgruppenleiter der NSDAP und obendrein Eberhards Vater, was ihm allerdings keinerlei Vergünstigung einbrachte. Eher das Gegenteil war der Fall. Die Sicherheitstruppe, wie die Jungs sich großspurig nannten, wartete nur auf eine Gelegenheit, Eberhard mal ordentlich eins auszuwischen.

Raufboldtruppe wäre die passendere Bezeichnung, fand Eberhard.

Vielleicht hatte sein Vater sie sogar gegen ihn aufgehetzt, ihnen angeraten, sich seinen verweichlichten Sohn bei passender Gelegenheit einmal zur Brust zu nehmen. Ganz unmöglich schien das nicht, Eberhard wusste, dass er mit seinem friedlichen Gemüt für seinen Vater eine Enttäuschung war. August Ahrensberg ließ keine Gelegenheit verstreichen, seinen Unmut kundzutun. Und Max war bereits von der ersten Klasse an berüchtigt gewesen für seine Streitsucht und seine schnellen Fäuste. Daran hatte sich bis heute nichts geändert.

Er war zwei Klassen über Eberhard und hatte vom ersten Tag an bis heute das uneingeschränkte Kommando auf dem Schulhof. Schon mit elf hatte er sich immer freiwillig gemeldet, wenn es darum ging, Babykatzen zu ersäufen. Wenn er dann auf dem Schulhof lautstark und detailliert den Vorgang schilderte, strotzte er nur so vor Stolz auf seine Taten. Dabei hatte er gehörig Spaß an den bleichen Gesichtern der Mädels. Jungs die bei derlei Schilderungen Schwäche zeigten, hatten einen schweren Stand bei Max und seinen Anhängern.

Falls Max Eberhard nach Einbruch der Dunkelheit auf der Straße erwischte, würde er erst zuschlagen und dann fragen, weshalb er sich nachts draußen herumtrieb, das war klar wie Kloßbrühe.

Dabei wollte Eberhard keinen Ärger. Im Gegenteil. Er hasste Raufereien und Streit. Wenn es nach ihm ginge, würde er lieber Bücher verschlingen, statt Marschieren und Kämpfen zu üben. Berichte und Geschichten von fernen Ländern faszinierten ihn. Die Farben, Geräusche und Gerüche, die darin beschrieben wurden, lösten eine Sehnsucht nach der weiten Welt in Eberhard aus. Wie gern würde er nach Südamerika reisen, um einmal eine Kaffeeplantage zu sehen. Eines Tages würde er auch genau das tun. Das hatte er sich fest vorgenommen.

Schon als kleines Kind hatte Eberhard den Geschmack von Kaffee geliebt und bei jeder Gelegenheit heimlich an Mutters Tasse genippt. Als er vor zwei Jahren zu seinem Geburtstag das erste Mal ganz offiziell eine Tasse Kaffee trinken durfte, war er stolz wie Oskar gewesen. Er hatte extra nur ganz kleine Schlückchen genommen und das Schlucken hinausgezögert, um den Geschmack so lange wie möglich genießen zu können.

Seit er vor Jahren in einer Zeitschrift etwas über Kaffeeanbau gelesen hatte, faszinierte ihn das Thema. So war er auch auf sein Sehnsuchtsziel Südamerika gekommen. Mit großer Sorgfalt sammelte er seit damals alles, was er zu Kaffee an Informationen erhaschen konnte. Zu seinem Leidwesen war das allerdings nicht gerade viel. Doch immerhin gehörten eine grüne und eine geröstete Arabica-Bohne zu seinem Schatz. Und zwar eine besonders edle Arabica-Sorte.

Die Bohnen verdankte er Frau Müller. Für sie hatte Eberhard mehrere Wochen alle Besorgungen erledigt, als sie mit einem Lungenleiden das Bett hüten musste. Einmal bat sie ihn, grünen Kaffee für sie zu rösten. Sie gab ihm vom Bett aus Anweisungen, und er führte alles exakt so aus, wie sie es vorgab. Später attestierte sie ihm ein unverkennbares Talent. So gut seien ihre eigenen ersten Röstungen nicht gewesen, hatte sie gelobt. Eberhards Gesicht hatte vor Stolz geglüht.

Weil er den Blick gar nicht hatte von den Bohnen lösen können und sie immerzu bestaunt hatte, hatte Frau Müller ihm als Dank für seine Hilfe zwei davon geschenkt. Eine grün und eine geröstet. Er hatte ihr nur versprechen müssen, seinem Vater nichts davon zu erzählen, doch das war für Eberhard ohnehin selbstverständlich gewesen. Er hatte auch nicht nachgefragt, woher der Kaffee kam. Was er nicht wusste, konnte er auch nicht versehentlich verraten. Eine Ahnung allerdings hatte er.

Er hatte einmal ein Gespräch belauscht, bei dem sein Vater sich über das Pack ausgelassen hatte, das lieber Kaffee schmuggelte, als seine Kraft dem Führer zur Verfügung zu stellen. Dabei wollten die Menschen doch nur ein klein wenig das Gefühl haben, zu leben. Eberhard konnte das verstehen und würde einen Teufel tun und jemanden verraten. Schon gar nicht, wenn es um Kaffee ging.

Kaffeeanbau und Verarbeitung waren für Eberhard weitaus faszinierender, als mit Kameraden durch den Dreck zu robben. Aber nach seiner Meinung fragte niemand und Südamerika war so etwas wie verbotenes Gedankengut. Eberhard hütete seine Träume wie einen Schatz und erzählte niemandem davon. Fast niemandem.

Eisig pfiff der Wind durch die Gassen, als schien er Eberhard nach Hause treiben zu wollen. Wer nicht draußen sein musste, verkroch sich hinter wärmenden Mauern. Dabei hatte es gestern den Anschein gehabt, ein Hauch Frühling läge in der Luft. Doch jetzt zog Eberhard schaudernd die Jacke enger, um sich ein wenig gegen den sich noch einmal aufbäumenden Winter zu schützen.

Weil der heutige Arbeitseinsatz in Aachen länger gedauert hatte als geplant, hatte Eberhard den Weg bis Euweiler im Laufschritt hinter sich gebracht und sich geärgert, dass er nicht mit dem Fahrrad gefahren war. Doch auch das Laufen hatte nicht gegen die Kälte geholfen, die ihm gnadenlos bis in die Knochen kroch. Er würde sich später seinen Stuhl nah an den Ofen rücken und seine tauben Gliedmaßen auftauen lassen.

Wieder blies eine Böe ihm entgegen, und Eberhard zog, in dem Versuch sich etwas zu schützen, den Kopf noch tiefer in den Kragen seiner Uniformjacke. Er hastete, die Hände tief in die Hosentaschen versenkt, vorwärts.

Das war sein letzter Einsatz als Mitglied des Jungvolkes gewesen, übermorgen würde er bei den Großen aufgenommen werden, da würde es nicht mehr ums Spielen gehen, das war die echte Hitlerjugend, wie der Gruppenführer es ausgedrückt hatte. Da könnt ihr zeigen, dass ihr anständige deutsche Männer seid und keine jammernden Kleinkinder. »Flink wie Windhunde, hart wie Kruppstahl und zäh wie Leder werden wir euch machen!«, hatte er gebrüllt und zufrieden das begeisterte Klatschen und Jubeln der Jungs beobachtet.

Auch Eberhard hatte geklatscht, obwohl er das alles fürchterlich fand. Er hatte gelernt, sich so zu verhalten, dass er möglichst keine Aufmerksamkeit auf sich zog. Als ob diese Arbeitseinsätze und das Training Spielerei gewesen seien. Eigentlich wäre Eberhard lieber in seiner Truppe der Pimpfe geblieben, wenn er schon bei diesem Treiben mitmachen musste. Der Drill, den die Älteren über sich ergehen lassen mussten, schüchterte ihn ein.

Vor Eberhard tauchte eine leicht gebeugte Gestalt auf. Er stockte kurz und erkannte gleich darauf die alte Erna. Leise vor sich hinmurmelnd schleppte sich die alte Frau vor ihm den Weg hinauf Richtung Kapelle. Die Leute munkelten, dass sie den Verstand verloren hatte, als vor einem halben Jahr ihr fünfter Sohn an der Front gefallen war, genau wie vorher bereits die vier anderen und auch ihr Mann.

Eberhards Vater beobachtete Erna seither mit deutlichem Missfallen. Eine gute deutsche Frau wurde nicht verrückt, nur weil das Leben sie vor schwierige Aufgaben stellte. Sie sollte sich lieber um die kümmern, die für das Land kämpften und ihre Kraft für die wackeren Soldaten zum Einsatz bringen. Bislang hatte Mutter Vater beruhigen können, wenn er deshalb gegen Erna wetterte. Sie sprach eindringlich auf ihn ein und versicherte ihm, dass Erna sehr fleißig nähte und ihren Teil beitrug, um die Gemeinschaft zu stärken. Sollte Vater seine Meinung ändern, würden sie die alte Erna abholen, das wusste Eberhard.

Als er sie überholte, grüßte Eberhard die alte Frau, doch sie sah durch ihn hindurch und unterbrach ihr Murmeln nicht.

»… dein Reich komme, dein Wille geschehe, denn höre, oh Vater, sie sind wie ein Senfkorn und das Meer teilte sich, als Jesus die Hand hob und die Pharisäer …«

Eine Gänsehaut zog Eberhard den Rücken hinauf. Das war es, was der Krieg aus den Menschen machte: Tote oder Wahnsinnige. Er schüttelte den Kopf, als er daran dachte, wie fanatisch sein Vater für die Sache eintrat. »Der Führer weiß, was richtig ist. Es ist an uns, Stärke zu zeigen und ihm zu folgen«, predigte er bei jeder Gelegenheit.

Die alte Erna hatte einen Korb am Arm, vermutlich hatte sie Kräuter und Wurzeln gesucht. Viel gab der Boden allerdings so früh im Jahr noch nicht her. Das wusste Eberhard von Isabella. Während er beim Jungvolk der Hitlerjugend Marschieren übte oder mit den anderen zusammen für Arbeitseinsätze eingeteilt wurde, verbrachte Isabella ihre Nachmittage oft im Bund deutscher Mädel. Sie machten Leibesübungen, strickten und nähten und sammelten Kräuter.

Früher hatten Eberhard und Isabella viel Zeit miteinander verbracht, sie kannten sich von klein auf und waren nicht nur Klassenkameraden, sondern auch gute Freunde. Doch seit dem Beginn des Krieges war die gemeinsame Zeit rar. Im Winter und seit sie sich nach Einbruch der Dunkelheit nicht mehr im Freien aufhalten durften ganz besonders.

Isabella hatte Eberhard in der Schulpause von dem Sammelstreifzug erzählt, den die Gruppenleiterin vor ein paar Tagen anberaumt hatte. Außer Fichtennadeln und ein paar Handvoll Löwenzahnblätter hatten Isabella und die anderen Mädchen trotz größter Mühe und mehreren Kilometern Marsch nichts gefunden.

Eberhards Gedanken wanderten zu den Männern an der Front. Wenn es ihm schon so elend kalt war und der Hunger ihn quälte, wie mochte es dann erst den Kameraden dort draußen gehen? Sein Herz wurde schwer, als er an das Leid dachte, das sich über Deutschland gelegt hatte. Es war nicht richtig, egal was sein Vater sagte, es war einfach nicht richtig.

Erschöpft schleppte er sich vorwärts. Nicht mehr lange, dann hatte er sein Elternhaus erreicht. Seine Laune war im Keller. Er fror immer erbärmlicher, das rechte Knie schmerzte, und er hatte Hunger wie ein Wolf. So sehr, dass er sich sogar auf den aufgewärmten Steckrübeneintopf freute, den seine Mutter ihm sicher gleich vorsetzen würde.

Vielleicht hatte er auch Glück, und es gab eine Stulle mit einer Scheibe Schiebewurst. Das würde zwar nicht so gut wärmen wie der Eintopf, aber es wäre köstlich. Und für Samstag hatte Mutter ihm *Oma Lilo Bavaroise* versprochen. Sie hatten ihr früheres Sonntagsessen auf die Samstage verlegt, seit der Führer Eintopfsonntage angeordnet hatte. Es war lachhaft, sie aßen ohnehin so viel Eintopf, dass er Eberhard bald zu den Ohren herauskam. Aber über Verordnungen diskutierte man besser nicht, man wusste nie, wer lauschte.

Umso dankbarer war Eberhard, wenn Mutter ihn mit seiner Lieblingsnachspeise verwöhnte, egal an welchem Wochentag. Sein Magen knurrte lautstark bei dem Gedanken an diese Köstlichkeit.

Bei jedem seiner Schritte wehte das schlechte Gewissen kalt durch das klaffende Loch am Knie seiner Uniformhose und verschlechterte Eberhards ohnehin miserable Laune weiter. Es tat ihm entsetzlich leid, auch wenn er keine Schuld an dem Malheur hatte. Der Stoff seiner Uniformhose war schon lange verschlissen und mürbe, besonders an Knien und Hintern, deshalb hatte Eberhard extra darauf geachtet, ihn nicht unnötig zu strapazieren. Als er jedoch mit einem schweren Papierpaket bepackt über einen Bordstein gestolpert und hingefallen war, war es trotz aller Vorsicht geschehen. Der altersschwache Stoff hatte nachgegeben.

Mutter würde die Hände über dem Kopf zusammenschlagen und in Wehklagen verfallen. Den leider ziemlich großen Riss zu flicken, würde sie mindestens eine zusätzliche Nähstunde kosten. Dabei war sie mit ihrer Arbeit im Haushalt, seinen drei kleinen Geschwistern und dem Stricken von Socken für die Soldaten an der Front ohnehin so überlastet, dass sie bald aussah wie ein Gespenst.

Wütend kickte Eberhard einen Kiesel aus dem Weg. An allem war nur sein Vater mit seiner fürchterlichen Borniertheit schuld. Sie waren nicht arm, er hätte seinem Sohn längst eine neue Uniform besorgen können, doch August Ahrensberg war nicht nur sparsam, er war geizig. Und er vertrat die unverrückbare Meinung, dass ein Mann in seiner Position und mit ihm selbstverständlich auch seine Familie, als gutes Beispiel voranzugehen hätte. Das hieß für ihn, immer korrekt und immer bescheiden zu sein. Für Eberhards Mutter bedeutete das, aus einer Steckrübe fünf Essen zu kochen und auch die Kleidung zu flicken, die eigentlich längst nicht mehr zu retten war. Sich gegen ihren Mann aufzulehnen kam nicht infrage. Was hätte sie auch tun sollen? Eine Frau hatte gehorsam zu sein, immerhin sorgte ihr Mann dafür, dass sie ein Dach über dem Kopf hatten und genug zu essen. Also beugte sie sich und schuftete tagein, tagaus.

Eberhard konnte sich nur noch schwach an die lebensfrohe Frau erinnern, die seine Mutter einst gewesen war. Sie hatte gern gelacht. Er hatte noch ihre glockenhelle Stimme im Ohr, wenn sie sich freute. Doch auch ihre Stimmbänder schienen heute müde zu sein, die Stimme war in den letzten Jahren immer matter geworden. Er hätte seiner Mutter diese zusätzliche Last wegen der kaputten Hose gern erspart. Vielleicht könnte Isabella ihm helfen? Nun hatte er schon zwei gute Gründe, um doch noch einen kurzen Abstecher zu den Pelzmanns zu machen.

Entschlossen lenkte er seine Schritte statt in die Eifelstraße, in der er wohnte, nach links, in die Moorgasse. Er musste auf der Hut sein, aber das würde schon klappen. Die Schlägertruppe hatte die entgegengesetzte Richtung eingeschlagen.

Kapitel 4
Kaltes Wasser

Aachen • Oche • Aix-la-Chapelle • Aken • Aquae Granni

Gegenwart: Oktober

Nachdem sie die Überzüge aus Plastik über die Schuhe gezogen und sich die Hände desinfiziert hatte, öffnete Corinne zögernd die Tür des Krankenzimmers. Ihr Herz klopfte hart gegen ihre Brust. Die Angst vor dem, was sie hier erwartete, drohte sie zu überfluten, doch sie schluckte die Panik entschlossen hinunter und betrat den Raum.

Im ersten Moment war sie von dem alles beherrschenden Weiß geblendet. Weiße Wände, weiße Bettwäsche, weißes Bettgestell, weißer Stuhl und Tisch, gleißendes Licht aus Deckenröhren und mittendrin, kaum auszumachen zwischen all den Gerätschaften, klein und bleich, ihr Vater. Corinne schluchzte auf, als sie ihn sah. Sie hätte ihn fast nicht erkannt. Er hatte einen Beatmungsschlauch im Mund und die Augen geschlossen.

Ihn so elend in diesem Bett liegen zu sehen, zog Corinne nahezu die Füße unter dem Körper weg. Vorsorglich ließ sie sich auf den Stuhl neben seinem Bett sinken, sie hatte Angst, im nächsten Moment umzukippen. Die Tränen, die ihr über das Gesicht rannen, konnte sie nicht stoppen. Es zerriss ihr das Herz, ihren Vater so hilflos und krank zu sehen.

»Papa«, flüsterte sie und streichelte zart mit einer Fingerspitze um die Infusionen und Kabel herum die Haut seines Armes.

Ihr Vater regte sich nicht. Die Lider blieben geschlossen, kein Muskel zuckte. Nur sein Brustkorb hob und senkte sich im Rhythmus der Maschine, die Sauerstoff in ihn hineinpumpte.

Corinne sprach leise auf ihren Vater ein, erzählte ihm von Brasilien und kam sich schrecklich albern dabei vor – er hörte sie ja sowieso nicht. Oder doch? Wer wusste das schon. Sie lachte leise, um ihre Verlegenheit zu überspielen.

Ihn so reglos da liegen zu sehen, konnte Corinne kaum aushalten, die Angst um ihn wuchs zu einem zähnefletschenden Monster, die Situation überforderte Corinne komplett. Der Geruch nach Desinfektionsmittel und Krankheit, das schrille Piepsen und Blinken der Apparate – es war schrecklich! Seit ihrer Ankunft waren noch nicht einmal fünf Minuten vergangen, doch sie musste raus. Keine Sekunde länger konnte sie das alles hier ertragen.

»Es tut mir leid«, flüsterte Corinne dem bewusstlosen Mann, der so gar nicht ihr Vater zu sein schien, zu und stand auf. Fluchtartig durchquerte sie den Raum und riss in dem Augenblick die Tür des Krankenzimmers auf, als Alexander sie gerade von der anderen Seite öffnen wollte.

»Corinne!«, rief ihr Bruder erstaunt. Sie drängte sich eilig an ihm vorbei, sie konnte jetzt nicht sprechen. Was hätte sie auch sagen sollen? Es war alles viel zu schrecklich. Ohne nach rechts und links zu sehen, lief sie den Flur hinunter Richtung Treppenhaus.

»Was ist denn lo…«, rief Alexander ihr hinterher. Doch sie schüttelte nur im Rennen den Kopf und hob abwehrend eine Hand. Es war ihr unmöglich, stehen zu bleiben. Sie wollte weg, nur weg. Weg von ihrem reglosen Vater, von dem Piepsen, Gurgeln und Klappern, und so schnell wie möglich raus aus dem Krankenhaus. Als sie die Treppe hinunterrannte, nahm sie immer zwei Stufen auf einmal. Unten angekommen merkte sie, dass sie noch immer die blauen Plastiküberzieher über ihren Schuhen hatte.

Entgegen ihres ursprünglichen Plans lief Corinne an den vor der Klinik auf Fahrgäste wartenden Taxis vorbei. Sie würde zu Fuß in die Firma gehen. Es war zwar etwas kühl, aber das störte Corinne nicht. Sie atmete einmal tief durch und schlug dann entschlossen den Kragen ihres kieselgrauen Lodenmantels hoch, zog das dazu passende schwarzgraue Stricktuch etwas enger um ihren Hals und schob die Hände tief in die großen aufgesetzten Jackentaschen.

Der Mantel war eines ihrer Lieblingsstücke von *Camila*, dem Label einer jungen Designerin aus Aachen. Corinne hatte anfangs gedacht, es sei der Name der Designerin, doch dann hatte sie herausgefunden, dass *Camila* für Casual Mind Lambswool stand.

Der Kies knirschte unter Corinnes Füßen, als sie mit festen Schritten losmarschierte. Gierig sog sie die frische Luft und den Geruch nach feuchtem Laub und Herbstwiese in ihre Lunge. Mit jedem Ausatmen versuchte sie den Krankenhausmief loszuwerden, der sich in ihr festgesetzt hatte. Die Angst aber konnte sie nicht ausatmen, die hatte sich mit ihren Monsterzähnen in ihr festgebissen. Corinne hatte das Bild vor Augen, das ihr Vater ihr als Kind immer gemalt hatte, wenn sie sich vor etwas fürchtete. Das Bild vom Angstmonster, das man klein kriegte, indem man es auslachte. Doch nach Lachen war ihr gerade so gar nicht zumute.

Zum Glück hatte der Regen inzwischen aufgehört. Immer öfter rissen in der heller werdenden Wolkendecke Lücken auf, durch die dann die Herbstsonne hervorblitzte, als hätte sie nur auf diese Chance gewartet. Letzte Dunstschleier waberten über die Wiesen und lösten sich langsam auf.

In den letzten Stunden waren gewaltige Wassermassen vom Himmel niedergeprasselt. Die großen Pfützen auf dem Weg zeugten davon. Corinne musste immer wieder ausweichen, um nicht vollkommen durchweichte Schuhe zu riskieren. Zum Glück hatte sie ihre mokkabraunen Lederstiefeletten an, die waren nicht ganz so empfindlich und passten obendrein hervorragend zu der hellbraunen Stoffhose, die sie für heute ausgesucht hatte. Der edle Pulli aus Wolle und Seide, der den Mokka-Ton der Schuhe wieder aufgriff, rundete ihren Look für den ersten Tag als Geschäftsfrau ab. Damit fühlte sie sich zumindest kleidungstechnisch für die nächsten Stunden gewappnet.

Tatsächlich hatte sie heute sehr genau überlegt, was sie anziehen sollte, denn sie wollte nicht overdressed wirken und sich damit am Ende lächerlich machen. Aber Jeans und Shirt wären definitiv zu leger und ihrer neuen Stellung nicht angemessen gewesen. Es war ihr wichtig, den Leuten zu zeigen, dass sie sich der Bedeutung ihrer neuen Rolle bewusst war.

Vor allem aber wollte sie Alexander keine Angriffsfläche bieten. Nicht nachdem er gestern so deutlich zum Ausdruck gebracht hatte, dass er sie nicht als vollwertige Partnerin betrachtete.

Er traute ihr diese Aufgabe ganz offensichtlich nicht zu und wartete vermutlich nur darauf, dass sie ihm Fakten lieferte, die seine Meinung bestätigten. Dieser Gedanke tat Corinne weh. Früher hätte er ihr die Hand gereicht und ihr dabei geholfen, in die neue Position zu finden, so wie ein großer Bruder das eigentlich tun sollte.

War seine Reaktion einfach nur der Angst und der Anspannung der letzten Tage geschuldet? Sie würde es herausfinden und alles daransetzen, mit ihrem Bruder gemeinsam ein gutes Team zu bilden. So wie früher, wenn es darum ging, dem blöden Sven aus der Nachbarschaft zu zeigen, dass er nicht der Chef des Viertels war, oder sich gegenseitig bei den Eltern Deckung zu geben, wenn sie etwas ausgefressen hatten.

Dieser Gedanke ließ sie lächeln und nahm der Situation etwas von ihrer Schwere. Ja, sie würde Alexander daran erinnern, wie nahe sie sich gestanden hatten. Sie würde auf ihn zugehen.

All das ging Corinne durch den Kopf, während sie zügig ausschritt. Die Bewegung half ihr beim Nachdenken und ließ auch das Angstmonster etwas schrumpfen. Papa würde es schaffen. Er musste einfach.

Corinne war froh, dass sie ihren Mietwagen auf dem Weg ins Krankenhaus schon abgegeben hatte. So aufgelöst und durcheinander, wie sie sich gerade fühlte, hätte sie nicht fahren wollen. Auch ihr Entschluss zu Fuß zu gehen, statt ein Taxi zu nehmen, erwies sich als richtig. Die Bewegung war sehr wohltuend und besänftigte ihren inneren Sturm.

Eine halbe Stunde etwa würde Corinne für den Weg bis zur Firma brauchen. Das gab ihr ausreichend Möglichkeit, ihre Gedanken zu sortieren und das Flattern ihrer Nerven zu stoppen.

Trotz der Pfützen und des dadurch erforderlichen Slalomlaufs genoss Corinne es, draußen zu sein. Die Welt wirkte wie frisch gewaschen. Im Licht der Sonnenstrahlen leuchteten die Herbstfarben warm. Sogar das Gras stand noch saftig grün da, obwohl es bereits Ende Oktober war. Der Winter schien es in diesem Jahr nicht eilig zu haben. Wenn es nach Corinne ging, durfte er sich gern kurzfassen. Zwei Wochen Kälte und Schnee um Weihnachten herum fände sie ideal, aber ansonsten dürfte es für sie fast das ganze Jahr Frühling sein.

Sie liebte es, wenn alles erwachte, das neue Leben sich erst schüchtern reckte und dann mit voller Kraft durchstartete. In dieser Zeit fühlte sie sich selbst immer voller Energie und hatte Lust, aktiv zu sein und etwas Neues zu beginnen.

Bei den Gedanken über das persönliche Wunschwetter kam Corinne ihre Familie mit den unterschiedlichen Vorlieben in den Sinn, und sie musste unwillkürlich lachen.

Alexander fände drei Monate Kälte und Schnee wahrscheinlich genial, dann könnte er in jeder freien Stunde im Hohen Venn Ski langlaufen.

Würde man den Kaffeebaron fragen, würde er sich auf den Lauf der Jahreszeiten berufen und sich daran orientieren. Wozu hatte man denn sonst Strukturen, wenn man sich nicht darauf verlassen konnte? Ja, das war ihr Vater, so würde er das sehen.

Ihre Mutter dagegen würde sicher ganz auf Schnee und Kälte verzichten und dafür mindestens ein halbes Jahr Sommer wählen, wenn sie es bestimmen dürfte. Je heißer es war, desto wohler fühlte sie sich. Esther Ahrensberg war richtiggehend sonnenhungrig. Im Hochsommer, wenn alle um sie herum ächzten und stöhnten, blühte sie förmlich auf. Es war immer das gleiche Spiel. Wenn Corinne längst in der Hitze zerfloss und im Pool Erfrischung suchte, räkelte ihre Mutter sich unbeeindruckt weiter in der prallen Sonne und fühlte sich sichtlich wohl. Auf ihrem Körper entdeckte man kaum je einen Schweißtropfen. Was für ein Glück, dass die Menschen sich kein Wetter bestellen konnten, es gäbe ein heilloses Chaos.

Dieser kleine gedankliche Exkurs hatte Corinne gutgetan, doch die Realität ließ sich nicht lange verdrängen. Schnell schob sich wieder das Bild des kranken Vaters und das große Fragezeichen in ihr Bewusstsein, das über der Zukunft von *Ahrensberg Kaffee* lag.

Gleich würde sie zum ersten Mal als neue Chefin den Mitarbeitern gegenübertreten. Dafür sollte sie sich im Griff haben, sie wollte schließlich ernst genommen werden und zumindest einen souveränen Eindruck machen, auch wenn sie sich bei Weitem nicht so fühlte.

Viele der Mitarbeiter kannte sie von Kindesbeinen an, sie würden akzeptieren müssen, dass Corinne nun kein Kind mehr war, sondern ihre Vorgesetzte. Sicher brauchten alle, nicht nur sie selbst, Zeit, um sich an diese neue Situation zu gewöhnen.

Natürlich hatte Corinne sich ihren Einstieg in das Familienunternehmen anders vorgestellt. Genau wie Alexander hatte sie Praktika in den verschiedenen Abteilungen machen und sich das Wissen im Ablauf des täglichen Geschäftes in aller Ruhe erarbeiten wollen. Nun musste sie kopfüber in das kalte Wasser springen. Auch wenn sie es Alexander gegenüber nie zugeben würde – sie hatte gehörig Bammel vor dieser schwierigen Aufgabe. Besonders da sie wusste, dass sie mit einigen Abläufen und Vorgehensweisen nicht einverstanden sein würde.

Seit Jahren drängte sie ihren Vater, er möge mit der Zeit gehen. Sie hatte versucht, ihm klarzumachen, dass er als Großabnehmer auch eine Pflicht gegenüber Land und Leuten in den Anbaugebieten hatte. Sie hatte versucht, sein Umweltbewusstsein zu wecken und ihn zu überzeugen, dass es richtig war, Qualität vor Quantität zu stellen. Immer hatte er sie abblitzen lassen. Sie sollte ihr Studium beenden, Erfahrung sammeln und dann könne man – vielleicht – über neue Ideen sprechen.

Nun würde sie sehen müssen, wie sie die Firmenleitung und ihre eigene Haltung miteinander vereinbaren konnte. An gewissen Schrauben wollte sie unbedingt drehen – zum richtigen Zeitpunkt. Sie war überzeugt davon, dass das wichtig und richtig war, gerade jetzt, nachdem sie in Brasilien einige Dinge mitbekommen hatte. Aber sie musste selbstverständlich auch die Wünsche ihres Vaters bedenken und durfte ihm nicht, während er um sein Leben kämpfte, die Firma von innen nach außen krempeln. Das würde er ihr nie verzeihen.

Sie musste sehr behutsam vorgehen. Und sie brauchte Alexander an ihrer Seite. Wenn sie sich einen Überblick verschafft hatte, wollte sie mit ihm auf Augenhöhe ihre Überlegungen und mögliche Maßnahmen diskutieren. Hoffentlich war er dazu bereit.

Wehmütig dachte Corinne an die unbeschwerte Zeit ihrer früheren Firmenbesuche. Sie hatte schon als kleines Kind immer mit Opa und Papa zur Arbeit gehen wollen, das war ihr größter Wunsch gewesen. Doch immer hatte es geheißen, sie sei zu klein. Zum Trost hatte ihr Großvater sich oft Zeit genommen und ihr von Kaffee und vom Kaffeeanbau in Südamerika erzählt. In diesen Momenten war Corinne selig gewesen und hatte geradezu an den Lippen des Großvaters gehangen. Doch der Wunsch, ihn in die Firma zu begleiten, war bestehen geblieben.

Und dann, endlich, hatte sie ihr Ziel erreicht. Zu ihrem sechsten Geburtstag hatte der Kaffeebaron ihr eine Firmenbesichtigung geschenkt. Nur er und sie. Corinne war fast geplatzt vor Stolz und hatte gewissenhaft den Ausführungen ihres Vaters gelauscht – auch wenn sie nicht einmal die Hälfte von dem verstanden hatte, was er ihr erklärte.

Als sie das erste Mal die Rösterei betreten hatte, war es um sie geschehen gewesen. Dieser Zauber hatte sie seither nie mehr losgelassen. Es war die Mischung aus Geräuschen und Düften, die Corinne gefangen genommen hatte.

Für Corinnes Vater war das Thema mit dieser Besichtigung erledigt gewesen, immerhin war Corinne ein Kind, und Kinder hatten in einem Unternehmen wie *Ahrensberg Kaffee* nichts zu suchen. Was für ein Glück, dass Corinne noch ihren Opa Eberhard hatte. Er war es, der ihre Leidenschaft für Kaffee schon früh erkannt und gefördert hatte. Er war es auch, der sie zu ihrer großen Freude immer wieder mit in die Firma genommen hatte.

Corinne war von Anfang an am liebsten in der Rösterei und im Kaffeelager gewesen, das hatte sich bis heute nicht geändert. Die vielen Säcke mit den Zeichen und Worten darauf, die so fremd wirkten – in ihrer Kindheit hatten sie noch die Lager gefüllt, heute wurden die Bohnen meist in großen Bulks angeliefert –, das Rascheln und Knacken der Kaffeebohnen, der Duft, wenn der frische Kaffee aus dem Röster geholt und abgekühlt wurde – das war Corinnes Welt. Dort hatte sie sich vom ersten Augenblick an wohlgefühlt.

Manchmal hatte sie sich, wenn sie müde war und ihr Opa noch arbeiten wollte, auch auf den Dachboden geschlichen. Dort war es gemütlich und ruhig, der perfekte Ort, um zu schmökern. Corinne liebte Geschichten. Hin und wieder war sie über dem Lesen auch eingeschlafen, dann war ihr Großvater sie suchen gekommen und hatte sie geweckt, wenn es Zeit war, nach Hause zu gehen.

Am schönsten aber war es mit Opa zusammen in der Firma, wenn er Zeit für sie hatte. Wie stolz sie gewesen war, wenn er sie hatte Kaffee verkosten lassen. Oft zusammen mit Herrn Otto aus dem Labor. Die Männer hatten diese Verkostungen sehr ernsthaft betrieben und Corinne immer nach ihrer Meinung zur Qualität gefragt. So hatte sie spielend sehr früh gelernt, die unterschiedlichen Kaffeearomen, die vorhandene Säure und die Kaffeetextur zu erkennen und einzuordnen. Dafür war sie ihrem Großvater bis heute von Herzen dankbar.

Ihr Vater hatte zwar auch gewollt, dass Corinne all diese Dinge lernte, er war nur leider kein sehr geduldiger Lehrer und hatte Corinne deshalb sehr gern ihrem Großvater zur Betreuung überlassen. Hinzu war gekommen, dass Opa Eberhard bereits von der Firmenleitung zurückgetreten war und so genug Zeit gehabt hatte, um sich um seine Enkelin zu kümmern.

Der Kaffeebaron hatte sich schon bald daran gewöhnt, dass dieses Zweiergespann oft in der Firma umherstreifte. »Solange keine Klagen kommen«, hatte er hin und wieder ihre Streifzüge kommentiert. Von Zeit zu Zeit hatte er sich auch im Haus erkundigt, ob Corinne die Leute auch nicht von der Arbeit abhielt oder Unfug anstellte. Doch ihr Leumund war einwandfrei gewesen, wie ihr Vater nicht ohne einen gewissen Stolz zur Kenntnis genommen hatte. Er hatte lediglich immer bedauert, dass Alexander nicht das gleiche Interesse an Kaffee an den Tag legte wie seine Schwester – daran hatte sich bis zum heutigen Tag nichts geändert.

Ein leises Seufzen löste sich in Corinnes Brust. Heute würde sie allenfalls bei einem Rundgang durch die Abteilungen auch die Rösterei besuchen, ansonsten würde sie selbst, wie sonst immer ihr Vater, in einem der Büros sitzen und mit Papieren und Zahlenkolonnen hantieren. Sie versuchte es sich vorzustellen, aber es klappte nicht. Ihre Fantasie landete immer wieder bei den Kaffeesäcken und den Röstern. Nun, sie würde sich daran gewöhnen müssen, schließlich hatte sie gar keine andere Wahl.

Beim gemeinsamen Frühstück hatten Alexander und sie die ersten Schritte für heute verabredet. Corinne würde in das freie Büro zwischen Alexander und ihrem Vater ziehen. Wer welche Aufgaben übernehmen sollte, das mussten sie noch besprechen – vieles würde sicher die Praxis zeigen. Für nachmittags wollten sie eine Versammlung anberaumen, um die Mitarbeiter über die neue Situation in Kenntnis zu setzen. Damit würden sie der Gerüchteküche entgegenwirken, die ganz bestimmt seit dem Vorfall heiß brodelte. Das war auch durchaus verständlich. Immerhin war der Chef mit Notarzt und Krankenwagen abtransportiert worden. Die Mitarbeiter wollten sicher wissen, wie es um den Kaffeebaron stand und wie es nun mit der Firma weiterging.

Es war wichtig, eine stabile Firmenspitze zu präsentieren. Die Firmengeschäfte würden geordnet weiterlaufen, für die Arbeitsplätze bestand keine Gefahr. Das mussten Alexander und Corinne den Leuten glaubhaft vermitteln, nur dann konnten sie sichergehen, dass die Belegschaft zuverlässig hinter ihnen stand.

Als sie das dachte, wurde ihr bewusst, dass sie vermutlich reichlich derangiert aussah. Sie hatte sich zwar sorgfältig zurechtgemacht, bevor sie die Villa verlassen hatte, doch sie hatte dabei nicht mit den Tränenfluten gerechnet, die sie nach dem

Besuch bei ihrem Vater überschwemmt hatten und die sie nicht hatte stoppen können.

Wie gut, dass sie einen Spiegel in der Tasche hatte, sie nahm ihn zur Hand, warf einen Blick hinein und sah ihre Befürchtungen bestätigt. Die Wimperntusche war zusammen mit den Tränen über ihre Wangen gelaufen und hatte schwarze Spuren hinterlassen.

Corinne überlegte, ob sie zuerst noch einmal nach Hause in die Villa gehen sollte, zog ihr Handy aus der Tasche, um auf die Uhr zu sehen und beschloss dann, einen Abstecher in ihr Stammcafé in der Innenstadt zu machen. Susan, die Cafébetreiberin, würde sich gewiss freuen, Corinne zu sehen. Dort konnte sie einen Milchkaffee trinken, sich wieder gesellschaftsfähig herrichten und sich dann in aller Ruhe auf den Weg machen, dann käme sie immer noch rechtzeitig in der Firma an. Schnell tippte sie eine Nachricht an Alexander, damit er sich nicht wunderte, wo sie so lange steckte.

Das Café *Emotion* war seit Jahren Corinnes Lieblingscafé. Es war mitten in der Aachener Innenstadt gelegen, nur ein paar Schritte vom Dom entfernt. Wenn sie im Café am Fenster saß, konnte sie die Dombesucher beobachten, was oft durchaus Unterhaltungswert hatte.

Meist war es ein wildes Sammelsurium unterschiedlichster Menschen aus aller Herren Länder, die in das Gebäude drängten. Manche blieben lange drin, manche machten aber auch auf dem Absatz kehrt, weil ihre Kleidung nicht den äußerlichen Anforderungen für Dombesucher entsprach und sie deshalb nicht an dem Aufsichtsposten vorbeikamen. Die Kirche bemühte sich, trotz moderner Zeiten zumindest ein Mindestmaß an Ansprüchen an die Kleidung durchzusetzen.

Im *Emotion* gab es nicht nur hervorragenden Kaffee, sondern auch köstliche Kuchen und eine besondere Wohlfühlatmosphäre. Die Inhaberin, Susan Jones, war gebürtige Engländerin und hatte ein Händchen für Inneneinrichtung und Dekoration. Sie hatte die Räume im Vintage-Stil ausgestattet, mit einer Fülle an Rosenmustern. »Das ist *the English Flair*«, behauptete Susan in ihrer unverwechselbar einnehmenden Art immer. »So, ich werde nicht *homesick*, wie sagt man? Heimkrank?«

Susan lebte seit fünf Jahren in Aachen und hatte immer noch manchmal ein wenig Schwierigkeiten, die richtigen deutschen Wörter zu finden. Ursprünglich war sie der Liebe wegen nach Deutschland gekommen, inzwischen aber glücklicher Single und immer noch da. Auch wenn sie England liebte, in Aachen hatte sie ihre Heimat gefunden.

Während Corinne die Valkenburger Straße entlangging, genoss sie die Ruhe um sich herum. Wie gut, dass nicht Sommer war, sonst wäre die Hollandwiese bevölkert. Dort trafen sich bei schönem Wetter Menschen aller Generationen, um ihre freie Zeit zu genießen. Es wurde in der Sonne gebadet, Frisbee oder Ball gespielt, gegrillt und das Leben gefeiert. Doch jetzt lag der beliebte Treffpunkt still und verlassen da. Lediglich ein einzelner Fußgänger mit seinem Riesenschnauzer kreuzte Corinnes Weg. Herrchen und Hund hatten Spaß mit einem Stoffhasen, den der Hund schneller apportierte, als sein Herrchen werfen konnte. Für Corinne hatten die beiden keinen Blick, wofür sie dankbar war. Beim Gehen hing sie weiter ihren Gedanken nach, die immer wieder bei ihrem Vater landeten.

Natürlich hatte sie gewusst, was auf sie zukommen würde. Aber es dann wirklich zu erleben, war so viel schlimmer gewesen als alles, was sie sich vorgestellt hatte.

Der Kaffeebaron, der Mann, der seit Jahrzehnten mit strenger Hand die Firmengeschicke lenkte und sich von niemandem ein X für ein U vormachen ließ.

Auch als Familienoberhaupt war er ein Bollwerk mit einer klaren und meist unverrückbaren Meinung. Corinne und

Alexander hatten in den letzten Jahren einige Kämpfe mit ihm ausgetragen und dabei sehr oft zurückstecken müssen.

Ihr Vater war kein einfacher Mensch, das konnte man ihm wahrlich nicht vorwerfen. Ihre Mutter allerdings hatte einen Zugang zu ihrem Mann, der für Corinne ein Rätsel war. Wenn die Situation verfahren war, wenn die Fronten zwischen Vater und Kindern zu verhärten drohten, war ihre Mutter diejenige, die es mit einem Lächeln oder einer Geste schaffte, ihn zumindest so weit zu bringen, dass er seine Entscheidung überdachte. Esther hatte Corinne auch geholfen, ihren Vater dazu zu bringen, dem Praktikum in Brasilien zuzustimmen. Und jetzt plötzlich lag er hilflos und schwerkrank in diesem Bett.

Winzig hatte er gewirkt, trotz seiner stattlichen Größe von einem Meter neunzig. Und schmal. Papa war nie schmal gewesen. Er aß gern und trank mit Genuss das ein oder andere Glas Whisky, er liebte Kekse zum Kaffee und Kaffeepralinen. Und jetzt lag er da, über Schläuche versorgt und mit Kabeln an Kontrollmaschinen angeschlossen, und wurde über eine Lösung ernährt.

Der Abstecher zu Susan war genau die richtige Entscheidung. Mit ihrer erfrischenden Art, das Leben zu sehen, brachte die Cafébetreiberin Corinne wieder in die Spur. Ihr liebevolles Kopfwaschen und eine gute Tasse Kaffee halfen Corinne – wie jedes Mal. Was sollte schon Schlimmes passieren? *Ahrensberg Kaffee* war ein Familienunternehmen, und sie war ein Teil dieser Familie. Außerdem liebte sie Kaffee. Damit hatte Corinne die besten Voraussetzungen, ihre neue Aufgabe zu meistern.

Corinne bestellte direkt einen Milchkaffee. Bevor sie sich allerdings einen Platz suchte, verschwand sie noch einmal auf der Toilette, wusch sich das Gesicht und tilgte so gut es ging die schwarzen Spuren ihres Gefühlsausbruchs. Nachdem die Wimpern frisch getuscht, neues Rouge aufgelegt und der Lippenstift erneuert waren, fühlte sie sich gleich etwas besser. Zurück im Gastraum entschied sie sich wie immer für einen Platz am Fenster.

Allerdings kredenzte Susan ihr statt des gewünschten Milchkaffees eine Tasse Filterkaffe. »Handernte, Columbien, Arabica Cattura«, verkündete sie bedeutungsschwanger und schnalzte dabei vielsagend mit der Zunge.

Corinne musste ihr vorbehaltlos zustimmen. Sobald der Kaffee schwarz und dampfend vor ihr stand, sog sie das volle Aroma auf. Und er schmeckte köstlich.

Während Corinne trank, erzählte Susan ihr von der kleinen Rösterei, von der sie als Ergänzung zu ihrem Ahrensberg-Sortiment kleine Kostbarkeiten bezog. Corinne hörte ihr sehr genau zu. Diese kleinen Röstereien waren ein Punkt auf ihrer Liste, mit dem sie sich unbedingt beschäftigen wollte. Vielleicht konnte sie für *Ahrensberg* von den Kleinen etwas lernen.

Corinnes Pause fiel nicht allzu lang aus, aber das war auch gar nicht nötig. Der kleine Tankstopp genügte schon. Nach dem köstlichen Kaffee fühlte sie sich endlich bereit, der Welt die Stirn zu bieten.

Beschwingt verabschiedete sie sich beim Hinausgehen von Susan und machte sich mit großen Schritten auf den Weg die Lütticher Straße hinunter und konnte es kaum erwarten, das Firmengebäude zu erreichen.

Endlich tauchte es rechter Hand vor ihr auf. Die stattliche Villa war komplett modernisiert und ausgebaut worden. In der breiten Glasfront spiegelte sich der blaue Herbsthimmel mit den vereinzelten Schäfchenwolken.

Während Corinne darauf zuhielt, verdunkelte sich das Spiegelbild allerdings dramatisch. Plötzlich schien es, als hätte jemand das Licht ausgeknipst. Erstaunt hob Corinne den Blick und sah, dass sich eine massive Wolkenfront in ziemlichem Tempo vor das fröhliche Herbstblau schob.

Sie beschleunigte ihre Schritte. Es waren noch ein paar hundert Meter bis zum Eingang, als die ersten Tropfen dick auf die Erde platschten. Wieso hatte sie nur keinen Schirm dabei? Wieso hatte sie unbedingt laufen müssen, statt ein Taxi zu nehmen?

Für weitere Überlegungen blieb Corinne keine Zeit, denn im nächsten Moment prasselte der Regen lautstark trommelnd los. In Sekunden waren ihre Haare klatschnass und hingen ihr strähnig ins Gesicht. Das Wasser war eiskalt und lief ihr unerbittlich in den Kragen und den Rücken hinunter. Corinne rannte die letzten Meter, doch das half nicht mehr. Als sie endlich in die Halle trat, war sie nass bis auf die Unterwäsche. Der vollgesogene Lodenmantel wog schwer auf ihren Schultern.

Emil, der Pförtner, eilte mit einem Handtuch auf sie zu, stammelte eine Begrüßung und versuchte ihr zu helfen. Die Türen des Aufzugs gingen auf, und Alexander trat heraus. Er kam zu ihr, hob die Augenbrauen und grinste. »Schwesterchen, da bist du ja. Frisch geduscht, wie ich sehe.«

Kapitel 5
Alte Zöpfe

Aachen • Oche • Aix-la-Chapelle • Aken • Aquae Granni

Gegenwart: Oktober – November

Corinne saß hinter ihrem Schreibtisch und ließ den Blick schweifen. Das Handtuch, das Emil ihr gereicht hatte, hatte sie wie einen Turban um ihre Haare gewickelt. Von dem durchnässten Mantel, den sie auf einem Bügel an einen der Garderobenhaken gehängt hatte, tropfte es beständig auf den Teppich. Es hatte sich bereits ein dunkler Fleck auf dem hellen Flor gebildet.

Das also war nun ihr Büro. Sie betrachtete die edlen schellackpolierten Kirschholzmöbel, die schweren mokkabraunen Samtvorhänge sowie die Sitzecke mit den zwei bequemen hellbraunen Ledersesseln und dem kleinen runden Glastisch, auf dem jemand eine Schale mit Kaffeepralinen, Gläser und eine Karaffe mit Zitronenwasser bereitgestellt hatte.

Farblich passte Corinne mit ihrer Kleidung perfekt zur Einrichtung, leider war das aber auch schon alles. In diesem Raum fühlte sie sich seltsam fremd. Von wegen: ihr Büro. Es war wie immer, als wäre sie lediglich eine Besucherin.

Doch genau das war sie nun nicht mehr. Das hier war nun ihr Reich, von hier aus würde sie ihren Teil beitragen, um die Geschicke der Firma zu lenken, zumindest bis ihr Vater das Ruder wieder übernehmen konnte. Danach müssten sie überlegen, wie es weiterging.

Hoffentlich konnten sie und Alexander das wirklich bewältigen. Dieser Berg, von dem sie anfänglich gedacht hatte, ihn locker zu nehmen, erschien ihr in diesem Moment plötzlich viel zu hoch und viel zu steil. Ihr wurde schmerzhaft bewusst, wie wenig sie von dem wusste, was auf sie zukam.

Corinne legte ihre Arme auf die blank polierte Schreibtischplatte und bettete ihren Kopf darauf. Sie brauchte einen Moment, ehe sie bereit war, sich der Welt und den bevorstehenden Aufgaben zu stellen.

Erschöpft schloss sie die Augen und träumte sich für ein paar Augenblicke zu Fernando nach Brasilien. Wie gerne wäre sie jetzt auf der Plantage, würde durch den Wald streifen und bei der Ernte helfen. Dort wäre es egal, wenn sie wie ein begossener Pudel durch die Gegend lief. Dort gab es keine überhöhten Erwartungen.

Wütend über sich selbst schnaubte Corinne unwillig. Ihren Start als Teil der Geschäftsleitung hatte sie grandios vermasselt. All die Überlegungen zu ihrem ersten offiziellen Auftreten in der Firma, den Abstecher zu Susan und das sorgfältige Herrichten hätte sie sich sparen können.

Sie musste zusehen, dass sie sich wieder vorzeigbar hinbekam. Dringend! Leider hatte sie keine Idee, wie sie ihre Haare und die nasse Kleidung schnell genug trocken und in Form bringen könnte. Natürlich hätte sie die Möglichkeit nach Hause zu gehen, theoretisch zumindest. Wer wollte es ihr verbieten? Praktisch kam das jedoch nicht infrage. Sie würde Alexander nicht gleich am ersten Tag das Feld überlassen. Er wartete ohnehin nur darauf, ihr zu demonstrieren, dass er der bessere Firmenchef war und ohne sie alles im Griff hatte. Allein sein Gesichtsausdruck eben, als sie klatschnass in der Eingangshalle stand … Der Gedanke daran ließ ihre Wut erneut hochkochen. Allerdings nicht auf ihren Bruder, sondern viel mehr auf sich selbst. Sie war wirklich ein Tollpatsch.

So etwas konnte jedem passieren, versuchte sie sich im nächsten Moment vor sich selbst zu verteidigen. Doch dann dachte sie an ihren Vater. Dem Kaffeebaron wäre so etwas sicher nicht passiert, und vermutlich würde er ihr Missgeschick deutlich missbilligen. Er hätte sich nicht derart vom Wetter überrumpeln lassen, sondern selbstverständlich einen Schirm dabeigehabt. Er war immer vorbereitet.

Aber ich nun mal nicht, dachte Corinne im nächsten Moment trotzig. Es war geschehen, sie konnte es nun auch nicht mehr ändern. Sie hatte keine Lust, sich von den Schatten ihres überkorrekten Vaters, die in diesen Räumen stets gegenwärtig zu sein schienen, einschüchtern zu lassen.

Ihr Opa dagegen hätte gelacht. Mit ihr – nicht über sie. »Alles ist für etwas gut, Corinne«, hätte er gesagt und über das Malheur geschmunzelt. Diesen Satz hatte er immer zu ihr gesagt, wenn einmal etwas nicht so geklappt hatte, wie sie es sich wünschte. Es war so etwas wie sein Lebensmotto gewesen, und er hatte es so sehr verinnerlicht, dass ihn nichts aus der Ruhe hatte bringen können.

Eine Erinnerung flammte in Corinne auf. Sie sah vor sich, wie sie heimlich an Opas Kaffee hatte nippen dürfen, obwohl ihre Mutter der Meinung gewesen war, sie sei noch zu jung. Dummerweise war die Tasse heiß und für ihre kleinen Kinderhände schwierig zu halten gewesen. Es war gekommen, wie es hatte kommen müssen, das Porzellan war ihr weggerutscht. Der Kaffee war als Pfütze auf der Untertasse und auf dem Tisch gelandet. In Corinnes Augen hatten sich Tränen gesammelt, sie hatte die Unterlippe vorgeschoben und tapfer versucht, nicht zu weinen. So hatte sie vor ihrem Opa gestanden und damit gerechnet, dass er schimpfte. Doch stattdessen hatte ihr Opa gelacht, sie getröstet und ihr versichert, es sei für etwas gut. »Wie kann das gut sein?«, hatte Corinne ungläubig und mit zittriger Stimme gefragt. Doch die Tränen in ihren Augen waren verschwunden.

Ihr Opa hatte gezwinkert. »Nun, wir müssen wohl in die Küche gehen und ein Tuch holen, um das wegzuwischen. So haben wir Gelegenheit, in die Keksdose zu greifen. Das ist doch etwas Gutes, oder?«

Und so hatten sie es gemacht, erinnerte sich Corinne. Sie fühlte ein sehnsüchtiges Ziehen in ihrer Brust. Was gäbe sie darum, jetzt ihren Opa an ihrer Seite zu haben. Diese kurze Erinnerung tröstete sie trotz der Wehmut, die darin lag.

»Aber wozu soll der Regenguss gut gewesen sein, Opa?«, fragte sie leise in das leere Zimmer hinein. Sie konnte sich beim besten Willen keine passende Antwort darauf vorstellen. Wieso hatte nur ausgerechnet Alexander dazukommen müssen? Die Schadenfreude war ihm ins Gesicht geschrieben gewesen.

Zu Hause hätte sie Alexanders Spruch als brüderliche Neckerei gesehen und ihm einen lockeren Satz zurückgegeben. Hier in der Firma jedoch, Alexander wie geleckt im Designeranzug und sie pudelnass und frierend, konnte sie über seine Ironie nicht lachen. Er schaffte es mit seiner Art, ein hierarchisches Gefälle zwischen ihnen zu schaffen, gegen das Corinne unbedingt etwas tun musste. Von wegen: frisch geduscht. Sie fand das auch jetzt noch nicht witzig, als sie darüber nachdachte.

Das Klopfen an ihrer Tür riss sie aus ihren Gedanken. Bevor sie »Herein« rufen konnte, wurde die Klinke auch schon heruntergedrückt, und Alexander trat ein.

»Alles in Ordnung? Bist du wieder trockengelegt?« Er warf ihr einen prüfenden Blick zu und hob die Augenbrauen. »Wir haben gleich einen Termin mit dem Chef-Vertreter.« Alexander zögerte kurz, dann schob er hinterher: »Vielleicht ist es besser, wenn ich das allein übernehme. Du wirkst etwas derangiert. Er soll nicht den Eindruck bekommen, wir hätten die Lage nicht im Griff.«

Das würde ihm wohl zupasskommen, doch so einfach würde sie sich nicht geschlagen geben und ihm das Feld überlassen. Wenn er das annahm, hatte er sich geschnitten.

»Gib mir zehn Minuten, dann bin ich einsatzbereit.« Corinne straffte die Schultern und sah ihm direkt in die Augen.

Jetzt ging es darum, Stärke zu zeigen. Auf Dauer wollte sie keine Machtspielchen, aber in diesem Moment blieb ihr keine andere Wahl. Es entbrannte ein Duell mit Blicken. Corinne nahm sich vor, so schnell wie möglich ein offenes Gespräch mit Alexander zu führen – am besten noch bevor sie nachmittags die Belegschaft versammelten. Dieser Konkurrenzdruck, der im Moment alles andere verdrängte, fühlte sich falsch an. Das musste er doch auch spüren. Sie versuchte ihm dieses Gefühl in ihren Blick zu legen, all ihre Stärke, aber auch die Liebe, die sie für ihn empfand. Er war doch ihr Bruder.

Doch Alexander ging zu sehr in seiner Rolle als Platzhirsch auf. Er hielt ihren Blick ein paar Sekunden, dann gab er nach und nickte. »Also gut. In fünfzehn Minuten im Besprechungszimmer.« Damit hatte Corinne das Duell zwar gewonnen, aber Alexander hatte mit seiner Ansage ihr gegenüber erneut den Chef herausgekehrt, der er gar nicht war. Bevor sie ihm das sagen konnte, war er aber schon wieder draußen und zog die Tür hinter sich zu.

Corinne seufzte. Sie nahm das Handtuch ab und begann, ihre Haare vorsichtig zu kneten. Als sie damit nichts mehr erreichte, beschloss sie, den Händetrockner auf der Damentoilette als Föhn zu nutzen. Das war nicht ideal, aber eine bessere Idee hatte sie nicht. Gerade als sie gehen wollte, klopfte es wieder.

»Was denn noch?«, fauchte Corinne, überzeugt davon, dass es erneut Alexander war, der etwas von ihr wollte.

Doch es wurde nicht die Tür zum Gang, sondern die Verbindungstür zum Büro ihres Vaters geöffnet. Beatrice trat ein. Die Sekretärin des Kaffeebarons war Mitte dreißig und eine wertvolle Hilfe für Corinnes Vater, die das Vorzimmer seit vielen Jahren fest im Griff hatte. Sie war ein bisschen burschikos manchmal, aber immer freundlich und hilfsbereit. Corinne mochte sie sehr.

Beatrice trug ihre glatten blonden Haare in einem kurzen Bürstenschnitt und schminkte sich nur sehr dezent. Ihre grünen Augen schienen jederzeit alles im Blick zu haben. Ein bisschen ähnelte ihr Gesicht dem von Brigitte Nielsen – bevor diese ein Opfer ihres eigenen Schönheitswahns geworden war. Auf jeden Fall war Beatrice ein ziemlicher Hingucker, und das nicht nur wegen ihrer beeindruckenden Größe von einem Meter achtzig. Sie war schlank, sehr durchtrainiert und drahtig. Das war kein Wunder, denn sie war begeisterte Marathonläuferin. Vor zwei Jahren hatte sie in New York am City-Marathon teilgenommen und die Strecke in unter drei Stunden geschafft – der Traum eines jeden Marathonläufers, wie Beatrice ihr versichert hatte. Corinne erinnerte sich, wie begeistert sie ihr von diesem Erlebnis berichtet, wie ihr ganzes Gesicht dabei gestrahlt hatte.

Wenn man ihr zuhörte, bekam man fast Lust, selbst zu laufen. Corinne hatte sich bisher allerdings nicht zu mehr als ein paar gemütlichen Joggingrunden im Von-Halfern-Park oder im Aachener Wald aufraffen können. Noch lieber ging sie spazieren und genoss die Natur in aller Ruhe. Ein Marathon reizte sie überhaupt nicht.

»Entschuldigung«, sagte Beatrice nun, »ich wollte nicht stören, Corinne. Aber ich habe zufällig gesehen, dass du in diesen Wolkenbruch geraten bist und wollte fragen, ob ich dir vielleicht helfen kann.« Da sie sich von Anfang an sehr gemocht hatten, waren sie vor Jahren schon zum Du übergegangen. Ihr Vater hatte es mit gerunzelter Stirn zur Kenntnis genommen und keine Einwände erhoben, auch wenn er selbst nicht viel von derartiger Verbrüderung mit dem Personal hielt.

»Beatrice, entschuldige bitte meinen Ton, ich dachte es wäre Alexander.« Corinne schenkte der Sekretärin ihres Vaters ein Lächeln. Dann zuckte sie mit den Schultern. »Helfen? Ich weiß auch nicht so genau. Irgendwie muss ich so schnell es geht wieder vorzeigbar werden«, erklärte sie ihre Situation. »Wir treffen uns gleich mit …« Corinne kramte in ihrem Gedächtnis. »Lohmeyer glaube ich heißt er, richtig?«

Beatrice nickte. »Karl Lohmeyer, der Leiter des Außendienstes«, ergänzte sie. »Den Termin hat der Chef noch vereinbart, bevor …« Sie wurde blass und schluckte. Es war deutlich zu sehen, wie sehr die Ereignisse sie mitnahmen. »Alexander hat mich über den aktuellen Stand informiert. Es ist schrecklich. Warst du schon im Krankenhaus?«

»Ja, ich war heute Morgen dort. Schrecklich trifft es ziemlich gut. Er wirkt so … ich weiß nicht.« Sie zuckte mit ihren Schultern und seufzte. »Wir müssen abwarten. Papa ist ein Kämpfer, er wird es bestimmt schaffen.« Damit versuchte sie gleichermaßen der Chefsekretärin und sich selbst Mut zu machen. Einen anderen Gedanken wollte sie partout nicht zulassen.

Beatrice nickte. Sie berührte Corinne mitfühlend am Arm.

»Alles nicht so einfach, aber weißt du was? Wir werden das gemeinsam schaffen. Erst einmal deine Haare und die Klamotten. Wenn du möchtest, helfe ich dir in den nächsten Tagen, dich in die Abläufe einzufinden. Es ist alles gut eingespielt, du musst dir keine Sorgen machen.«

»Deine Unterstützung wäre wunderbar, Beatrice. Wirst du das zeitlich einrichten können? Ich meine, du musst jetzt quasi für zwei Chefs da sein. Und sicher machen wir Anfänger dir mehr Arbeit als unser Vater. Belegt Alexander dich sehr mit Beschlag?«

»Dein Bruder will nur hin und wieder Unterlagen von mir. Er ist ja schon eine Zeit lang in der Firma und mit dem Tagesgeschäft vertraut. Das wird sicher gehen.«

»Wir müssen das irgendwie aufteilen. Ich werde mit Alexander sprechen. Aber jetzt muss ich erst einmal vorzeigbar werden, und zwar fix. Die Besprechung geht gleich los.«

»Das haben wir sofort. Moment.« Schon war Beatrice auf dem Weg in ihr Büro, dabei zeigte sie auf die Verbindungstür. »Einverstanden, wenn wir die offen lassen?«, fragte sie über die Schulter in Corinnes Richtung.

»Selbstverständlich. Wenn du deine auch auflässt, arbeiten wir auf Zuruf.«

So hatten sie nur das Büro ihres Vaters zwischen sich. Corinne hörte Beatrice in ihrem Zimmer tippen. Die Tasten klackerten in einer Geschwindigkeit, die Corinne staunen ließ, sie selbst tippte nur mit vier Fingern und sehr viel langsamer. Es war ein paar Sekunden still, dann tippte Beatrice noch einmal kurz. Gleich darauf stand sie wieder bei Corinne im Zimmer. Bewaffnet mit einem Föhn und einer Sporttasche und mit einem vergnügten Glitzern in den Augen.

»Ich habe mir erlaubt, die Besprechung um eine halbe Stunde zu verschieben. Dein Bruder ist über den Firmenmessenger informiert.«

»Danke, Beatrice. Du bist meine Rettung.« Corinne stockte. »Den Firmenmessenger sagst du?«, fragte sie dann. »Alexander hasst dieses Programm. Vom ersten Tag an steht er damit auf Kriegsfuß. Er hat sich sogar mehrfach mit Vater deshalb gestritten, weil er Termine nicht eingetragen hatte. Ich glaube, er schaut da nicht regelmäßig rein.«

Auf Beatrice Lippen lag ein kleines Grinsen. »Dann wird er gleich im Besprechungszimmer sitzen und sich wundern, wo ihr bleibt. Lohmeyer jedenfalls hat es bereits gelesen und bestätigt.«

Corinnes Mund klappte auf und dann wieder zu. Damit hatte sie nicht gerechnet, und auf die Schnelle fiel ihr keine Erwiderung ein.

»Ich finde Frauen sollten zusammenhalten«, kommentierte Beatrice Corinnes Blick lässig. »So, jetzt kümmern wir uns um deine Haare, und dann bekommst du mein Notfalloutfit.«

Corinne hatte sich ganz gut geschlagen in der Besprechung mit Karl Lohmeyer. Sie hatte sich nach dem beginnenden Weihnachtsgeschäft erkundigt und nach der Auftragslage. Alexander hatte ergänzend nachgehakt, und Lohmeyer hatte Rede und Antwort gestanden. Corinne hatte ihm aufmerksam zugehört und sich wichtige Informationen notiert. In diesen Punkten war die Besprechung sehr harmonisch abgelaufen, darüber hinaus war Corinne leider nicht weitergekommen.

Jetzt saß sie wieder in ihrem Büro, wartete auf ihren Bruder und blätterte derweil in den Listen der betreuten Märkte und im aktuellen Sortimentskatalog von *Ahrensberg Kaffee*. Wieder einmal fragte sie sich, wieso sie keinen Fairtrade-Kaffee verkauften. Allerdings musste sie zugeben, dass ihr Vater einen großen Schritt gegangen war und das Sortiment im Laufe der Jahre stetig erweitert und inzwischen neben Kaffee auch eine Auswahl an Kaffeesüßigkeiten aufgenommen hatte, die mehrere Firmen im Auftrag für sie herstellten.

Genau hier würde Corinne gerne ansetzen. Es musste doch möglich sein, ihr Angebot zu verbessern. Nicht die Quantität, sondern die Qualität. Wieso wurden die Pralinen nicht mit hochwertiger Schokolade – vielleicht sogar in Bioqualität – hergestellt? Damit könnte *Ahrensberg Kaffee* sich von anderen Anbietern abgrenzen und gleichzeitig dem Aspekt der Nachhaltigkeit Rechnung tragen, sich neben ihrem Namen ein neues Alleinstellungsmerkmal schaffen.

Auch bei der Verpackung wollte sie langfristig etwas ändern. Eine Plastikhülle um die Pralinenschachtel war nicht mehr zeitgemäß. Es gab ökologisch sinnvollere Verschlussmöglichkeiten, die ganz sicher auch nicht teurer waren.

Auch bei den betreuten Märkten würde sie liebend gerne ein wenig an der Schraube drehen. Im Moment belieferten sie überwiegend Supermärkte, Discounter und auch den Großhandel. Was war mit kleineren Anbietern? Wieso unterstützte man nicht regionale Unternehmen? Wenn man den Vertrieb ausbaute, könnte man Cafés in die Betreuung hineinnehmen und durch persönliche Beratung den Fokus auf Qualitätskaffee legen.

Corinne schwirrte der Kopf. Sie hatte so viele Ideen, so eine große Lust, den Staub von dem alten Gefüge wegzupusten und neuen Wind in die Firma zu bringen. Doch bevor sie etwas ändern konnte, musste sie zuerst einmal die Abläufe verstehen und richtig kennen. Zum Glück wollte Beatrice ihr helfen.

Ein kurzes Klopfen, dann trat Alexander ein.

»Schwesterchen, du hast mich um ein Gespräch gebeten? Also dann los. Wo drückt der Pumps?« Er setzte sich in einen der Ledersessel, nahm sich eine Kaffeepraline und schob sie sich in den Mund. »Nicht schlecht, das Zeug«, sagte er und holte sich gleich noch eine Praline.

»Richtig gut wäre angemessener. Schließlich ist es eines unserer Produkte«, konnte Corinne nicht an sich halten den Kommentar ihres Bruders zu bewerten. Doch dann besann sie sich wieder. Darum sollte es jetzt noch nicht gehen. »Alexander, ich möchte gern, dass wir zusammenarbeiten. Ich weiß nicht, was mit dir los ist, aber du bist so abweisend, so distanziert.« Sie schlug die Augen nieder und sagte leise: »So arrogant.«

»Ach, Löckchen«, antwortete Alexander. »Sei doch nicht gleich eingeschnappt. Das ist hier Business, kein Sandkasten. Du spielst jetzt mit den großen Kindern. Und ich finde es eben falsch, dich direkt in der Chefetage einzusetzen. So what? Jeder hat doch ein Recht auf eine eigene Meinung, oder etwa nicht?«

Corinne drückte den Rücken durch, hob den Kopf und sah

ihrem Bruder offen ins Gesicht. »Okay, Alexander. Du hast deine Meinung also nun kundgetan. Mehrfach und nachdrücklich. Aber damit sollte es jetzt gut sein, denn darauf können wir im Moment keine Rücksicht nehmen. Es geht hier nicht um irgendwelche persönlichen Befindlichkeiten, sondern um die Weiterführung des Familienunternehmens. Wir müssen diese Aufgabe meistern – wir beide gemeinsam. Du kannst die Situation nicht ändern, also wäre es durchaus angebracht, den gestellten Kamm wieder zu legen, das Gockelgehabe zu lassen und dich damit zu arrangieren, mit mir zusammenzuarbeiten, nicht gegen mich.« Sie räusperte sich, wartete, ob von Alexander Protest kam, doch er saß da, kaute an der dritten Praline und hörte ihr zu.

»Ich habe mir eben schon einen knappen Überblick verschafft. Soweit ich das auf den ersten Blick erkennen kann, läuft alles reibungslos. Das Weihnachtsgeschäft ist ordentlich angelaufen, da müssen wir nicht aktiv werden. Auch für Ostern ist die Planung größtenteils abgeschlossen. Morgen kommt eine neue Kaffeelieferung. Wollen wir vormittags gemeinsam verkosten?« Corinne war von ihrem Schreibtischstuhl aufgestanden, zu Alexander hinübergegangen und hatte sich ihm gegenüber in den zweiten Sessel gesetzt.

»Alexander, bitte. Ich weiß, du stehst unter Druck. Unser Vater hat es dir nicht leicht gemacht, und jetzt möchtest du ihm keinen Anlass zur Unzufriedenheit geben. Aber sei doch mal ehrlich – bist das hier wirklich du? Wie wäre es, wenn wir heute Abend, nachdem wir bei Papa waren, zusammen essen gehen? Nur du und ich. Ich erzähle dir von Brasilien, von dem, was ich auf der Plantage erlebt und gelernt habe. Wir schwelgen ein wenig in Erinnerungen, ich möchte so gern, dass wir wieder zusammenfinden, weißt du, was ich meine? Wir waren doch mal ein richtiges gutes Geschwisterteam.« Sie hielt die Luft an und sah ihn an.

Ein kurzes Flackern in Alexanders Augen ließ Corinne hoffen. Doch nur für Sekunden, dann hatte er seine Maske wieder perfekt im Griff.

»Schwesterchen, es geht hier nicht um Nostalgie. Die können wir uns in unserer jetzigen Situation wahrlich nicht leisten. Wir müssen uns auf die Zahlen und den Betrieb konzentrieren und sachlich bleiben. Da hilft ein Abendessen ganz sicher auch nicht weiter. Außerdem habe ich bereits Pläne für heute Abend. Sorry.«

Bei dem letzten Satz wurde Alexanders Blick weicher. Corinne schaltete sofort und griff nach dem Strohhalm. Wenn er verliebt war, könnte sie ihn so vielleicht erreichen. Sie wusste kaum etwas über Alexanders Liebesleben. Einmal, mit siebzehn oder achtzehn, hatte er ein Mädchen mit nach Hause gebracht. Doch diese Beziehung hatte nicht lange gehalten. Weitere Freundinnen hatte er nicht gehabt, oder – wie Corinne eher vermutete – niemandem aus der Familie vorgestellt. »Pläne? Haben die vielleicht Beine bis zum Hals und ein sexy Dekolleté? Hey, Brüderchen, hast du etwa ein Date? Kenne ich sie?«

Doch auch dieser Weg blieb ihr versperrt. Alexander stand abrupt auf und blitzte sie an. »Halt dich aus meinen Leben raus, Corinne. Du weißt, dass ich Neugier nicht leiden kann. Ich denke wir haben alles besprochen. Wir bleiben bei Vaters Linie.« Er warf einen Blick auf seine Armbanduhr. »In einer halben Stunde sehen wir uns bei der Versammlung.«

Was war nur in den letzten Jahren geschehen? Corinne betrachtete ihren Bruder und sah nur einen Fremden. Sie erhob sich ebenfalls.

»Nun gut, ich wünsch dir einen schönen Abend – bei dem, was du vorhast.«

Ohne ein weiteres Wort verließ Alexander Corinnes Büro. Sie trat hinter den Schreibtisch, ließ sich auf ihren Drehstuhl sinken und legte frustriert das Kinn in die Hände. Dieser Tag war wirklich nicht ihrer. Aber noch gab sie sich nicht geschlagen. Sie würde sich hier einarbeiten, und irgendwann würde sie es auch schaffen, etwas zu verändern.

Kapitel 6
Auf dem Dachboden

Aachen • Oche • Aix-la-Chapelle • Aken • Aquae Granni

Gegenwart: November

Zwei Wochen war es inzwischen her, dass Corinne ihren ersten Tag als Teil der Geschäftsführung von *Ahrensberg Kaffee* mehr schlecht als recht überstanden hatte. Es waren zwei lange Wochen gewesen, in denen sie weiter um ihre Position kämpfte. Corinne arbeitete viel, und Alexander machte es ihr schwer. Er versuchte noch immer, sie aus der Geschäftsleitung herauszudrängen.

Ihr war klar, dass sie, wenn sie dagegenhalten wollte, nur mit viel Fachwissen und Kenntnis der Firmenabläufe punkten konnte. Deshalb arbeitete sie sich vom ersten Tag an Stück für Stück weiter vor. Alles, was Alexander in den letzten Jahren bereits von ihrem Vater gelernt hatte, versuchte sie sich nun selbst anzueignen. Es war ihr großes Glück, dass sie Beatrice auf ihrer Seite hatte. Dank deren Unterstützung hatte Corinne inzwischen einen ziemlich guten Überblick und vor allem einen guten Stand bei den Mitarbeitern. Sie begegneten ihr voller Wohlwollen und unterstützten sie, wann immer sie etwas benötigte. Auch wenn Corinne es auf die Schnelle nicht schaffte ausgiebige Praktika in allen Abteilungen zu absolvieren, so wollte sie doch zumindest eine kurze offizielle Einführung in jedes Arbeitsgebiet bekommen. Auch das fand großen Zuspruch unter den Mitarbeitern. Auch nach Betriebsschluss saß Corinne abends oft noch lange in ihrem Büro und wälzte Unterlagen, Finanzbücher und Produktionsberichte. Sie konnte inzwischen ernsthaft mitreden, wusste, wo die größten Probleme lagen, und worum sie sich als Nächstes kümmern mussten.

Außerdem war sie mittlerweile überzeugt, dass *Ahrensberg Kaffee* problemlos einige Veränderungen verkraften und langfristig auf jeden Fall davon profitieren würde. Corinne war sich sicher, wenn sie sie jetzt umsetzten und es schafften, die positiven Aspekte durch gute Zahlen zu bestätigen, dann würde ihr Vater nach seiner Genesung sehen, dass nicht alles schlecht war, nur weil es nicht der Tradition entsprach. Sie würden ihn zu seinem Glück zwingen.

Heute wollte sie erstmals ernsthaft mit Alexander über ihre Ideen sprechen. Sie atmete einmal tief durch, bevor sie an seine Bürotür klopfte und eintrat.

Zu Beginn ihres Treffens besprachen sie die üblichen Themen und tauschten sich über Aktuelles aus. Und dann setzte Corinne an: »Ich habe heute einmal wieder durch unseren Katalog geblättert und würde gerne einige Ideen mit dir besprechen, die unser Sortiment betreffen.« Sie hob vorsorglich die Hände, weil sie ahnte, dass Alexander gleich wieder hochschießen würde. »Ich finde, wir sollten gemeinsam unser Kaffeeangebot durchgehen und überlegen, was wir ändern können. Wir sind gut aufgestellt, das Alltagsgeschäft läuft, und die Firma ist stabil. Fernando hat auf seiner Plantage eine durchaus interessante Linie mit handgepflückten Sorten. Wir könnten das alte Sortiment belassen, wie es ist und es durch eine Premiumreihe ergänzen. Es muss ja nicht gleich Jacu-Bird-Kaffee sein, aber eben auch nicht immer nur Massenware. Ich habe mir von Fernando Muster seines Premiumkaffees schicken lassen.« Die Probe der Jacu-Bird-Bohnen, die ebenfalls im Päckchen gewesen war, verschwieg sie Alexander vorerst. »Auch von anderen Plantagen habe ich Proben angefordert.«

Jetzt brauste Alexander richtig auf und schrie sie an. Doch wenn er glaubte, mit Lautstärke ließe sie sich einschüchtern, dann kannte er seine Schwester schlecht. Sie ließ ihn brüllen und fragte dann ganz ruhig: »Bist du fertig? Genug Stimmbandtraining für heute? Na, dann ist ja gut. Dann können wir jetzt normal weiterreden. Du kannst so viel brüllen, wie du willst. Du bist nicht alleiniger Geschäftsführer, sondern wir stehen gemeinsam an der Spitze dieser Firma. Solange ich keine Verbindlichkeiten eingehe, brauche ich deine Zustimmung für mein Handeln nicht. Ich darf Informationen einholen so viel und worüber ich will.«

Corinne war erschüttert. Was war das denn für ein Umgang? Was fiel Alexander ein, sich ihr gegenüber so einen Ton herauszunehmen?

Auch über das Thema Nachhaltigkeit hatte sie sich bereits genauere Gedanken gemacht und plante mit Beatrice Hilfe Angebote verschiedener Firmen einzuholen, doch nach Alexanders Ausbruch ließ sie dieses Thema vorerst außen vor.

Ihr Bruder holte tief Luft, bevor er mit sichtlich großer Mühe ruhiger fortfuhr. »Ich weiß wirklich nicht, was du damit bezwecken willst, Corinne. *Ahrensberg Kaffee* ist in erster Linie eines: ein Wirtschaftsunternehmen. Wir wollen Gewinn machen. Je mehr, desto besser. Was soll das Theater mit handgepflücktem Kaffee und Premiumreihe? Erstens zahlen die Kunden nicht für Qualität – die wollen billigen Kaffee kaufen, sonst nichts. Geiz ist geil, das mag dir nicht schmecken, aber genau darum geht es. Und zweitens – dieses Argument ist für mich noch viel wichtiger: Wir haben die Stellvertretung für unseren Vater übernommen. Du weißt genau, wie wichtig ihm die Firma ist. Und die Tradition. Was glaubst du wohl, würde er sagen, wenn wir sein Lebenswerk auf den Kopf stellen, kaum dass er mal eine Weile ausfällt? Stell dir vor, er erholt sich langsam und erfährt von derlei Aktivitäten. Willst du schuld sein, wenn ihn erneut der Schlag trifft? Oder wenn er schneller wieder auf die Füße kommt und in ein paar Wochen wieder hier ist und die Geschäfte übernimmt. Was glaubst du wohl, was dann los ist?« Er holte tief Luft und schüttelte den Kopf. »Ich brauche einen Kaffee, du auch?«

Nachdem Corinne kurz genickt hatte, stand Alexander auf, ging zur Zwischentür und bat Beatrice um zwei Tassen Kaffee. Als er wieder saß, begann Corinne erneut zu sprechen. So einfach wollte sie sich nicht geschlagen geben.

»Ich glaube, deine Einschätzung der Firma ist der Kern unseres Problems, Alexander. Für dich ist *Ahrensberg Kaffee* eine seelenlose Institution, die nur dazu dient, wirtschaftlichen Erfolg zu produzieren. Vorne Kaffee rein, hinten Goldtaler raus. Aber für mich ist dieses Unternehmen viel mehr, und ich glaube auch, dass wir viel mehr daraus machen können.«

Corinne hielt inne, Beatrice kam herein. Sie brachte den Kaffee und stellte auch noch einen Teller mit Keksen auf den Tisch.

»Danke, Beatrice«, sagte Corinne. Dann nahm sie den Faden wieder auf. »Wir sind ein über inzwischen drei Generationen reichendes Traditionsunternehmen. Wir verkaufen den Menschen nicht einfach nur Kaffee, sondern ein Lebensgefühl. Eine Tasse Kaffee – wenn es ein guter Kaffee ist – ist wie ein kleiner Urlaub. Man spürt die Wärme in den Händen, wenn man die Tasse hält, man atmet das Aroma zuerst ein, bevor man einen Schluck nimmt und den Kaffee über die Zunge fließen lässt. Unsere Kunden sollen spüren, dass wir unseren Kaffee mit Respekt behandeln – das Knistern der Kaffeebohnen beim Rösten ist wie ein Versprechen und ich möchte, dass etwas dieses Zaubers bei den Menschen ankommt. Ich bin davon überzeugt, dass sie dann auch bereit sind, für diese Qualität zu bezahlen.«

»Du siehst das alles romantisch verklärt. Seit zwei Wochen bist du jetzt hier, und ich dachte, du hättest zumindest ein wenig verstanden, worauf es wirklich ankommt und worum es beim Führen einer solchen Firma geht. Wenn der Kaffeebaron so verträumt an das Geschäft herangegangen wäre, würden wir beide heute nicht hier sitzen, das sage ich dir. Dann gäbe es *Ahrensberg Kaffee* nämlich längst nicht mehr.«

»Wenn unser Opa nicht so eine Liebe zum Kaffee empfunden hätte, wie ich es tue, dann säßen wir heute auch nicht hier, lieber Alexander. Dann wäre die Firma nämlich nie gegründet worden«, konterte Corinne. »Ich weiß, Papa ist ein hervorragender Geschäftsmann, dem alle durchaus zu Recht Respekt zollen. Aber ganz ehrlich, ich hatte in den letzten Jahren immer wieder den Eindruck, dass er den Kontakt zu seinen Wurzeln nicht mehr hat. Er empfindet die Liebe zum Kaffee nicht mehr, es geht nur noch um Zahlen. Obwohl er immer auf Tradition beharrt und auf ihre Verlässlichkeit schwört, hat er die Seele der Firma aus den Augen verloren. In Wirklichkeit heißt Tradition für ihn nur, das Bestehende zu konservieren und Geld und Macht zu erhalten. Und du folgst ihm, ohne darüber nachzudenken, was Opa, dem wir dieses Erbe verdanken, im Sinn hatte.«

»Jetzt fängst du auch noch mit Opa an«, maulte Alexander. »Das wird ja immer schlimmer. Aber tut mir leid, da spiele ich nicht mit.« Sein Ton wurde schärfer. »Wir werden die Firma in Vaters Sinn weiterleiten. Keine Experimente. Kapiert? Ich bin sicher, Mutter sieht das ebenso wie ich.«

Corinne trank den letzten Schluck ihres Kaffees und schüttelte den Kopf. »Wer hier etwas ganz und gar nicht kapiert, bist du, Alexander.« Sie seufzte. »Dann lass uns wenigstens die Rösttemperaturen etwas drosseln, damit der Röstvorgang etwas langsamer und schonender vonstattengeht. Dieses Turborösten bei sechshundert Grad, wie wir es derzeit betreiben, ist seelenlos, und genauso schmeckt auch unser Kaffee!«, schloss sie mit einer vagen Handbewegung in Richtung ihrer leeren Tasse. Doch sie biss wieder auf Granit.

»Corinne, es geht nicht um deine Ideologien, verdammt noch mal. Es geht darum, schwarze Zahlen zu schreiben. Je schwärzer, desto besser. Ich wiederhole mich nur ungern, aber wir sind ein Wirtschaftsunternehmen und sonst nichts. Hör endlich mit diesem romantisch verklärten Mist auf. Kaffee ist eine Handelsware und kein Wellnesszauber für die Welt«, schmetterte Alexander ihr entgegen. Er hatte wirklich nur Zahlen und Absatz im Kopf, es war schlimm. Wie konnten Geschwister nur so verschieden sein? Corinne war enttäuscht. Es musste doch einen Weg geben, den Alexander wieder zu erreichen, der er früher einmal gewesen war. Sie wollte nicht glauben, dass dieser aalglatte unnahbare Mensch, der ihr gegenübersaß, alles war, was von ihrem Bruder übrig geblieben war.

»Nun gut, belassen wir es dabei – vorerst. Ich denke, hier kommen wir heute nicht weiter. Hab noch einen angenehmen Tag.« Corinne hielt die Anspannung zwischen ihnen nicht mehr aus und musste hier raus. Sie stand auf, nickte ihrem Bruder noch einmal zu und verließ sein Büro.

Einen Moment stand sie planlos auf dem Flur und überlegte, was sie als Nächstes tun sollte. Sich jetzt an ihren Schreibtisch zu setzen hatte wenig Sinn. Dazu war sie zu aufgewühlt. Doch dann erinnerte sie sich daran, dass sie den Dachboden der Firmenvilla als Kind schon geliebt hatte und entschloss kurzerhand, sich dorthin zu flüchten. Sie brauchte dringend eine Pause. Und sie war auf der Suche nach Antworten.

Hatte Alexander recht, wenn er sagte, sie wäre eine Träumerin, die die Motivation ihres Großvaters in Bezug auf das Kaffeegeschäft romantisierte? Corinne hatte sich daran erinnert, dass auf dem Dachboden Sachen ihres Großvaters gelagert waren. Ebenso wie etliche ausgemusterte Möbel und anderer Kram. Vielleicht würde sie in den alten Unterlagen Hinweise finden, die ihre Erinnerung bestätigten. Sie brauchte Beweise, sonst würde Alexander von seiner Überzeugung nicht abrücken.

Staub wirbelte auf, als Corinne den Dachboden betrat. Die Körnchen flirrten und flimmerten im Sonnenlicht, das durch das Fenster in der Gaube hereinfiel und alles in weiches goldenes Herbstlicht tauchte.

Kaum stand Corinne hier oben, fühlte sie sich ruhiger und zuversichtlicher. Die Atmosphäre zwischen all den Dingen, die von früheren Zeiten zeugten, war für Corinne wie ein Kokon, der sich schützend um sie legte. Hier hatte sie ihre Ruhe, während unten das normale Tagesgeschäft weiterlief. Hier würde sie niemand suchen und niemand etwas von ihr wollen.

Corinne machte ein paar Schritte, der grobe Dielenboden knarzte leise unter ihren Füßen. Suchend sah sie sich um. Etliche Kartons, verhüllte Gegenstände – alte Möbel, vermutete Corinne – und unter der Schräge im Eck ein paar Gemälde an die Wand gelehnt, die niemand mehr in seinem Büro hängen haben wollte. Dann entdeckte sie einen Holzstuhl und zog ihn ins Sonnenlicht. Er war etwas wacklig, vorsichtig setzte Corinne sich auf die Kante. Sie beugte sich vor, stützte die Ellbogen auf ihre Oberschenkel und legte ihr Kinn auf die gefalteten Hände. In dieser Position verharrte sie und genoss die sanfte Wärme der Herbstsonne auf ihrem Gesicht und die Ruhe um sich herum.

Die Situation war so kraftraubend und unbefriedigend. Alexander wollte einfach nicht verstehen, dass es höchste Zeit für Veränderungen war. Wenigstens im Kleinen. Corinne erwartete ja gar nicht, dass sie die Firma auf links drehten, wie er das gern drastisch und sehr überzogen formulierte. Aber sie wollte zu dem stehen können, was sie tat. Und das konnte sie nur, wenn es ihrer Überzeugung entsprach, wenn sie das Gefühl hatte, das Richtige zu tun. Nicht nur für die Firma, sondern auch für die Umwelt und für die Menschen, die für sie arbeiteten – hier in Deutschland und ebenso in den Anbauregionen. Es ging doch schließlich nicht nur um das Jetzt, sondern auch um eine gute

Zukunft. Niemand hatte etwas davon, wenn sie Natur und Menschen ausbeuteten und zerstörten. Doch Alexander ließ keines ihrer Argumente gelten.

Corinne fühlte sich auch heute noch am wohlsten in der Rösterei und im Kaffeelager. Wenn die Bohnen raschelten und etwas später knisterten, wenn der betörende Duft aus den Röstern stieg und der Kaffee knackte, dann war Corinne in ihrem Element. Für sie gab es nichts Schöneres. Nicht einmal der Duft von frisch gebrühtem Kaffee konnte mit dem Zauber beim Rösten mithalten. Wenn sie dann auch noch wüsste, dass die Bohnen biologisch oder zumindest nachhaltig angebaut worden waren, dann wäre das perfekt.

Dabei ging es ihr nicht zwingend um ein Zertifikat, darüber hatte sie lange mit Fernando diskutiert, als sie in Brasilien gewesen war. Zuerst war sie sehr auf die Bioauszeichnung erpicht gewesen und überzeugt, dass es nur so ginge, doch sie hatte sich von ihm überzeugen lassen. So etwas kostete viel Geld und war nicht einfach durchzusetzen. Nachhaltiger Anbau konnte auch ohne Biolabel funktionieren, wenn man den Anbauern die Freiräume gewährte, die sie dafür benötigten und diese Arbeit dann auch wertschätzte und den Preis dafür bezahlte, ohne sie bis aufs Blut herunterzuhandeln.

Natürlich brauchte es dafür Vertrauen auf beiden Seiten. Kaffeeanbauer und Kaffeehändler mussten Hand in Hand arbeiten. Und genau darum ging es Corinne, um eine respektvolle Zusammenarbeit, um die Achtung der Ressourcen. Die Wertekette sollte sich vom Anbauer bis zum Endverbraucher durchziehen, dann wäre viel gewonnen.

Auch bei ihrer Mutter würde Corinne keine Hilfe bekommen. Sie wollte von ihren Kindern nur behelligt werden, wenn sie sich bei wichtigen, das laufende Geschäft betreffende, Entscheidungen nicht einigen konnten. Sie hatte von Anfang an klargestellt, dass sie mit ihren Geschwisterstreitereien nichts zu tun haben wollte. »Ich bin wirklich genug damit beschäftigt, mich um euren Vater zu kümmern.« Da musste Corinne ihr recht geben.

Corinnes Mutter saß Tag für Tag, Stunde um Stunde, am Bett ihres immer noch im Koma liegenden Mannes. Sie las ihm vor, sprach mit ihm, spielte ihm seine Lieblingsmusik vor und hielt seine Hand. Corinne hatte ein schlechtes Gewissen, weil sie selbst sich nicht mehr um ihn kümmerte, aber sie konnte nicht.

Sie schob die Arbeit vor, doch in Wahrheit hielt sie es in dem Krankenzimmer an der Seite ihres reglosen Vaters immer nur ein paar Minuten aus, dann hatte sie das Gefühl zu ersticken.

Wie viel lieber wäre es ihr, mit dem Kaffeebaron zu streiten und um Standpunkte zu kämpfen. So oft sie ihn in der Vergangenheit für seine Sturheit verflucht hatte, so sehr sehnte sie sich jetzt nach seinem Dickschädel und seinem albernen Beharren auf Traditionen, die in Corinnes Augen gar keine waren. Stattdessen lag er im Krankenhaus, und sie konnte nichts tun außer hoffen. Und obendrein musste sie sich mit Alexander auseinandersetzen, der seinem Vater in Punkto Sturheit offensichtlich Konkurrenz machen wollte.

Corinne war froh, dass sie Sebastian hatte, der sich in dieser schwierigen Zeit wieder einmal als ihr bester Freund bewährte und ihr Haltepunkt war.

»Wie gut, dass du gerade Single bist«, hatte Corinne erst gestern bei einem gemeinsamen Spaziergang zu ihm gesagt. Hätte er eine Freundin, wäre die vermutlich längst auf die Barrikaden gegangen, weil Sebastian sich so intensiv um Corinne kümmerte.

»Da hast du allerdings recht«, hatte Sebastian geantwortet. »Hat ja lange genug gedauert, bis ich das wieder zu schätzen wusste.«

Corinne hatte zustimmend genickt und sich mit Schaudern an seinen schlimmen Liebeskummer erinnert. Seine Freundin

Svenja hatte sich vor einem halben Jahr von ihm getrennt, weil sie sich in einen anderen verliebt hatte. Damals hatte Corinne nächtelang bei Sebastian ausgeharrt und ihn getröstet. Sie hatten schon immer wie Pech und Schwefel zusammengehalten.

»Wir beide machen das mit dem Singlesein gar nicht schlecht, finde ich«, hatte Corinne gesagt und sich bei Sebastian untergehakt. »Ich bin dir unglaublich dankbar für deinen Beistand, Sebastian. Ich weiß gar nicht, wie ich das ohne dich alles schaffen würde.« Dann war sie kurz stehen geblieben, hatte ihn eindringlich angesehen und hinten drangehängt: »Aber du weißt, du musst das nicht machen. Es ist kein Problem, wenn ich zwischendurch mal einen Abend ohne deine persönliche Betreuung verbringen muss. Ich bin ein großes Mädchen, ich schaff das.«

»Hast du etwa schon genug von mir?«, hatte Sebastian sie geneckt. »Mach dir keine Gedanken, du großes Mädchen. Ich bin wirklich gern für dich da.«

Seit Corinne aus Brasilien zurück war, hatte es sich eingespielt, dass Sebastian sie von der Arbeit abholte, mit ihr zum Krankenhaus fuhr und sie auffing, wenn sie aufgelöst und traurig nach kurzer Zeit wieder vor die Tür flüchtete. Sie musste ihn nicht lange bitten, Sebastian war einfach für sie da. Und das nicht nur nach Feierabend. Als freiberuflicher Webdesigner konnte er sich Freiräume schaffen und sich auch tagsüber Zeit für Corinne nehmen, wenn die Wellen über ihr zusammenzuschlagen drohten. Manchmal diente er auch nur als Notfall-Telefonseelsorger.

Nach den Krankenhausbesuchen gingen Sebastian und Corinne meist eine Kleinigkeit zusammen essen oder spazieren. Sebastian hörte geduldig zu, wenn Corinne ihm von ihrem Frust mit Alexander erzählte. Er wurde nicht ungeduldig, wenn sie sich in ihren Gedanken immer wieder im Kreis drehte. Er verstand sie, und er lenkte sie ab, brachte sie auf andere Gedanken und zum Lachen, indem er ihr von den wilden Kundenwünschen und lustigen Begegnungen erzählte, die er in seinem Job erlebte.

Sebastian betreute derzeit die Webseite und den Onlineshop einer Firma für Intimspielzeuge, was allerlei Anlass zur Erheiterung bot. Zu seinen Kunden zählte außerdem eine ältere Künstlerin, die mit der Zeit gehen wollte und sich von ihm eine Webseite hatte gestalten lassen, auf die sie nun plante, selbst ihre Bilder einzustellen. Da sie nie mit Computern zu tun gehabt hatte, musste Sebastian ihr jeden Schritt erklären und aufschreiben. Der Gipfel ihrer Hilflosigkeit war ein panischer Anruf, in dem sie hysterisch in den Hörer schrie: »Sebastian, es tut mir leid, aber ich habe das Internet gelöscht!«

Corinne hatte sich an ihrer Tomatensuppe verschluckt vor Lachen, als Sebastian ihr von dem Telefonat erzählte. Sie musste auch jetzt wieder lachen, als sie daran dachte.

Im nächsten Moment seufzte sie allerdings. Wieso war gerade nur alles so schwierig? Wieso wachte Papa nicht endlich auf und alles wurde gut? Er würde sich gegenüber Corinnes Ideen zwar auch querstellen, aber sie hatte das Gefühl, dass sie ihren Vater doch irgendwie überzeugen könnte, wenn sie nur die richtigen Argumente und Konzepte lieferte. Schließlich konnte er ihr inzwischen nicht mehr die unerfahrene Studentin vorwerfen.

Bei Alexander hatte sie die Hoffnung im Moment verloren. Es schien ihr fast, als sträubte er sich nur um des Sträubens willen, um ihr zu zeigen, dass er das Sagen hatte und besser als sie wusste, wie das Geschäft funktionierte.

»Opa«, flüsterte Corinne in die Stille des Dachbodens hinein. »Was soll ich nur tun?«

Hier oben fühlte sie sich ihrem Großvater nahe, denn hier waren all die Dinge von ihm gelandet, die ihr Vater aussortiert hatte und die für die Firma nicht mehr relevant waren. Corinne erhob sich von ihrem wackelnden Stuhl und begann sich die Sachen anzusehen, die sich hier oben angesammelt hatten. Sie fand Kartons mit Unterlagen aus dem Büro ihres Großvaters. Einen Stiftehalter in Kaffeebohnenform, Bleistifte, die noch Bissspuren ihres Großvaters trugen. Bilder der Vergangenheit blitzten in ihr auf. Ja, Opa hatte immer an einem Bleistift genagt, wenn er nachdachte, erinnerte sie sich.

Sie fand ein in braunes Leder gebundenes handgeschriebenes Buch und erkannte sofort die klare steile Handschrift ihres Großvaters, als hätte sie gestern das letzte Mal gesehen, wie er etwas notierte. Ein warmes Gefühl der Nähe erfasste sie. Corinne begann zu lesen, überflog die ersten Zeilen. Manche Seiten waren von Hand geschrieben, auf manche waren Zettel geklebt. Zwischen den Seiten steckten Briefe. Es war zu umfangreich, um den Inhalt auf die Schnelle zu erfassen, sie erkannte aber, dass es Erinnerungen ihres Großvaters waren, eine Art Tagebuch.

Als ihr klar wurde, was sie da gefunden hatte, bekam sie Gänsehaut. Sie hatte keine Ahnung gehabt, dass er etwas über sein Leben aufgeschrieben hatte. Ihr Großvater hatte, auch nachdem er die Firma an seinen Sohn übergeben hatte, ein Büro behalten und sich oft für Stunden in sein Refugium zurückgezogen. Corinne hatte sich damals keine Gedanken darüber gemacht, sie war ja noch ein Kind gewesen. Hatte er an seinen Memoiren geschrieben? Jedenfalls hatte er nie darüber gesprochen. Niemand in der Familie hatte das gewusst, da war sich Corinne ziemlich sicher. Vermutlich hatte ihr Vater nach Opas Tod jemanden angewiesen, alles in Kartons zu packen und auf dem Dachboden zu lagern.

Entschlossen klappte Corinne das Buch zu und legte es zur Seite. Das würde sie mit nach Hause nehmen und in aller Ruhe lesen. Sie setzte ihren Streifzug über den Dachboden fort und landete bei etwas Großem, das mit einem weißen Tuch bedeckt war. Bei den meisten Stücken war klar, was sich unter den Tüchern befand. Man erkannte die Formen von Sesseln, Tischen, Kommoden oder sogar einer Lampe. Doch hier war Corinne ratlos. Neugierig zog sie die Abdeckung weg.

Ein überraschtes Oh schlüpfte ihr über die Lippen. Sie stand vor einem alten Trommelröster.

Nachdem sie in die Zeit der Anfänge der Firma eingetaucht war, fühlte Corinne sich bestärkt und in ihrem Weg bestätigt. Sie hatte nicht nur Opas Memoiren gefunden, sondern auch seinen allerersten Trommelröster. So hatte alles begonnen. Ganz klein und voller Liebe zu Kaffee.

Opa hatte ihr oft davon erzählt, wie das damals für ihn gewesen war, wie er um jeden Sack Kaffee hatte kämpfen müssen. Es war eine schwere Zeit gewesen, direkt nach dem Krieg. Opa hatte bei null anfangen müssen. Und wie stolz er gewesen war, als er *Ahrensberg Kaffee* gegründet hatte. Manches war tief in Corinnes Erinnerung begraben gewesen, doch auf dem Dachboden zwischen all den alten Dingen war alles wieder lebendig geworden.

Sie hatte lange gestöbert und war irgendwann mit Staub in den Locken und dem Buchschatz in der Hand wieder hinuntergegangen in ihr Büro. Doch an Arbeit war nicht zu denken gewesen, Corinne hatte zu viel, worüber sie nachdenken wollte.

»Ich mache heute früher Schluss, Beatrice. Ich muss hier raus«, hatte sie kurz darauf der Sekretärin mitgeteilt. »Falls mein Bruder fragt: Frauensache.«

Damit war sie auf der sicheren Seite, in dieser Sache nachzuhaken wäre Alexander sicher peinlich. Beatrice hatte ihr zugezwinkert und mit dem Daumen hoch signalisiert, dass sie Corinnes frühen Feierabend richtig fand. Sie hatte ihr schon öfter gesagt, dass sie zu viel Zeit in der Firma verbrachte, immer blasser wurde und sich etwas Zeit für sich nehmen sollte.

Nach Hause hatte es Corinne nicht gezogen, sie hatte ihre Schritte Richtung Innenstadt gelenkt. Zuerst war sie in den Dom gegangen und hatte eine Kerze angezündet. Sie war nicht religiös, aber sie mochte den Dom. Die Stille, die Erhabenheit, die die hohen Mauern ausstrahlten und die Kühle. Außerdem liebte sie das Ritual des Kerzenanzündens.

Anschließend war sie bei Susan im Café gelandet, wo sie sich einen Fensterplatz gewählt hatte.

»Hey, Corinne, das wird Zeit, dass du dich lässt blicken, Honey! Oh my god, du siehst aus so müde. Komm, setz dich. Ich bringe Kaffee und dann quatschen wir.«

»Weißt du, Susan, ich verstehe Alexander einfach nicht. Wieso lässt er keine Veränderungen zu? Wieso wiegelt er mich ab, als wäre ich eine vorlaute Rotznase?«

»Vielleicht er will zeigen, was er kann. Kann es sein, dass er ist scared, ich meine …« Susan suchte nach dem Wort. »Geängstigt. Verstehst du? Er hatte doch keinen leichten Stand. Jetzt das ist sein Chance.«

»Aber das Gleiche will ich doch auch.« Corinne fuhr sich verzweifelt mit den Händen in ihre Locken. Zu ihrem Ärger verstand sie sogar, was Susan ihr sagen wollte. Aber sie wollte es nicht wahrhaben. Es war falsch, so weiterzumachen wie bisher, nur, um ihrem Vater zu gefallen.

»Wir müssen doch mit der Zeit gehen. Von mir aus kann die jetzige Ausrichtung ja sogar weiterlaufen. Aber wir müssen auch neue Märkte erschließen. Mehr Individualität ist wichtig. Ich möchte, dass wir auf Kleinkunden eingehen und auf Qualität statt Quantität setzen. Das ist die Zukunft, davon bin ich felsenfest überzeugt. Ich würde so gern hochwertige Kaffees einkaufen und mit kleinen Röstereien in Kontakt kommen. So wie Opa es gemacht hat. Obwohl auch er immer auf Erfolg, Profit und gute Zahlen bedacht war, hat er die Qualität nie aus den Augen verloren. Er hat in unserer eigenen Rösterei Massenware – mit Qualität – hergestellt und gleichzeitig Kleinkunden bedient, die besondere Kaffees suchten. Ich weiß nicht, weshalb unser Vater das nicht weitergeführt und ausgebaut hat.«

»Honey, es tut mir leid. Ich verstehe dein Problem, aber jetzt ich muss wieder an die Arbeit. Ich bring dich noch eine Tasse. Bleib sitzen und relax. Okay? Du wirst staunen, es ist ein besonderes Kaffee von Noah. Du weißt schon, die lovely Rösterei, ich habe dir erzählt davon.«

Corinne lehnte sich auf ihrem Stuhl zurück und sah aus dem Fenster, bis Susan ihr den versprochenen Kaffee brachte. Sie nahm die Tasse zwischen beide Hände, spürte die Wärme, genau wie sie es Alexander letztens ausgemalt hatte. Es war ein Geisha Arabica aus Peru, sanft geröstet, Susan hatte ihr auch ein paar der Bohnen auf einem kleinen Teller hingestellt. Sie wusste, dass Corinne ohnehin danach fragen würde.

Zuerst hielt Corinne ihre Nase über die Tasse und atmete den warmen Kaffeeduft ein. Es roch verführerisch, wie ein Versprechen. Neugierig nahm sie einen ersten Schluck und ließ die warme Flüssigkeit einen Moment im Mund. Er schmeckte noch besser, als sie es erwartet hatte. Der Geisha schlug sie mit seiner Intensität in seinen Bann. Er war sehr vollmundig, Corinne musste mehrfach nippen und kosten, um die Aromenvielfalt zu erfassen, die von Vanille über etwas Zitrus bis hin zu vollreifen Beeren reichte.

Schluck für Schluck spürte Corinne dem Geschmack nach, und ihre Begeisterung wuchs. Insgesamt war der Kaffee fast schon süß und trumpfte im Abgang mit einer Note auf, die sie zuerst nicht einordnen konnte. Erst als Susan am Tisch nebenan einen Tee servierte, machte es in Corinnes Aromengedächtnis klick – der Geisha hatte einen Hauch Bergamotte im Abgang, ein Aroma, das Corinne von Earl Grey Tee kannte.

Noah Engel hieß der Röster, von dem Susan ihr schon ein paarmal in den höchsten Tönen vorgeschwärmt hatte. Nachdenklich lehnte sich Corinne zurück und ließ ihren Blick und ihre Gedanken schweifen. Sie beobachtete die Menschen, die vor dem Café die Straße entlangkamen. Es war früher Nachmittag. Eine Mutter hatte ihre kleine Tochter an der Hand, die bei jedem zweiten Schritt einen vergnügten Zwischenhüpfer machte und fröhlich vor sich hinplapperte. Die beiden genossen ganz offensichtlich ihre gemeinsame Zeit. Eine Gruppe japanischer Touristen drängte in den Domeingang hinein. Zwei junge Mädchen unterhielten sich angeregt. Sie redeten ebenso schnell wie sie liefen und sprühten nur so vor Lebensenergie.

An einer Gestalt auf der anderen Straßenseite blieb Corinnes Blick hängen. Es war ein junger Mann, der vor dem Domeingang stand und auf den Boden blickte. Corinne stutzte. Die Figur kam ihr vertraut vor. Im nächsten Moment erkannte sie, dass es Alexander war. Er stand da, starrte den Boden an und hatte seine Schultern nach vorne gezogen, als wäre ihm kalt. Aber so kalt war es gar nicht, die Novembersonne hatte die Temperaturen ungewöhnlich in die Höhe getrieben.

Was machte er denn da? Wieso war er nicht in der Firma? Corinne überlegte, ob sie hinausgehen und ihn ansprechen sollte, oder ihn lieber in Ruhe lassen.

Er wirkte merkwürdig verloren. In diesem Moment hatte er nichts von dem herrischen Juniorchef, den er ihr in letzter Zeit so gern präsentierte. Der Mann, der dort stand, schien vielmehr ihr Alexander zu sein. Der Mensch, der er früher einmal war.

Sie sah, dass er sich über die Augen wischte. Weinte er etwa? Bevor sie sich entschieden hatte, was sie tun wollte, hatte Alexander den Rücken durchgedrückt, die Schultern gestrafft und den Kopf wieder erhoben. Jetzt sah sein Gesicht wieder normal aus, auch wenn Corinne glaubte, einen traurigen Schleier zu erkennen. Er putzte sich die Nase und ging mit eiligen Schritten davon.

Jetzt überlegte Corinne nicht mehr lange. Sie wollte wissen, was es da drüben auf dem Boden anzustarren gab. Gleich darauf war sie draußen und an der Stelle, an der gerade eben noch Alexander gestanden hatte.

Sie betrachtete die Steine und schnappte nach Luft. Sie war schon so oft im Dom gewesen, aber diese Stelle war ihr tatsächlich noch nie aufgefallen. Wieso hatte Alexander hier gestanden?

Nachdenklich ging Corinne wieder zurück ins *Emotion.* Sie versuchte sich einen Reim auf das zu machen, was sie entdeckt hatte, aber es klappte nicht.

Sie setzte sich wieder an ihren Tisch und trank den Rest des köstlichen Kaffees. Ihre Gedanken blieben zuerst noch bei Alexander und seinem merkwürdigen Verhalten, doch dann wanderten sie zurück auf den Dachboden. Zu Großvaters altem Trommelröster. Corinne fasste einen Entschluss.

»Susan, weißt du was?«, sagte sie zu der Cafébetreiberin, die gerade zu ihr an den Tisch gekommen war. »Ich werde jetzt deinen Noah besuchen und mir seine Rösterei ansehen. Du hast mich neugierig gemacht.«

Kapitel 7
Geheimnisse

Euweiler • Euwiller

September 1943

Eberhard und Isabella spazierten über die Wiese, zwischen den zufrieden grasenden Kühen hindurch, vom See zurück Richtung Euweiler. Ein Stück entfernt sahen sie den alten Bauern Friedrich, dem die Tiere gehörten. Er lud das letzte Heu für dieses Jahr auf einen Karren. Gerade wischte er sich mit dem Unterarm den Schweiß von der Stirn und sah sorgenvoll nach oben. Der Himmel am Horizont hatte sich zugezogen. Kurz lehnte sich der alte Mann auf den Stiel der Heugabel, um durchzuatmen. Doch nur ein paar Augenblicke, dann arbeitete er zügig weiter. Zu groß war die Angst, dass das Wetter kippen und ein Regenguss das Heu verderben könnte.

Den Sommer über hatten die Tiere auf den Weiden ausreichend Futter gefunden, doch die Menschen blickten allerorts bang dem nächsten Winter entgegen. Die Versorgungslage im Land wurde immer schwieriger, je länger der Krieg andauerte. Oft konnte man trotz der Berechtigungsscheine nicht das kaufen, was nötig war, um Tier und Mensch durchzubringen. Die Bauern wurden vom Reichsnährstand streng kontrolliert, und die mageren Erträge wurden ihnen nur allzu oft abgenommen.

Eberhard wusste, dass auf vielen Höfen heimlich zusätzliche Tiere gehalten wurden, die nicht in den offiziellen Listen auftauchten. Das war brandgefährlich, doch die Verzweiflung war stärker als die Angst vor einer Festnahme, obwohl das keine Seltenheit war. Erst letzten Monat war Otto Meier, ein Bauer aus dem Nachbarort, verhaftet worden, weil er versucht hatte, bei der Kontrolle zwei Schweine zu unterschlagen. Sie hatten ihn morgens um fünf abgeholt. Dennoch siegte meist die Angst vor dem Hunger und ließ die Menschen damit weitermachen.

Die Tiere durchzubringen wurde von Jahr zu Jahr schwieriger. Schon letzten Winter mussten viele Schweine und Kühe geschlachtet werden, weil die Menschen sie nicht mehr ernähren konnten. Dabei war hier auf dem Land kaum etwas so wertvoll wie eine Milchkuh – zumindest solange sie Milch gab. Die Mangelernährung hinterließ überall Spuren. Die schwierigen Haltungsumstände führten mittlerweile immer häufiger zu Verkalbungen – die Kälber kamen viel zu früh und meist tot oder missgebildet zur Welt. Auch die Kälbersterblichkeit war sprunghaft angestiegen, da die Kühe zu wenig Milch hatten, um ihren Nachwuchs ausreichend zu ernähren.

Eberhard wusste, wie verzweifelt die Bauern um das Überleben kämpften. Er hätte mehr Zeit auf den Höfen verbracht, die Bauern unterstützt und im Stall geholfen, wenn es möglich gewesen wäre. Er mochte Tiere und war gern in ihrer Nähe. Doch leider war er oft nicht gern gesehen, weil sein Vater ein harter Knochen war, der den Menschen das Leben entsetzlich schwer machte. Die Leute hassten August Ahrensberg, und sie hatten Angst vor ihm. Deshalb wollten sie so wenig wie möglich mit ihm und seiner Familie zu tun haben, auch wenn sie vordergründig natürlich höflich waren. Keiner war so wahnsinnig, sich mit dem mächtigsten Mann im Ort anzulegen.

August Ahrensberg galt zu Recht als unerbittlich, wenn es darum ging, die Anordnungen des Führers durchzusetzen. Nicht einmal seiner eigenen Familie gegenüber kannte er ein Pardon. Nur er selbst sah auch in diesen mageren Zeiten noch immer wohlgenährt aus. Eberhard verachtete seinen Vater für das Leid, das er jeden Tag in den Augen seiner Mutter sah.

Entschlossen verdrängte Eberhard die düsteren Gedanken, die machten ihn nur schwach und brachten ihn kein Stück weiter. Da dachte er lieber an seinen Plan. Sein Herz wummerte aufgeregt, jetzt, nachdem er sich entschieden hatte, es wirklich zu tun.

Sie hatten die Wiese unterhalb des Waldes erreicht. Eberhard half Isabella, ihren Korb mit Wiesenkräutern zu füllen. Offiziell war sie den ganzen Nachmittag über Kräuter und Beeren sammeln gewesen.

Es waren gestohlene Stunden, die sie den Sommer über einmal wöchentlich gemeinsam verbrachten, und es war jedes Mal wunderbar. Isabella war Eberhards einzige wirkliche Freundin. Ihre Familie wusste, dass er mit den Machenschaften seines Vaters nichts zu tun hatte und absolut nicht damit einverstanden war. Deshalb war er dort wohlgelitten.

Mit Isabella konnte Eberhard über alles sprechen. Sie lauschte fasziniert, wenn er ihr von Südamerika und vom Kaffeeanbau erzählte, von den Reisen, die er gerne machen wollte, wenn dieser Wahnsinn endlich vorbei war.

Und Isabella schwärmte ihm von ihren Zukunftsvisionen vor. Sie träumte davon, Tänzerin zu werden. Sie liebte klassische Musik und Ballett und übte heimlich, wann immer sie Zeit und Kraft fand. Der Arbeitsdienst beim Bund deutscher Mädel brachte sie allerdings oft an ihre körperlichen Grenzen, sodass das heimliche Tanztraining meist zu kurz kam.

Aber nach dem Krieg konnte sie nichts mehr aufhalten, davon war sie überzeugt. Auch nicht ihre Eltern, die wollten, dass sie einen anständigen Beruf lernte. Köchin oder Sekretärin sollte sie werden. Vielleicht könnte sie sogar Lehrerin werden, wenn sie sich in der Schule etwas mehr Mühe gab und ihre Noten das erlaubten. Auf keinen Fall aber würden sie ihr gestatten, sich zur Tänzerin ausbilden zu lassen. Das war brotlose Kunst und obendrein reichlich verrucht – fand zumindest ihre Mutter.

Isabellas und Eberhards heimliche Treffen waren eine kleine Oase der Ruhe und des Friedens inmitten des Elends. Mit Isabella am See konnte Eberhard die Wirklichkeit ein wenig von sich schieben, da war die Welt noch in Ordnung, auch wenn rundherum viele Häuser in Schutt und Asche lagen und in den Wiesen und Feldern Krater von fehl abgeworfenen Bomben klafften.

Eberhard hatte zu Hause erzählt, er müsse regelmäßig schwimmen gehen, um seinen Körper zu trainieren. Er wolle fit sein, um den Führer zu unterstützen, hatte er zu Beginn des Sommers vollmundig getönt und dabei mühsam die Galle hinuntergeschluckt, die in ihm hochgestiegen war. Er hatte seinem Vater nicht in die Augen gesehen, sondern den Blick starr geradeaus gehalten. Dann hatte er die rechte Hand zum Gruß erhoben und gebrüllt: »Heil Hitler!«

Wie er diesen Gruß verabscheute. Den Gruß und ebenso den Führer selbst und diesen Krieg, den dieser verrückte schreckliche Mann angezettelt hatte. Doch sein Vater war noch immer, auch jetzt, als der Krieg bereits so gut wie verloren war, Parteimitglied aus voller Überzeugung. Er leugnete, ebenso wie der Führer und die von ihm angezettelte Propaganda, die drohende Niederlage. Er leugnete auch den Hunger, der den Menschen schwer zu schaffen machte. Mit stolzgeschwellter Brust zeigte er auf die Plakate der Winterhilfswerke, auf denen zu lesen war, dass in diesem wunderbaren Land niemand hungern oder frieren sollte.

Die Menschen hingegen wussten längst, dass diese Phrasen hohle Worte waren. Sie hatten den Spruch übernommen und der Wirklichkeit angepasst: »Keiner soll hungern ohne zu frieren«, hieß es hinter vorgehaltener Hand. Laut traute sich kaum jemand, etwas gegen den Führer oder die Partei zu sagen. Zu groß war die Gefahr, dass man denunziert und verhaftet wurde. Das ging in diesen Zeiten schnell. Eberhard hatte es mehrfach erlebt und war jedes Mal aufs Neue erschüttert von der Hartherzigkeit der Menschen und dem Egoismus, der das gemeinsame Leben beherrschte. Er hatte den Glauben an die Menschen in Deutschland verloren.

Eberhards Mutter war nur noch ein Schatten ihrer selbst. Im letzten Winter hatten seine drei jüngeren Geschwister Keuchhusten gehabt. Die kleine Marianne und Rudolf hatte es sehr schlimm erwischt. Marianne war gestorben, in den Armen der Mutter qualvoll erstickt. Rudolf war seitdem kränklich und anfällig und musste immer wieder das Bett hüten. Nur seine zehnjährige Schwester Barbara hatte den Keuchhusten gut überstanden.

»Lass uns noch ein bisschen hierbleiben«, bat Eberhard nun Isabella. Wenn sie das kleine Waldstück betraten, mussten sie sich trennen, denn gleich dahinter lag Euweiler. Es war ein festes Ritual geworden, hier am Waldrand noch einmal innezuhalten.

Am See waren Alltagsthemen tabu, da ging es um Zukunftsträume und um Belanglosigkeiten. Dort genossen sie ein Stück Leichtigkeit innerhalb der alles verschlingenden Schwere des Krieges. Daran hielten sie sich, auch wenn es oft gar nicht so einfach war, zu sehr beherrschten der Krieg und die Bomben ihre Gedanken. Sie zwangen sich selbst zu diesem kleinen heimlichen Glück.

Hier nun, kurz bevor sie wieder in ihr Leben, in die grausame Wirklichkeit eintauchten, ging es darum, Neuigkeiten auszutauschen, sich noch einmal gegenseitig Trost und Mut zu geben.

»Wie wird es werden, wenn die Alliierten einmarschieren?«, fragte Isabella und ließ sich ins Gras fallen. Die Angst in ihrer

Stimme ließ die Worte vibrieren. Dass sie einmarschieren würden, daran hatten weder Eberhard noch Isabella auch nur den geringsten Zweifel.

»Schlimmer jedenfalls sicher nicht«, antwortete Eberhard trocken. »Wir können froh sein, dass nicht die Russen einmarschieren. Was sagt BBC? Wie steht es wirklich?«

Eberhard hatte keine Chance, Feindsender zu hören. Das war unter Höchststrafe verboten, und seine Mutter würde es nicht wagen, hinter dem Rücken ihres Mannes so etwas zu tun. Sie hatte Eberhard beschworen, sich ebenfalls an das Verbot zu halten. Er hatte seiner Mutter sein Wort geben müssen. Und sie hatte recht. Das Risiko war zu groß. Wenn sein Vater ihn erwischte, würde Eberhard nicht einmal verhaftet werden, da war er sich sicher. Sein Vater würde ihn gleich an Ort und Stelle totschlagen. Für ihn stand die Treue zum Führer über der Familie, da war Eberhard sich sicher.

Isabellas Familie allerdings besaß einen kleinen geheimen Raum. Eine Abstellkammer, die hinter einem Küchenregal versteckt lag. Dort saßen sie abends und manchmal nachts beisammen, um zu erfahren, wie es wirklich auf der Welt aussah. Und so bekam Eberhard über Isabella ein paar der heiß begehrten Informationen, jenseits der Nazipropaganda.

»Sie sagen, sie planen als erstes Aachen und die umliegenden Orte einzunehmen. Und dann?« In Isabellas Augen sammelten sich Tränen. »Johannas Mann Elias ist tot«, erzählte sie nun tonlos und beobachtete einen schwarzen Käfer, der versuchte, über ihren großen Zeh zu krabbeln. Ihre Schuhe hatte sie neben sich ins Gras gelegt. »Sie haben sie aufgefordert, drei Reichsmark zu zahlen und seine Urne abzuholen. Johanna ist bei Nacht und Nebel geflohen. Ich weiß nicht wohin.« Isabella schüttelte den Käfer ab, der den Aufstieg fast geschafft hatte, und starrte einen Moment stumm auf die Wiese vor sich. Dann fragte sie: »Wieso nur? Wieso sind sie so grausam?«

Jetzt liefen ihr die Tränen, die Eberhart bereits einige Augenblicke vorher in ihren Augen hatte schimmern sehen, in Strömen über die Wangen, tropfen von ihrem Kinn auf die Bluse und sammelten sich dort als dunkler Fleck. »Eberhard, was ist denn nur mit den Menschen los? Was ist mit deinem Vater? Woher kommt diese Verbissenheit, dieser Hass?«

Schamesröte zog Eberhard ins Gesicht, er wusste, dass er nichts für die Gesinnung und die Härte seines Vaters konnte, trotzdem fühlte er sich auf bittere Art mitschuldig. Fassungslos schluckte er.

»Elias?«, fragte er und wollte nicht glauben, was Isabella gesagt hatte. Wenn er es doch nur mitbekommen hätte, dann hätte er Elias rechtzeitig warnen können, so wie er es mit anderen auch schon getan hatte. So oft es ihm möglich war, belauschte Eberhard seinen Vater. Wenn er von geplanten Verhaftungen erfuhr, warnte er die Leute. Selbstverständlich nie persönlich. Er schrieb mit verstellter Handschrift kurze Notizen und sorgte dafür, dass sie informiert wurden.

Ein paarmal hatte sein Vater vor Zorn getobt, weil ein Schlag gegen Staatsfeinde misslungen war. Für Eberhard war das jedes Mal ein Fest, das er ganz still für sich selbst feierte, ohne auch nur eine Gefühlsregung nach außen dringen zu lassen. Er achtete sorgsam darauf, dass auch seine Augen ihn nicht verrieten und mied den Blick seines Vaters.

»Er hatte einen Kanarienvogel«, erzählte Isabella nun. »Juden dürfen keine Haustiere halten, Elias wusste das, aber er hing an diesem Piepmatz. Wem tut denn so ein kleines Vögelchen etwas?«, fragte sie und Eberhard wusste, dass sie keine Antwort erwartete. Es gab keine.

»Woher wussten sie es?«, stellte er sich die für ihn viel brennendere Frage.

Dass die Juden erbarmungslos verfolgt und unterdrückt wurden, war längst grausame Normalität geworden. Viele im

Dorf fanden es schrecklich, viele wollten den beiden jüdischen Familien, die noch übrig waren, helfen, sie unterstützen und ihnen zur Seite stehen. Doch es war unter Strafe strengstens verboten. Die Angst schreckte die meisten Dorfbewohner davor ab, zu handeln. Alle sahen dem schrecklichen Treiben wie in Schockstarre zu und hofften, der Albtraum möge endlich enden. Und dann gab es die, die ihre Nachbarn und Freunde denunzierten und sich davon einen Vorteil erhofften. Das waren in Eberhards Augen die Schlimmsten.

»Hoffentlich passiert den Rosenbaums nichts«, murmelte er, denn er wusste, sie waren seinem Vater längst ein Dorn im Auge.

Isabella putzte sich die Nase. Sie hatte sich wieder unter Kontrolle und schüttelt mit einem kleinen Lächeln in den Mundwinkeln kurz den Kopf.

»Sie sind in Sicherheit«, sagte sie leise.

Eberhard verstand die Botschaft sofort, trotzdem wollte er sichergehen.

»Bei euch?«, fragte er fast unhörbar. Das war so gefährlich, dass er selbst hier, mitten im Nirgendwo, nicht wagte, es laut auszusprechen. Er hatte Angst um Isabella und ihre Familie. Gleichzeitig schwoll sein Herz an vor Glück, einfach weil es zwischen all dem Abschaum auch noch Menschen wie sie gab.

Isabella schlug kurz die Augen nieder, um ein Ja zu signalisieren. Sie hatten sich über die Jahre hinweg viele Gesten und Blicke angewöhnt, um sich zu verständigen. Zu oft war es nicht möglich, etwas auszusprechen. Zumindest nicht, wenn man keine Repressalien riskieren wollte.

»Werden sie dich einziehen?«, wechselte Isabella nun das Thema. »Ich habe gehört, dass sie sogar schon fünfzehnjährige Jungs an die Front geschickt haben.«

Isabella hatte recht, die eingezogenen Soldaten wurden immer jünger. Vier Jungs aus der Hitlerjugend, die gerade siebzehn geworden waren, hatten letzte Woche ihren Dienst angetreten und kämpften nun an der Grenze zu Belgien.

»Ich habe beschlossen, meiner Mutter zu helfen«, sagte Eberhard und sparte sich und Isabella die Antwort auf die Frage, ob er in den Krieg ziehen musste. Was es bedeutete, jetzt noch an die Front zu müssen, war jedem klar. Sie alle waren nur Kanonenfutter in einem längst verlorenen Kampf und sollten für die kranken Machtfantasien des Führers geopfert werden.

»Wenn du mich fragst, gibt es keinen Sohn, der mehr für seine Mutter tut als du, Eberhard. Was willst du denn noch machen?«

»Es gibt wohl auch niemanden, dessen Vater seine Frau schlechter behandelt«, sagte Eberhard leise. Die Wut auf seinen Vater kochte in ihm. »Mein alter Herr sitzt in seinem Kolonialwarenladen und spielt den lieben Gott, während Mutter und die Kleinen hungern. Das ist so verdammt ungerecht. Er betrügt die Menschen um Teile ihrer Lebensmittel, wenn er der Meinung ist, dass sie es nicht verdient haben. Ich habe es so satt. Deshalb habe ich beschlossen …« Eberhard sah sich um, senkte seine Stimme. »Ich werde heute Nacht über die Grenze gehen und Kaffee besorgen. Ich habe etwas Geld zusammengespart und etwas Tauschgut«, verriet er seiner Freundin den Plan.

Das Tauschgut waren zwei silberne Kerzenleuchter und eine sehr schön gearbeitete silberne Schmuckdose. Eberhard hatte die Sachen in einem ausgebombten Haus gefunden und heimlich in Sicherheit gebracht. Selbstverständlich hätte er den Fund melden und abgeben müssen. Er hatte gedacht, das Herz würde ihm zerspringen, als er mit der Beute in seiner Tasche an seinem Gruppenführer hatte vorbeigehen müssen. Zum Glück war in diesem Moment ein weiteres Stück Mauer direkt neben ihnen in sich zusammengestürzt, und Eberhard konnte sich und die Fundstücke unbehelligt in Sicherheit bringen.

Isabella schnappte erschrocken nach Luft. »Das ist Wahnsinn«, sagte sie. »Du willst in feindliches Gebiet? Eberhard, das darfst du nicht. Das ist verrückt! Wenn sie dich erwischen, bist du verloren. Du weißt, was dann geschieht!«

Aber Eberhard ließ sich nicht beirren.

»Ich habe das alles ganz genau ausgekundschaftet. Es ist nicht halb so gefährlich, wie es sich anhört«, erklärte er. »Und die Belgier sind nur für den Führer und sein Gefolge Feinde, nicht für uns. Die meisten wollen den Krieg genauso wenig wie wir. Wir alle haben eines gemeinsam: Wir wollen überleben.«

Seit Wochen hatte er an diesem Plan gefeilt, Kontakte geknüpft, sich Karten gezeichnet, um sicher zu sein, dass er keinen Soldaten in die Arme lief. Er hatte Isabella bisher bewusst nichts davon erzählt. Zum einen wollte er ihr nicht die Möglichkeit geben, es ihm auszureden, zum anderen war er bis heute gar nicht sicher gewesen, ob er es wirklich wagen wollte. Aber nun war es entschieden.

»Den Kaffee werde ich auf den Höfen rundherum gegen Lebensmittel tauschen. Ich bin sicher, dass ich Abnehmer finde, die Leute haben den Muckefuck satt. Das bisschen Zitterkaffee, dass es hin und wieder nach Bombennächten gibt, um das Volk bei Laune zu halten, reicht kaum für einen ordentlichen Schluck.« Je länger Eberhard erzählte, desto klarer zeichnete sich sein Plan vor seinem inneren Auge ab.

»Mutter muss die Sachen, die ich ihr bringe, natürlich vor Vater verstecken, aber dann weiß ich wenigstens, dass sie etwas zu essen hat, wenn ich wirklich an die Front muss.« Eberhard hatte seine Hände zu Fäusten geballt. Er war fest entschlossen. »Und ich werde euch etwas geben. Ich möchte mithelfen.«

Die Pelzmanns mussten jetzt drei Menschen mehr über die Runden bringen, ohne dass jemand etwas davon erfuhr. Natürlich hofften alle auf ein schnelles Kriegsende, aber die Kämpfe zogen sich schon so lange, dass die Hoffnung allmählich schwand. Es war nicht abzusehen, wie lange Isabella und ihre Eltern die jüdische Familie verstecken mussten. Sie zu versorgen war mit den ohnehin spärlichen Rationen, die jedem zur Verfügung standen, keine einfache Aufgabe. Solange es Wildkräuter gab und Gemüse im Garten, war das noch machbar. Doch was, wenn der Winter Einzug hielt und der Krieg weiter andauerte? Vielleicht konnte Eberhard auf diese Weise etwas des Unrechts wiedergutmachen, das sein Vater im Namen des Führers verursachte.

Isabella beugte sich zu ihm herüber, legte die Arme um ihn und drückte ihn fest an sich. »Du bist ein mutiger Mann, Eberhard Ahrensberg. Ich bin stolz, mich deine Freundin nennen zu dürfen.« Und dann gab sie ihm einen Kuss auf die Wange.

Überrascht legte Eberhard seine Finger auf die Stelle, die Isabella gerade geküsst hatte. Zuerst war er sprachlos. Dann grinste er seine Freundin an und sagte schlicht: »Danke.« Er kam sich albern vor, aber etwas Schlaueres war ihm in diesem Moment nicht eingefallen.

***

Der Himmel war bedeckt und die Nacht stockdunkel – genau darauf hatte Eberhard gehofft. Es war nicht einfach, sich in der Schwärze zu orientieren, aber er vertraute auf seine Sinne. Er war hier aufgewachsen und kannte die Gegend wie seine Westentasche, so konnte er die Dunkelheit für sich nutzen. Sie schützte ihn vor Blicken. Trotzdem klopfte sein Herz ihm heftig in der Brust.

Er hatte sich aus dem Haus gestohlen, sein Fahrrad ein Stück geschoben, bis er den Ortsausgang erreicht hatte, und war dann wie vom Teufel verfolgt losgeradelt. Es wäre einfacher gewesen, ein Stück die Himmelsleiter entlang zu fahren, doch dort auf der Hauptstraße waren zu oft Kontrollen unterwegs. Deshalb schlug Eberhard sich über Feldwege und Nebenstraßen durch.

Im Wald versteckte er sein Rad im Gebüsch und kämpfte sich die letzten Meter bis zur Grenze zu Fuß durch das Unterholz. Immer wieder hielt er inne und lauschte. Ein Käuzchen rief unmittelbar neben ihm und ließ ihm fast das Blut in den Adern gefrieren vor Schreck. Ansonsten blieb alles still.

Eberhards Plan ging auf. Unbehelligt passierte er die Panzersperren des Westwalls, überquerte die grüne Grenze und erreichte Belgien. Wenn seine Informationen richtig waren, musste er sich jetzt Richtung Nordwesten halten. Etwa einen Kilometer hatte er auf belgischem Gebiet vor sich, dann kam ein Dorf. Das dritte Haus rechts – dort sollte es nach seinen Kenntnissen für Deutsche Kaffee zu kaufen geben.

Mochte es auch nach dem Willen Hitlers Krieg zwischen den Ländern geben, die Menschen scherten sich einen Dreck darum, wenn es darum ging, Geschäfte zu machen und sich das Leben etwas zu erleichtern.

Nach etwa zwanzig Minuten erreichte Eberhard das Dorf. Die Dunkelheit erschwerte ihm den Weg, hier, wo er sich nicht auskannte, doch schließlich tauchte das erste Gebäude vor ihm auf.

Es brauchte Eberhards ganzen Mut. Unbeweglich stand er ein paar Sekunden vor der Tür des Steinhauses und betete stumm, dass es keine Falle sein möge. Dann gab er sich einen Ruck und klopfte dreimal leise mit den Fingerknöcheln gegen das Holz der Eingangstür.

Bevor er wusste, wie ihm geschah, wurde die Tür geöffnet, Hände packten ihn an den Schultern und zogen ihn mit Schwung ins Hausinnere. Schon wurde die Tür wieder geschlossen.

»Man weiß nie«, flüsterte eine männliche Stimme. »Was willst du?«

»Kaffee«, antwortete Eberhard prompt.

»Alors, komm.« Der Mann verlor nicht viele Worte, aber Eberhard war es ganz recht. Schließlich war er nicht auf eine Plauderstunde vorbeigekommen und hätte ohnehin nicht den Kopf für eine ordentliche Unterhaltung gehabt. Er folgte dem Belgier in eine kleine Küche und zeigte ihm, was er bei sich hatte.

Schnell wurden sie sich handelseinig, und nur Minuten später war Eberhard, den Rucksack und eine Tasche voll mit Kaffee, auf dem Weg zurück ins Deutsche Reich.

Er hatte die Grenze bereits hinter sich und war auf dem Weg zu seinem Fahrrad, als drei Männer seinen Weg kreuzten. Eberhard überlegte nicht lange und kletterte hinauf in den Baum, unter dem er gerade in diesem Moment stand. Er hatte Glück, die Äste hingen tief genug, sodass er sich gut hochziehen konnten. Er drückte sich oben zwischen die Zweige und biss sich auf die Lippen, um nur ja kein Geräusch von sich zu geben.

Soweit Eberhard ausmachen konnte, waren es drei Parteifreunde seines Vaters, die wohl einen über den Durst getrunken hatten.

»Jetzt brauch ich ’ne Mütze Schlaf. Ich will ja wach sein, wenn wir morgen den Drecksstall ausräumen.« Das war Karl, wenn Eberhard sich nicht täuschte.

»Hinter dem Küchenregal. Was glauben diese Schweine eigentlich, mit wem sie es zu tun haben? Die denken wohl, wir sind völlig verblödet«, echauffierte sich Wilhelm, und Eberhard stockte der Atem.

»Ich muss kotzen«, ertönte da Siegfrieds Stimme. Schon beugte er sich genau unter den Baum, auf dem Eberhard saß und übergab sich.

Dieses Geräusch konnte Eberhard kaum aushalten. Er würgte leise mit und presste sich die Hände vor den Mund, damit kein Unglück geschah. Ihm war ebenfalls schlecht.

Die Pelzmanns waren verraten worden. Er hatte gewusst, dass es irgendwann passieren würde, es war einfach zu gefährlich. Zu viele der Dorfbewohner wurden zu schnell zu Denunzianten, wenn es ernst wurde. Jetzt gab es nur noch eins – Eberhard musste vor der Gestapo bei Isabella sein und sie warnen.

Er wartete gerade lange genug, um sicherzugehen, dass die drei Männer ihn nicht mehr hörten, dann kletterte er behände vom Baum, raste zu seinem Fahrrad und so schnell er konnte nach Hause. Im Keller verstaute er seine Kaffeebeute und stellte das Fahrrad an seinen Platz zurück. Hier im Dorf war er zu Fuß unauffälliger.

Den Rucksack nahm er mit und packte noch schnell ein Seil und eine Falle hinein. Im Notfall könnte er sagen, er wäre auf dem Weg zu einer frühen Jagd. Das war eine lächerliche Lüge, Eberhard hatte noch nie auch nur eine Maus gejagt, aber etwas Besseres fiel ihm auf die Schnelle nicht ein. Vorsichtig schlich er die nächtlichen Straßen entlang bis zu Isabellas Haus.

Inzwischen war es schon fünf Uhr, die Zeit drängte. Die ersten Menschen waren bereits wach, das Leben im Dorf begann früh. Eberhard schlich zur Tür und klopfte. Nur leise, er wollte nicht, dass jemand in der Nachbarschaft etwas mitbekam. Doch leider hörte auch im Innern des Hauses niemand sein Klopfen.

Am Ende der Straße tauchte die alte Erna auf, sie zog einen Leiterwagen und brabbelte vor sich hin. Verdammt. Eberhard musste zusehen, dass er von der Straße wegkam. Schnell zog er ein Stück Papier und einen Bleistiftstummel aus seinem Rucksack und schrieb in aller Hast eine Warnung. Er setzte keinen Namen darunter, falls der Zettel in falsche Hände geriet, würde er seiner Mutter damit viel Ärger einhandeln.

Mit zitternden Fingern schob er den Zettel unter der Tür hindurch und konnte gerade noch rechtzeitig hinter der Hausecke verschwinden, bevor Erna auf seiner Höhe war. Es war besser, wenn sie ihn nicht sah. Bei der alten Erna wusste man nie, wie sie reagierte, und Aufsehen war das Letzte, was Eberhard jetzt gebrauchen konnte.

So schnell er konnte, eilte er nach Hause und schlich sich hinein. Er war nass geschwitzt, als er endlich in seinem Bett lag und die Decke über sich zog. Keine fünf Minuten später hörte er seine Mutter in der Küche rumoren. Gleich darauf erklang die herrische Stimme seines Vaters.

Eberhard gähnte und stand auf. Er zerzauste seine Haare und betrat im Schlafanzug die Küche.

»Guten Morgen Mutter, guten Morgen Vater«, sagte er und bemühte sich, seine Stimme verschlafen klingen zu lassen.

Seine Mutter hatte rot geweinte Augen. Sie schenkte ihrem Sohn ein zittriges Lächeln und drehte sich dann schnell wieder zum Herd.

»Junge, heute ist ein großer Tag. Nach dem Frühstück packst du deine Sachen. Du kannst stolz sein, du hast die Ehre, dem Führer zum Sieg zu verhelfen.«

Eberhard drückte den Rücken durch, sah seinen Vater an und nickte. »Ich habe verstanden, Vater«, sagte er. Es war also so weit. Auch er würde nun an die Front ziehen müssen. Wo würden sie ihn wohl hinschicken, überlegte er kurz. Doch während seine Mutter leise vor sich hin weinte, ihrem Sohn eine extra Portion Streckbutter zuschob und dafür sorgte, dass er dick Marmelade auf das schon harte Stück Brot schmierte, konnte Eberhard nur eines denken: »Hoffentlich haben sie meine Warnung rechtzeitig bekommen. Hoffentlich sind sie in Sicherheit.«

Er musste sich zwingen, das Brot herunterzuwürgen und erhob sich dann wie in Trance, um seine Sachen zu packen und den Schlafanzug gegen die Alltagskleidung zu tauschen.

Zum Abschied umarmte die Mutter ihn fest, nahm sein Gesicht zwischen ihre Hände und küsste ihn. »Pass auf dich auf, mein Junge. Hörst du? Pass auf dich auf«, beschwor sie ihn.

Er konnte das Entsetzen und die Panik in ihrem Blick sehen. Während ihrer letzten verzweifelten Umarmung schaffte Eberhard es, ihr von dem versteckten Kaffee im Keller zuzuflüstern. Dann forderte sein Vater ihn zum Aufbruch auf.

Jetzt musste seine Mutter selbst sehen, dass sie den Kaffee gegen Lebensmittel tauschen konnte, aber das würde sie schaffen.

Eberhard verabschiedete sich von Rudolf und Barbara, ließ sich schließlich ein allerletztes Mal von seiner Mutter umarmen und ging dann zur Tür hinaus, ohne sich noch einmal umzudrehen.

Auf dem Marktplatz gab sein Vater ihn an einen Truppenführer, der eine Gruppe von zehn Jungs, die noch halbe Kinder waren, Richtung Front führen sollte.

Er bekam keine Gelegenheit, sich zu vergewissern, ob seine Warnung rechtzeitig gekommen war, doch die Hoffnung darauf nahm Eberhard mit in den Kampf.

Kapitel 8
Die Rösterei

Aachen • Oche • Aix-la-Chapelle • Aken • Aquae Granni

Gegenwart: November

Corinne war tief in ihren Mantel gekrochen, hatte sich die Wollmütze bis weit über die Ohren gezogen und den Schal doppelt um den Hals geschlungen. Auch wenn der Winter nicht ihre liebste Jahreszeit war und der Wind ihr frostig kalt entgegenblies, genoss sie den Spaziergang durch das vorweihnachtliche Aachen dennoch. Sie wusste gar nicht genau, was sie eigentlich erwartete, aber es trieb sie förmlich zu diesem Noah und seiner Rösterei.

Susan hatte sie ziemlich neugierig gemacht, und ohne es logisch begründen zu können, verband Corinne eine unbestimmte Hoffnung mit dieser kleinen Kaffeemanufaktur. Wenn ihr Bauchgefühl sie nicht täuschte, dann war es auf jeden Fall wichtig, ihr einen Besuch abzustatten. Und wenn dieser Noah nur halb so nett war, wie Susan behauptete, dann lohnte es sich ohne Frage, ihn kennenzulernen. Falls nicht, nun, dann hatte Corinne zumindest die Möglichkeit, die ein oder andere neue Kaffeesorte zu entdecken. Das allein war den Spaziergang Richtung Marschiertor allemal wert.

Während sie ihren Gedanken nachhing, schritt Corinne kräftig aus. Mit jedem Atemzug stiegen kleine Dampfwolken von ihren Lippen Richtung Himmel. Ihre Wangen prickelten vor

Kälte, das Thermometer war von gestern auf heute um zwölf Grad gefallen, und die Luft roch nach Schnee. Es war herrlich!

Vor lauter Kampf um die Firmenleitung mit Alexander und Sorgen um ihren Vater war ihr gar nicht bewusst gewesen, dass der Advent nicht mehr fern war. Selbst als sie am frühen Nachmittag zu Susan ins Café gegangen war, hatte sie die Weihnachtsdekoration an den Schaufenstern der Läden noch nicht wahrgenommen. Erst jetzt, als die Dunkelheit sich langsam über die Stadt senkte und die Lichter noch heller strahlen ließ, registrierte sie die Verwandlung der Stadt. An vielen Fenstern leuchteten bereits die Lichterketten und verbreiteten dieses besondere Funkeln, das man nur in der Weihnachtszeit so intensiv erleben konnte.

Ein frohes Kribbeln erfasste Corinne. Sie liebte diese Zeit, die Lichter, die Klänge, den Mix der verschiedenen Düfte, die für sie unbedingt zur Weihnachtszeit gehörten: Glühwein, gebrannte Mandeln, Bratwürste, Lebkuchen bis hin zu Tannengrün und Baumharz. Auch die wuselnden Menschen, die auf der Suche nach Geschenken durch die Stadt eilten, gaben ihr ein gutes Gefühl. Das Wissen, dass sie sich auf Weihnachten vorbereiteten, ließ einfach alles schöner wirken.

Natürlich wusste Corinne, dass es oft nicht nur umtriebig, sondern richtiggehend hektisch zuging, sie wusste, dass Menschen sich im Streben nach dem perfekten Heiligabend oft aufrieben und damit den Sinn der Weihnacht ad absurdum führten. Aber es gab eben auch diejenigen, die das alles mit Freude im Herzen machten, die Spaß daran hatten, einen schönen Abend zu planen, Geschenke für liebe Menschen auszusuchen und sich auf Weihnachten einzulassen.

Corinne selbst war in der Vorweihnachtszeit zwar auch immer sehr durchgeplant, weil es viel zu erledigen gab, aber sie genoss jede dieser prall gefüllten Sekunden. Mit ihrer guten Laune und viel Geduld ihren gestressten Mitmenschen gegenüber, schaffte sie es oft, ein wenig ihrer eigenen Weihnachtsstimmung auf andere übergehen zu lassen. Wenn eine angespannte Verkäuferin, der man die Überstunden und die Überforderung bereits ansah, auf Corinnes Freundlichkeit und ein aufmunterndes Lächeln reagierte und die müden Augen wieder ein bisschen zu strahlen begannen, dann war Corinne glücklich.

Weihnachtszeit war für sie die Zeit der Wunder. In diesem Jahr gab es nur ein Wunder, das Corinne sich von ganzem Herzen erhoffte: dass ihr Vater bald aufwachte und dass sie Heiligabend gemeinsam feiern konnten. Das war ihr innigster Wunsch, nicht nur für sich, sondern vor allem auch für ihre Mutter, die in den letzten Wochen immer blasser und trauriger geworden war.

Corinne hatte geplant, nach dem Besuch der Rösterei ins Krankenhaus zu gehen. Sie nahm sich fest vor, heute etwas länger am Bett ihres Vaters auszuharren. Sebastian hatte sie vom Dachboden aus schon eine Nachricht geschickt, dass sie früher Feierabend machen würde und er sie nicht an der Firma abholen musste. Sie hatten verabredet, dass Corinne ihm Bescheid gab, wenn sie sich auf den Weg ins Krankenhaus machte.

Sebastian war wirklich ein Engel und ohne Wenn und Aber für sie da. Manchmal hatte sie ein etwas schlechtes Gewissen, dass sie ihn so in Beschlag nahm, ohne viel zurückgeben zu können – zumindest fühlte es sich für sie so an. Doch er schlug ihre Bedenken in den Wind, und Corinne war wirklich dankbar dafür.

An Sebastian als ihren Engel zu denken, brachte Corinnes Überlegungen wieder zu dem Röster zurück. Noah Engel, dachte sie. So ein Name war natürlich eine Hausnummer, da musste der Mann dahinter einiges aufbieten, um dem gerecht zu werden. Sie lächelte bei diesem Gedanken und war überaus neugierig auf das, was sie gleich erwarten würde.

»Oh, dieses Laden ist fantastisch, absolutely lovely«, hatte Susan geschwärmt. Dann hatte sie verheißungsvoll gezwinkert und betont, dass Laden und Besitzer ausgesprochen gut zusammenpassen würden. Sie war wirklich unmöglich, aber Corinne musste trotz Kopfschütteln lachen. Susan liebte es, Corinne Männer zu präsentieren, die ihrer Meinung nach gut zu ihr passen würden.

Die Straßen waren ungewöhnlich belebt, offenbar hatte die beginnende Vorweihnachtszeit nicht nur die Lichterketten hervorgelockt, sondern auch die Kauflust der Menschen bereits geweckt. Besonders vor einem der beliebtesten Aachener Printengeschäfte war das Gedränge groß. Drinnen noch größer als vor dem Eingang, wie Corinne im Vorübergehen beim Blick durch die große Scheibe feststellte. Aachener Printen gab es zwar das ganze Jahr, aber zur Weihnachtszeit entbrannte alljährlich ein regelrechter Run auf die Anbieter. Corinne mochte diese Aachener Spezialität ebenfalls gern. Für sie war es wie ein Stück Heimat auf der Zunge. Vor allem aber liebte sie es, die oft hübsch verpackten Printen zu verschenken. Sie kannte niemanden, der sich nicht darüber freute.

Wieso gab es eigentlich noch keine Kaffee-Printen? Die beiden Komponenten konnte Corinne sich sehr gut vereint vorstellen, man aß die Printen ja schließlich auch zum Kaffee, wieso also nicht gleich beides kombinieren?

Sie nahm sich vor, mit Beatrice darüber zu sprechen. Wenn ihr die Idee auch gefiel, dann würde sie Alexander gemeinsam mit ihr ein bisschen bearbeiten und mit einer klitzekleinen Flunkerei auf den richtigen Weg bringen. Beatrice würde sicher mitmachen.

Den Plan, Neuerungen mit einer kleinen List in die Firma einzubringen, hatte Corinne sich vorhin zurechtgelegt, während sie im *Café Emotions* gesessen hatte. Sie konnte gar nicht sagen, wieso ihr das nicht schon früher eingefallen war. Beatrice auf ihrer Seite zu haben, war wie der Joker beim Kartenspiel, sie hatte bislang nur versäumt, ihn einzusetzen. Das würde sich ab sofort ändern. Mit den Kaffeeprinten würde sie einen ersten Versuch starten.

Alexander mochte zwar schon länger in der Firma mitarbeiten, aber alle Vorgänge kannte er längst noch nicht, konnte er auch gar nicht. Ihr Vater hatte sich nicht bei all seinen Plänen in die Karten sehen lassen, das wusste sie von Beatrice. Wieso also sollte ihr Vater nicht die Idee gehabt haben, Kaffeeprinten auf den Markt zu bringen? Beatrice könnte Alexander darüber informieren, dass der Kaffeebaron ihr den Auftrag erteilt hätte, diesbezüglich Informationen einzuholen, was sie inzwischen getan habe und ob sie nun nicht einmal über eine Umsetzung nachdenken wollten.

Corinne war davon überzeugt, dass Alexander keinerlei Einwände hätte, wenn die Idee von ihrem Vater kam. Käme sie hingegen von Corinne, würde er sie abschmettern, bevor sie das Wort Kaffeeprinten auch nur zu Ende gesprochen hatte. Er schien fest entschlossen, nichts von dem, was seine jüngere Schwester vorschlug, anzunehmen. Oder anders formuliert, er schien fest entschlossen, der Linie des Kaffeebarons bis ins kleinste Detail zu folgen.

Corinne hatte inzwischen immer wieder darüber nachgedacht und die Situation aus allen möglichen Perspektiven hinterfragt. Es fiel ihr zwar schwer, das alles nicht persönlich zu nehmen, aber es wäre tatsächlich möglich, dass Alexanders Verhalten wirklich nur dem Wunsch geschuldet war, endlich die Anerkennung von seinem Vater zu bekommen, auf die er sein Leben lang gehofft hatte.

Tragisch daran war, dass Corinne fest davon überzeugt war, dass ihr Bruder eine herbe Enttäuschung erleben würde. Sie kannte ihren Vater gut genug, um zu wissen, dass er unter Garantie im Handumdrehen und zuallererst Fehler finden würde, die Alexander und Corinne während seiner Abwesenheit gemacht hatten, und dabei war es egal, welchen Weg sie einschlugen.

Hielten sie an der vorgegebenen Linie fest, würde er sagen, er hätte sich mehr Dynamik und Eigeninitiative erwartet. Setzten sie einige der Änderungen um, die Corinne sich wünschte, hieß es garantiert, sie hätten besser der Linie treu bleiben sollen, statt sich auf Experimente einzulassen.

Für Corinne selbst war das kein Problem, sie hatte sich mit der Art ihres Vaters längst abgefunden. Es verletzte sie nicht, weil sie es nicht persönlich nahm. Seit sie kein Kind mehr war, hatte sie ihrem Vater bei vielen Gelegenheiten die Stirn geboten und heiße Kämpfe mit ihm ausgefochten. Manchmal hatte sie sogar das Gefühl, dass es genau das war, was ihr Vater so an ihr schätzte. Dass sie eine eigene Meinung hatte und dafür einstand – auch wenn diese Meinung nicht der seinen entsprach.

Für Alexander aber tat es Corinne jetzt schon entsetzlich leid, denn er nahm sich alle Kritik sehr zu Herzen. Egal was er tat, er konnte eigentlich nur verlieren. Deshalb verschanzte er sich ihr gegenüber vermutlich auch hinter dieser aalglatten arroganten Maske. Allerdings würde er mit seiner momentanen Strategie auf Dauer nicht nur von seinem Vater die erhoffte Anerkennung nicht bekommen, er würde es auch irgendwann geschafft haben, dass sie, Corinne, sich von ihm abwandte.

Es waren unschöne Überlegungen, die Corinne während des Weges zu dieser spannenden kleinen Rösterei in ihrem Kopf herumwälzte. Entschlossen schüttelte sie die dunklen Gedanken ab und konzentrierte sich lieber wieder auf das, was sie überhaupt antrieb, diesen Röster aufzusuchen. Susans Begeisterung und ihre Schwärmereien.

Warmes Licht drang durch die Scheibe nach draußen und fiel auf das Pflaster vor dem Laden. *Noah Engel – Kaffee aus Leidenschaft*, stand in einer leicht geschwungenen Schrift mit großen Buchstaben auf dem Schaufenster. Bevor sie die Türklinke drückte, linste Corinne neugierig ins Innere des kleinen Geschäftes.

Zuerst dachte sie, der Laden sei leer, doch dann entdeckte sie etwas weiter hinten im Raum einen jungen Mann. Corinne schätzte ihn auf Ende zwanzig, instinktiv war sie sicher, dass es der Inhaber sein musste, Noah Engel. Er saß nach vorn gebeugt an einem Arbeitstisch und wirkte sehr konzentriert. Auf dem Tisch stand eine Apparatur, die wie ein großer Trichter aussah. Mit schnellen Handbewegungen sortierte Noah etwas – Kaffee? – und wischte zwischendurch immer wieder über den Tisch. Was genau er da arbeitete, konnte Corinne nicht erkennen, doch sie hatte eine Ahnung. So einen ähnlichen Tischaufbau hatte sie bei Fernando in seinem kleinen Röstraum gesehen.

Der Mann trug einen hellen Pullover, Jeans und eine dunkelbraune Latzschürze. Ein Schatten lag auf seinem Gesicht, deshalb konnte Corinne nicht viel davon erkennen. Als sie die Klinke schließlich hinunterdrückte und die Tür öffnete, wehte ihr ein warmer Duft nach frisch geröstetem Kaffee entgegen. Unwillkürlich hob Corinne ihre Nase etwas und schnupperte.

»Hmmm!« Der wohlige Laut rutschte ihr über die Lippen, ohne dass sie etwas dagegen hätte tun können. Es roch einfach viel zu verführerisch.

Der Mann hob den Kopf und lächelte Corinne an, nicht nur mit dem Mund. Auch seine Augen lächelten.

»Bin gleich bei dir«, sagte er, und seine Stimme war so warm wie das Aroma des Kaffees, das sie umhüllte. Es war eine perfekte Harmonie. Jetzt, da er das Gesicht gehoben hatte, konnte Corinne es auch richtig sehen. Susan hatte nicht übertrieben, als sie behauptete, Noah sei ein lovely Zuckerstückchen, auch wenn Corinne es so sicher nicht formuliert hätte. Er sah tatsächlich verdammt gut aus. Corinne verliebte sich auf den ersten Blick in seine kornblumenblauen Augen.

Er hatte dunkelblonde schulterlange Haare. Die Länge erkannte Corinne an einer einzelnen Strähne, die sich aus dem im Nacken zusammengefassten Zopf gelöst hatte. Corinne fand das ziemlich attraktiv. Ob er immer alle Kunden duzte? Oder hatte Susan ihn informiert, dass sie kommen würde? Nein, den Gedanken verwarf sie gleich wieder, das würde Susan nicht machen, weshalb auch?

»Keine Eile, danke«, antwortete Corinne höflich und nutzte die Zeit, um sich umzusehen. Links gab es einen kleinen Tresen und drei Barstühle davor. Alles war in verschiedenen Brauntönen gehalten, von ganz hell bis fast schwarz. Dahinter sah sie Tassen und mehrere Porzellanfilter. Auch ein paar Siebstempelkannen standen aufgereiht nebeneinander und schienen auf ihren Einsatz zu warten. Über dem Tresen hing ein farblich auf die Einrichtung abgestimmtes Schild. Corinne las den Text und fühlte sich spontan noch mehr willkommen als ohnehin schon:

Egal welche Farbe deine Haut hat,
egal welcher Glaube dich begleitet,
egal welche Sexualität du lebst,
wie du aussiehst oder wie jung oder alt du bist.
Du bist ein Mensch und hier bist du willkommen.
Lass uns zusammen Kaffee trinken.

Sie lächelte und ließ den Blick weiter schweifen. Neben Noah stand ein Trommelröster, der fast so aussah wie der ihres Großvaters. Corinnes Herz machte einen kleinen Sprung vor Freude. Plötzlich spürte sie, dass ihr Tränen in den Augen standen, und sie zwang sich, tief durchzuatmen. Hier und jetzt einfach loszuweinen wäre wirklich sehr peinlich, das musste nicht sein. An der Wand hinter dem Röster standen einige Kaffeesäcke. Das interessierte sie genauer, und sie war froh um die Ablenkung.

»Darf ich?«, fragte sie und zeigte auf die Säcke.

»Nur zu. Ich bin gleich fertig, dann erklär ich dir die Beschriftung gern«, kam es prompt von Noah.

Corinne trat näher, jetzt erkannte sie auch, dass sie mit ihrer Vermutung richtig gelegen hatte – Noah sortierte dort an dem Tisch Kaffee. Von Hand! Bei ihnen in der Firma hatten sie Maschinen für diesen Arbeitsschritt. Aber klar, für eine Manufaktur war eine Sortieranlage viel zu teuer und würde sich vermutlich bei der verhältnismäßig geringen Kaffeemenge nicht rechnen. Auch der Platz hier würde nicht ausreichen, das hieße, größere Räume und damit auch höhere Mietkosten.

Eines hatte Corinne in ihrem BWL-Studium gelernt: Auch wenn man seine Arbeit mit Leidenschaft machte, musste man an gewissen Eckpunkten unbedingt wirtschaftlich denken. Das waren zum einen die Fixkosten, zum anderen aber auch die Investitionen. Eine Maschine musste sich in einem angemessenen Zeitraum amortisieren, sonst war es eine Fehlinvestition.

Fasziniert beobachtete Corinne, wie Noahs Hände sich über den auf der Tischplatte verteilten Kaffeebohnen bewegten und seine Finger die Bohnen blitzschnell hin und her schoben. Schnell hatte sie das System verstanden. Noah schob kleine Steinchen und andere Fehlteilchen nach rechts an den Rand. Hatte er eine gewisse Menge abgesucht, wischte er die nun gereinigten Bohnen mit einem schnellen Schwung über die Tischkante in einen darunter stehenden Behälter. Dann bediente er einen Hebel an dem Holztrichter, der noch etwa zu einem Drittel mit Kaffeebohnen gefüllt war, öffnete mit dem Hebel eine Klappe, und ließ die nächste Ladung Bohnen auf den Tisch rutschen. Jetzt begann das Sortieren von vorn.

Vollkommen fasziniert stand Corinne da und sah zu. Dass sie sich für die Aufschriften auf den Kaffeesäcken interessiert hatte, hatte sie vor lauter Staunen vergessen.

»Fertig«, verkündete Noah kurz darauf und strahlte Corinne an. »Danke für deine Geduld. So muss ich nachher nicht noch mal anfangen. Das war die letzte Fuhre aus dieser Röstung.«

Wieder fiel ihr auf, dass er sie ganz selbstverständlich duzte. Corinne fand das sehr sympathisch. Noah schien ein sehr offener Mensch zu sein. Da fiel ihr Blick auf ein weiteres Schild, das über dem Sortiertisch hing und sie musste schmunzeln:

Hier begegnen sich Menschen auf Du.

Offensichtlich mochte Noah Sprüche, aus dem Augenwinkel entdeckte Corinne noch mehr Schilder und Karten, aber sie hatte keine Gelegenheit, sie näher zu betrachten, denn nun kam Noah auf sie zu. Er sah sie einen Moment forschend an, als wollte er sie lesen, dann sagte er: »Ich bin Noah. Hast du einen besonderen Wunsch? Kann ich dir etwas zeigen, möchtest du eine bestimmte Sorte probieren?«

»Hallo, Noah, ich bin Corinne, um ehrlich zu sein …«

»Corinne?«, fragte er und Corinne war dankbar, dass er sie unterbrochen hatte, denn sie wusste gar nicht, was sie wollte und was sie ihm sagen sollte. »Sag nur, du bist die Corinne, von der Susan mir schon erzählt hat? *Ahrensberg Kaffee*?«

Susan? Was um Himmels willen hatte sie denn erzählt? Zumindest sprach Noah den Namen der Konkurrenzfirma ohne jeden Unterton aus, stellte Corinne erleichtert fest. Damit war die Frage, ob sie sich zu erkennen geben sollte, jedenfalls geklärt.

»Ich bin mir gar nicht sicher, ob ich wissen will, was Susan dir erzählt hat«, sagte Corinne und lachte. »Ja, du vermutest richtig, ich bin Corinne Ahrensberg.«

Noah grinste und seine Augen blitzten vergnügt. »Na dann muss ich dir ja nichts über Kaffee erzählen«, meinte er. »Schön, dass du mal reinschaust. Mein Kaffeeparadies.« Er machte eine ausholende Geste. »Natürlich nicht zu vergleichen mit den Dimensionen, die du vermutlich gewohnt bist.«

»Ich schätze, nicht nur die Dimensionen sind anders, sondern auch die Arbeitsweise und vermutlich auch die Kaffeesorten. Susan hat mir heute eine von deinen Spezialitäten serviert. Deinen Geisha Arabica. Ich glaube, deshalb bin ich bei dir gelandet.« Sie hob ihre Schultern kurz an und meinte: »Frag mich nicht, was mich genau antreibt, aber ich wollte den Mann hinter diesem besonderen Kaffee kennenlernen.« Sie sah ihm direkt in die Augen. »Vielleicht können wir uns austauschen. Ich würde wirklich gern noch viel mehr über das Handwerk des Kaffeeröstens lernen. Bei uns läuft alles so automatisiert und maschinell ab und natürlich in viel größerem Rahmen. Ich meine, nicht dass du einen falschen Eindruck bekommst. Wir machen tollen Kaffee und natürlich behandeln wir, ich meine, wir …«

»Entspann dich, Corinne, ich glaube, ich habe dich schon verstanden. Es ist alles ein paar Nummern zu groß, um das Rösten von der Pike auf zu lernen. Und vermutlich hast du auch keinen großen Freiraum für Experimente. Richtig?«

Corinne konnte es nicht fassen. Dieser Noah Engel kannte sie gerade mal ein paar Minuten und analysierte sie und ihre Bedürfnisse im Handumdrehen. Konnte das wirklich sein oder träumte sie gerade? Sie hatte das Gefühl, dass sie hier bei Noah Engel, dem Mann, dessen Leidenschaft dem Kaffee galt, genau das finden könnte, was ihr im Familienunternehmen fehlte.

»Weißt du was?«, sagte Noah jetzt. »Setz dich. Ich koche uns erst einmal einen Tee.«

Corinne stutzte. Hatte er wirklich Tee gesagt? Doch da lachte Noah auch schon über seinen eigenen Witz und Corinne fiel in sein Lachen ein.

»Wobei ein guter Tee auch nicht zu verachten ist«, sagte sie, während er sich der Kaffeemühle widmete.

Sie setzte sich an den Tresen und sah Noah zu, der mit sicheren Handgriffen Kaffee zubereitete. Im Handumdrehen standen nicht eine, sondern gleich drei Tassen vor Corinne.

Mit Noah zu fachsimpeln, locker zu plaudern und zu lachen, ging wie von selbst. Schon bald fühlte es sich an, als würden sie sich schon seit Jahren kennen und nicht erst seit einer halben Stunde. Und wie von selbst entwickelte sich eine Idee, wie kleine Röstereien und *Ahrensberg Kaffee* zusammenarbeiten könnten.

Als Corinne die Rösterei verließ, war es bereits früher Abend. So beschwingt und glücklich wie schon lange nicht mehr machte sie sich auf den Weg ins Krankenhaus.

Sie würde für *Ahrensberg Kaffee* einen neuen Geschäftszweig eröffnen. Endlich konnte sie Fernando und andere Kleinbauern unterstützen. Corinne hatte ihr Ziel klar vor Augen, und sie war fest entschlossen, sich in dieser Sache nicht von Alexander ausbremsen zu lassen.

Kapitel 9
Im Krankenhaus

Aachen • Oche • Aix-la-Chapelle • Aken • Aquae Granni

Gegenwart: November

Das warme Gefühl, das sie durchflutete, wenn Corinne an Noah und seine zauberhafte kleine Rösterei dachte, stärkte sie, als sie am Krankenbett ihres Vaters saß und gegen ihren Fluchtinstinkt ankämpfte. Aus dem CD-Player erklang leise ein Klavierkonzert. Es übertönte zwar nicht das Piepen der Geräte, aber die sanften Klänge machten die Geräusche etwas erträglicher.

Das Gespräch mit Noah und der Aufenthalt in seiner Rösterei hatte Corinne ungemein inspiriert, sie fühlte sich plötzlich wieder stark und lebendig und voller Lust, die Hürden zu nehmen, die das Leben ihr in den Weg legte.

Genau das, was Noah mit seiner Manufaktur verkörperte, hatte Corinne die ganze Zeit bei sich in der Firma gesucht. Diese Liebe zum Besonderen, diese Ruhe, Dinge anzugehen und auszuprobieren, die Leidenschaft für Kaffee, die bei allem Handeln mitschwang und spürbar war.

Natürlich war das alles auch bei *Ahrensberg Kaffee* zu finden, Corinne wollte keinesfalls ungerecht sein. Aber man fand es nicht mehr im Gesamten, sondern nur noch heruntergebrochen und verteilt auf mehrere Abteilungen und Personen. Jeder brannte für seinen Fachbereich, sie hatten hervorragende

Mitarbeiter, die ihrer Arbeit mit Herzblut nachgingen und auf die sie sich verlassen konnten. Doch oben, in der Chefetage, ging es viel mehr um Bilanzen als um den Zauber von Kaffee. Dort spürte Corinne nicht mehr viel von der Leidenschaft, die einmal die Grundlage für die Firmengründung gewesen war. Bei Noah dagegen lagen alle Bereiche in einer Hand, und es kam ihr so vor, als bündelte und verstärkte das seine Begeisterung für den Kaffee.

Aber musste das wirklich so sein? War die Folge, wenn eine Firma so groß wurde wie *Ahrensberg Kaffee*, zwangsläufig ein Identitätsverlust und der Verlust der Leidenschaft? Waren diese Gefühle tatsächlich an eine bestimmte Firmengröße gekoppelt? Corinne war sich nicht sicher, aber sie hoffte, dass es vielmehr dem Erfolgsdruck geschuldet war, den die Führung eines so großen Unternehmens zwangsläufig mit sich brachte. Immerhin trug die Familie Ahrensberg nicht nur die Verantwortung für sich selbst, sondern auch für viele Mitarbeiter und Zulieferer. Sie durften die Existenzen, die an ihnen hingen, nicht gefährden, wenn sie neue Geschäftsfelder ausprobierten.

Wenn bei Noah etwas schiefging, dann schadete er ausschließlich sich selbst. Hinzu kam, dass er seine Ideen in wesentlich kleinerem Ausmaß ausprobieren konnte. *Ahrensburg Kaffee* konnte es sich nicht leisten, mit Kleinstmengen zu testen. Ihre Maschinen waren auf große Lieferungen ausgelegt. Ging in diesen Dimensionen etwas schief, konnte das fatale Folgen haben, während Noah problemlos jederzeit auch säckeweise hantieren konnte.

Vielleicht aber, auch diese Möglichkeit zog Corinne in Erwägung, war es eine gewisse Betriebsblindheit, die sich im Laufe all der Jahre, die ihr Vater bereits Geschäftsführer des Familienunternehmens war, eingeschlichen hatte. Alexander schwamm ohnehin noch ohne eigenen Kurs, er musste sich erst aus der emotionalen Abhängigkeit von ihrem Vater befreien, dann würde sich zeigen, in welche Richtung er die Firmengeschicke tatsächlich, und aus eigener Motivation heraus, lenken würde.

Corinne dachte an die Zeit vor dem Generationenwechsel zurück. Sie war noch ein Kind gewesen und hatte natürlich nur einen kleinen Teil von dem mitbekommen, was in der Firma vor sich gegangen war. Doch dank ihrer engen Bindung zu ihrem Großvater glaubte sie sich erinnern zu können, dass er es noch geschafft hatte, beides zu vereinen – Wirtschaftlichkeit und Leidenschaft.

Er war ein sehr guter Geschäftsmann gewesen, aber er trug auch diese starke Liebe für Kaffee in sich, die Corinne ebenfalls spürte.

Für ihren Vater war die Leitung des Unternehmens ein Erbe, das er angetreten hatte. Corinne war sich sicher, dass er diese Nachfolge nie infrage gestellt hatte, aber hatte er das wirklich gewollt? Oder war es nur Pflichtbewusstsein oder gar Bequemlichkeit gewesen? Hatte er auch die Leidenschaft für Kaffee von seinem Vater geerbt und sie nur über die vielen Jahre aus den Augen verloren, oder hatte er von Anfang an nur das betriebswirtschaftliche Geschick gehabt? Vielleicht wäre er ohne die Firma, die er übernommen hatte, ein ganz anderer geworden. Hatte er einen Lebenstraum gehabt und ihn der Pflicht geopfert?

Corinne wusste es nicht. Es war ihr bis heute gar nicht in den Sinn gekommen das zu hinterfragen, stellte sie verwundert fest. Vermutlich, weil sich ihr selbst diese Frage von Anfang nicht gestellt hatte.

Seit sie denken konnte, hatte sie sich auf den Tag gefreut, ab dem sie endlich in der Firma mitarbeiten durfte – auch wenn sie es sich immer ganz anders ausgemalt hatte, als es nun letztendlich gekommen war. Dafür konnte niemand etwas, Krankheiten geschahen, das Leben ging oft Wege jenseits der von Menschen gemachten Pläne. Auch wenn der Beginn holprig war, sie würde sich ihren Platz im Familienunternehmen schon erkämpfen.

»Mag Papa eigentlich Kaffee?«, fragte Corinne aus einem Impuls heraus ihre Mutter, die auf der anderen Seite des Bettes saß und las. Jetzt ließ sie das Buch sinken und sah Corinne überrascht an. Esther Ahrensberg brauchte nur einen Moment, dann hatte sie den Sinn hinter Corinnes Frage verstanden. Ihr Gesicht wurde weich, als sie lächelte und nickte.

»Du meinst das ganze Drumherum? Den Anbau, die Sorten, das Rösten? Ja«, sagte sie. »Er zeigt es auf eine andere Art, als du es tust, und vermutlich legt er andere Maßstäbe an, als es dein Großvater tat. Für Günther spielen neben den Kaffeebohnen auch Wirtschaftlichkeit und Kontinuität in Ertrag und Qualität eine große Rolle. Das hat dein Großvater etwas anders gehandhabt, er hat flexibel auf die Entwicklungen im Kaffeeanbau reagiert und oft auch neue Sorten getestet, Kaffees zeitlich begrenzt gehandelt und das Angebot stetig angepasst. Das aber war deinem Vater zu risikobehaftet. Er war immer der Meinung, dass man auf diese Art keine stabile große Firma aufbauen kann. Und er ist bis heute davon überzeugt, dass man Kunden nur mit einer gleichbleibend guten Qualität an sich binden kann. Wenn der Kaffee einmal einen sehr warmen tiefen Körper hat und die nächste Charge eine hohe Fruchtnote mit stärkerer Säure aufweist, dann verwirrt das die Verbraucher, enttäuscht sie am Ende vielleicht sogar, weil das Produkt nicht den Erwartungen entspricht. Der Erfolg gibt deinem Vater recht, würde ich sagen. Er hat ein im Verhältnis kleines Unternehmen übernommen und im Laufe der Jahrzehnte zum deutschen Marktführer gemacht. Seine Strategie kann also nicht ganz schlecht gewesen sein.« Sie hielt einen Moment inne und blickte versonnen auf ihren Mann hinunter, bevor sie fortfuhr. »Aber auch wenn dein Vater in diesem Punkt mit deinem Großvater uneins war, hat er die Liebe zu Kaffee durchaus von ihm übernommen. Es war nicht nur eine Firma, die er geerbt hat, es war die Leidenschaft, die über die Generation hinweg weitergegeben wurde. Das hat ihn all die Jahre angetrieben.«

Das Lächeln ihrer Mutter vertiefte sich, als sie Corinne liebevoll und mit Stolz im Blick betrachtete. »Ich würde sagen, mit dir ist es die dritte Generation, die das, nennen wir es ›Kaffee-Gen‹, in sich trägt.«

Mit einer so ausführlichen Antwort hatte Corinne nicht gerechnet, doch sie freute sich darüber. Die Worte ihrer Mutter ließen sie sich ihrem Vater plötzlich wieder inniger verbunden fühlen als seit Langem. Diesem Dickschädel, der er war, und der hier noch immer reglos neben ihr im Bett lag.

Sie lächelte und fragte sich, ob er es wohl mitbekam, dass sie und Alexander ihn täglich besuchten, dass seine Frau quasi im Krankenhaus lebte und täglich viele Stunden bei ihm saß und sich um ihn bemühte.

Nachdem Corinne sich überwunden und tatsächlich heute einmal nicht kurz nach ihrer Ankunft wieder die Flucht ergriffen hatte, wich die Beklemmung, die der im Koma liegende Vater bei ihr auslöste, ganz allmählich und machte einem fast schon friedlichen Gefühl Platz.

Die Situation war schrecklich, aber als Familie standen sie sie gemeinsam durch, und das war angesichts der Tragik ein echtes Geschenk.

Hier am Bett ihres Vaters zählte auch der Streit nicht, den sie und Alexander in der Firma austrugen. Hier zählte nur die familiäre Verbundenheit und Liebe.

Liebe, dachte sie und musste sofort an den Spruch denken, den sie bei Noah auf einer Karte gelesen hatte. *Mit Liebe und Kaffee wird alles gut.* Ja, dachte sie. Es stimmte. Alles würde gut werden. Irgendwie. Dieser Gedanke hatte etwas ungemein Tröstliches. Selbstverständlich konnte man darüber diskutieren, was *gut* denn letztendlich bedeutete, aber das wollte Corinne in diesem Moment gar nicht.

Ihr Opa kam ihr in den Sinn. »Alles ist für etwas gut, mein Schatz.« Sie hatte seine Stimme so lebendig im Ohr, als säße er neben ihr.

In diese Gedanken hinein betrat Alexander leise das Zimmer. Er gab seiner Mutter einen Kuss und nickte Corinne zu. Dann zog er sich einen Stuhl neben ihre Mutter und setzte sich.

»Mama, willst du nicht in Ruhe etwas essen oder spazieren gehen? Alexander und ich können solange hierbleiben«, schlug Corinne vor.

»Danke, Löckchen, aber die Schwestern hier sind sehr nett. Na ja, und seit dein Vater hier liegt, vermutlich auch sehr gut mit Kuchen und Köstlichkeiten versorgt«, ergänzte sie leise schmunzelnd. »Klara kommt jeden Tag mit einem gut gefüllten Korb hier an und versorgt die ganze Mannschaft. Ich hatte vorhin ein Stück Kuchen und eine Tasse Kaffee, das genügt mir. Außerdem haben sie die Narkosemittel inzwischen vollständig ausgeschlichen, es kann jederzeit sein, dass euer Vater aufwacht, ich möchte ihn ungern allein lassen. Erzählt mir lieber ein bisschen, wie es inzwischen in der Firma läuft, wenn ihr schon einmal beide hier seid. Ich bin sicher, euer Vater ist auch daran interessiert.«

Alle drei Blicke wandten sich dem blassen Gesicht zwischen den Kissen zu. Corinne schluckte und kämpfte mit den Tränen. Sie zweifelte stark daran, dass ihr Vater etwas von ihrem Gespräch mitbekam. Aber sie wollte ihrer Mutter nicht die Hoffnung nehmen.

»Alles läuft bestens«, erklärte Alexander mit fester Stimme. Er wandte den Blick von dem bewusstlosen Vater ab und sprach zu dessen Hand, die auf dem Deckbett lag. »Das Weihnachtsgeschäft ist bereits in vollem Gang. Thomas Feldmann hatte ein paar ausgezeichnete Ideen für Anzeigen und zusätzliche

Werbemittel. Für dieses Jahr hat es nicht mehr geklappt, aber nächstes Jahr werden wir einen Adventskalender auf den Markt bringen, mit Ahrensbergprodukten selbstverständlich. Ich habe mit der Herstellung gesprochen, wir werden extra dafür 50-Gramm-Päckchen unserer Kaffees abfüllen. Hinzu kommen die Süßigkeiten, die wir im Programm haben, und in jedem Kalender wird eine unserer Tassen versteckt sein. Die genaue Zusammenstellung ist noch offen, bisher haben nur die Vorgespräche stattgefunden. Vielleicht entwerfen wir auch eine Tasse exklusiv für den Kalender. Thomas und ich haben erste Entwürfe entwickelt und werden die Sache im Frühjahr auf den Weg bringen, damit wir alles rechtzeitig für die Auslieferung im Herbst zusammen haben.«

Mutter lächelte. »Das hört sich doch gut an.« Sie sah zu ihrem Mann. »Was meinst du, Günther, die Kinder machen das doch wirklich toll. Sie halten für dich die Stellung.« Sie drückte kurz seine Hand, dann sah sie wieder zu Alexander. »Ich freue mich, dass ihr euch endlich zusammenrauft«, sagte sie und warf einen kurzen prüfenden Blick zu Corinne hinüber.

Corinne saß mit aufgeklapptem Mund da und starrte ihren Bruder an. Thomas und Alexander – wieso wusste sie von diesen Plänen nichts? Er hatte sie wieder einmal ganz bewusst übergangen und allein mit dem Leiter des Marketings an dessen Idee getüftelt. Im ersten Moment wollte sie protestieren, doch dann fiel ihr ein, dass sie am Krankenbett ihres Vaters saßen. Außerdem war die Idee gut. Aber das würde sie Alexander selbstverständlich nicht sofort auf die Nase binden. Nicht nach allem, was er sich ihr gegenüber herausgenommen hatte.

Ein wenig bewunderte sie ihn für seine Strategie. Hier im Krankenhaus würde sie keinen Streit vom Zaun brechen, das wusste er ganz genau. Ein perfekter Zeitpunkt also, um seine Idee zu präsentieren und ihre Widerworte zu unterbinden. Aber bitte schön. Was Alexander konnte, konnte Corinne allemal. Dann lausche und staune, Brüderchen, was dein Löckchen alles draufhat, dachte sie.

»Ich war heute bei Noah Engel in der kleinen Rösterei am Marschiertor. Ein wirklich feiner Laden, das muss ich sagen.«

Alexander öffnete den Mund, doch Corinne signalisierte ihm mit einer kurzen Kopfbewegung, dass sie noch nicht fertig war. Tatsächlich akzeptierte er ihre Geste – vermutlich ebenso wie sie gerade eben bei ihm, aus Rücksicht auf ihre Mutter und die gesamte Situation. Corinne war das nur recht. Mit fester Stimme und ohne jedes Zögern sprach sie weiter. »Ich habe mir schon, als ich in Brasilien war, Gedanken darüber gemacht, wie ich Fernando unterstützen könnte. Ihr wisst, dass die Themen Kaffeeanbau, Nachhaltigkeit und faire Bedingungen für mich sehr wichtig sind.«

»Jetzt sag nur noch, wir seien unfair«, brauste Alexander nun doch auf und fuhr Corinne in ihre Rede.

Doch sie lächelte ihn freundlich an und ließ sich nicht aus der Ruhe bringen. »Nein, Alexander«, antwortete sie nachdrücklich. »Das sage ich nicht. Fernando geht es gut, wir zahlen einen fairen Preis für den Kaffee und die Bedingungen sind in Ordnung. Aber er hat – wie ich auch – einen Traum abseits der riesigen Anbauflächen und Monokulturen. Ein Teilbereich der Plantage ist für Maschinen nicht geeignet, dort baut Fernando exquisite Kaffeesorten an, die von Hand geerntet werden und die er bislang selbst vertreibt. Das ist ein wichtiges Standbein für ihn, aber es ist auch schwierig. Oft wird er drastisch im Preis gedrückt. Er hatte auch schon Händler, die hinterher behaupteten, die Ware sei nicht in Ordnung gewesen und einfach nicht zahlten. Sie setzen darauf, dass er als kleiner Plantagenbetreiber seinen Anspruch nicht durchsetzt und kommen damit auch noch durch. Oder besser: Sie kamen damit durch. Inzwischen verlangt Fernando vorab eine Sicherheitszahlung, aber das bedeutet natürlich einen Zusatzaufwand, der wiederum den

Gewinn schmälert. Außerdem ist die Bürokratie nicht nur in Deutschland oft ein Problem. Im Gegenteil, wir ärgern uns zwar häufig über engstirnige Vorgaben, aber zumindest müssen wir uns nicht mit Behördenwillkür herumplagen, wie sie in anderen Ländern an der Tagesordnung ist.«

Corinne hatte immer schneller gesprochen, immer leidenschaftlicher. Sie stoppte und atmete tief durch. Bei den Themen Fairtrade und Umweltschutz redete sie sich nur allzu schnell in Rage, sie zwang sich, auf den Punkt zu kommen. »Lange Rede, kurzer Sinn. Ich fände es fantastisch, wenn wir zu dem von uns gerösteten Kaffee zusätzlich auch ausgewählte Premium Kaffeesorten als grüne Ware in das Angebot aufnähmen. Die Zahl der kleinen Kaffeemanufakturen wächst seit ein paar Jahren stetig. Das ist voll im Trend. Wir sollten diese Kleinunternehmen nicht als Konkurrenz sehen, sondern Wege suchen, wie wir an diesem neuen Handelsweg teilhaben können. Deshalb sind diese kleinen Röstereien unsere neue zusätzliche Zielgruppe. Für die Manufakturen wäre es viel einfacher, den Kaffee von uns zu beziehen, statt ihn mühsam selbst zu importieren. Auch die Frachtkosten verringern sich, wenn man den Transport auf eine Stelle konzentriert und die Bohnen von Deutschland aus weiterverkauft. Wenn wir kleine Einheiten grünen Kaffee auch noch im Onlineshop verkaufen, erweitern wir die Zielgruppe um die vielen Hobbyröster, die sich mit kleinen Apparaturen, wie man sie inzwischen überall günstig im Handel kaufen kann, auch im Rösten ausprobieren wollen.«

Ihre Mutter hob die Augenbrauen und nickte Corinne anerkennend zu. Alexanders Miene war düster und verschlossen. Er hatte die Arme vor der Brust verschränkt, und Corinne wusste genau, dass er ihre Idee am liebsten direkt abgeschmettert hätte.

Da sie nun gerade so schön in Fahrt war, beschloss sie, ihn auch gleich noch darüber zu informieren, dass sie Noah für den nächsten Tag zu einer Betriebsbesichtigung eingeladen hatte.

Er war neugierig auf die Arbeitsweise des großen Betriebs. Außerdem wollten sie den Jacu-Bird-Kaffee verkosten, den Fernando Corinne geschickt hatte, und über die mögliche Zusammenarbeit sprechen.

»Ich habe Noah für morgen …« Ein leises Stöhnen unterbrach sie. Alle Köpfe fuhren herum, und ihre Mutter beugte sich sofort zu ihrem Mann hinunter. Günther Ahrensberg bewegte sich! Nur wenig, aber es war unverkennbar. Die Augenlider flatterten und seine rechte Hand zuckte.

»Günther!«, flüsterte Esther Ahrensberg eindringlich.

»Papa«, riefen Corinne und Alexander halblaut gleichzeitig. Ihr Vater röchelte und würgte.

»Schwester«, rief Corinne und drückte den Alarmknopf. Doch das wäre gar nicht nötig gewesen. Die Schwester und ein Arzt eilten bereits herbei, und die Besucher mussten den Raum verlassen.

Nur ungern ließ sich Corinnes Mutter von ihrem Mann wegbringen. Doch dann gab sie nach.

KAPITEL 10
DER GROSSE KNALL

Aachen • Oche • Aix-la-Chapelle • Aken • Aquae Granni

Gegenwart: November

Ohne Appetit kaute Corinne an dem Stück Pizza, das in ihrem Mund immer mehr zu werden schien. Obwohl sie wusste, dass das Essen hier immer ausgesprochen köstlich war, empfand sie den Geschmack heute als fad, der Teig wirkte strohig. Doch Corinne gab dem Wirt keine Schuld, denn sie wusste sehr wohl, dass das Problem bei ihr selbst lag. Sie konnte nicht hier mit Sebastian ein gutes Essen genießen, locker plaudern und den Tag angenehm ausklingen lassen, während ihr Vater im Krankenhaus lag und niemand wusste, wie es nun weitergehen würde.

»Er ist wach, Corinne. Das ist ein Anfang, ihr müsst Geduld haben«, sagte Sebastian und wiederholte damit das, was sie schon mehrfach in der letzten Stunde besprochen hatten.

Wach, hallte es bitter in Corinne nach. Was für ein großes Wort für diesen erbärmlichen Zustand, in dem ihr Vater sich derzeit befand. Die Ärzte hatten die künstliche Beatmung abgesetzt, und er bekam im Moment lediglich über einen kleinen Schlauch Sauerstoff zugeführt, der die Atemluft anreicherte. Die nächsten Stunden würden zeigen, ob er selbstständig stabil atmen konnte, bis jetzt sah es gut aus, er hatte keine Aussetzer. Das war so weit alles erfreulich.

Leider aber war ihr Vater, nachdem sie wieder zu ihm ins Zimmer gelassen worden waren, vollkommen verwirrt gewesen. Er hatte aufgrund der Intubation und der gereizten Stimmbänder nicht sprechen können, aber er konnte auf Fragen reagieren, Handzeichen geben, nicken oder den Kopf schütteln. Zu ihrem großen Entsetzen hatte er jedoch niemanden erkannt. Weder seine Kinder noch seine Ehefrau, mit der er seit fast fünfzig Jahren verheiratet war. Der Kaffeebaron hatte sehr benommen gewirkt und schien nicht verstanden zu haben, wer und wo er war.

Die Ärzte hatten versucht, die Familie zu beruhigen, doch leider ohne großen Erfolg. Auf die vielen Fragen von Corinne und ihrer Mutter hatten auch sie nur mit einem Schulterzucken antworten können. Niemand konnte zum jetzigen Zeitpunkt eine genaue Diagnose stellen. Es hieß abzuwarten. Die nächsten Tage würden zeigen, welchen Anteil das künstliche Koma an diesem Zustand hatte und welche Defizite die Folge des Schlaganfalles waren. Die Symptome aufgrund der Langzeitnarkose würden sich relativ schnell verbessern, die Schlaganfallfolgen würden anhalten und mussten in den kommenden Wochen und Monaten intensiv therapiert werden.

Es lag eine linksseitige Lähmung vor. Hier war es wichtig, dass so schnell wie möglich mit dem Training begonnen wurde, wie der Chefarzt ihnen erklärte. Bereits am nächsten Tag sollte eine Physiotherapeutin mit ersten Übungen beginnen.

Corinne kämpfte sich aus der Erinnerung heraus und zurück zu Sebastian an den Tisch in der Pizzeria. Sie zwang sich, den Schleier zu zerreißen, der über ihrem Blick lag, und lächelte ihren Freund dankbar an.

»Du hast recht«, sagte sie und nickte nachdrücklich, als wolle sie sich selbst überzeugen. »Er ist wach, und alles andere wird sich zeigen.« Sie schnitt ein weiteres Stück der Pizza ab und schob es sich in den Mund, bevor Sebastian sie daran erinnern konnte, dass sie essen musste, um bei Kräften zu bleiben. Das hatte er an diesem Abend bislang vor jedem ihrer Bissen getan, nur so hatte sie zumindest ein Viertel ihrer Portion geschafft. Das nächste Viertel würde sie zügig ohne extra Aufforderung essen, Sebastian zuliebe.

»Jetzt erzähl mir von der Rösterei und diesem Noah«, forderte ihr bester Freund sie auf. Dankbar ging Corinne auf den Themenwechsel ein und begann ihm von der kleinen Manufaktur vorzuschwärmen.

Anfangs teilte Sebastian ihre Begeisterung. Er hörte ihr aufmerksam zu und stellte Zwischenfragen, wenn ihn etwas genauer interessierte. Doch irgendwann kippte seine Stimmung.

»Scheint ein ziemlicher Blender zu sein, dieser Noah«, meinte er, als Corinne ihm von Noahs Qualitätsanspruch erzählte und wie er seine Röstungen von Hand sortierte. Er schien die Worte mehr zwischen den Zähnen hindurchzupressen, als sie zu sprechen. Sebastians Stirn war gerunzelt und deutete für Corinne unmissverständlich auf seine schlechte Laune hin. Schließlich kannten sie sich schon seit einer Ewigkeit, da lernte man sein Gegenüber zu lesen. Sebastian war ziemlich genervt.

»Was? Ein Blender?«, fragte Corinne erstaunt. »Wie kommst du denn da drauf?« Sie überlegte, was sie gesagt haben könnte, was Sebastian zu diesem Schluss gebracht und seine Laune verhagelt hatte.

Doch der schnaufte nur unwillig. »Corinne, ich bitte dich. Diese Nummer mit dem einsamen Wolf am Sortiertisch. Die Sprüche im ganzen Laden. Bist du sicher, dass der Kerl nicht nur eine Show abzieht? Klar gibt es unterschiedliche Kaffeequalitäten, aber man kann auch aus allem eine Religion machen. Unterm Strich will dieser Noah doch auch nur Geld verdienen. Genau wie alle.«

Corinne sog empört die Luft ein. Was war denn in Sebastian gefahren? So misstrauisch und vorurteilsbehaftet kannte sie ihn überhaupt nicht. Irgendetwas musste er komplett in den falschen Hals bekommen haben.

»Sebastian«, erwiderte sie eindringlich. »Was ist denn mit dir los? Habe ich etwas Falsches gesagt? Habe ich dich irgendwie verärgert?« Corinne fasste mit ihrer Hand über den Tisch hinweg nach seiner und hielt sie. Sie sah ihm fest in die Augen. Sebastian rang mit sich, sie konnte es an seiner Mimik ablesen. Er war schon immer ein offenes Buch für sie gewesen und konnte seine Gefühle nur schwer vor ihr verbergen.

Angespannt beobachtete Corinne Sebastians inneren Kampf und atmete erleichtert auf, als sich zuerst in seinen Augen, gleich darauf auch auf seinen Lippen ein Lächeln zeigte. Seine Stirn hatte sich wieder geglättet.

»Tut mir leid«, kam auch prompt Sebastians Entschuldigung. »Das war unfair. Ich kenne Noah überhaupt nicht und sollte mir nicht vorschnell ein Urteil erlauben. Vielleicht habe ich das echt in den falschen Hals bekommen.«

Corinne kicherte erleichtert. »Susan jedenfalls findet, er ist ein ›Lovely Zuckerstück‹.«

Jetzt prustete Sebastian und war wieder ganz der Alte. »Oha, da scheint jemand auf der Pirsch zu sein. Noah sollte sich wohl in Acht nehmen, sonst wird er von Susan erlegt.«

»Sie behauptet zwar, sie hätte kein Interesse«, stimmte Corinne in die heitere Vorstellung ein, »aber das Funkeln in ihren Augen konnte sie nicht vor mir verstecken. Ich glaube, sie findet ihn wirklich heiß.«

»Na, dann sind wir doch mal gespannt, wie lange es dauert, bis die beiden zusammenkommen.«

Corinne wollte widersprechen. Susan mochte Noah zwar lecker finden, und vielleicht würde sie ihn sogar vernaschen wollen, aber sie hatte sehr deutlich gemacht, dass sie kein

Interesse an einem Mann in ihrem Leben hatte. Aber da Sebastian die Vorstellung offenbar gefiel, ließ Corinne ihn in dem Glauben, dass das eine Option war.

»Was ist, trinken wir noch einen Sambuca?«, fragte Sebastian da auch schon und brachte Corinne auf andere Gedanken. Nachdem sie genickt hatte, hob er die Hand. Er hätte sich die Frage im Prinzip sparen können, denn das war ihr Abschlussritual, jeder Besuch in ihrer Stammpizzeria endete so. »Zwei Sambuca und einen Espresso bitte, Enrico«, bestellte Sebastian gleich darauf.

So gut Corinne das Essen hier fand, der Kaffee war grauenvoll, deshalb musste Sebastian seinen Espresso allein trinken. Wie immer schüttelte Corinne sich, als er den ersten Schluck nahm, und sagte: »Wie du das Zeug trinken kannst.«

Sebastian leckte sich die Crema von der Oberlippe und grinste. »Ganz einfach. Mund auf, Espresso rein, Mund zu, und schlucken«, antwortete er – ebenfalls wie immer. In manchen Momenten erinnerten sie beide Corinne an ein altes Ehepaar, so gut kannten sie sich und waren aufeinander eingespielt.

»Morgen kommt Noah zu mir in die Firma. Ich habe ihm einen Rundgang versprochen«, erzählte Corinne ein paar Minuten später.

Sebastian, der gerade den letzten Schluck Sambuca hinuntergekippt hatte, verschluckte sich, und es dauerte eine Weile, bis er wieder richtig atmen konnte.

»Pass nur auf, was du ihm zeigst, Corinne. Du kennst diesen Menschen nicht, was ist, wenn er *Ahrensberg Kaffee* ausspionieren will?«

Corinne schüttelte den Kopf, dass ihre Locken flogen, und lachte laut auf. »Sebastian, du solltest Geschichten schreiben. Deine Fantasie ist sensationell. Noah ist lange genug im Geschäft, der muss bei uns nicht spionieren. Was denn auch?« Sie schüttelte immer noch den Kopf.

»Trau, schau, wem, sag ich nur«, kam es mürrisch von Sebastian.

Corinne hatte keine Lust, sich weiter mit seinen an den Haaren herbeigezogenen und vollkommen haltlosen Verdächtigungen auseinanderzusetzen. Sie hatte wirklich genug andere Probleme. Was auch immer Sebastian in diesem Punkt ritt, er würde sicher wieder zur Vernunft kommen. Um dem Gespräch eine erneute Wende und damit dem Abend einen positiven Ausklang zu geben, wechselte Corinne deshalb das Thema.

»Was ist eigentlich aus dieser Lara geworden? Tanzt ihr noch oder knutscht ihr schon?«, fragte sie und grinste.

Seit einigen Wochen trainierte Sebastian deutlich mehr als früher und hatte sogar mit Zumba angefangen. Der Grund dafür hatte Beine bis zum Hals, blonde Haare bis zum Hintern und Rhythmus im Blut. Sebastian hatte sich in die neue Trainerin verguckt, zumindest war Corinne davon überzeugt. Er selbst hatte das bislang noch nicht zugegeben und Corinne stattdessen etwas vom Älterwerden und einem beginnenden Bauchansatz erzählt. Sie glaubte ihm kein Wort.

Prompt wurde Sebastian ein bisschen rot, wehrte aber sofort ab. »Du wieder. Von wegen knutschen. Da ist nichts, das habe ich dir doch schon mehr als einmal gesagt. Lara ist einfach nett und Punkt. Ich unterhalte mich gern mit ihr. Sie ist witzig und ziemlich klug. Sie finanziert sich mit dem Training ihr Medizinstudium.«

Ob er sie anflunkerte oder sich selbst, in diesem Punkt war Corinne sich nicht ganz sicher.

»Vielleicht sollte ich mich demnächst auch mal zum Zumba anmelden«, feixte sie. »Ich könnte die Lage mal abchecken.«

»Corinne, du spinnst.« Sebastian tippte sich mit dem Finger gegen die Stirn und setzte gleichzeitig in Corinnes Richtung einen Kuss in die Luft.

»Erzähl mir etwas, was ich noch nicht weiß«, konterte Corinne.

***

Nachdem Sebastian sie zu Hause abgesetzt hatte, war Corinne direkt in ihr Zimmer gegangen. Schnell sprang sie unter die Dusche und schlüpfte dann in ihren blauweiß gestreiften Lieblingspyjama. Sie genoss das Gefühl des weichen Flanells auf der Haut. Nachdem sie dann noch die Kuschelbettsocken, die Klara ihr gestrickt hatte, über die Füße gezogen hatte, setzte sie sich voller Spannung im Schneidersitz auf die Bettdecke und zog ihre Tasche zu sich heran.

Ihr Herz klopfte aufgeregt, als sie das Tagebuch, das sie vom Dachboden mitgenommen hatte, herauszog und schließlich behutsam in der Hand hielt. Ehrfürchtig betrachtete sie den braunen Lederumschlag, der an den Kanten schon reichlich abgeschabt war. »Tagebuch«, das Wort stand vorne auf dem Deckel. Andächtig strich Corinne mit dem Zeigefinger über die geprägten und inzwischen fast vollständig abgeblätterten Goldbuchstaben, und plötzlich hatte sie das Gefühl, ihr Opa säße direkt neben ihr. War es ihr Einstieg in das Familienunternehmen, das diese intensiv gefühlte Nähe auslöste? Corinne wusste es nicht, aber es wäre möglich. Sie hatte natürlich all die Jahre oft an ihren Opa gedacht, aber doch nicht so häufig wie seit Vaters Schlaganfall.

Es schien, als ob für den Schritt in die Zukunft, den sie mit der Firma machen wollte, ein Schritt in die Vergangenheit notwendig war. Sie musste sich ihrer Wurzeln bewusst werden, um fliegen zu können, erkannte Corinne.

Es war aufregend, nun genau diese Wurzeln in Händen zu halten. »Opa, ich hoffe, das ist in Ordnung für dich«, flüsterte sie. »Ich möchte nicht indiskret sein, wenn es zu persönlich wird, werde ich darüber hinweglesen. Aber ich möchte so gern mehr von dir erfahren. Dinge, die du mir damals noch nicht erzählen konntest, weil ich ein Kind war, und später nicht mehr, weil du zu früh gestorben bist. Vielleicht finde ich sie ja hier drin.«

Hätte sie eine ausgeprägtere esoterische Ader gehabt, hätte sie in diesem Moment vermutlich ein Lichtflackern oder ein Wehen des Vorhangs erwartet, als Zeichen seiner Zustimmung. Aber auch wenn sie mit beiden Beinen im Leben stand und weder das eine noch das andere in Erwägung zog, hatte sie dennoch das Gefühl, ihren Opa bei sich zu haben. Und da sie sich zwar aufgeregt, gleichzeitig aber auch sehr glücklich fühlte, weil dieses Buch ihr in die Hände gefallen war, nahm sie das als eine Art Zustimmung.

Sie blätterte die erste Seite auf und begann zu lesen.

Juni 1999

Mein Name ist Eberhard Ahrensberg. Ich bin der Gründer von Ahrensberg Kaffee, vor allem aber bin ich ein Mensch, der auf nunmehr fast siebzig Jahre prall gefülltes Leben zurückblickt.

In der Retrospektive möchte ich sagen: Es war ein gutes Leben, und ich bin voller Dankbarkeit dafür. Aber es gab auch dunkle Zeiten voller Schmerz und Trauer, und auch an sie werde ich immer zurückdenken.

Nachdem ich die Firma an meinen Sohn Günther übergeben habe, bleibt mir nun endlich die Zeit, all meine Erinnerungen festzuhalten. Ich will aufschreiben, was mir wichtig erscheint, Briefe und Fotos durch meine persönlichen Gedanken ergänzen und was verloren erscheint neu zusammenfassen.

Selbstverständlich fragte ich mich, bevor ich mich an dieses Projekt machte, weshalb ich es denn überhaupt in Angriff nehmen will. So bin ich mein ganzes Leben lang vorgegangen, wann immer ich etwas Neues begonnen habe. Mein Tun sollte nicht willkürlich sein,

sondern zielgerichtet. Getreu meinem Lebensmotto: Alles ist für etwas gut. Diesen Leitspruch habe ich von meiner Mutter übernommen, die mir damit in der schwierigsten Zeit meines Lebens – und in der schwärzesten Zeit Deutschlands – immer wieder Mut gemacht hat, selbst wenn sie nicht bei mir war.
Danke, Mutter. Ich weiß, dass du über mich wachst, und trage die Erinnerung an dich in mir, und auch von ihnen will ich einige festhalten.
Doch warum? Nun, die Antwort ist vielschichtig und beleuchtet nicht nur die Sonnenseite der Familie. Ich fühle mich mitschuldig an den Verbrechen und Gräueltaten meines Vaters. Auch wenn ich aus heutiger Sicht weiß, dass ich nichts hätte verhindern können. Und doch tut es mir auch heute noch in der Seele weh, darüber nachzudenken.
Wenn meine Geschichte, meine Erinnerungen, dazu beitragen können, dass auch nur ein Mensch umdenkt, über seine Taten nachdenkt, bevor er handelt, seinen Hass überwindet und sich den Menschen zuwendet, dann ist es wichtig und richtig, dass ich dieses Buch verfasse.
In meiner Vorstellung wird eines Tages Corinne in Besitz dieses Buches sein. Ich weiß, sie wird es in Ehren halten und wissen, wie sie damit umzugehen hat.
Sollte wider erwarten ein anderes Familienmitglied oder gar ein Fremder sich meiner Niederschrift annehmen, so bitte ich um Respekt. Wer auch immer es sein wird, er wird das Richtige damit tun.

Corinne legte das Buch auf ihren Beinen ab und lehnte sich zurück. Ihr Herz wummerte vor Aufregung. Ihr Großvater hatte geahnt, dass sie diejenige sein würde, die seine Memoiren finden würde.

Sie versuchte, das Gelesene einzuordnen. Ihr Opa zog ein Fazit und schien zufrieden gewesen zu sein mit dem, was er erreicht und erlebt hatte. Aber es schwang auch eine große

Portion Trauer und Reue in diesen Worten mit. Offensichtlich hatte er Schuldgefühle. Corinne fühlte sich beklommen. Sie hatte Angst vor dem, was sie zu lesen bekäme. Ihr Großvater würde nichts auslassen, würde sie nicht schonen, da war sie sich sicher.

Die Schrecken des Zweiten Weltkrieges, die menschenverachtende Marschroute der NSDAP, SS, Gestapo und wie sie alle hießen, hatten Corinne schon während ihrer Schulzeit wochenlang Albträume beschert. Es würde ihr einiges abverlangen, solche Erlebnisse quasi aus erster Hand zu hören. Sie würde den Schmerz erleben, den ihr Großvater ertragen und sein Leben lang mit sich herumschleppen musste. Sie würde sich Zeit lassen, sich dem Inhalt des Buches langsam nähern.

Für heute wollte sie versuchen, etwas leichtere Kost in der Niederschrift zu finden. Ganz bestimmt hatte ihr Großvater etwas über die Zeit der Firmengründung geschrieben. Das interessierte Corinne sehr. Würde sie in diesen Texten die Bestätigung finden, die sie sich erhoffte?

Sie nahm das Buch wieder hoch und begann darin zu blättern.

***

Nervös sah Corinne auf die Wanduhr, deren Zeiger unaufhaltsam vorwärtsrückten. Zehn Uhr fünfzehn war es inzwischen schon und noch immer kein Noah weit und breit. Um sicher zu sein, dass die Uhr richtig ging, checkte Corinne die Uhrzeit am Computer gegen. Doch genau wie vor fünf Minuten, stimmten die Zeiten auch jetzt überein. Wo blieb er nur? Sie waren um zehn verabredet gewesen und Corinne hatte Noah als pünktlichen Menschen eingeschätzt.

Ungeduldig griff sie sich den Telefonhörer, drückte die Drei und lauschte dem Tuten. Schon nach dem zweiten Klingeln wurde ihr Anruf angenommen.

»Emil, hallo, hier ist Corinne. Ich warte auf meinen Besucher, Noah Engel, er steht auf der Gästeliste. Er sollte schon um zehn da sein. Hast du ihn zufällig gesehen?«

Natürlich nicht, dachte sie im gleichen Moment und ärgerte sich über sich selbst, dass sie überhaupt nachfragte. Wäre Noah aufgetaucht, hätte Emil sie informiert. Fremde durften nicht einfach so das Gebäude betreten. Alle Besucher mussten sich an der Pforte melden. Emil hatte eine Liste mit angekündigten Gästen, die anderen mussten ihm erklären, was für ein Anliegen sie hatten, und Emil ließ jemanden von der entsprechenden Abteilung kommen, um den Besucher abzuholen.

»Oh, der Herr Engel ist im Haus, Corinne. Er kam kurz vor zehn. Ich hatte dich anrufen wollen, aber Alexander war zufällig gerade im Foyer und hat den Besucher übernommen. Er wollte ohnehin nach oben und meinte, er begleitet Herrn Engel zu dir. Das ist ja merkwürdig. Vielleicht unterhalten sich die beiden noch und haben darüber die Zeit vergessen. Soll ich Alexander anrufen?«

»Danke, Emil. Nicht nötig. Ich kümmere mich selbst darum.«

Nachdenklich legte Corinne den Hörer auf. Noah war bei Alexander? Was hatte das denn zu bedeuten? Ein ungutes Gefühl stieg in ihr hoch. Sie musste sofort wissen, was da los war. Entschlossen stürmte Corinne aus ihrem Büro und zu Alexander hinüber. Sie klopfte kurz und trat direkt ein – genau wie Alexander es bei ihr immer machte. Alexander und Noah saßen in der Besprechungsecke. Alexanders Büro war ähnlich eingerichtet wie ihr eigenes, nur war hier das Interieur in Schwarz und Dunkelrot gehalten, nicht wie bei ihr in Kaffeetönen.

»Corinne!« Alexander tat überrascht, doch Corinne hatte den Eindruck, dass er versuchte, seine Verlegenheit zu überspielen. Das schlechte Gewissen stand ihm ins Gesicht geschrieben.

»Alexander«, grüßte sie ihren Bruder. Dann ging sie zu Noah hinüber, der sich bei ihrem Eintreten von seinem Sessel erhoben hatte. Sie lächelte ihn an, und er strahlte zurück, streckte die Arme aus, umarmte Corinne und gab ihr rechts und links einen Kuss auf die Wange. Sie begrüßten sich, als seien sie langjährige Freunde und hätten sich nicht erst am Vortag kennengelernt.

Sofort war das warme Gefühl wieder da, das Corinne schon gestern in seiner Nähe empfunden hatte.

»Was tust du hier?«, fragte sie ihn und wandte sich mit hochgezogenen Augenbrauen an ihren Bruder. »Was soll das Alexander? Ich wollte Noah den Betrieb zeigen, wieso hältst du ihn auf?«

»Dein Bruder hat mit mir über eure Firmenpolitik gesprochen. Meine Bedürfnisse scheinen bei euch nicht so richtig reinzupassen.«

Corinne schickte ihrem Bruder mit ihrem Blick Blitze entgegen. Sie konnte es nicht fassen. Was mischte er sich überhaupt ein?

»Im Moment haben wir noch keine exklusiven Sorten, die wir importieren, das stimmt. Aber das wird sich ändern. Ich habe dir ja von Fernando aus Brasilien erzählt, mit dem wir sehr vertrauensvoll zusammenarbeiten. Aber lass uns später darüber sprechen. Was meinst du, soll ich dich durch unser Reich führen?«

»Ich habe Herrn Engel informiert, dass wir auch künftig nicht mit kleinen Röstereien zusammenarbeiten werden, da unser Fokus ganz klar auf dem Kaffee liegt, den wir hier bei uns im Haus selbst rösten und auf den Markt bringen.« Alexander war nun ebenfalls aufgestanden. Er sah zu Noah hinüber und sagte: »Meine kleine Schwester schießt manchmal über das Ziel hinaus, wenn es um ihre moralischen Ideale und Wunschvorstellungen geht. Nichts für ungut Herr Engel, was den Kaffeehandel anbelangt, da hat sie Ihnen leider falsche Hoffnungen gemacht. *Ahrensberg Kaffee* hat eine lange Tradition, an der wir auch weiterhin festhalten werden. Sie wissen ja: Tradition ist verlässlich. Aber gehen Sie ruhig mit Corinne mit, lassen Sie sich zeigen, wie eine große Kaffeefirma respektvoll und vernünftig mit dem Produkt umgeht.«

Das war doch nicht zu fassen! Corinnes Zorn kochte so gewaltig in ihr hoch, dass sie befürchtete zu explodieren. Jetzt hatte Alexander den Bogen eindeutig überspannt.

»Noah, bitte entschuldige. Mein Bruder hat leider noch nicht verstanden, dass wir die Firma gemeinsam leiten und auch unsere Mutter noch ein Mitspracherecht hat. Sie war gestern durchaus angetan von meiner Idee der weiteren Vermarktungsschiene. Und du, Alexander, solltest dich für deine hinterlistigen Machenschaften schämen. Was ist denn nur in dich gefahren? Langsam aber sicher habe ich dein Verhalten wirklich satt.«

»Ich bemühe mich, die Firma auf Kurs zu halten, Löckchen, das ist in mich gefahren«, fauchte Alexander zurück. »Während du hingegen romantischen Ideen einer heilen Welt hinterherläufst. Einer Welt, die es so in Wirklichkeit nicht gibt und auch nicht geben wird. Jeder muss sehen, wo er bleibt. Wir sind nicht die Heilsarmee, die den Anbauern ihr Händchen hält oder Konkurrenten hilft, ihre Probleme zu lösen. Das sollte endlich in dein verträumtes Köpfchen hinein. Wenn Vater wieder gesund ist, wird er zufrieden sein, wenn wir alles auf Kurs gehalten haben. Kleine Röstereien und Cafés als unsere Kunden wäre der falsche Weg, die falsche Richtung.«

Auf einen Schlag fühlte Corinne sich unendlich müde. Sie war diese ewig gleiche Diskussion um Kaisers Bart so leid. Alexander war von seiner eigenen Angst, den Ansprüchen des Kaffeebarons nicht zu genügen, so gefangen, dass er nicht mehr auch nur einen Millimeter über den Tellerrand hinaussehen konnte.

»Weißt du was, Alexander? Ich habe es wirklich versucht. Von ganzem Herzen. Aber jetzt habe ich keine Lust mehr. Du gibst dir noch nicht einmal Mühe, mich zu verstehen, geschweige denn mich ernst zu nehmen und in mir eine erwachsene gleichberechtigte Partnerin zu sehen. Wir ziehen zwar am gleichen Strang, aber so wie es aussieht in unterschiedliche Richtungen. Und nun, mein lieber Bruder, beende ich dieses Tauziehen und lasse einfach los. Mutter soll einen Stellvertreter für mich einsetzen oder dir die Gesamtleitung übertragen – es ist mir egal. Ich möchte nicht mehr mit dir streiten, denn hier geht es nämlich eigentlich überhaupt nicht um die Firma. Du willst einfach nur das Sagen haben, und dabei ist dir alles andere egal. Ich werde mir einen Laden suchen, Opas alten Röster nehmen und mein eigenes Geschäft aufbauen. Romantisch verträumt und genau so, wie ich es für richtig halte, als meine eigene Chefin, ohne dass ich mich vor dir rechtfertigen muss. Du entschuldigst uns bitte. Ich möchte Noah jetzt die Firma zeigen. Ich werde dich über meine weiteren Schritte informieren, sobald ich mehr weiß.«

Corinne schnappte Noahs Hand und zog ihn hinter sich her aus Alexanders Büro hinaus. Draußen lehnte sie sich an die Wand, sie hatte das Gefühl, ihre Knie würden jeden Moment nachgeben. Vollkommen aufgewühlt legte sie sich die Hände vor das Gesicht und versuchte, ihr Zittern unter Kontrolle zu bringen. Sie wollte jetzt auf gar keinen Fall in Tränen ausbrechen, musste es schaffen, Fassung zu wahren und damit die Stärke unterstreichen, die sie ihrem Bruder gerade an den Kopf geworfen hatte, ihm zeigen, dass sie das Zeug dazu hatte, ihre eigene Chefin zu sein.

Noahs Hand lag warm auf ihrer Schulter. Er stand nur bei ihr und ließ ihr die Zeit, die sie brauchte.

Hatte sie gerade wirklich auf ihren Posten im Familienunternehmen verzichtet? Was war nur in sie gefahren? Ihr Großvater hätte so sehr gewollt, dass sie hier arbeitete. Wie sollte es nun weitergehen?

Corinne schluchzte auf und ließ sich von Noah in seine Arme ziehen.

Kapitel 11
Rückkehr

Euweiler • Euwiller

Juni 1945

Der Krieg war vorbei. Deutschland war geschlagen, von den Alliierten eingenommen und in Besatzungszonen aufgeteilt worden. Hitler war tot, der über Jahre durch ihn und seine Handlanger verbreitete Terror vorbei. Endlich!

Eberhard konnte das alles auch jetzt noch kaum begreifen, als er sich schon in Freiheit und auf dem Weg in seine Heimat befand. So lange hatte er sich das Kriegsende herbeigesehnt, jetzt war es endlich wahr geworden. Es würde noch lange dauern, bis die Kriegswunden geheilt waren, an den Gebäuden und dem Land, vor allem aber an den Menschen. Die sichtbaren genauso wie die unsichtbaren Verletzungen hatten ein verheerendes Ausmaß erreicht. Die Kriegsseelen hatten so viel Schreckliches durchgemacht, wie ein Mensch es kaum ertragen konnte.

Auch Eberhard hatte viel mehr gesehen und erlebt, als er sich an möglichen Schrecken vorher ausgemalt hatte. Die Realität war um ein Vielfaches schlimmer gewesen als seine dunkelste Fantasie. Nacht für Nacht verfolgten ihn die Bilder. So etwas heilte nicht von einem Tag auf den anderen. Würde es überhaupt je heilen? Eberhard wusste es nicht. Das würden die nächsten Jahre zeigen. Man konnte aber ganz sicher nicht einfach den Schalter umlegen und unbeschwert da weitermachen, wo man vor dem Krieg, vor Hitler, aufgehört hatte – weder er noch das ganze Land.

Doch darüber wollte Eberhard jetzt nicht nachdenken. Er wollte das Glück des Friedens spüren, diese neue Leichtigkeit – möge sie auch noch so schwer zu tragen sein. Die Menschen hatten endlich wieder eine Chance ohne die Unterdrückung durch die Nazis zu leben.

Unwillkürlich landeten Eberhards Gedanken bei seinem Vater. Wie er das Kriegsende wohl empfinden würde? Eberhard hatte lange keine Nachricht von zu Hause erhalten, eine Tatsache, die ihn durchaus beunruhigte – auch wenn er natürlich wusste, dass in den Wirren der letzten Monate der Briefverkehr nur noch sehr eingeschränkt und unzuverlässig vonstattengegangen war. Durch die fehlenden Informationen aus der Heimat wusste er nichts über die Lage in Euweiler – vor allem nichts über die Situation seiner Familie.

Hatte sein Vater in den letzten schlimmen Monaten vielleicht endlich eingesehen, dass er einem Monster gefolgt war? Dass er in dieser Zeit sogar selbst zum Monster geworden war? Und wenn er das verstanden hatte – würde er die Kraft finden, sich seiner Schuld zu stellen? Die Achtung seines Sohnes dafür wäre ihm gewiss. Hitler selbst hatte dieses Rückgrat nicht gehabt. Er hatte den einfacheren Weg des Suizids gewählt. Feige bis zum Ende – der Führer war sich treu geblieben.

Nach seinem Aufbruch in Euweiler hatte Eberhard großes Glück gehabt. Er war gleich am Abend seines ersten Tages an der Front bei Calais in amerikanische Kriegsgefangenschaft geraten und hatte die letzten Kriegsmonate in der Normandie in einem amerikanischen Lager verbracht. Die Amerikaner waren sehr fair zu ihren Gefangenen gewesen, sie hatten zwar nicht üppig zu essen, aber die meiste Zeit doch ausreichend Nahrung gehabt, sodass niemand lang hatte hungern müssen. Es hatte keine Gewaltexzesse gegeben, wie sie in anderen Lagern an der Tagesordnung gewesen waren. Das wusste Eberhard von Gefangenen, die zu ihnen verlegt worden waren und davon berichtet hatten.

Eberhard hatte sich mit Tom, einem US-Soldaten aus Wisconsin, angefreundet. Tom hatte eine deutsche Großmutter und von ihr die Grundlagen der Sprache gelernt, und Eberhard konnte etwas Englisch – so klappte die Verständigung ziemlich gut. Tom war nur zwei Jahre älter als Eberhard und liebte es, seinem *German Kumpel* zuzuhören, wenn der seine Geschichten von fernen Ländern und vom Kaffeeanbau erzählte.

Diese Fähigkeit, mit Reiseberichten von der verheerenden Realität abzulenken und die Moral im Lager auf einem erträglichen Niveau zu halten, brachte Eberhard einige Vergünstigungen ein. Als es darum ging, einen Teil der Gefangenen freizulassen, war er – auch dank der Protektion durch Tom – einer der Ersten, der seine Entlassungspapiere bekam.

Während seiner Gefangenschaft hatte Eberhard vieles erfahren, was Hitler den Menschen angetan hatte. Einiges hatte er im Kleinen in seinem Heimatdorf bereits mitbekommen, aber das Ausmaß des Schreckens hatte er nicht geahnt und konnte es auch jetzt noch kaum fassen. Nur daran zu denken schnürte ihm den Hals zu. Vor allem aber verstand er es einfach nicht. Er versuchte es zu begreifen, immer und immer wieder. Es war ihm nicht möglich.

Es gab Mitgefangene, die ihm erklärten, dass es Hitler um das Geld der Juden gegangen war, doch Eberhard konnte es trotz dieser Erklärung nicht begreifen. Es war, als würde sein Kopf sich weigern, diese Gedanken in eine logische Anordnung zu bringen. Konnte Geld wirklich ein Grund sein für derartiges Grauen? Konnte die Gier nach materiellen Werten solch eine Menschenverachtung möglich machen? Das war unvorstellbar.

Nie hätte Eberhard erwartet, dass er einmal froh sein würde über den Tod eines Menschen. Doch als die Nachricht von Hitlers Selbstmord das Lager erreichte, hatte er gemeinsam mit Tom laut gejubelt, und sie beide hatten vor Glück geweint. Er schämte sich gleichzeitig dafür, auch wenn dieser Mann die Inkarnation des Bösen gewesen war, er war dennoch ein Mensch. Doch die Erleichterung war stärker gewesen als das schlechte Gewissen. Sie hatten getanzt und gelacht – gemeinsam mit ihren Bewachern hatten sie Arm in Arm Hitlers Ende bejubelt. Zur Feier des Tages gab es sogar eine Sonderration Fleisch für die Gefangenen.

Schritt für Schritt schleppte Eberhard sich jetzt vorwärts. Nach vielen durchmarschierten Tagen und unruhigen Nächten hatte er endlich die Stadtgrenze Aachens erreicht. Nun war Euweiler nicht mehr weit. Eberhard hatte sein Zeitgefühl verloren. Zwei oder drei Wochen war er nun schon etwa unterwegs, getrieben von der Hoffnung, schnell nach Hause zu kommen. Die wunden Füße hatten ihn Tag für Tag langsamer gemacht, jeder Schritt wurde zur Qual, doch Eberhard ließ sich nicht unterkriegen, egal wie erschöpft er sich fühlte. Die letzten Kilometer von Aachen bis Euweiler wollte er unbedingt heute noch schaffen.

Überall auf seinem Weg durch die Stadt sah Eberhard Menschen, die in Trümmern wühlten und versuchten, letzte Habseligkeiten zu retten. Andere schleppten Steine und versuchten, der Trümmer Herr zu werden oder standen an den wenigen verbliebenen Geschäften oder Ausgabestellen für Lebensmittel an. Viele der Menschen in diesen Reihen drückten Mappen mit den gesammelten Berechtigungsscheinen an sich, um sie nur ja nicht zu verlieren oder gar bestohlen zu werden.

Als Eberhard an einem Wasserwagen vorbeikam, an dem die Bewohner sich mit Trinkwasser versorgen konnten, füllte er seine Feldflasche. Er war durstig, fühlte sich wie ausgetrocknet. Gierig trank er in großen Schlucken und füllte die Flasche neu. Das weckte seine Lebensgeister und gab ihm wieder etwas Energie.

Die Alliierten hatten die Stadt besetzt, und die Menschen versuchten, das, was vom Leben übrig war, zu sortieren. Das Entsetzen, das ihn beim Gang durch Aachen ergriff, schnürte Eberhard die Kehle zu. Er hatte von den verheerenden Angriffen auf die Stadt gehört, es war wie ein Lauffeuer durch das Lager gegangen. Viele der Mitgefangenen waren wie Eberhard aus dieser Gegend gekommen. Sie hatten sich gegenseitig gestützt, sich Hoffnung gemacht, wo die Verzweiflung übermächtig zu werden drohte. Wenn einer der Gefangenen eine Nachricht von zu Hause bekam, seine Familie noch lebte, sein Haus noch stand, stieg die Moral aller.

Vielleicht war ja doch nicht alles so schlimm, wie die Berichte es befürchten ließen? Bis zuletzt hatte Eberhard gehofft, doch mittlerweile machte er sich für Euweiler auf das Schlimmste gefasst. Was er hier in Aachen an Zerstörung und Leid sah, war schlimmer, als er es sich ausgemalt hatte. Wo früher prunkvolle Häuser die Straße zierten, klafften jetzt von Bomben hinterlassene Krater und türmten sich Trümmer. Steine, Holz, Möbel, Geschirr, Kinderspielzeug. Hinter jedem Gegenstand verbarg sich ein Schicksal.

Eberhard kämpfte sich weiter, er musste oft im Zickzack um Schutt und Einschlagkrater herumgehen. Doch nachdem er sich vom ersten Schock erholt hatte, entdeckte er jetzt nach und nach auch eine andere Seite des Stadtbildes. Zwischen all den Trümmern gab es noch unversehrte oder zumindest bewohnbare Häuser. In einem davon sah er hinter den Scheiben im Erdgeschoss Kinder spielen. Er hörte ihr Lachen, und sein Herz wurde für einen kleinen Moment warm und weit. Ein von Hand gemaltes Schild zeigte, dass es sich um einen Kindergarten handelte.

An einer anderen Stelle beobachtete er städtische Arbeiter, die Wasserleitungen reparierten. Große Teile der Stadt verfügten bereits wieder über eine funktionierende Wasserversorgung – das hatte ihm eine Frau beim Wassertank erzählt – der Rest würde in den nächsten Tagen folgen. Auch an Männern, die sich des Stromnetzes annahmen, kam Eberhard vorbei. Und noch etwas fiel ihm auf und zeigte ihm, dass der Schrecken des Naziregimes wirklich vorbei war. Die Briten hatten mit der Entnazifizierung begonnen.

Eberhard stellte fest, dass die Hermann-Göring-Straße nun Drimbornallee hieß. So musste sie geheißen haben, bevor Hitler an die Macht gekommen war. Eberhard war damals noch ein Kleinkind gewesen. Später, als er allein in die Stadt gedurft und Straßennamen bewusst wahrgenommen hatte, war Hitler bereits an der Macht gewesen und hatte sein Revier markiert. Das war nun vorbei.

Es würde noch lange dauern, und Stadt und Menschen würden Narben davontragen. Doch während Eberhard durch die Straßen lief, konnte er den neuen Mut spüren, der die Bewohner mittlerweile erfasst hatte. Sie hatten Hitler und seinen Wahn überlebt, jetzt wollten sie endlich wieder richtig leben.

Sicher gab es auch welche, die anders dachten, davon war Eberhard überzeugt. Aber niemand war so verrückt, es sich anmerken zu lassen. Mit der Niederlage Deutschlands waren die Nationalsozialisten quasi über Nacht ausgestorben, die Partei zerfallen. Keiner wollte es gewesen sein. Auch darüber hatten sie im Lager diskutiert. Eberhard wusste von einigen Mitgefangenen, dass sie aus voller Überzeugung im Kampf gestanden hatten, er hoffte für sie, dass sie irgendwann verstehen würden, dass sie einem geisteskranken Blender verfallen gewesen waren.

Wieder einmal wurde Eberhard bewusst, was für ein unglaublich großes Glück er gehabt hatte, auch wenn er sich im

Moment kaum darüber freuen konnte. Zu groß war die Angst vor dem, was er zu Hause vorfinden würde.

Zu Hause. Gab es das überhaupt noch? Lebte seine Familie noch? Isabella? Die Rosenbaums? Direkt nach seiner Gefangennahme hatte Eberhard seiner Mutter die Postkarte mit seiner Adresse und der Gefangenennummer geschickt. Jeder Neuzugang im Lager bekam so eine Karte, damit er seine Angehörigen über seinen Verbleib und seinen gesundheitlichen Zustand informieren konnte. Seine Mutter hatte ihm mit einem kurzen Brief geantwortet, dann hatte er nichts mehr von ihr gehört. Lebte sie noch? Was war mit seinen Geschwistern Rudolf und Barbara? Mit seinem Vater?

Ein Windstoß fuhr über den staubigen Boden und ließ eine weggeworfene Zeitung flattern. Eberhard nahm das Blatt in die Hand, es waren die *Aachener Nachrichten*. Die Ausgabe war vom 8. Mai. Der Krieg ist aus – die Schlagzeile prangte groß auf der Seite. Darunter stand ein Wort, das durch einen Fleck unleserlich geworden war, danach kam: Kapitulation!

Eberhard studierte die Zeitung, Kleinanzeigen mit Tauschgesuchen, ein Stellenangebot, das Standesamt meldete drei Eheschließungen für den April – die Nachrichten hatten tatsächlich bereits einen Hauch Normalität, das war wundervoll. Dieses zerfledderte Zeitungsblatt nährte Eberhards Hoffnung und gab ihm Kraft für das letzte Stück des Nachhauseweges.

***

Als Eberhard am Ende seiner Kräfte am frühen Abend endlich Euweiler erreichte, zitterte er vor Aufregung, Angst und Entkräftung. Er hatte seit Stunden außer ein paar unreifen Beeren und etwas Sauerklee nichts mehr gegessen.

Auch hier im Ort hatten die Bomben vieles in Schutt und Asche gelegt, das wurde Eberhard schon nach den ersten Schritten klar. Mit bangem Herzen kam er zu der Straße, in der seine Familie lebte – oder gelebt hatte? Gleich würde er es wissen.

Die ersten Häuser in seiner Straße standen noch. Er sah zersplitterte Fenster, Risse in den Mauern, aber die Gebäude waren stabil, die Menschen lebten darin. Doch dann wurde das Bild immer schlimmer. Trümmer türmten sich am Wegesrand, ganze Häuserreihen waren zerstört. Auch sein Elternhaus hatte es getroffen. Fassungslos stand Eberhard da, wischte sich mit dem Arm über das Gesicht und schniefte. Der Anblick raubte ihm den kleinen Rest Energie, den er noch in sich hatte. Seine Beine gaben nach, und er ließ sich auf den Boden sinken. Hatten sie es geschafft? Hatten sie sich in Sicherheit bringen können?

Ein Teil von Eberhard wollte einfach sitzen bleiben und aufgeben, doch der andere Teil in ihm war stärker. Er musste herausfinden, was mit seiner Familie geschehen war. Er musste zu Isabella. Sie würde es wissen.

Kaum hatte er das gedacht, rappelte er sich auch schon auf und hetzte im Slalom um die Trümmer herum bis zum Haus der Pelzmanns. Fast wäre er daran vorbeigelaufen, denn auch von diesem Haus stand keine Mauer mehr.

Was nun? Einen Moment fühlte Eberhard sich komplett verloren. Wohin sollte er sich wenden? Würden die Anwohner wieder mit ihm sprechen – jetzt, wo der Krieg vorbei war? Oder würden sie ihn, den Sohn des Obernazis im Ort, davonjagen? Er musste es versuchen. Entschlossen wandte er sich um und ging auf das Nachbarhaus zu.

Als er den Weg zur Haustür betrat, erklang ein Stück entfernt ein vertrautes Brabbeln. Die alte Erna lebte! Freude durchflutete Eberhard, dass sie den Krieg überstanden hatte. Vielleicht konnte der Frieden ihr helfen, wieder zu Verstand zu kommen. Vielleicht hatte sie nun noch ein paar schöne Jahre vor sich. Er wünschte es ihr von Herzen.

So schnell er konnte, ging er ihr entgegen. »Guten Tag, Erna«, sagte er, als er sie fast erreicht hatte.

»Die Monster sind weg«, sagte Erna. Ihr Blick war zwar immer noch verschleiert, aber dennoch viel klarer, als bei ihrer letzten Begegnung. »Aber sie sind trotzdem noch da«, fügte sie an. Sie zog den Kopf ein und sah ängstlich nach oben.

Eberhard verstand, was sie ihm sagen wollte. Sie hatte recht. Die Monster waren noch da, so schnell ließen sie sich nicht vertreiben, ihre Schrecken hallten nach – würden es noch lange Zeit tun.

»Weißt du, wo meine Familie ist, Erna?« Eberhard erwartete keine vernünftige Antwort von Erna, aber er musste es versuchen. »Was ist mit den Rosenbaums? Den Pelzmanns? Isabella? Leben sie?«

»Im Wald sind die Räuber«, kam es prompt von Erna. »Das ist nicht gut. Gefährlich! Und der Herr sagte, gehet und achtet eure …«

Eberhard hatte genug gehört. »Danke, Erna«, presste er hervor. Die alte Frau konnte nichts dafür, der Krieg war schuld. Der Krieg und das sinnlose Morden.

Eberhard beschloss, es beim Kolonialwarenladen seines Vaters zu versuchen. Doch auch das war ein Gang ins Trümmerfeld.

Als auch dieser dritte Versuch ihn ins Leere laufen ließ, wurde alles zu viel. Eberhard sank auf die Knie und weinte. Ein echter Mann weint nicht, hörte er in der Erinnerung die schnarrende Stimme seines Vaters. Es war Eberhard egal. Mehr noch, er war davon überzeugt, dass ein echter Mann auch seine Gefühle zeigen musste, um wirklich ein Mann zu sein.

»Eberhard?« Die Stimme kam von rechts. Sie war brüchig, aber dennoch vertraut. »Eberhard!«, schrie sie jetzt. Im nächsten Moment legten sich die Arme seiner Mutter um ihn. Sie hielt ihn, küsste sein Gesicht und schluchzte mit ihm gemeinsam.

»Wie geht es den Kleinen?«, war Eberhards erste Frage, nachdem sie sich beide etwas beruhigt hatten. Er stockte, dann fragte er: »Was ist mit Vater?«

»Komm, Junge. Komm mit. Wir sind bei Frau Müller untergekommen. Oh, was für eine Freude. Lass uns nach Hause gehen. Dann erzähle ich dir alles.«

Sie versuchte ihren Sohn hochzuziehen, und er kam schwankend auf die Füße. Doch er blieb stehen und suchte den Blick seiner Mutter.

»Was ist mit den Rosenbaums? Den Pelzmanns? Was ist mit Isabella?«

»Ach, Junge«, seufzte seine Mutter. Sie wich seinem Blick aus und schüttelte ganz leicht den Kopf. »Es tut mir so leid«, flüsterte sie.

Kapitel 12
Die Entscheidung

Aachen • Oche • Aix-la-Chapelle • Aken • Aquae Granni

Gegenwart: Dezember

Corinne hatte die Zeitung vor sich ausgebreitet und blätterte durch die Immobilienanzeigen. Schließlich konnte es nicht schaden, sich schon einmal über den aktuellen Markt zu informieren.

Das Angebot war überschaubar, musste sie allerdings feststellen. Leider war nichts, was sie in den Anzeigen entdeckte, für eine eigene Rösterei brauchbar. Es war wie verhext. Passende Läden waren entweder bezahlbar, aber in einer ungünstigen Lage, oder sie hatten eine Eins-a-Lage, und die Pacht war horrend hoch. Die perfekten Räume, am richtigen Standort und zu einem vernünftigen Preis, schien es nicht zu geben. Zumindest nicht, wenn sie in Aachen bleiben wollte. Eine andere Stadt konnte Corinne sich aber nicht vorstellen, dazu fühlte sie sich ihrer Heimatstadt viel zu sehr verbunden.

Hier kannte sie sich aus, hatte Freunde und Erinnerungen. Sie hatte ihr gesamtes Leben hier verbracht. Abgesehen davon konnte sie ihre Mutter in der momentanen Situation nicht allein lassen, sie mussten erst einmal sehen, wie es mit ihrem Vater weiterging. Nein. Ein Wegzug kam für Corinne nicht in Betracht.

Ihr Streit und die in ihrer Wut ausgesprochenen Worte lagen inzwischen fast zwei Wochen zurück. Noch hatte sie ihren Platz im Familienunternehmen nicht aufgegeben.

Schon während sie Noah durch die Firma geführt hatte, war sie sich alles andere als sicher gewesen, dass sie auch gemeint hatte, was sie sagte und ob sie diesen Schritt wirklich wagen wollte. Zusätzlich hatten Noah und später auch Sebastian ihr ins Gewissen geredet, dass sie eine solche Entscheidung nicht übers Knie brechen sollte. Deshalb hatte Corinne sich der Vernunft gebeugt und beschlossen, der ganzen Angelegenheit noch einmal eine Chance zu geben. Bis nach Weihnachten wollte sie darüber nachdenken und in der Zeit zwischen den Jahren ihre Entscheidung treffen.

Seither hatte sie viel gegrübelt. War es doch nur eine Schnapsidee gewesen, sich mit einem eigenen kleinen Betrieb selbstständig machen zu wollen und dafür die Sicherheit aufzugeben, die sie hier im Familienunternehmen hatte? So hatte Sebastian es in einem ersten Impuls beschrieben, als sie ihm erzählt hatte, was passiert war. Und er hatte schon recht. Andere wären dankbar, wenn ihnen ein solcher Posten in den Schoß fiele.

Aber sie war nun mal Corinne und niemand anders. Seit sie gemeinsam mit Alexander in der Firma arbeitete, fühlte sie sich wie in einem goldenen Käfig. Sie war eingesperrt. Aber sie hatte auch den passenden Schlüssel und die Wahl, den Käfig zu verlassen. Sie musste sich nur darüber klar werden, was sie wirklich wollte und die Angst vor dieser Freiheit überwinden.

Wer fliegen will, muss den Mut haben, den Boden zu verlassen – Corinne wusste nicht mehr, wer das gesagt hatte, aber genau das war die Schwierigkeit daran: diesen Mut zu finden.

Aber sollte sie in ihrem Alter wirklich schon auf Sicherheit setzen und ihre Träume dafür über Bord werfen?

Oder war sie bereit, sich kopfüber in ein Abenteuer zu stürzen und ganz klein anzufangen. Mit allen Risiken, aber auch allen Chancen, die das Leben für sie bereithielt. Und vor allem mit dem Duft von frisch geröstetem Kaffee, der sie dann täglich begleiten würde.

Es war zum Verrücktwerden. Über diesen Punkt ihrer Überlegungen war Corinne bisher einfach nicht hinausgekommen.

Für ihren Großvater war es damals keine Frage gewesen, er hatte sich ohne zu zögern kopfüber in sein Abenteuer gestürzt. Doch dieser Vergleich hinkte, denn ihr Großvater hatte gar keine Wahl gehabt – für ihn hatte es kein gemachtes Nest gegeben, nur volles Risiko. Bei ihm war es nicht darum gegangen, wie er leben wollte, sondern dass er überleben wollte. Das war ein gravierender Unterschied.

Wieder einmal war Corinne in den letzten Wochen klar geworden, wie dankbar sie war, diesen unsäglichen Krieg und die schwierige, von Mangel, Erschöpfung und Schuld geprägte Nachkriegszeit nicht miterlebt zu haben.

Doch auch diese Überlegungen hatten sie bei der Entscheidungsfindung für ihr eigenes Leben nicht weitergebracht.

Genervt schlug Corinne die Zeitung zu. Sie trommelte mit den Fingern auf das polierte Holz ihres Schreibtisches.

Ohne es offen auszusprechen, hatten Corinne und Alexander so etwas wie einen Waffenstillstand geschlossen. Alexander hielt sich bedeckt, seit sie in Noahs Beisein so derbe aneinandergeraten waren. Sicher war ihm inzwischen klar, dass er sich unsäglich unfair verhalten hatte, auch wenn Corinne nicht annahm, dass ein schlechtes Gewissen der Grund für seine Zurückhaltung war. Wäre das der Fall, hätte er sich längst bei ihr entschuldigen können, eine Aussprache initiieren und die Sache aus der Welt schaffen.

Eher vermutete sie, dass ihr Bruder Angst vor der Reaktion ihrer Mutter hatte, wenn sie von ihrem Streit erfuhr. Ihm musste klar sein, dass sie ihm den Kopf ordentlich waschen würde, sobald sie erfuhr, wie falsch er gespielt hatte.

Doch auch wenn Corinne ihm ein mütterliches Donnerwetter von Herzen gönnte, hatte sie zu Hause kein Wort über Alexanders Verhalten und den Streit verloren. Corinne wollte ihre Mutter in der jetzigen Situation nicht noch zusätzlich belasten. Sie hatte wahrhaftig genug Sorgen mit ihrem Vater und seinem desolaten Gesundheitszustand.

Sie führte im Krankenhaus einen Kampf, den sie zu verlieren schien, aber sie war nicht bereit aufzugeben – wofür Corinne sie noch mehr liebte, als sie es ohnehin tat. Seit er aufgewacht war, hoffte sie jeden Tag aufs Neue, dass ihr Vater die Verwirrung überwinden und seine Frau erkennen würde. Das wäre ein wichtiger Schritt Richtung Genesung. Wenn er erst verstanden hatte, wie wichtig es war, würde er sicher auch bei der Physiotherapie mitarbeiten und dadurch körperlich bessere Fortschritte machen. Corinne hoffte wie ihre Mutter noch immer auf ein Wunder, an das die Ärzte längst nicht mehr glaubten. Vielleicht wurde alles besser, wenn ihr Vater erst einmal zu Hause war, in seinem gewohnten Umfeld, und hier rundum gut und liebevoll versorgt wurde.

Wie gern hätte Corinne mit Alexander über ihre Mutter gesprochen. Wie sie ihr helfen könnten oder wie er die Situation einschätzte. Doch das war unmöglich. Obwohl er seit dem Zwischenfall lammfromm war, schien er Corinne weiter von ihr entfernt denn je.

Seine Unnahbarkeit tat ihr in der Seele weh, doch sie sah keinen Ausweg, und so spielte sie sein Spiel schweren Herzens mit. Sie behandelten sich wie Fremde, grüßten sich höflich, wenn sie sich in der Firma begegneten und hielten bei Bedarf einen kurzen Small Talk über das Wetter oder den Verkehr. Kritische Themen – also alles, was mit der Firma und deren Leitung zu tun hatte – sparten sie geflissentlich aus. Gemeinsame Besprechungen mit den verschiedenen Abteilungsleitern und auch mit Vertretern blieben sachlich. Es gab keine Diskussionen mehr, kein Gezerre um die Richtung, in die sie zukünftig gehen würden.

Corinne hatte aufgehört Dinge zu hinterfragen und neue Wege vorzuschlagen. Sie biss die Zähne zusammen und schluckte ihren Widerspruch hinunter, wenn sie mit etwas nicht einverstanden, es bislang aber immer so gehandhabt worden war.

Sie war noch hier, aber es war nicht mehr ihre Firma. Sie hatte zwar noch immer ihre Überzeugungen, doch sie kämpfte nicht mehr, um sie durchzusetzen. Sie hatte innerlich kapituliert.

Während sie in den letzten Tagen versucht hatte, vernünftig zu sein und sachlich Pro und Contra gegeneinander abzuwägen, ließ sie jetzt einmal ihre ungeduldige, von ihren Emotionen gesteuerte Seite sprechen.

Ihre Seele hatte, wenn Corinne ehrlich zu sich selbst war, die Entscheidung längst gefällt. Weshalb sonst würde ihre Unzufriedenheit von Stunde zu Stunde wachsen. Ihre schlechte Laune ging Corinne selbst immer mehr auf die Nerven. So miesepetrig kannte sie sich überhaupt nicht. Und dabei war die Situation in der Firma im Moment ja sogar erträglich.

Vor ihrem Fenster tanzten Schneeflocken. Die hatten kein Problem mit der Frage, in welche Richtung sie gehen wollten. Sie ließen sich einfach fallen, vom Wind herumwirbeln und landeten da, wo sie hingeweht wurden.

Corinne musste sich jetzt endlich aus diesem Gedankenkarussell befreien und etwas tun, sonst würde sie verrückt werden. Arbeit hätte sie genug, aber auf den Bürokram, der im Moment ihre Tage ausfüllte, hatte sie so gar keine Lust. Es kam ihr vor, als wäre sie die Trainerin und müsste den anderen beim Spielen zusehen und ihnen sagen, was sie zu tun hatten.

Das war die falsche Position für sie.

Statt weiter mit den Fingern auf die Tischplatte zu trommeln, ballte Corinne zornig ihre Hand zur Faust. Sie wollte nicht nur am Feldrand stehen und Kommandos geben, sondern selbst mitspielen. So konnte es nicht weitergehen, sie musste zu sich selbst stehen – jetzt.

Wozu sollte sie bis nach Weihnachten warten und sich mit dieser unausgesprochenen Wahrheit belasten, wenn sie doch absolut sicher wusste, was sie wollte oder eben auch nicht wollte. Sie wollte auf keinen Fall so weitermachen. Sie wollte nicht in der Chefetage zwischen Papierbergen ihre Jahre vergeuden und gegen ihren Bruder kämpfen.

Plötzlich erkannte sie, dass sich die Entscheidung, *Ahrensberg Kaffee* zu verlassen, auch nach der mehrtägigen Bedenkzeit noch immer richtig anfühlte.

Sie würde es durchziehen und sich ab sofort intensiv nach passenden Räumlichkeiten umsehen sowie mit den notwendigen Schritten einer Geschäftsgründung befassen. Sobald sich die Dinge zu Hause etwas eingespielt hatten, würde Corinne ihre Mutter über ihre Entscheidung informieren und ihren Platz in der Geschäftsleitung des Familienunternehmens aufgeben.

Alexander hatte ja von Anfang an behauptet, er könne das Unternehmen problemlos allein führen. Sie musste also nur den richtigen Zeitpunkt für ein Gespräch mit ihm finden. Das konnte sie nicht planen. Es musste intuitiv geschehen, aber das würde schon klappen. Corinne musste an einen der Sprüche denken, den sie bei Noah gelesen hatte. *Alles was ich brauche sind Kaffee und Mut.*

Wenn es danach ging, stand ihrem Glück nichts mehr im Wege. Den Kaffee würde Fernando ihr liefern, den Mut trug sie in sich, das hatte sie gerade herausgefunden. Dass es nicht ganz so einfach werden würde, wie es sich in diesem Moment anfühlte, war ihr natürlich klar, und ihr Herz pochte laut vor Aufregung.

Entschlossen griff Corinne zum Telefon und drückte die Tasten. Sie musste mit jemandem sprechen, der sie verstand und der sie gut genug kannte, um ihr einen Rat zu geben.

»Sebastian Wagner«, meldete sich Sebastian auch schon nach dem zweiten Klingeln.

»Guten Morgen, Sebastian. Corinne hier. Störe ich?«

»Höchst willkommen, deine Störung! Ich habe sowieso gerade einen Knoten im Gehirn und ein ungesundes Flimmern vor den Augen. Zeit für eine Pause. Na, wie ist die Lage bei dir?« Die Freude in Sebastians Stimme war unverkennbar. Doch dann fiel ihm offenbar auf, dass ein vormittäglicher Anruf von Corinne eher ungewöhnlich war. »Alles in Ordnung mit deinem Vater?«, fragte er sofort.

»Soweit man von ›in Ordnung‹ sprechen kann, ja. Keine Angst, Sebastian. Es ist nichts passiert. Also nichts Schlimmes jedenfalls. Aber ich bin zu einem Entschluss gekommen und wollte deine Meinung dazu hören.«

»Du hast endlich gemerkt, dass du mich liebst, und möchtest mich heiraten«, flachste Sebastian. Sein Lachen perlte durch den Lautsprecher an Corinnes Ohr. »Sag mir wann und wo, ich werde da sein.«

Corinne fiel in Sebastians Lachen ein. »Ich werde es dich wissen lassen«, neckte sie ihn. Dann wurde sie ernst. »Wenn man merkt, dass man nicht glücklich ist und es auf dem Weg, den man eingeschlagen hat, vermutlich auch nicht werden wird, ist es dann nicht besser, den Weg so schnell wie möglich zu verlassen? Auch wenn er noch so gut ausgebaut und bequem vor einem liegt und der neue Weg viel unwegsamer ist und ins Ungewisse führt?«

»Du hast dich also entschieden?«, konstatierte Sebastian prompt. »Na dann, herzlichen Glückwunsch! Ich bin stolz auf dich, Corinne.«

Moment mal! Corinne war so perplex, dass sie im ersten Moment gar nicht wusste, was sie antworten sollte. Sebastian klang, als hätte er fest mit ihrer Entscheidung gerechnet. Er wirkte überhaupt nicht überrascht. Wie war das möglich? Hatte er mehr gewusst als sie selbst?

»Mach es nicht so spannend, Corinne«, sagte Sebastian. Corinnes Schweigen dauerte ihm offenbar zu lange. »Ich liege doch richtig, oder? Ganz ehrlich, alles andere hätte mich überrascht. Du bleibst nicht im Käfig, nur weil es bequem und das Essen dort gut ist. Andere vielleicht, du nicht. Du bist wirklich toll. Mutig und stark und sehr bewundernswert.«

»Hör sofort auf mit dem Quatsch!«, forderte sie Sebastian auf. Corinne spürte, wie ihr die Hitze in die Wangen stieg. Wie gut, dass es kein Videotelefonat war, sicher war sie inzwischen rot wie eine vollreife Kaffeekirsche. So mit Komplimenten überschüttet zu werden, war sie nicht gewohnt. »Wenn dir das alles so klar war, wieso hast du mir dann gesagt, ich soll unbedingt erst darüber nachdenken, bevor ich die Brücken hinter mir abbreche?« Endlich hatte Corinne ihre Sprache wiedergefunden.

»Na hör mal, das musste sein. Was wäre ich denn sonst für ein Freund? Es war wichtig, dass du diesen Schritt bedacht tust, und nicht aus deinem Zorn auf Alexander heraus. Sonst würdest du dich irgendwann fragen, ob es richtig war. Jetzt hast du es dir genau überlegt. Selbst wenn es in der Zukunft schwierig wird, kannst du dir immer sagen, dass du es bewusst so wolltest und für deine eigene Entscheidung einstehen – vor anderen und auch vor dir selbst.«

»Oh«, war alles, was Corinne antworten konnte. Sie war beeindruckt, was für einen klugen Freund sie doch hatte. Und sie war glücklich und dankbar, ihn an ihrer Seite zu haben.

»Und weißt du was?«, fuhr Sebastian gut gelaunt fort. »Jetzt, wo die Sache klar ist, kann ich es dir ja verraten. Ich habe schon ein paar Ideen für dein Webdesign gesammelt. Was allerdings fehlt, ist der Name deiner Rösterei. Hast du schon eine Idee?«

»Sebastian, du bist ein Schatz. Nein, einen Namen habe ich noch nicht. Ich wusste ja bis vor fünf Minuten nicht, dass ich es wirklich durchziehen werde. Pass auf. Ich muss mich noch etwas sortieren und vor allem mit Noah sprechen. Drück mir die Daumen, dass er mich unterstützt, ja? Ich will ihn fragen, ob er mich in die wahre Kunst des Röstens und das Drumherum einführt. Ich melde mich, sobald ich kann. Oh, und Sebastian, danke!«

»Sehr schade, dass ich dir dabei nicht helfen kann«, knurrte Sebastian. Dann prustete er unwillig in den Hörer und sagte: »Alles klar. Dann bis später. Toi, toi, toi.« Seine Stimme klang nicht mehr so lockerleicht wie zu Beginn des Gesprächs. Ob er etwas gegen Noah hatte? Er hatte neulich schon so merkwürdig reagiert. Corinne hoffte, dass sich das einspielen würde, denn sie wollte sehr gern Freunde haben, die sich auch untereinander mochten. Sonst konnte es kompliziert werden, wenn sie aufeinandertrafen.

Nachdenklich legte Corinne auf, blieb sitzen und starrte vor sich hin, ohne etwas von ihrer Umgebung wahrzunehmen. Sie musste das alles erst einmal sortieren.

Sebastian war wirklich fantastisch, auf seine Ideen für das Design war sie schon sehr gespannt. Was er sich wohl hatte einfallen lassen? Und wie sollte sie ihr Geschäft nennen? Ahrensberg Kaffeerösterei ging nicht, das würde zu Verwechslungen führen. Corinnes Röstereien – nein, dann erwarteten die Kunden am Ende geröstete Nüsse oder so etwas. Es musste etwas Eingängiges sein, das ihre Leidenschaft für Kaffee widerspiegelte und am besten auch ihre Liebe zu ihrer Heimat.

Während Corinne ihren Gedanken nachhing, Pläne machte und Überlegungen für ihre Zukunft anstellte, kam Beatrice durch das Zimmer ihres Vaters und blieb im Türrahmen zu Corinnes Büro stehen. Sie klopfte leise an das Holz und lächelte zu Corinne hinüber.

»Wie sieht es aus, Kaffee?«, fragte die Sekretärin.

»Genau im richtigen Moment«, stimmte Corinne bereitwillig zu. Die beiden Frauen hatten es sich zur Gewohnheit werden lassen, im Laufe des Vormittags gemütlich zusammen Kaffee zu trinken und die wichtigsten Dinge des Tagesgeschäfts dabei zu besprechen. »Ich nehme an, du spendierst auch ein paar Kekse?«

»Aber natürlich. Ich bin gleich da.« Beatrice drehte sich um, und Corinne hörte sie in ihrem Büro in der Kaffeeecke hantieren.

Minuten später saßen die beiden Frauen sich in Corinnes Sitzecke gegenüber, und weiches vollmundiges Kaffeearoma erfüllte den Raum.

»Wie geht es dem Kaffeebaron?«, fragte Beatrice. »Ist er schon zu Hause?«

Alle in der Firma nahmen großen Anteil am Verlauf von Günther Ahrensbergs Krankheit, aber niemand der Belegschaft außer Beatrice wusste, wie ernst es wirklich um ihn stand.

»Der Transport soll im Laufe des Tages stattfinden – ich wollte eigentlich zu Hause bleiben, um meiner Mutter zur Seite zu stehen, aber sie wollte das partout nicht. Sie meinte, mein Vater braucht Ruhe und ich könnte ohnehin nichts tun. Immerhin hat sie mir versprochen, sich zu melden, falls sie doch nicht allein klarkommt. Mutter hat das Musikzimmer zum Krankenzimmer herrichten lassen. Sie hat zwei Krankenschwestern eingestellt, die sich Vaters Betreuung aufteilen. Er soll jeden Tag Physiotherapie bekommen, und dreimal wöchentlich wird eine Logopädin mit ihm arbeiten. Bis jetzt kann er nur einzelne Silben sagen und die noch sehr verwaschen. Mutter ist fantastisch. Sie setzt Himmel und Hölle in Bewegung, um Vater zu helfen. Ich glaube, wenn jemand es schaffen kann, dann sie. Aber …« Corinne schluckte und zog ihre Schultern etwas hoch. Sie kämpfte mit den Tränen, als sie weitersprach. »Nach dem Gespräch mit dem Chefarzt gestern dachte ich, sie klappt zusammen. Der Arzt meint, es käme einem Wunder gleich, wenn Vaters Zustand sich noch einmal merklich bessern würde. Sein Rat war, dass wir uns darauf einstellen sollen, dass Vater ein Pflegefall bleiben wird. Aber das gab es doch schon oft, dass Ärzte einen Patienten aufgegeben haben und er wie durch ein Wunder wieder gesund wurde. Wir …« Corinne verstummte, weil die Stimme ihr nicht mehr gehorchen wollte.

»Ihr seid noch nicht so weit und wollt weiterkämpfen?«, spann Beatrice Corinnes Gedanken weiter. Sie nickte wissend, als sie Corinnes Gesichtsausdruck sah. »Das ist doch verständlich. Ihr braucht Zeit. Und wer weiß, vielleicht irrt sich dieser Arzt ja wirklich. Du hast recht, solche Geschichten hört man immer wieder. Und wenn nicht, dann werdet ihr als Familie stark sein und die Realität annehmen – aber zuvor wollt ihr alles versucht haben, was ihr könnt. Ich wünsche euch von Herzen Kraft. So etwas durchzumachen ist unfassbar schwer.«

»So wie du darüber sprichst, hört es sich an, als hättest du Erfahrung mit solchen Situationen.« Corinne sah ihr Gegenüber forschend an. Schlagartig wurde ihr bewusst, dass sie kaum etwas über Beatrice wusste – von dem Menschen abseits vom Geschäftsleben und ihrer Liebe zum Marathon. Hatte sie Familie? Was war mit ihren Eltern?

»Meine Großmutter war ein Pflegefall. Meine Mutter hat ein paar Monate vergeblich gekämpft und lange gebraucht, bis sie akzeptieren konnte, dass Großmutter nie wieder die alte würde.« Jetzt war es an Beatrice, die Schultern zu heben. Ihre Stimme hatte Kraft, aber auch einen traurigen Zwischenton, als sie weitersprach. »Es ist der Lauf des Lebens. Wir alle machen früher oder später ähnliche Erfahrungen, müssen lernen uns mit der Endlichkeit unseres Seins auseinanderzusetzen.

Manche verlieren darüber ihren Lebensmut, viele aber nutzen diese Erfahrung und leben ihr eigenes Leben dadurch viel bewusster.«

Beatrice hielt ihre Tasse Kaffee in der Hand und sah nachdenklich vor sich hin.

Vielleicht hatte sie recht. Vielleicht waren es diese Situationen und Aufgaben, die Menschen ihr eigenes Leben viel intensiver spüren ließen, vielleicht auch eine Dankbarkeit weckten, die aus diesem Erleben heraus entstand und dadurch dem eigenen Leben Tiefe gab. Bewusster leben hatte Beatrice gesagt, Corinne griff diesen Gedanken auf, nahm ihn als Stichwort für einen Themenwechsel.

»Apropos eigenes Leben ...«, setzte sie zögerlich an. Es fiel ihr schwer, ihren Entschluss in Worte zu fassen. Vor allem, weil sie das Familienunternehmen und die Menschen, die voller Herzblut hier im Haus ihrer Arbeit nachgingen, auf keinen Fall diskreditieren wollte. Nach allem, was sie in den letzten Wochen hier gesehen und gelernt hatte, wusste sie, dass das unfair wäre. Alle hier versuchten bestmögliche Arbeit zu leisten und ein gutes Produkt auf den Markt zu bringen.

Aber auch abgesehen von den unschönen Kämpfen mit Alexander war es nicht Corinnes Weg, in einem großen Produktionshaus zu arbeiten, das wusste sie nun mit absoluter Sicherheit. Das hatte ihr das viele Nachdenken und Reflektieren klargemacht. Die Firma war ihr zu groß und ihre Aufgaben hier zu trocken und zu weit entfernt vom Kaffee.

Corinne wollte selbst rösten, experimentieren, ihre Leidenschaft leben, den Kunden begegnen und nah am Geschehen sein. Das würde sie bei *Ahrensburg Kaffee* nie können, selbst dann nicht, wenn sie einige ihrer Änderungsvorschläge durchsetzen könnte.

»Du wirst gehen«, stellte Beatrice fest und nickte. »Ich habe es längst erwartet.«

Corinne kippte ihre Tasse, die sie gerade an die Lippen gesetzt hatte, vor lauter Überraschung etwas zu sehr und verbrannte sich prompt den Mund an dem heißen Kaffee. Anscheinend hatten es alle um sie herum gewusst, nur sie selbst nicht. Hastig stellte sie die Tasse ab und sah Beatrice erstaunt an. »Du kennst mich wohl besser, als ich selbst – genau wie Sebastian. Weiß eigentlich die ganze Welt, was ich denke, bevor ich es selbst verstehe? Mir jedenfalls war es bis vor fünf Minuten noch nicht klar.«

Beatrice' Wangen färbten sich rosé, aber sie hielt Corinnes Blick stand. »Ich hoffe, ich bin dir jetzt nicht zu nahegetreten, Corinne. Aber ich sehe ja, wie du hier zu kämpfen hast und wie unzufrieden die Arbeit dich macht. Glücklich siehst du immer nur aus, wenn du in der Rösterei warst. Ich glaube, du bist einfach nicht für die Büroarbeit geschaffen. Ich mag das Rascheln von Papier und das Gefühl, wenn die Buchstaben über den Bildschirm jagen und sich zu Worten formen, während ich meine Finger über die Tasten bewege – das ist für mich ein bisschen wie Marathon für den Kopf. Du hingegen bekommst leuchtende Augen, wenn Kaffeebohnen knistern. Hast du schon eine Idee, was du machen möchtest?«

»Es war mir nicht klar, dass das so offensichtlich ist«, sagte Corinne erstaunt. Sie musste Beatrice' Worte erst einmal wirken lassen. Aber letztlich war es doch nur die Bestätigung für das, was sie selbst fühlte.

»Vielleicht nicht für jeden«, gab Beatrice zu bedenken. »Aber wir arbeiten eng zusammen, wir kennen uns schon ein paar Jahre, und wir mögen uns. Für mich war es wirklich offensichtlich. Also – was hast du für Pläne? Sag jetzt bitte nicht, dass du nach Brasilien zurückgehst.«

»Brasilien? Nein, Beatrice, ganz sicher nicht. Vielleicht zu Besuch, Brasilien ist ein wunderbares Land. Aber auf keinen Fall möchte ich dort leben. Nein, ich möchte gern hierbleiben, hier ist meine Heimat. Und ich will auf jeden Fall mit Kaffee weitermachen. Mein ganzes Leben lang habe ich davon geträumt, einmal in das Familiengeschäft einzusteigen. Aber inzwischen ist mir klar, dass ich falsche Vorstellungen hatte. In Wirklichkeit habe ich mich die ganze Zeit darauf gefreut, ins Kaffeegeschäft einzusteigen, wie mein Großvater es mir immer erzählt hat. Ich möchte so arbeiten wie er, als er begonnen hat, die Firma aufzubauen. Und dazu gehören für mich keine Papierberge, sondern Säcke mit Kaffeebohnen, das Rösten und Verkosten. Ich werde mir Geschäftsräume suchen und eine kleine Kaffeerösterei eröffnen.« Corinne ließ den letzten Satz im Raum stehen und nachklingen. Sie nahm ihre Tasse in die Hand und trank einen Schluck, während sie in sich hinein fühlte und spürte, wie glücklich dieser Plan sie machte. Sie sah das alles schon vor sich, auch wenn ihr klar war, dass es ein weiter Weg sein würde.

Entschlossen stellte Corinne ihre Tasse zurück auf den Tisch und sagte: »Das war eine der besten Kaffeerunden, die wir je hatten, Beatrice. Ich danke dir! Du hast mir noch einmal bestätigt, dass ich auf dem richtigen Weg bin. Aber jetzt muss ich los. Drück mir die Daumen, dass mein Plan funktioniert.«

Sie schlang sich den dicken Schal um den Hals, schnappte sich ihre Jacke und lief gut gelaunt die Treppen hinunter. Mit beschwingten Schritten durchquerte sie die Halle. Bevor sie das Haus verließ, winkte sie Emil zu, der wie immer breit lächelte, wenn er Corinne sah. Sie würde ihn und seine morgendliche Begrüßung vermissen.

***

Zum ersten Mal in diesem Winter blieb der Schnee liegen und deckte die Welt mit seinem weißen Mäntelchen zu. Die Geräusche veränderten sich, alles wurde gedämpft, und die Luft roch klar und kalt. Corinne genoss es immer, zu Fuß zu gehen. Das war etwas, was sie sehr an Aachen liebte. Die Wege innerhalb der Stadt waren meist so kurz, dass man laufen oder mit dem Rad fahren konnte. Das Auto konnte stehen bleiben. Man musste nicht lange einen Parkplatz suchen, oder sich, so wie heute, mit matschig rutschigen Straßen rumquälen.

Vor der Eingangstür von Noahs Laden atmete Corinne noch einmal tief durch. Hoffentlich klappte es, hoffentlich war Noah bereit, sie zu unterstützen. Sie stapfte ein paarmal fest auf, um den Schneematsch loszuwerden und nicht in den Laden zu tragen.

»Hallo, Noah«, grüßte Corinne, gleich nachdem sie eingetreten war und die Ladentür hinter sich geschlossen hatte.

»Corinne«, erklang es überrascht aus dem hinteren Raum. »Moment, bin sofort bei dir!«

Keine Minute später kam Noah auch schon mit großen Schritten auf sie zu, umarmte sie und gab ihr rechts und links einen Kuss auf die Wange. »Na, das nenne ich eine schöne Überraschung. Alles klar bei dir? Geht es dir gut?« Forschend musterte Noah Corinnes Gesichtszüge. »Müde siehst du aus. Was ist? Hast du Zeit? Trinken wir eine Tasse Kaffee?«

Corinne wurde warm ums Herz, sie kannte Noah erst so kurz, aber er war vom ersten Moment an wie ein Freund für sie gewesen. Ähnlich wie Sebastian und doch ganz anders. Zwischen Noah und ihr schwang von Anfang an eine Verbindung, als würden ihre Seelen sich längst kennen und sich vertrauen. Sie musste schlucken, um nicht von der Rührung mitgerissen zu werden, die sie gerade erfasste. Noahs Umarmung hatte ihr gutgetan, aber sie fühlte sich dadurch auch verletzlich, und wusste gar nicht genau weshalb. Die Belastung der letzten Zeit hatte sie dünnhäutig gemacht, sie reagierte viel emotionaler, als sie es sonst von sich gewohnt war.

»Kannst du denn so einfach deine Arbeit liegen lassen?«,

fragte sie und räusperte sich, um ihrer Stimme mehr Festigkeit zu geben. »Ich will ja nicht, dass deine Kundschaft keinen Kaffee mehr bekommt, weil ich dich vom Rösten abhalte.«

»Ach was.« Er sagte es leichthin und schenkte ihr ein verschmitztes Lächeln. »Ich habe einen guten Draht zum Chef.« Jetzt zwinkerte er ihr zu, und seine kornblumenblauen Augen blitzten vor Vergnügen. »Außerdem kann ich dir ja vielleicht sogar die ein oder andere Packung Kaffee verkaufen. Wer weiß. Es soll Händler geben, die schaffen es, in der Sahara Sand zu verkaufen, wieso also nicht ich einer Kaffeehändlerin Kaffee?«

Corinne stimmte in Noahs Lachen ein. Wie schon die Male vorher, empfand sie neben ihrer Verletzlichkeit auch jetzt wieder in seinem Beisein eine Leichtigkeit, als könnte sie all ihre Probleme locker lösen. Noah tat ihr gut.

»Vielleicht kannst du bei deinem Chef ja ein gutes Wort für mich einlegen«, sagte sie, während sie Noah beim Kaffeekochen zusah. Er hob fragend die Augenbrauen, und sie sprach mit rauer Stimme und wild klopfendem Herzen weiter. »Ich habe eine Bitte und …« Sie brach ab, überlegte kurz und fing von vorne an. »Nachdem nun einige Tage vergangen sind und meine Idee sich noch immer richtig anfühlt, habe ich heute entschieden, wirklich eigene Wege zu gehen. Aber mir fehlt es noch an Know-how. Und da dachte ich … also vielleicht … ich meine …« Corinne spürte wie ihr Gesicht heiß wurde. Oh nein, sie wurde rot wie ein schüchternes Schulkind.

Theoretisch konnte sie natürlich rösten, sie wusste genau, was Bohnen brauchten, wie sie riechen, schmecken und sich anhören mussten. Aber sie hatte keine Erfahrung, wusste nicht, wie man auf die Bedürfnisse der einzelnen Sorten einging, wie man erkannte, wann man die optimale Röstung für die jeweilige Sorte erreicht hatte. Und auch mit dem alten Röster des Großvaters kannte sie sich nicht aus. Außerdem wusste sie nicht genau, was sie noch alles brauchte, um eine eigene Rösterei zu eröffnen. Wie war das mit dem Zolllager und der Bestandsliste, die es zu führen galt?

Es war ziemlich viel, was sie nicht wusste und von dem sie hoffte, es von Noah zu erfahren. Sie könnte es ihm nicht verdenken, wenn er ihre Bitte ablehnen würde. Sie wusste auch nicht genau, wie sie es formulieren sollte, damit er nicht von der Menge der offenen Fragen begraben wurde. Sie fand einfach nicht die richtigen Worte.

»Ich will nachher rösten«, tönte da Noahs warme Stimme in all ihre Zweifel hinein. Ganz ruhig und als wäre es das Selbstverständlichste der Welt. »Einen Arabica Bourbon aus Ruanda, ich bin froh, dass ich drei Säcke davon bekommen habe, der ist ziemlich begehrt. Diese Bohne braucht bei der Weiterverarbeitung ziemliches Fingerspitzengefühl, denn ihr Aroma entfaltet sich am besten bei einer hellen Röstung – ein paar Sekunden zu lang, und die Charge ist verdorben. Dann hat man zwar noch einen trinkbaren Kaffee, aber nicht mehr das Produkt, das den durchaus amtlichen Preis rechtfertigt. Dieser Bourbon hat eine sehr kleine Toleranzgrenze beim Röstgrad. Ich hole ihn nur kurz nach dem ersten Crack bereits aus der Trommel. Wie sieht es bei dir aus? Hättest du vielleicht Zeit und Lust, mir zu helfen? Um zwölf schließe ich den Laden, du weißt ja, zwei Nachmittage in der Woche gehören mir und meinem Trommelröster.«

»Ich würde mich gern mit einer eigenen Rösterei hier in Aachen niederlassen, Noah.« Es war ihr wichtig, mit offenen Karten zu spielen, sie wollte nicht riskieren, dass Noah sich am Ende übervorteilt fühlte.

»Ich hatte gehofft, dass du in der Stadt bleibst«, kam es jedoch prompt von Noah. Er lächelte sie an und schenkte ihr einen innigen Blick. »Ich möchte sehr gern noch öfter mit dir Kaffee trinken.«

»Dann hast du keine Bedenken, dass ich dir Konkurrenz machen könnte?«, fragte Corinne noch einmal konkreter. Sie freute sich, als wäre jetzt schon Weihnachten, weil Noah genau so reagierte, wie sie es sich erhofft hatte.

Noah stellte eine Tasse mit herrlich duftendem Kaffee vor ihr auf dem Tisch ab. »Das ist eine Mischung aus zwei Arabicas, separat geröstet und anschließend drei zu eins gemischt. Mit etwas Milchschaum könnte man fast glauben, ich hätte Kakao mit aufgebrüht. Koste!« Er nickte auffordernd zu der Tasse hin, dann sprach er weiter: »Die Stadt ist doch wirklich groß genug, Corinne, oder? Und guter Kaffee wird immer gebraucht. Ich bin sehr sicher, dass wir beide genug Kunden haben werden. Futterneid finde ich ziemlich unsexy, damit gebe ich mich nicht ab.«

Noah jedenfalls war alles andere als unsexy, fand Corinne. Sie war froh, dass sie sich auf die Verkostung konzentrieren konnte und so um eine Reaktion herumkam. Sorgfältig analysierte sie die Aromen und das Mundgefühl, das der Kaffee bei ihr auslöste. Dann nickte sie anerkennend. »Eine echte Schokobombe«, bestätigte sie.

»Fantastisch. Corinne, das ist es, du bist fantastisch! Ich wusste nicht, wie ich die Mischung nennen soll, und du kommst ganz lässig ums Eck und bringst es auf den Punkt. Was ist? Deal?«

»Schokobombe gegen Nachhilfe?« Corinne schüttelte den Kopf und ließ ihre Locken fliegen. »Noah, du weißt nicht, worauf du dich einlässt. Ich werde dir Löcher in den Bauch fragen«, drohte sie.

»Und ich werde dir dafür so viel erzählen, dass deine Ohren qualmen werden, als hätte man sie im Röster vergessen.« Er streckte ihr auffordernd die Hand hin, und Corinne schlug ohne zu zögern ein.

Kapitel 13
In flagranti

Aachen • Oche • Aix-la-Chapelle • Aken • Aquae Granni

Gegenwart: Dezember

Die gemeinsamen Stunden mit Noah in seiner Rösterei waren angefüllt mit Fragen und Antworten und sehr viel Praxis, worüber Corinne sich besonders freute. Noah erklärte ihr den organisatorischen Aufbau seiner Firma, von Lieferanten über die Planung der Öffnungszeiten bis hin zu den Arbeitsabläufen, und erarbeitete gemeinsam mit ihr Listen und Pläne für ihre eigene Geschäftsgründung.

Vieles – besonders die wirtschaftliche Seite – war kein Problem für Corinne. Schließlich hatte sie BWL studiert und konnte mit Zahlen umgehen. Wirtschaftlich zu kalkulieren war für sie eine Selbstverständlichkeit. Sie hatte schon früh verinnerlicht, dass Träume platzten, wenn man sie nicht auf ein tragfähiges Fundament stellte. Corinne war sicher, dass es an dem Einfluss ihres Vaters lag, sie war eben die Tochter eines erfolgreichen Unternehmers. Auch wenn sie früher von den Vorträgen des Kaffeebarons manchmal genervt gewesen war und auch lange nicht hatte einsehen wollen, weshalb sie überhaupt BWL studieren sollte, heute war sie froh darüber.

Ein kurzer liebevoller Gedanke flog zu ihrem Vater, der hoffentlich inzwischen wohlbehalten in der Villa angekommen war und gut umsorgt wurde. Er war immer der strengere

Elternteil gewesen, immer darauf bedacht, dass aus seinen Kindern einmal etwas Anständiges wurde. Das Leben mit ihm war nicht einfach gewesen. Aber ihr Vater hatte sie gut auf das Berufsleben vorbereitet, das wurde ihr in ihrer momentanen Situation deutlich vor Augen geführt und erfüllte sie mit Dankbarkeit.

Auch das Wissen über Kaffee, das sie über die Jahre im Familienunternehmen aufgeschnappt und in den Wochen während ihrer Geschäftsführerzeit vertieft hatte, kam ihr zugute. Aber es gab doch auch große Unterschiede zwischen einem Ein-Frau-Betrieb und einem Unternehmen mit mehreren hundert Mitarbeitern. Zwischen dem standardisierten Rösten im großen Heißluft-Röster mit mehreren Hundert Kilo Kaffeebohnen pro Stunde, wie er bei ihnen in der Firma zum Einsatz kam, und einer gasbeheizten Trommelröstung mit fünf bis zwölf Kilo pro Charge und einer Röstzeit von fünfzehn bis fünfundzwanzig Minuten, lagen Welten. Bei *Ahrensberg Kaffee* lag im Vergleich dazu die Röstdauer bei gerade mal fünf Minuten.

Noah war grandios. Er zeigte Corinne vorbehaltlos alles, was wichtig war. Sie rösteten gemeinsam Kaffee. Noah erklärte Corinne eingehend die Funktion des Rösters und die einzelnen Arbeitsschritte, dann überließ er ihr das Feld. Sie durfte eine Charge Kaffee von Anfang an ganz allein rösten. Noah begleitete den Vorgang mit Tipps und Erklärungen.

»Das hier ist vermutlich der größte Unterschied zwischen einer Großrösterei und einer Manufaktur. Die Bohnen werden nicht mit Power geröstet, sondern ganz langsam. Und es ist jedes Mal wieder aufs Neue spannend. Hier entscheidet sich zu einem hohen Teil die Qualität, die nachher in der Tasse landet. Natürlich kommt es später auch auf andere Faktoren an. Aber das hier ist die Basis. Wenn die nicht stimmt, nutzen auch der perfekte Mahlgrad, das beste Wasser und die beste Zubereitung nichts.«

»Aber woher weißt du, welche Sorte welchen Röstgrad benötigt, damit sie ihr Aroma bestmöglich entfaltet? Und magst du selbst lieber sortenreine Kaffees oder Mischungen? Was sagen die Kunden?« Während Corinne ihre Fragen stellte, blieb ihr Fokus dennoch bei der sich drehenden Trommel. Immer wieder zog sie die kleine Testschaufel heraus und kontrollierte die Farbe, genoss das Geräusch, wenn sie die Bohnen wieder in die Trommel rieseln ließ. Noah lachte leise.

»Entspann dich, Corinne. Das dauert noch ein paar Minuten. Im Moment kommen die Bohnen erst einmal auf Temperatur.« Dann ging er auf ihre Fragen ein. »Das Wissen habe ich mir erarbeitet, angelesen und vor allem natürlich auch nach dem Prinzip Trial and Error erforscht. Und was ich am liebsten mag ist ein richtig guter Kaffee – wenn das, was in der Tasse ist, mich überzeugt, ist es mir egal, ob sortenrein oder gemischt.«

Corinne hörte ihm zu und ließ gleichzeitig den Röster keinen Moment aus den Augen. Sie war richtig angespannt vor lauter Aufregung, denn sie wollte auf keinen Fall etwas falsch machen und die Charge verderben.

»Bei uns wären die Bohnen längst geröstet«, sagte sie.

Noah nickte. »Es ist ein ganz anderer Ansatz. Aber das ist ja auch in Ordnung. Die Welt ist bunt und Vielfalt ist wichtig.«

Corinne war Noah dankbar, manch anderer Kleinröster hätte vermutlich über die Großrösterei die Nase gerümpft und sich für etwas Besseres gehalten, aber er sah auch darin die positiven Seiten. Vor allem aber verstand er, was die Firma Corinne bedeutete, die für sie mehr war als nur ein beliebiges Unternehmen.

»Schnupper mal«, forderte Noah sie auf. »Jetzt fängt der Zauber des Kaffeeröstens langsam an, sich zu entfalten.«

Gehorsam hob Corinne ihre Nase und erschnupperte die ersten zarten Kaffeenoten.

»Jetzt sind wir mittendrin«, sagte Noah, und Corinne spürte, dass seine Konzentration stieg. »In den Bohnen bilden sich

Gase. Ab einem bestimmten Punkt drängen sie nach draußen, die Zellen in der Kaffeebohne platzen.«

»First Crack«, sagte Corinne und nickte. So viel wusste sie natürlich vom Rösten.

»Ganz genau. Es ist die Kombination aus Duft, Farbe und Geräusch, die mir sagt, wann der perfekte Röstgrad erreicht ist. Schau dir die Bohnen noch mal an.«

Sofort zog Corinne die kleine Testschaufel aus dem Röster, und tatsächlich, in den letzten Sekunden hatte sich die Färbung deutlich verändert, die Bohnen waren von ihrem ursprünglichen Blassgrün zu Hellbraun übergegangen.

»Es duftet auch immer intensiver«, bemerkte Corinne und seufzte wohlig. »Ich glaube, der Duft ist das, was mich so betört. Ich liebe es einfach, wenn es nach frisch geröstetem Kaffee riecht.« Wieder checkte sie die Farbe der Bohnen, die jetzt fast von Sekunde zu Sekunde dunkler wurden.

Ganz kurz lächelte Noah sie an, dann nickte er Richtung Röster, legte den Finger auf die Lippen und beugte sich etwas nach vorn.

Corinne tat es ihm gleich.

Zu dem Rascheln der sich bewegenden Bohnen kam nun ein leises Krachen. Erst nur vereinzelt, dann immer deutlicher.

»Das ist es. Zehn Sekunden«, sagte Noah, »und dann raus damit in die Kühlung.«

Im Augenwinkel sah Corinne, dass seine Hand zuckte, aber er hielt sich zurück und überließ auch diesen Arbeitsschritt ihr. Corinne zählte bis zehn, dann stoppte sie den Röstvorgang, ließ die Bohnen auf das Kühlgitter rutschen, wo sie vom Rührwerk weiter bewegt wurden, während sie zügig, aber behutsam abkühlten.

Nachdem Corinnes erste eigene Röstung versorgt war, holte Noah noch weitere Kaffeesorten herbei, und Corinne durfte sich in kleinen Chargen ausprobieren. Jede Bohne reagierte anders, wurde schneller oder langsamer braun, brauchte nach dem First Crack mehr oder weniger Zeit. Noah gab ihr Tipps, aber er forderte Corinne auch und wollte immer von ihr wissen, was ihr nächster Schritt wäre, bevor er sie bestätigte oder korrigierte.

Es dauerte nicht lange, und Noah bescheinigte Corinne ein besonderes Gespür für die Bedürfnisse der unterschiedlichen Sorten.

»Manche Menschen haben einen siebten Sinn, ein guter Kafferöster braucht aber einen speziellen Kaffee-Sinn. Und den hast du, Corinne, das ist eindeutig. Du bist eine würdige Erbin der Ahrensberg-Dynastie!«, sagte er grinsend.

Corinne schenkte Noah ein dankbares Lächeln und konzentrierte sich wieder auf ihre Arbeit – obwohl sie eigentlich gerade nichts zu tun hatte, denn die Bohnen wurden ohne ihr Zutun sanft gerührt und durch die Bewegung mit gleichzeitigem Abzug der heißen Luft gekühlt. Corinne freute sich sehr über Noahs Lob, aber sie war auch ein wenig verlegen. Um davon abzulenken, stellte sie eine Frage, die ihr beim Betrachten der frisch gerösteten Kaffeebohnen in den Sinn kam.

»Wieso muss man eigentlich darauf achten, dass der Kaffee nicht zu lange in der Kühlung bleibt? Ich meine, ja, ich kenne das natürlich, aber bei uns in der Firma ist das schlicht ein wirtschaftlicher Zeitfaktor. Wir haben einen enormen Durchsatz, alles muss zügig vonstattengehen. Die Kühlanlage muss immer schnell wieder für die nächste Charge frei sein. Zumindest war ich bislang davon ausgegangen, dass das der Grund ist. Aber hier bei dir ist doch alles deutlich entspannter, wieso also das sofortige Stoppen der Kühlung, sobald die Temperatur unten ist? Wir könnten uns um das Abfüllen der letzten Charge kümmern und danach wieder nach den Bohnen hier sehen.«

»Es dient der Qualitätssicherung. Wenn die Bohnen zu lange gerührt und dabei gegeneinander bewegt werden, beginnen sie sich gegenseitig zu polieren. Sie bekommen einen unnatürlichen fettigen Glanz, das möchte ich vermeiden.«

»Dann also lieber hier abwarten und im richtigen Moment das Karussell stoppen«, resümierte Corinne. »Ich verstehe.«

»Und um das wichtigste Argument nicht zu vergessen! Du solltest das Leben als Kaffeerösterin genießen, diese Wartephasen zwischendurch gehören dir. Für mich hat achtsam gerösteter Kaffee auch etwas mit Entschleunigung zu tun.«

Diese Vorstellung gefiel Corinne. Genau so hatte sie es sich erträumt.

Anschließend sortierten sie gemeinsam die frisch gerösteten Bohnen. Sie hatten Spaß, mit ihren vier Händen über den ausgebreiteten Bohnen zu schweben, wie jagende Bussarde. Manchmal entdeckten sie ein Steinchen gleichzeitig, dann schossen Corinnes und Noahs Finger darauf zu, um es zur Seite zu schieben.

Das Kribbeln, das Corinne durchfuhr, wann immer sie Noahs Haut an ihrer spürte, irritierte sie, aber sie genoss es auch. Er fühlte sich sehr gut an. Wäre sie bereit für eine Liebelei, Noah könnte ihr durchaus gefallen. Doch im Moment gab es in ihrem Leben wahrlich wichtigere Dinge, ein verliebtes Herz würde sie nur ablenken und im schlimmsten Fall sogar von ihrem Weg abbringen.

»Geschafft. Hey, du darfst mich gern öfter besuchen, zu zweit geht das richtig fix mit dem Sortieren. Dann würde ich sagen: Auf zur nächsten Station. Jetzt wird abgepackt und der Kaffee verkaufsfertig gemacht. Bereit?«

»Bereit, wenn du es bist«, rutschte es Corinne heraus, bevor ihr klar war, was sie da sagte. Sie hatte Gwen aus Kerstin Giers Edelsteintrilogie zitiert. Die Heldin Gwen hatte diesen Satz immer zu Gideon gesagt, dem arroganten unfassbar gut aussehenden Helden. Zwischen Gwen und Gideon hatte es ordentlich gefunkt in der Geschichte. Musste es ausgerechnet dieses Zitat sein?

»Fein«, sagte Noah, und Corinne atmete erleichtert aus. Er kannte die Bücher offensichtlich nicht und zog demnach auch keine falschen Schlüsse. Das wäre ihr wirklich peinlich gewesen.

Nach dem Abpacken durfte Corinne etikettieren – das hatte sie tatsächlich noch nie gemacht, denn auch dafür hatten sie bei Ahrensberg eine Maschine. Noah verriet ihr, wie er ein Verkaufsregal bestückte, damit die Ware bestmöglich präsentiert wurde. Sie räumten neue Päckchen Kaffee in die Regale, redeten und lachten gemeinsam, und es fühlte sich an, als wäre es schon hundert Jahre so gewesen – zwei Menschen die Hand in Hand arbeiteten.

Zwischendurch schrieb Corinne sich immer wieder Stichpunkte in ihr Notizbuch. Bald hatte sie seitenweise Informationen festgehalten, die Noah nur so aus dem Ärmel schüttelte. Jetzt streckte sie sich und gähnte.

»Ich glaube, das ist genug für heute«, meinte sie. »In meinem Kopf wirbeln so viele wildgewordene Kaffeebohnen herum, dass ich keinen klaren Gedanken mehr fassen kann.«

»Das kommt gerade richtig. Ich muss Susan eine Lieferung bringen. Was ist mit dir, Corinne, gehst du mit? Ein Stück Kuchen könnte uns nach der ganzen Arbeit guttun, finde ich. Ich lade dich zur Feier des Tages ein. Immerhin hatte ich noch nie eine Praktikantin bei mir im Laden. Noch dazu so unverhofft und eine so talentierte.«

»Wie könnte ich so eine charmante Einladung ablehnen?«, fragte Corinne und ärgerte sich über den kleinen freudigen Hüpfer, den ihr Herz machte.

Es dauerte nicht lange, dann spazierten sie gemeinsam Richtung Dom und unterhielten sich währenddessen weiter über Corinnes Abenteuer der eigenen Kaffeerösterei und über Noah, der sich sein gesamtes Know-how aus seiner Leidenschaft heraus selbst beigebracht hatte. Ursprünglich hatte er einmal Literatur studiert und eine Zeit lang als Lektor bei einem Verlag für Geschenkbücher und Postkarten gearbeitet. Aber der Kaffee und die Lust, etwas Neues zu probieren, hatten ihn nicht losgelassen.

»Deshalb deine Lust an den Kaffeesprüchen, jetzt versteh ich«, meinte Corinne.

»Stimmt, das ist ein Überbleibsel meines früheren Lebens. Ich finde, das passt ganz gut zusammen.«

»Absolut«, stimmte Corinne ihm zu. »Es gibt deiner Rösterei das gewisse Etwas. Man kommt herein und fühlt sich wohl.«

»Ist das so?« Noah warf ihr einen fragenden Blick zu. Als sie nickte, ging ein Strahlen über sein Gesicht. »Das ist schön. Genau das wollte ich erreichen. Aber man weiß ja nie, ob das, was man im Sinn hat, auch wirklich so bei den Kunden ankommt. Deshalb freue ich mich, dass du das sagst. Aber jetzt etwas anderes, das wollte ich dich längst fragen: Wie wirst du deine Rösterei eigentlich nennen?«

Noah war heute schon der zweite, der das wissen wollte. Seit ihrem Telefonat mit Sebastian am Vormittag hatte Corinne im Hinterkopf die Frage nach dem passenden Namen herumgewälzt.

»Wie findest du *Öcher Böhnchen – Die Kaffeerösterei*?«, fragte sie nun. Sie hatte sich bei Noah untergehakt und fühlte sich in seiner Nähe wunderbar geborgen. Ihre Schritte hatten den gleichen Takt, die gleiche Länge.

»Hey, das ist spitze!« Noah nickte begeistert. »Damit zeigst du deine Heimatverbundenheit, das wird den Kunden gefallen – den Einheimischen ebenso wie den Touristen –, denen ganz besonders, wenn du auch noch einen Kaffee so benennst. Ich glaube, das wird dann dein Verkaufsrenner.«

»Wenn ich denn die passenden Räume finde.« Corinne seufzte. Dieses Problem musste sie dringend lösen, sonst würde es beim Träumen bleiben.

»Ich werde mich umhören«, versprach Noah. »Ich bin in der Szene der Aachener Kleinunternehmer ganz gut vernetzt. Vielleicht sucht jemand einen Nachpächter, das kommt immer mal wieder vor. Ich glaube das ist sogar die beste Chance, um an wirklich gute Läden ranzukommen. Ich werde morgen in unserem Netzwerk eine Suchanfrage für dich einstellen, wenn du einverstanden bist.«

»Das wäre fantastisch. Danke, Noah. Das ist wirklich nicht selbstverständlich, ich weiß deine Hilfe sehr zu schätzen.«

Inzwischen hatten sie das *Emotions* erreicht, Noah öffnete die Tür und hielt sie für Corinne auf. Zusammen mit einem Schwall kalter Winterluft traten sie in den gemütlichen Gastraum, wo es herrlich nach Kuchen, Kaffee und Tee duftete. Schon hatte Susan ihre beiden Freunde entdeckt und kam freudestrahlend auf sie zu.

»Hello, das ist aber ein lovely Überraschung, euch zwei Hübsche zusammen hier bei mir. Perfect!«, rief sie und führte die beiden ohne lange zu fackeln zu einem Tisch am Fenster. Corinne wollte zur Kuchentheke, um sich eine Leckerei auszusuchen, doch Susan hielt sie zurück. »Oh, wait, wait, ich habe eine Dattel-Birnen-Quiche mit karamellisierten Nüssen gebacken. Delicious, ihr werdet es lieben. Kaffee for you both?«, fragte sie noch über die Schulter, als sie schon auf dem Weg zur Theke war.

»Einen Kräutertee bitte«, sagten Corinne und Noah gleichzeitig. Sie sahen sich an und prusteten amüsiert los. Zwei Kaffeeröster, die auf den Tee gekommen waren. Es war aber auch verständlich, denn sie hatten im Laufe des Nachmittags sicher vier oder fünf Tassen Kaffee getrunken. Mehr als genug auf jeden Fall.

Susans Lächeln wirkte sehr zufrieden, als sie gleich darauf mit Kuchen und Tee wieder zu ihnen an den Tisch kam. Ganz selbstverständlich zog sie sich einen Stuhl hervor, setzte sich und sah die beiden erwartungsvoll an. Es war unmissverständlich: Sie wollte auf den neuesten Stand gebracht werden.

***

Corinne hatte sich nach einer halben Stunde verabschiedet und Susan und Noah im Café zurückgelassen. Es drängte sie zu ihrem Bruder.

Beschwingt lenkte sie ihre Schritte auf die Firmenvilla zu. Sie fühlte sich voller Energie und konnte es kaum erwarten, sich endlich mit Alexander auszusprechen. Es war ein gutes Gefühl, dass sie nicht im Zorn aussteigen würde, sondern weil sie für sich herausgefunden hatte, dass es für sie besser war. Auch wenn Alexander *Ahrensberg Kaffee* nicht in die Richtung lenkte, die Corinne sich für das Familienunternehmen wünschte, würde sie nicht mehr mit ihm darüber streiten.

Noch immer hoffte sie, dass Alexander wieder ein wenig zugänglicher werden würde, wenn sie ihm zeigte, dass sie nicht auf Konfrontation aus war. Vielleicht erreichte sie durch ihren Rückzug eine Verhaltensänderung bei ihm. Vielleicht wurde er wieder der Bruder, den sie so sehr vermisste, wenn ihm klar wurde, dass sie ihm nicht im Weg stehen würde. Sie wollte ihm doch wirklich nichts Böses, im Gegenteil, er war ihr Bruder, sie liebte ihn und wünschte sich, dass er glücklich war. Und genau das wollte sie ihm sagen.

Sie dachte an Noah, der wahrscheinlich noch bei Susan im Café saß. Vermutlich löcherte Susan ihn und bestach ihn mit Kuchen, damit er ihr Details erzählte, die es aber gar nicht gab. Corinne und Noah mochten sich, sie hatten sich vom ersten Moment an sehr gut verstanden, und für Corinne fühlte es sich an, als hätte sie einen wunderbaren neuen Freund gefunden. Dieses leichte Kribbeln war zwar da, aber sie hatte keinerlei amouröses Interesse an Noah, dafür war in ihrem Leben im Moment überhaupt kein Platz.

Corinne stutzte, diesen Gedankengang hatte sie in den letzten Stunden mehrfach in unterschiedlichen Ausprägungen gehabt. Was war denn mit ihr los, dass sie sich ständig selbst bestätigen musste, kein Interesse zu haben?

Was auch immer in ihr rumorte, es war der falsche Moment, und sie würde nicht zulassen, dass ihre Gefühle sich selbstständig machten. Sie hatte auch so genug um die Ohren. Sie brauchte ihre Energie für ihre Zukunftspläne und auch, um ihre Mutter zu unterstützen.

Sie hatten den ganzen Tag über immer wieder Nachrichten ausgetauscht. Ihr Vater war inzwischen zu Hause, alles hatte reibungslos geklappt, die Schwestern hatten die Versorgung übernommen. Aber ihre Mutter wirkte angespannt – was angesichts der schwierigen Situation wahrlich nicht verwunderlich war.

Corinne beschloss, ihr Blumen mitzubringen, wenn sie später nach Hause ging. Vielleicht wäre sie ja auch bereit, ihren Vater ein paar Stunden der Obhut der Pflegekräfte zu überlassen, dann würde Corinne sie ins Kino oder Theater einladen und hinterher mit ihr essen gehen. Sie würde versuchen, ihre Mutter zu überreden. Nicht gleich heute, am ersten Tag, an dem ihr Vater zu Hause war, aber an einem der nächsten Tage. Was sie wohl zu Corinnes Plänen sagen würde? Corinne hoffte auf ihre Unterstützung, auf ihr Verständnis.

Für den nächsten Tag hatten Noah und Corinne sich verabredet, um den alten Trommelröster von Corinnes Großvater zu inspizieren. Noah wollte ihn sich ansehen, er hatte ein Faible für alte Röster, arbeitete selbst mit einem Modell aus dem Jahr 1950 und konnte ihr vermutlich sagen, ob sie damit noch gewerblich rösten könnte.

Abgesehen von den Sorgen um ihren Vater, fühlte Corinne sich so glücklich wie lange nicht mehr. Sie konnte es kaum erwarten, die richtigen Räume zu finden und zu starten. Aber vorher wollte sie klare Verhältnisse schaffen. Deshalb war sie nun auf dem Weg zu Alexander. Er sollte es als Nächster erfahren.

Als sie an Emil vorbei Richtung Treppe ging, winkte Corinne dem Portier gut gelaunt zu. Wie immer freute Emil sich, sie zu sehen, und winkte lächelnd zurück, bevor er sich wieder dem Kunden zuwandte, mit dem er gerade gesprochen hatte.

Weil sie keine Geduld für den Aufzug hatte, stürmte Corinne immer zwei Stufen auf einmal nehmend die Treppe hinauf. Ein kurzes Klopfen an Alexanders Bürotür, und schon stürmte sie in das Zimmer.

»Alexander, ich habe eine Entscheidung …«

Corinne stockte und sah überrascht zu ihrem Bruder. Er war nicht allein, Thomas Feldmann vom Marketing war bei ihm. Das war an sich keine große Sache, aber die Art, wie die beiden aufgesprungen waren und Corinne beinahe schon entsetzt entgegenblickten, machte sie stutzig. Sie wirkten erhitzt, etwas zerzaust. Hatten die beiden sich gerade umarmt?

»Corinne!«, rief Alexander, und stopfte möglichst unauffällig sein Hemd in die Hose. »Was machst du denn hier?«

Kapitel 14
Handel

Euweiler • Euwiller

Juni 1945

»Guten Tag, Frau Müller«, grüßte Eberhard höflich, als er hinter seiner Mutter in die Wohnküche trat. Er freute sich sehr, die alte Dame wohlauf zu sehen, auch wenn sie während der Monate seiner Abwesenheit um viele Jahre gealtert schien.

Die Erinnerung an sein erstes Kaffeerösten unter ihrer Anleitung, war für Eberhard eine Zuflucht gewesen, wenn es im Lager sehr schlimm geworden war. Wenn seine Kameraden von Albträumen geplagt oder rasend vor Schmerzen geschrien hatten, wenn die Schwärze der Nacht gedroht hatte, ihn zu verschlingen, dann hatte Eberhard sich in sich selbst geflüchtet, dorthin, wo die Außenwelt nicht hinkam. Er hatte dann meist versucht, nicht an seine Familie oder an Isabella zu denken, denn solche Gedanken stachelten seine Sehnsucht an und machten ihm das Herz schwer.

Bevor Eberhard in Gefangenschaft geraten war, hatte er kein Heimweh gekannt. Wie hätte er auch, er war schließlich noch nie von zu Hause fort gewesen. Heute wusste er, dass Heimweh einen von innen auffressen konnte. Es nahm Körper und Seele die Kraft und raubte einem den Lebensmut. Um durchzuhalten, hatte er deshalb lieber an die fernen Länder gedacht, wo der Kaffee an Sträuchern wuchs und die er irgendwann einmal bereisen wollte. Oder er hatte sich – das war seine liebste Vorstellung, weil sie ihm ein warmes Gefühl der Geborgenheit schenkte – das Geräusch der raschelnden Kaffeebohnen in dem Röster vorgestellt. Er hatte sich den Duft ins Gedächtnis gerufen, der während des Röstvorgangs immer intensiver wurde, und sich geschworen, nach dem Krieg nur noch guten Kaffee zu trinken. Irgendwann wollte er selbst einen kleinen Röster besitzen, das hatte er sich fest vorgenommen.

Doch im Moment ging es nicht um Wünsche und Hoffnungen, von Kaffee konnte er vermutlich die nächsten Monate weiterhin nur träumen. Immerhin hatten er und seine Familie nicht einmal ein eigenes Dach über dem Kopf und kein Geschäft mehr, das die Versorgung sicherstellte. Zumindest hatten sie Glück im Unglück gehabt. Frau Müllers Haus war groß genug, und vielleicht war sie sogar dankbar für die Unterstützung im Alltag und die Gesellschaft.

Frau Müller war während des Kriegs eine der wenigen im Dorf gewesen, die Eberhard immer freundlich behandelt hatten – und das obwohl sein Vater auch ihr das Leben schwer gemacht hatte, wann immer er konnte. Als sie erkannte, dass es Eberhard war, der zur Tür hereinkam, lächelte sie zwischen tausend Runzeln strahlend zu ihm hinüber.

»Du bist wieder zu Hause, mein Junge. Der Herr sei gepriesen! Was für eine Freude«, rief sie. »Johanna, gib dem Jungen gleich etwas zu essen. Er sieht ja ganz schlottrig aus. Es steht noch Suppe auf dem Herd, die wird ihm guttun. Ein Kanten Brot ist auch noch da.«

»Ich sollte mich besser erst etwas waschen«, murmelte Eberhard. Er schämte sich für seinen erbärmlichen Zustand, auch wenn er nichts dafür konnte. Er wusste, dass er zum Himmel stank, auch wenn seine eigene Nase es längst nicht mehr wahrnahm.

»Mumpitz«, kam es jedoch prompt von Frau Müller. »An ein bisschen Gestank ist noch niemand gestorben. An Hunger allerdings schon.« Sie klopfte auf die Sitzbank, auf den Platz neben sich. »Stell dich nicht an, mein Junge, setz dich, setz dich! Erst wird gegessen, dann kannst du baden. Ruh dich aus, jetzt bist du zu Hause.«

»Danke, Frau Müller«, sagte Eberhard leise.

Zu Hause hatte sie gesagt. War es das wirklich? Sie waren bei ihr untergekrochen, hatten selbst nichts mehr. Keine Möbel, keine eigene Wohnung ... aber sie lebten, dachte er im nächsten Moment und schämte sich seiner undankbaren Gedanken.

»Hör nur auf mit diesem unsäglichen Frau Müller. Ich heiße Edda, auch für dich.«

»Aber ...« Eberhard sah fragend zu seiner Mutter.

Sie lächelte traurig und nickte. »Das ist in Ordnung, Eberhard. Mach dir keine Gedanken«, sagte sie leise.

Hatte sie keine Angst vor seinem Vater? Er hatte den Kindern verboten, Frau Müller zu duzen. Wenn es nach ihm gegangen wäre, hätte er ihnen auch den Umgang mit ihr verboten, denn sie hatte polnische Großeltern. Doch in diesem Punkt hatte Eberhards Mutter sich ausnahmsweise durchgesetzt, als sie darauf bestanden hatte, dass Eberhard der kranken Frau half und die Kinder generell zu Freundlichkeit gegenüber ihren Mitmenschen angehalten hatte. Wie aber war die Situation nun?

Hatte Vater Probleme damit, von einer nicht reinen Deutschen Hilfe anzunehmen, oder war auch er über Nacht zum Regimegegner geworden? Damit würde er hier im Ort doch unmöglich durchkommen. Nicht, nachdem er die Menschen derart schikaniert hatte.

Doch sein Vater war im Moment gar nicht so wichtig, Eberhard vermisste Barbara und Rudolf, er hatte während der letzten Monate so oft an die Kleinen gedacht und gehofft, dass es ihnen gut ging.

»Wo sind meine Geschwister«, fragte er deshalb. Er wollte die beiden in die Arme schließen, sie fühlen, sehen, wie groß sie inzwischen geworden waren und wie sie sich entwickelt hatten.

Seine Mutter kam mit einer großen Schale Suppe zu ihm, stellte sie vor ihn auf den Tisch und legte ein ordentliches Stück Brot daneben.

»Junge, iss bitte erst etwas, damit du zu Kräften kommst. Reden können wir auch später noch.« Ihre Stimme klang dünn, aber sie lächelte Eberhard an, strich ihm mit der Hand über die Wange und betrachtete sein Gesicht, als wolle sie sich jeden Zentimeter einprägen. »Es ist so schön, dass du da bist. Ich habe jeden Tag darum gebetet«, sagte sie leise. Eine einzelne Träne rann ihr über die linke Wange.

Eberhard hob die Hand, hielt die seiner Mutter fest und schmiegte sein Gesicht in ihre Handfläche. Ein paar Sekunden nur, aber es tat so unendlich gut. Ein lautes Knurren unterbrach die stille Nähe. Eberhards Magen meldete sich.

Seine Mutter hatte ihm eine kräftige Gemüsesuppe serviert, die köstlicher duftete als alles, was Eberhard seit Monaten in der Nase gehabt hatte. Sie duftete nach Liebe und nach frischen Kräutern. Nach Heimat. Sogar eine Speckschwarte schwamm darin, die der Brühe Kraft gab.

»Danke, Mutter«, sagte Eberhard noch schnell, und schon begann er zu essen. Gierig löffelte er ein paarmal, kaute und schluckte, und hätte beinahe vor Freude geweint, so wunderbar schmeckte es ihm. Doch dann zwang er sich, innezuhalten. Eberhard hatte gelernt, trotz der Gier des Hungers langsam zu essen, da sonst der Magen sich gegen die Nahrung wehrte und schlimme Bauchkrämpfe folgten.

Um sich von der Versuchung, weiterzuessen, abzulenken, nahm er das Gespräch wieder auf. »Mama, bitte sag mir, was passiert ist. Wie ist es euch ergangen? Wurde jemand aus der

Familie bei den Angriffen verletzt? Und was ist mit den Rosenbaums und Pelzmanns geschehen?«

»Ich gehe mal eben in den Keller, ich muss etwas holen«, murmelte Edda und hievte sich mühsam von ihrem Stuhl hoch. Sie nahm den Gehstock, der neben ihr an der Wand gelehnt hatte, und schlurfte langsam durch das Zimmer und zur Tür hinaus. Es war offensichtlich, dass sie Mutter und Sohn Gelegenheit geben wollte, in Ruhe zu sprechen.

»Also?«, fragte Eberhard eindringlich, kaum dass sich die Küchentür hinter Edda geschlossen hatte.

»Junge, es tut mir so leid. Dein Bruder ist bei dem letzten schlimmen Bombenangriff ums Leben gekommen.« Sie tupfte sich mit ihrem Taschentuch die Augen trocken, schluckte und sprach weiter. »Es war schrecklich. Er hat einen Stein an den Kopf bekommen. Ich konnte nichts tun.«

Rudolf. Sein kleiner kränklicher Liebling Rudolf, auf den er sich so sehr gefreut hatte. Eberhard fröstelte. Die Nachricht war wie ein eiskalter Guss. Seine Zähne klapperten, aber er weinte nicht. Er schüttelte nur fassungslos den Kopf und wollte es nicht glauben.

Wann hörte das endlich auf? Wann hörte dieser verdammte von Hitler heraufbeschworene Albtraum endlich auf, ihn zu quälen? Der Krieg war tot. Sie hatten ihn beerdigt. Doch selbst jetzt noch, als er längst zu Grabe lag, griff er mit seinen kalten Todesfingern aus der Grube heraus und richtete weiter Unheil an.

»Und Barbara?«, fragte er, und sein Herz schien stillzustehen vor lauter Angst vor der Antwort. Doch dann sah er seine Mutter und stieß den Atem aus, den er angehalten hatte.

»Sie schläft. Ich gehe sie gleich holen, sie wird tanzen vor Freude, dich zu sehen«, sagte seine Mutter, und in ihren Augen sah Eberhard das Glück, das sich zu der Trauer gesellte.

»Gott sei Dank«, sagte Eberhard. »Aber gib mir noch einen Moment, bitte.« Er wollte Kraft haben, seine Schwester im

Kreis zu wirbeln, also nahm er noch ein paar Löffel der Suppe. Sein Magen rebellierte, Eberhard legte das Besteck zur Seite und zwang sich, tief zu atmen, bis sein Inneres sich etwas beruhigt hatte.

»Wo ist Vater?«, fragte Eberhard nach einer Weile tonlos. Er ahnte, dass noch eine Todesnachricht folgen würde, und er war sich seiner eigenen Gefühle nicht sicher.

»Dein Vater ist beim Kampf um Aachen gefallen, Eberhard. Er ist freiwillig in den Kampf gezogen. Er hätte nicht an die Front müssen, er war ein wichtiger Mann hier im Ort. Doch er konnte nicht akzeptieren, dass wir den Krieg verlieren würden. Bis zuletzt glaubte er der Propaganda und träumte vom großen Endsieg.«

Eberhard saß nur da und versuchte herauszufinden, was diese Nachricht mit ihm machte. Sein Vater war tot. Aber er war nicht nur sein Vater, sondern auch ein Monster gewesen. Ein bösartiger Mensch, der Eberhard und seinen Geschwistern, vor allem aber seiner Mutter, das ohnehin mühsame Leben noch schwerer gemacht hatte. Der mit Hingabe Menschen dem sicheren Tod in die Arme gespielt hatte.

»Ich weiß was in dir vorgeht, Eberhard. Dein Vater war nicht durch und durch schlecht. Bitte glaub mir das. Er war verblendet von diesem furchtbaren Hitler. Er war nicht er selbst. Ich weiß wirklich nicht, was in der Partei gesprochen wurde, wie sie es geschafft haben, bei so vielen Menschen den Verstand auszuschalten. Manchmal kam August mir vor, als wäre er fremdgesteuert.«

»Er hatte Spaß daran, andere zu quälen, Mutter. Es tut mir leid, ich weiß, du warst seine Frau, du hast ihn sicher irgendwann einmal geliebt, aber er war nicht fremdgesteuert. Er war böse. Er war ein Sadist.«

Eberhard war jetzt klar, dass er keine Trauer und kein Mitleid mit seinem gefallenen Vater spürte. Nur Abscheu. Sein

Mitgefühl gehörte seiner Mutter. Er ließ ihr einen Moment Zeit, sich zu fangen, doch dann musste er weiterfragen. Er musste es jetzt endlich wissen. »Haben die Rosenbaums es geschafft? Wo wohnen die Pelzmanns jetzt?«, fragte er atemlos. Er hatte schreckliche Angst vor der Antwort, denn er ahnte sie bereits. Er wollte es hören und doch wieder nicht.

»Sie sind gekommen. An diesem Morgen, als du an die Front musstest«, erzählte seine Mutter. Sie flüsterte beinahe, als wolle sie selbst nicht hören, was sie zu sagen hatte. »Charlotte war eine mutige Frau. Viel mutiger, als ich es jemals sein könnte. Sie hat sich vor das Regal gestellt und wollte die Gestapo daran hindern, es zur Seite zu rücken. Sie haben sie einfach erschossen.« Der letzte Satz kam fast tonlos über die Lippen seiner Mutter.

Charlotte? Isabellas Mutter? Eberhard konnte fast nicht mehr atmen, so sehr schnürte ihm der Gedanke an diese Szene die Luft ab. Doch jetzt gab es keine Schonung und kein Zurück. Er wollte alles wissen.

»Weiter«, sagte er drängend.

»Isabella haben sie zurückgelassen. Vielleicht, weil sie noch ein halbes Kind war und sie dachten, sie hätte nichts von den versteckten Juden gewusst. Vielleicht haben sie sie aber auch nicht gesehen. Sie hatte sich unter dem Treppenabsatz versteckt und mit angesehen, wie ihre Mutter erschossen wurde.«

Ein ersticktes Schluchzen löste sich aus Eberhards Brust. Was hatte Isabella nur durchmachen müssen. Und er hatte nicht für sie da sein können. Es tat ihm so entsetzlich weh, dass ihm schwindlig wurde.

»Die Rosenbaums und Bernhard Pelzmann wurden abgeführt. Ich weiß nicht, was aus ihnen geworden ist, aber ich glaube nicht, dass sie noch leben.«

»Und was ist mit Isabella? Wo ist sie jetzt?«

»Eberhard, warst du bei ihrem Haus? Hast du gesehen, dass es zerstört ist? Isabella hat sich nach dem Tod ihrer Mutter nicht mehr gezeigt. Sie ist bei Angriffen nicht in den Luftschutzraum gekommen. Sie hat mit niemandem mehr gesprochen. Sie war wie ein Gespenst. Ich habe immer wieder versucht, ihr zu helfen. Sie hat mich nicht an sich herangelassen. Es ist entsetzlich, Eberhard, aber ich fürchte, Isabella hat ihre Mutter nur ein paar Wochen überlebt.«

Einen Moment fühlte es sich für Eberhard an, als wäre er selbst gestorben. Sein Körper funktionierte noch, aber in ihm drin gab es nur noch eine entsetzliche Leere. Doch dann kam der Zorn und füllte diese Leere. Dieses Gefühl überflutete Eberhard richtiggehend und brachte ihm den Lebenswillen zurück.

Dieser gottverdammte Krieg! War er jetzt zufrieden? Er hatte ihm so viel von dem genommen, was ihm lieb war. Aber er würde ihn nicht zerstören. Diese Genugtuung würde Eberhard dem Kriegstreiber Hitler auch im Tod nicht gönnen. Niemals!

»Mein Vater hat furchtbare Schuld auf sich geladen«, sagte Eberhard mit fester Stimme. »Auf uns als seine Familie, auf mich als seinen Sohn und Erben. Ich schwöre bei seinem Tod, ich werde mein Leben lang hart dafür arbeiten, ein guter Mensch zu sein und meine Mitmenschen unterstützen. Ich werde genau der Sohn sein, den mein Vater niemals haben wollte. Voller Mitgefühl und Menschlichkeit. Für Isabella. Für meine toten Geschwister und für all die armen Seelen, die ihr Leben lassen mussten.«

»Eberhard?«, kam eine verschlafene Stimme von der Tür her. »Eberhard!«, rief sie jetzt und war hellwach. »Mein Eberhard!« Schon rannte sie auf ihn zu.

Es kostete Eberhard seine letzte Kraft, aber er schaffte es, seine Schwester zweimal im Kreis zu wirbeln, weil sie es so sehr liebte, wenn er das tat.

***

Seine Hände bluteten, doch Eberhard kämpfte sich verbissen durch die Schuttberge, die einmal der Kolonialwarenladen seines Vaters gewesen waren. Von Edda hatte er einen Leiterwagen geliehen und häufte dort die Schätze, die der Zerstörung entkommen waren.

Ein Sammelsurium verschiedenster Dinge hatte Eberhard bereits aus den Trümmern geborgen. Er hatte ein paar einzelne Konserven, Werkzeuge, Seife und einige Schreibwaren gefunden. Auch Schrauben und Nägel waren dabei. Die musste er allerdings mühsam einzeln auflesen. Doch das war ihm egal. Es waren ausgezeichnete Tauschwaren und würden seiner Familie das Auskommen wieder für eine Weile sichern, das zählte. Er hatte das große Glück, dass die Trümmer den Laden so sehr verschüttet hatten, dass niemand sich die Mühe gemacht hatte, nach den Überresten zu suchen.

Nach seiner Heimkehr hatte Eberhard beschlossen, entgegen seiner vorherigen Pläne, nicht mehr an die Schule zurückzugehen, um einen Abschluss zu machen. Er hatte jetzt die Verantwortung für seine Mutter und seine Schwester und wollte das Kolonialwarengeschäft seines Vaters weiterführen.

Sein Vater war nicht arm gewesen, mit dem Geld konnten sie bald das Haus wieder aufbauen. Es gab zusätzlich Unterstützung vom Staat und Bankkredite. Sie würden es schaffen. Doch zuerst mussten sie satt werden und für den Winter vorsorgen. Das Haus musste warten.

Auch wenn es das Geschäft in der früheren Form gar nicht mehr gab, hatte Eberhard begonnen zu handeln. Fast täglich schleppte er Sachen, die er in den Trümmern der Häuser finden konnte, oder die seine Mutter aus ihrem zerbombten Haus gerettet hatte, nach Aachen, um sie auf dem Schwarzmarkt zu tauschen oder zu verkaufen. Er tauschte einen Hammer gegen Brot und Schulhefte gegen Margarine. Er tauschte und tauschte und kämpfte darum, sich etwas aufzubauen.

Alles was er jetzt erwirtschaften konnte, würde ihm den Bau und den Start im nächsten Jahr erleichtern. Doch es war schwierig. Meistens reichte es gerade so für den täglichen Bedarf. Es waren zu viele Menschen, die alle das Gleiche wollten: Essen. Eberhards Vorteil war seine Hartnäckigkeit. So schaffte er es immer wieder aufs Neue, nicht mit leeren Händen nach Hause zu kommen.

Auch mit den Briten hätte er handeln können, sie waren sehr an Kriegsdevotionalien interessiert. Doch das kam für Eberhard nicht infrage. Er verabscheute die Nazis aus tiefstem Herzen und wollte sich die Finger an diesem Dreck nicht schmutzig machen – auch wenn es ihm vielleicht vieles erleichtert hätte. Andere hatten weniger Skrupel. Es war alles gefragt, Hitlerflaggen, alte, inzwischen aussortierte Straßenschilder mit nationalsozialistischen Namen oder Bilder dieses Monsters Hitler. Besonders aber Waffen standen hoch im Kurs.

***

Eberhard kam erschöpft von seinem Tauschtag aus Aachen zurück. Er stellte einige Dosen Ananas und zwei Dosen mit Büchsenfleisch auf den Tisch. Dazu kamen Butter, eine Packung Mehl und ein halbes Dutzend Eier.

»Draußen habe ich eine Kiste mit drei Hühnern«, sagte er. »Wenn sie sich eingelebt haben, werden sie ganz sicher legen. Dann haben wir eigene Eier.«

»Ich gehe und bringe sie in den Stall. Das Gehege ist unversehrt, auch der Auslauf«, sagte seine Mutter und umarmte Eberhard. »Das hast du gut gemacht.«

»Hast du mir auch etwas mitgebracht?«, fragte Barbara. Sie wusste, dass ihr Bruder immer an sie dachte und oft eine Kleinigkeit für sie dabeihatte. Auch wenn es meist nur ein einzelnes Bonbon war. Ganz selten konnte Eberhard auch ein Streuselbrötchen ergattern. Barbara wusste, dass sie eigentlich kein Geld dafür hatten, sie mussten jeden Pfennig sparen, um das neue Haus bauen zu können. Ihr Bruder hatte es ihr erklärt.

Eberhard schenkte seiner Schwester einen liebevollen Blick, dann kramte er in seinem Rucksack und zog eine Packung Kaugummis hervor. Jubelnd fiel Barbara ihm um den Hals.

»Danke! Oh, Eberhard, du bist der beste Bruder auf der ganzen Welt«, rief sie und tanzte gleich darauf durch das Zimmer.

Das war die Entschädigung für alle Strapazen, die er täglich auf sich nahm. Es erfüllte ihn mit Stolz, wenn er seiner Schwester beim glücklichen Drehen zusehen konnte. Diese Momente genoss er immer sehr, allein dafür lohnte es sich, dass er sich um Kaugummis oder Schokolade bemühte – auch wenn es nicht immer klappte. Sie hatten wenig zu lachen, da tat die unbekümmerte Freude seiner kleinen Schwester besonders gut.

Immer wieder wunderte sich Eberhard, wie sie so unbekümmert sein konnte. Wenn er ihr aber später am Abend eine Geschichte erzählte und ihr in die Augen sah, dann sah er in der Tiefe darin ihren Schmerz, all die schlimmen Dinge, die sie in ihrem jungen Leben hatte durchmachen müssen. Es war ein Geschenk, dass sie trotz allem auch fröhlich sein konnte. Es zeigte ihm, wie stark sie war.

Edda Müller war für Eberhard und seine Familie ein Glücksfall – und umgekehrt galt das ebenso. Edda gehörte inzwischen zu ihnen, sie war wie eine Großmutter für Barbara. Sie alle gemeinsam hatten beschlossen, die Wohnverhältnisse so zu belassen und das Haus der Familie nicht wieder aufzubauen. Sie würden das Grundstück irgendwann verkaufen, wenn die Lage sich stabilisiert hatte. Die Aufgabe, das Geschäftshaus neu zu bauen, war groß genug. Und die Kosten enorm, trotz der Mittel, die sie geerbt hatten und der staatlichen Hilfen.

Die Wohnsituation war zum Glück sehr viel besser als bei vielen anderen. Es gab für Eberhard sogar einen eigenen kleinen

Raum, mit einem weichen Bett und einer Decke ohne Löcher und Filzläuse.

Bei dem Gedanken an diese fiesen kleinen Biester juckte es Eberhard automatisch im Schritt. Im Lager waren sie ein echtes Problem gewesen. Eberhard hatte Glück gehabt, dass Tom ihm eine Rasierklinge beschafft hatte, und er sich die Haare abrasieren konnte. Zusätzlich täglich etwas Essig darauf zu verteilen hatte geholfen. Das hatte zwar gebrannt wie die Hölle, aber die Filzläuse waren zu seinen Bettnachbarn weitergezogen und hatten ihn in Ruhe gelassen. So schlimm dieses Ungeziefer gewesen war, sie hatten sich natürlich nicht beklagen dürfen. Filzläuse waren angesichts des drohenden Kriegstodes ein geringes Ärgernis gewesen.

Leider hatte auch die nachwachsende Intimbehaarung gejuckt, sodass Eberhard immer wieder kontrollieren musste, ob er nicht doch wieder einen Untermieter zu Besuch hatte.

Auch jetzt noch, nachdem er sich wieder regelmäßig waschen konnte, waren ihm diese Kontrollen so sehr zur Gewohnheit geworden, dass er sie beibehielt.

Während Barbara voller Genuss ihren ersten Kaugummi kaute, saß Eberhard im Sessel und starrte ins Leere. Er war unzufrieden mit der Situation, so kam er nicht vorwärts, diese Art des Handels brachte auf Dauer zu wenig ein.

»Was ist mit dir, mein Junge?«, fragte seine Mutter und setzte sich in den zweiten Sessel. »Die Hühner sind gut genährt und gesund. Ich habe ihnen Wasser gegeben. Es wird sicher nicht lange dauern, bis wir eigene Eier haben werden. Trotzdem siehst du nicht zufrieden aus. Gibt es Probleme?«

Auch Edda war in die Stube gekommen und hatte sich zu ihnen gesetzt.

»Nein, Mutter. Keine Probleme, aber du hast recht, ich bin unzufrieden. Dieser Handel mit den Dingen, die ich auftreiben kann, bringt zu wenig ein. Ich könnte mir eine Anstellung suchen, überall werden gerade Bauhelfer gebraucht, aber das ist nicht das, was ich tun möchte.« Eberhard sah seiner Mutter offen ins Gesicht. »Ich möchte Kaffeehändler werden, Mutter.«

Seine Mutter holte Luft und wollte etwas sagen, doch Eberhard bat sie, ihn sprechen zu lassen.

»Ich habe mir das lange überlegt. Es ist gefährlich. Um mir mit Kaffee eine Existenz aufbauen zu können, werde ich schmuggeln müssen. Aber es lohnt sich. Ich habe es schon einmal gewagt, und damals war es noch gefährlicher als heute, denn wir hatten Krieg. Die Leute sind ausgehungert nach gutem Kaffee. Wenn ich ihn in Belgien kaufe, dann wirft das so viel Gewinn ab, dass ich uns eine neue Existenz aufbauen kann.«

»Du weißt, ich habe immer Angst um dich, doch du hast recht, Junge. Kaffee ist schwarzes Gold.«

***

Das Unterholz knackte und Eberhard hielt inne, um zu lauschen. In diesen Zeiten konnte man sich nie sicher sein. Soldaten, Zöllner oder auch andere Händler – es war immer besser, keinem Menschen zu begegnen, denn sonst stand man am Schluss ohne Ware da oder wurde gar verhaftet.

Wieder knackte es, sehr leise. War es ein Tier, das sich vor Eberhard in Sicherheit brachte? Im nächsten Moment sah er eine schmale Gestalt zwischen den Stämmen hervorblitzen, sie huschte von ihm weg. Eberhards Herz machte einen Satz. Diese blonden Haare, die Figur – das war Isabella!

Die Frau blieb stehen, sah sich ängstlich um, ob ihr jemand folgte und eilte dann weiter.

»Isabella!«, rief Eberhard, außer sich vor Freude. »Isabella, so warte doch, ich bin es, Eberhard!«

Er ließ den Sack mit den Kaffeebohnen fallen und rannte seiner Freundin hinterher. »Isabella«, rief er wieder. Es war ihm egal, ob ihn jemand hörte, ob es ihn die Beute des Tages kostete. Er hatte Isabella gesehen. Seine Isabella!

Keuchend erreichte er die Stelle, wo sie aufgetaucht war und sah sich um. Da war niemand. Eberhard suchte alles ab, er konnte keine Spuren entdecken. Er musste sich getäuscht haben. Seine Fantasie war mit ihm durchgegangen. Isabella war tot, er musste das endlich akzeptieren.

Enttäuscht schleppte er sich zu dem Platz zurück, wo er die Kaffeebohnen hatte fallen lassen, lud den Sack auf die Schulter und machte sich auf den Nachhauseweg.

Kapitel 15
Das Outing

Aachen • Oche • Aix-la-Chapelle • Aken • Aquae Granni

Gegenwart: Dezember

Alexander und Thomas Feldmann? Konnte es wirklich das sein, was sie gerade vermutete, oder war sie jetzt verrückt geworden? Corinne brauchte ein paar Sekunden, bis sie sich gefasst hatte.

»Was macht *ihr* hier, wäre wohl die passendere Frage, oder?«, sagte sie, nachdem sie ihre Sprache wiedergefunden hatte. Insgeheim freute sie sich, denn wie es schien, hatte sie ihren Bruder endlich einmal ohne Maske erwischt – auch wenn sie mit dem, was sich hier offenbarte, nie im Leben gerechnet hatte. Wenn das, was in der Luft lag, wirklich stimmte, wieso hatte Alexander nie mit ihr gesprochen? Wieso machte er ein Geheimnis um seine Homosexualität?

Thomas Feldmann nahm einen Aktenordner vom Tisch und tat sehr geschäftsmäßig, auch wenn Corinne ihm das Schauspiel keine Sekunde glaubte.

»So weit haben wir ja, denke ich, alles besprochen, Alexander. Wenn du einverstanden bist, hole ich ein paar Angebote für die Kalenderverpackung ein. Ich würde zuerst die Firmen ansprechen, mit denen wir bereits die ein oder andere Marketingmaßnahme erfolgreich durchgeführt haben.«

»Wie?« Alexander warf Thomas einen Blick zu, der deutlich seine Verwirrung widerspiegelte. Dann verstand er, dass Thomas versuchte, ihm eine goldene Brücke zu bauen, und nickte hastig. »Ja«, sagte er und räusperte sich. »Danke, Thomas. Ja, tu das bitte.«

Mit einem kurzen Gruß in Corinnes Richtung verließ Thomas Feldmann das Zimmer. Corinne hatte das alles erstaunt und auch durchaus amüsiert beobachtet, auch wenn sie keine Ahnung hatte, wieso sich die beiden so anstellten. Nachdem die Tür hinter Thomas ins Schloss gefallen war, setzte Corinne sich mit einem breiten Grinsen auf den Lippen in einen der Sessel und sah Alexander auffordernd an.

»Ich höre«, sagte sie, nachdem ihr Bruder keine Anstalten machte, von sich aus etwas zu sagen. Es war doch nun wirklich an der Zeit, die Wahrheit auszusprechen.

Alexander stand noch immer an der gleichen Stelle und wusste offensichtlich nicht wohin mit seinem Blick. Doch dann drückte er den Rücken durch und rückte seine verrutschte Maske zurecht. Corinne konnte förmlich zusehen, wie er wieder hinter seiner Fassade verschwand, plötzlich war er wieder der fremde Alexander, der unnahbare.

»Corinne, was liegt an, dass du so eilig in mein Büro gestürmt kommst?«, fragte er und setzte sich ihr gegenüber. Seine Stimme klang etwas zu hoch und hatte ein leichtes Vibrato, das waren die einzigen Zeichen seiner Unsicherheit.

Das durfte doch nicht wahr sein. Corinne spürte, wie langsam aber sicher Ärger in ihr hochstieg. Dachte Alexander wirklich, er könnte jetzt einfach so das Thema wechseln und wieder den smarten Geschäftsführer spielen? Dann kannte er seine Schwester aber wirklich nicht. Sie entschloss sich zu einem unverblümten und direkten Vorstoß.

»Wieso hast du nie mit mir darüber gesprochen? Was soll die Geheimnistuerei, Alexander?«

»Es tut mir leid, Corinne, ich kann dir nicht ganz folgen. Worüber sprichst du?« Die Antwort kam viel zu schnell, es war offensichtlich, dass er log, und Alexander wusste das auch, das sah sie ihm an. Sein rechtes Augenlid begann zu zucken, und in seinen Augen sah Corinne Panik aufflammen. Wovor fürchtete er sich nur so? Es tat ihr weh, ihn so verunsichert zu erleben.

Aus einem Bauchgefühl heraus stand Corinne auf und trat auf Alexander zu. Sie musste diese Mauer zum Einsturz bringen, die er um sich herum gebaut hatte. Entschlossen griff sie seine Hände und zog ihn zu sich hoch. Alexander ließ es geschehen – auch als Corinne ihn wortlos umarmte. Sie spürte zwar, dass er sich steif machte, aber er sträubte sich nicht, sondern ließ die Umarmung zu.

So standen sie, und Corinne hielt ihn. Sie legte ihre ganze Schwesternliebe in diese Umarmung. Irgendwann wurde Alexander weicher, der Widerstand schmolz. Zögerlich legte auch er seine Arme um sie, und plötzlich spürte Corinne, dass ihr Bruder weinte. Er barg sein Gesicht an ihrer Schulter und schluchzte.

Corinne streichelte Alexander den Rücken und ließ ihm Zeit, um sich wieder zu fangen. Es dauerte einige Minuten, bis er tief durchatmete und sich von ihr löste. Das Lächeln, das er versuchte aufzusetzen, wirkte etwas verunglückt.

»Ich bin ein ziemlicher Idiot, was? Tut mir leid, Corinne.« Er klang aufrichtig zerknirscht.

Alexander setzte sich wieder. Er putzte sich die Nase und starrte dann das Deckchen auf dem Tisch an. Es schien, als wisse er nicht richtig, was er sagen oder wo er beginnen sollte.

»Warst du deshalb immer so abweisend und distanziert? Weil du Angst hattest, dass ich hinter dein Geheimnis komme?«, fragte Corinne, um ihm die Angelegenheit etwas einfacher zu machen.

»Es tut mir so leid, Corinne. Ich weiß, ich war oft ziemlich blöd zu dir, aber …« Wieder brach er ab und verfiel in Schweigen.

Irgendwann wurde es Corinne zu bunt. Sie prustete ungeduldig. »Jetzt komm, Alexander. Die Katze ist aus dem Sack, jetzt rede gefälligst mit mir. Was soll das denn alles?«, fragte sie. »Hast du so wenig Vertrauen zu mir? Glaubst du ernsthaft, ich könnte ein Problem damit haben, dass mein Bruder schwul ist?«

Sie war zu aufgebracht, um noch länger sitzen zu bleiben, deshalb stand sie auf, stellte sich hinter ihren Sessel und legte die Unterarme auf die Kante der Rückenlehne. »Alles was ich mir wünsche, ist, dass du glücklich bist. Ich finde es wunderbar, dass du verliebt bist. Wen du liebst, ist doch vollkommen egal.«

Jetzt kam endlich Leben in Alexander. »Egal? Glaubst du das wirklich? Dir mag es vielleicht tatsächlich egal sein, Corinne«, sagte er, und zum ersten Mal, seit sie ihn unabsichtlich geoutet hatte, sah er ihr in die Augen. Sie erkannte Schmerz, als er weitersprach. »Aber was ist mit unserem Vater? Er würde ausflippen! Wahrscheinlich würde er mich aus der Firma jagen und enterben. Sein Sohn, ein verkommenes Subjekt. Eine Missgeburt. Du weißt doch, wie er denkt. Schwule passen nicht in sein Weltbild, seiner Meinung nach ist das wider die Natur, und ich glaube nicht, dass wir es schaffen, seine Einstellung diesbezüglich zu ändern. Und was ist mit den Mitarbeitern? Ich höre sie schon tuscheln. Und Mutter? Sie wird es vielleicht akzeptieren, aber es wird ihr das Herz brechen. Sie erwartet doch von mir, dass ich heirate, eine Familie gründe, einen Erben zeuge.«

Daher wehte der Wind! So langsam wurde Corinne die Tragweite von Alexanders Ängsten klar. Aber Angst war nie ein guter Ratgeber, das musste er doch wissen. Ein Doppelleben war ganz sicher der falsche Weg, wie wollte er so denn je glücklich werden?

Corinne setzte sich wieder. »Okay, Alexander. Dann jetzt mal ganz langsam und von vorn. Homosexualität ist heutzutage gesellschaftsfähig, und es gibt keine Richtlinie, die besagt, dass ein Geschäftsführer nicht so leben darf, wie es ihm gefällt. Wenn du selbst zu dir stehst, werden deine Mitmenschen das akzeptieren. Und wenn es jemandem von unserer Mannschaft nicht passt, dann steht es ihm frei, zu gehen. Das wäre für die Firma dann sogar ein Gewinn, denn engstirnige Leute brauchen wir nicht in unserem Team. So sehe ich die geschäftliche Seite. Und was unsere Eltern anbelangt: Ich verstehe, dass du Bedenken hast. Vater hätte höchstwahrscheinlich tatsächlich ein Problem mit einem schwulen Sohn. Aber Vater ist im Moment ohnehin viel zu krank, er muss es nicht erfahren. Selbst wenn er sich erholt, glaube ich nicht, dass er je noch einmal in die Firma zurückkommen wird. Du musst also keine Angst haben, dass es ihm jemand verrät. Ob irgendwann der richtige Zeitpunkt kommt, ihn einzuweihen, kannst du in Ruhe abwarten. Und Mutter? Von wegen Herz brechen. Ich bin absolut sicher, dass sie sich sehr für dich freuen wird. Sie will, dass ihre Kinder glücklich sind. Und außerdem …« Corinne grinste spitzbübisch zu Alexander hinüber. »Sie wollte ohnehin schon längst einen Schwiegersohn haben. Dann bekommt sie ihn eben von dir, statt von mir – wo ist das Problem? Ich kenne Thomas nicht gut, aber soweit ich es beurteilen kann, ist er ein feiner Kerl, wie Mutter es ausdrücken würde.« Corinne holte einen Moment tief Luft, bevor sie fortfuhr: »Und über einen Stammhalter müssen wir jetzt doch wohl wirklich noch nicht sprechen. Und abgesehen davon bin ich ja auch noch da.«

Während Corinne Alexanders Probleme aufgedröselt und eines nach dem anderen aus dem Weg geräumt hatte, waren die Augen ihres Bruders immer größer geworden. Er schaute teils skeptisch, teils bewundernd zu Corinne hinüber.

»Wenn ich dir so zuhöre, Löckchen, dann verstehe ich fast selbst nicht mehr, wovor ich eigentlich Angst hatte. Bei dir klingt das, als wäre das alles ein Klacks. Aber glaubst du wirklich, dass es so einfach sein kann?«

Corinne lachte. »Heute darfst du mich sogar Löckchen nennen, du Schäfchen. Natürlich ist es einfach, du wirst schon sehen. Was für ein Glück, dass ich genau im passenden Moment in dein Büro gestürzt bin, wer weiß, wie lange du das Theater sonst noch gespielt hättest. Hey, du hast ein Recht auf dein eigenes Leben und auf Liebe. Du bist niemandem Rechenschaft schuldig und musst kein mühsames und unehrliches Doppelleben führen, das dich daran hindert, richtig glücklich zu sein. Kapiert?« Corinne schenkte ihrem Bruder einen eindringlichen Blick, bis er nickte. Dann fragte sie: »Wie lange seid ihr denn schon zusammen, Thomas und du?«

»Etwas mehr als zwei Jahre. Thomas ist ein Schatz.« Alexanders Gesichtszüge wurden weich, er wirkte in sich gekehrt, als er weitersprach. »Es war nicht einfach, als das mit uns losging. Ich steckte in einem ziemlichen Loch. Thomas hat mir sehr geholfen. Mit seiner Unterstützung habe ich diese schwierige Zeit überstanden. Er hat mein Herz erobert, ich kann mir ein Leben ohne ihn gar nicht mehr vorstellen.« Für Sekunden zog ein Schatten über Alexanders Gesicht, dann lächelte er wieder. Corinne durchzuckte die Erinnerung an die merkwürdige Beobachtung vor dem Domeingang, die schon beinahe wieder vergessen hatte.

Sie griff Alexanders Hand, hielt sie und fragte: »Hast du einen Freund verloren? An Aids?«

Alexanders Augen füllten sich mit Tränen. »Woher ...«, begann er, doch dann schüttelte er über sich selbst den Kopf und sagte stattdessen: »Momo. Er war etwas Besonderes.«

Corinne weinte mit Alexander zusammen. Sie weinte um Momo, den sie nicht kennenlernen durfte, und sie weinte um die verlorene Zeit mit ihrem Bruder. Er hatte das alles ganz allein durchmachen müssen, nur weil er die Angst nicht hatte überwinden können.

Ein Schrecken durchfuhr sie. »Hat er dich ... ich meine, geht es dir gut? Bist du gesund?«

»Ja, Corinne, ich bin gesund. Als Momo und ich zusammenkamen, war er bereits krank. Wir haben immer gut aufgepasst, wir wussten, was auf dem Spiel stand.«

Jetzt stand Corinne auf.

»Auf jetzt. Komm«, sagte sie und klatschte auffordernd in die Hände. »Wir haben etwas zu erledigen.«

»Was hast du vor?«, fragte Alexander. Er folgte ihrer Aufforderung nur zögerlich, doch Corinne schnappte seine Hand und zog ihn mit sich.

»Wir gehen jetzt zusammen nach Hause und sprechen mit unserer Mutter. Und vorher möchte ich noch kurz in die Innenstadt.«

Memoire nomade hieß das Aids-Mahnmal vor dem Domeingang, das als Erinnerung für die vielen Toten stand, die diese Krankheit schon gefordert hatte. Corinne und Alexander standen Hand in Hand da, und betrachteten die Gedenksteine, die in den Boden eingelassen worden waren.

»Hast du den Stein für Momo setzen lassen?«, fragte Corinne. Sie hatte dieses Denkmal früher nie wahrgenommen. Erst als sie Alexander hier beobachtet hatte, und auch da hatte sie sich keinen Reim darauf machen können, was ihren Bruder mit diesen Gedenksteinen verband.

Sie hatte nicht geahnt, was Alexander alles hatte durchmachen müssen. Immer verborgen hinter seiner Alltagsfassade – so hatte er seine gutbürgerliche Maske vorhin Corinne gegenüber genannt. Alexander nickte, und Corinne sagte: »Erzähl mir von ihm. Was war er für ein Mensch? Was hast du an ihm geliebt? Und wie sah er aus? Ich möchte ihn mir gern vorstellen können. Hat Thomas Momo auch gekannt?«

***

Ziemlich erledigt, aber sehr zufrieden mit sich und der Welt kletterte Corinne an diesem Abend in ihr Bett, legte sich auf den Rücken und ließ den Tag noch einmal Revue passieren.

Sie hatte ihren Bruder wieder. Das war das schönste Geschenk. Als hätte man einen Schalter umgelegt, war Alexander wieder der Mensch, der er früher einmal gewesen war. Er lachte wieder und zeigte seine Gefühle. Wie sehr musste ihn diese Situation belastet haben, dabei hatte er sich die ganze Zeit eigentlich nur selbst im Weg gestanden.

Na ja, korrigierte Corinne ihren Gedanken gleich wieder, das stimmte so nicht ganz. Bis vor Kurzem hatte Alexander noch eng mit ihrem Vater zusammengearbeitet – da wäre ein Outing ganz sicher nicht so einfach und geschmeidig vonstattengegangen wie heute im Gespräch mit ihrer Mutter.

Wie gern hätte Corinne allerdings einen gewaltigen Familienkrach in Kauf genommen, wenn es dafür ihrem Vater besser ginge. Sie hätte Alexander schon beigestanden, gemeinsam hätten sie den Kaffeebaron weichgekocht, davon war sie überzeugt. Aber nun war alles anders.

Ihr Vater lag unten in seinem neuen Zimmer und dämmerte vor sich hin. Niemand wusste, ob und wann sein Zustand sich verbessern würde. Corinne schob den traurigen Gedanken an ihren Vater entschlossen zur Seite. Er war sehr gut versorgt, und soweit das möglich war, ging es ihm gut. Heute hatte sogar sein Mundwinkel gezuckt, als hätte er lächeln wollen, als sie ihm die Hand massiert hatte. Mehr konnte man derzeit einfach nicht tun.

Aber sie hatte ihren lieben Alexander wieder, dieser Gedanke beseelte Corinne. Sie hatte den fantastischen Bruder zurück, der er früher immer für sie gewesen war, und der er ab jetzt wieder sein würde. Sie genoss dieses neue alte Gefühl sehr, es tat ihr unendlich gut. Viel zu lange hatte sie sich nach dieser Nähe gesehnt.

Die letzten Stunden waren wundervoll gewesen. Genau wie Corinne es vorhergesagt hatte, war Alexanders Outing für ihre Mutter zwar ebenso überraschend gewesen wie für Corinne, aber auch ebenso wenig ein Problem. In diesem Punkt waren die Ahrensbergfrauen sich einig. Ihre Mutter freute sich, als sie hörte, dass Alexander einen Menschen gefunden hatte, den er liebte und der diese Gefühle erwiderte. Sie wollte Thomas unbedingt bald kennenlernen und lachte zum ersten Mal seit Langem laut heraus, als Corinne ihn ihr als lang ersehnten Schwiegersohn in spe präsentierte.

Aber sie stimmte ihren Kindern in Punkto Vater zu. Es war besser, ihm nichts zu sagen, denn er würde es in seiner derzeitigen Verfassung wahrscheinlich ohnehin gar nicht verstehen oder falls doch, sich nur unnötig aufregen.

Nach Alexanders Outing gegenüber ihrer Mutter, hatten sie gemeinsam gegessen, bei einer Flasche Wein zusammengesessen und sich lange und sehr offen über das Leben, die Liebe, Kaffee und auch über Corinnes Zukunftspläne unterhalten. Sie hatte sich ein Herz gefasst und die beiden über ihre beruflichen Pläne in Kenntnis gesetzt.

Es war sehr spät geworden und auch nicht bei einer Flasche Wein geblieben, deshalb hatte Alexander beschlossen, die Nacht in der Villa zu verbringen. Sie wollten am nächsten Tag zusammen frühstücken und danach gemeinsam in die Firma gehen. Corinne hatte versprochen, noch auszuhelfen, wenn sie gebraucht wurde, aber im Grunde war sie nun freigestellt und konnte sich um ihre eigene Firmengründung kümmern.

Alexander und auch ihre Mutter verstanden ihre Beweggründe, obwohl Alexander mehrfach betonte, dass sie das Familienunternehmen auf keinen Fall seinetwegen verlassen müsste. Er war bereit, mit ihr über die verschiedenen Ansichten zu diskutieren und Kompromisse zu finden. Doch diesen Punkt hatte Corinne längst überschritten, es ging nicht mehr um die

Art der Geschäftsführung, sondern um ihren eigenen Weg. Und den sah sie sehr deutlich vor sich.

Sie wollte unbedingt Kaffeerösterin werden, mit kleinen Chargen, einem engen Bezug zu den Anbauern und einem eigenen kleinen Laden. In der Chefetage eines großen Unternehmens, selbst wenn es die familieneigene Firma war, würde sie nicht glücklich werden.

Corinne setzte sich in ihrem Bett auf und holte das Buch ihres Großvaters aus der Nachttischschublade. Sie war neugierig, noch mehr über seine beruflichen Anfänge zu erfahren. Oder – heute fühlte sie sich stark genug – sie könnte nachlesen, was es mit dieser Schuld auf sich hatte, von der er geschrieben hatte. Auf jeden Fall wollte sie zwischen die Zeilen schlüpfen, die ihr Großvater ihr hinterlassen hatte, und ihm dabei nahe sein.

Sie hatte mit jedem Mal, in dem sie in Großvaters Tagebuch blätterte, das Gefühl, ein Stück mehr von ihm kennenzulernen. Das war ein großartiges Vermächtnis, und Corinne war ihm sehr dankbar dafür.

Gespannt setzte sie sich wieder in ihrer Lieblingsstellung im Schneidersitz auf ihr Bett, lehnte sich an die bauschig aufgeschüttelten Kissen, die sie gegen das Kopfteil gelehnt hatte, und zog das Tagebuch zu sich auf den Schoß.

Sie freute sich darauf, wieder in die Gedanken- und Gefühlswelt ihres Opas eintauchen zu dürfen. Aber sie fürchtete sich auch vor den schlimmen Erinnerungen, die ihn ja ganz offensichtlich bis zu seinem Lebensende nicht losgelassen hatten. Corinne begann zu lesen.

Oktober 1999
Während der Kriegsgefangenschaft war es mir dank der Unterstützung durch einen der Wächter möglich, hin und wieder meine Gedanken aufzuschreiben. Tom mochte meine Art, Geschichten zu

erzählen, und ich mochte Tom mit seinen klugen Augen und dem weichen Herzen – viel zu weich, als dass ein guter Soldat aus ihm hätte werden können. Vielleicht war es das? Vielleicht hatten sich unsere Seelen erkannt. Ich weiß es nicht, aber wann immer ich an damals denke, denke ich auch voller Dankbarkeit an Tom. Oft habe ich überlegt, ihn in den Staaten zu suchen, mich bei ihm zu bedanken. Doch ich habe es nie getan.
Ich hoffe, er hatte ein gutes Leben.
Hier folgen nun einige wenige Blätter, die ich aus der Kriegsgefangenschaft gerettet habe. Einen großen Teil habe ich auf dem Marsch nach Hause in einem heftigen Regenguss verloren. Was ich retten konnte, findet nun hier in diesem Buch seinen Platz. Ich habe die Lücken zum Teil durch meine Erinnerungen ergänzt.

März 1944
Es ist so kalt, dass alles weh tut. Gestern ist Franz gestorben, wir mussten heute eine Grube für ihn ausheben, der Boden war gefroren, wir mussten lange hacken. Es war eine Schinderei, aber wir haben Franz ordentlich beerdigt. Das war es wert.
Tom hat mir einen Pullover zugesteckt, Friedrich und ich haben ihn uns geteilt. Friedrich brauchte ihn so dringend wie ich. Wir trugen ihn abwechselnd, immer jeder ein paar Stunden, um sich zu wärmen. Tom war zuerst wütend, als er es merkte, aber dann hat er Friedrich auch einen Pulli zukommen lassen – aber erst, nachdem ich ihm versprochen habe, meinen Pullover nicht mehr mit anderen zu teilen. Tom weiß, dass ich es halte, wenn ich etwas verspreche.
Jeden Tag kommen neue Gefangene. Alle sind froh, bei den Amis zu sein und weg von der Front.
Ich bin müde und hungrig. Und voller Sehnsucht. Ich möchte wissen, wie es allen geht. Kam meine Warnung rechtzeitig? Manchmal träume ich davon. Ich sehe sie kommen, mit ihren Waffen und den schweren Stiefeln. Ich höre ihre Schritte. Im Gleichmarsch. Tock. Tock. Tock. Ich möchte schreien. »Isabella, pass auf!«, möchte ich

rufen. Aber es kommt kein Ton aus meinem Mund, egal wie sehr ich mich bemühe. Und dann wache ich auf und kann kaum atmen. Und ich möchte nur noch nach Hause. Aber zu Hause ist weit weg. Die kämpfen immer noch. Wann hört das nur endlich auf?

Corinne hielt inne und atmete tief durch. Sie wischte sich mit dem Handrücken die nassen Wangen trocken. Die Tränen liefen von allein, so sehr berührten sie die Worte ihres Großvaters.

Sie blätterte ein Stück weiter, dieses Tagebuch musste sie sich erarbeiten, das war nichts, was sie einfach so herunterlesen konnte. Auf einer der nächsten Seiten fand sie ein Bild. Ein Junge und ein hübsches blondes Mädchen, mit einem langen geflochtenen Zopf, der ihr über die Schulter bis zum Bauch hinunterfiel. Die beiden standen Arm in Arm da und wirkten sehr vertraut. Das Mädchen lächelte in die Kamera, der Junge blickte ernst.

Isabella und ich – 1942, stand unter der Fotografie. Vorsichtig strich Corinne mit der Fingerspitze über das Bild und versuchte diesen Jungen mit dem Bild ihres Großvaters abzugleichen, das sie von ihm in Erinnerung hatte.

Er hatte sich sehr verändert im Lauf der Jahrzehnte, die zwischen der Aufnahme und ihrer Erinnerung lagen. Corinne hätte ihn nicht erkannt, wenn sie nicht gewusst hätte, dass er das war.

Isabella – ob das seine Freundin gewesen war? Geheiratet hatte er sie jedenfalls nicht, denn ihre Großmutter hatte Magdalena geheißen. Sie war gestorben, als Corinne noch kein Jahr alt gewesen war, deshalb hatte sie keine eigenen Erinnerungen an sie. Sie kannte nur die Geschichten und Anekdoten, die man ihr immer wieder erzählt hatte.

Das Blättern und Lesen in Großvaters Tagebuch und die dadurch geweckten Erinnerungen nahmen Corinne ziemlich mit. Sie fühlte sich traurig, glücklich, betroffen und stolz – und das alles gleichzeitig. Es war eine emotionale Achterbahnfahrt.

Wieder musste sie seufzen. Das Seufzen war wie das Öffnen eines Ventils, sie ließ damit etwas von dem Druck ab, der auf ihrer Seele lag.

Auf der nächsten Seite entdeckte Corinne einen Brief, den ihr Großvater an Isabella geschrieben hatte und den diese ihm nach dem Krieg zurückgegeben hatte. Corinnes Großvater hatte diese Information auf dem Umschlag vermerkt. Sie las die Zeilen, die ihr Großvater offensichtlich während seiner Kriegsgefangenschaft verfasst hatte. Er erzählte seiner Freundin vom Alltag im Lager und betonte, dass sie sich keine Sorgen machen sollte. Es ginge ihm gut. Und dann fragte er eindringlich nach einer Familie Rosenbaum. Er wollte wissen, ob seine Warnung sie rechtzeitig erreicht hatte.

Corinne verstand nicht genau, um was es ging. Sie blätterte um und fand einen Eintrag von 1999, in dem ihr Großvater auf seine Rückkehr 1945 einging. Er berichtete von den schlimmen Nachrichten, die ihn bei seiner Heimkehr erwartet hatten. Von der Zerrissenheit seiner Gefühle, dem toten Vater gegenüber, und von der Trauer, die ihm beinahe den Lebensmut geraubt hätte.

Damals ahnte ich nicht, dass alles noch viel schlimmer werden würde, bevor es – zumindest oberflächlich – heilen konnte. Was aus den Rosenbaums geworden ist, habe ich nie erfahren. Ich weiß nicht, ob sie das KZ überlebt haben, aber nach allem, was ich darüber gehört habe, vermute ich, sie wurden ermordet. Ich weiß, dass ich nichts dafür kann. Ich bin nicht verantwortlich für die Taten meines Vaters. Aber ich trage die Schuld dennoch in mir. Und ich kann nichts dagegen tun.

Mit wild klopfendem Herzen schlug Corinne das Buch zu. Das war genug für heute. Noch mehr Leid und Kriegsgeschehen würde sie im Moment nicht verkraften. Es schnürte ihr den

Hals zu, als sie an die Menschen dachte, die diese schlimme Zeit durchlitten hatten. Wie hatten sie das nur aushalten können? Wie hatten sie nach all diesem Elend und Leid ihr Lachen wiederfinden können und glücklich leben?

Was war das für eine Geschichte mit diesen Rosenbaums – wenn sie sich nicht irrte, war das ein jüdischer Name. Und was war aus Isabella geworden? Viele Fragen kreisten in Corinnes Kopf herum und verfolgten sie bis in ihre Träume.

Kapitel 16

Opas Trommelröster

Aachen • Oche • Aix-la-Chapelle • Aken • Aquae Granni

Gegenwart: Dezember

»Löckchen, du siehst aus, als hättest du die letzte Nacht durchgemacht. Was ist los? Verträgst du nichts mehr? Wirst du etwa alt?«, begrüßte Alexander am nächsten Morgen Corinne, die gähnend das Esszimmer betrat. Sie hatte die halbe Nacht wach gelegen und immer wieder nach dem Tagebuch gegriffen, um doch noch ein wenig weiterzulesen. Diese Geschichte um Isabella und die Rosenbaums ließ sie nicht mehr los. Erst beim Anblick ihres strahlenden Bruders, konnte sie sich dem Sog, den dieses Drama auf sie ausübte, entziehen.

Alexander saß bereits bei Kaffee und Rührei am Tisch, hatte die Tageszeitung vor sich ausgebreitet und wirkte so gelöst und fröhlich, dass Corinne das Herz weit wurde vor Glück. Es war wundervoll, ihn so zu erleben, und es fühlte sich so vertraut an wie früher.

Corinne fühlte sich plötzlich wieder wie ein Kind und ließ sich von der Leichtigkeit, die jetzt wieder zwischen ihnen herrschte, verführen. Genau wie sie es früher oft getan hatte, streckte sie ihrem Bruder ganz undamenhaft die Zunge heraus und fuhr ihm zur Strafe für seine Neckerei durch die gestylten Haare. Sie wusste genau, dass er das nicht ausstehen konnte.

Prompt schnappte Alexander seine Schwester, zog sie zu sich auf den Schoß und startete eine Kitzelattacke.

»Auf… auf… aufhö…«, keuchte Corinne atemlos und musste so lachen, dass sie keine Luft mehr bekam.

»Ich versteh dich nicht!«, sagte Alexander und tat, als streckte er ihr das Ohr hin, um zu hören, was sie sagte. Das Kitzeln stellte er dabei jedoch nicht ein.

»Bitte«, brachte Corinne japsend heraus.

»Bitte was?«, erkundigte sich Alexander.

Corinne keuchte, kicherte und wand sich, um ihren Bruder abzuwehren. Der pikste unerbittlich weiter seine Finger in ihre Seite, was sie mit Kieksen und spitzen Schreien beantwortete.

»Ihr macht einen Radau, als wären wir um Jahre zurückversetzt und ihr wieder klein«, bemerkte ihre Mutter, als sie ins Esszimmer kam. Das Lächeln in ihrem Gesicht zeigte, wie sehr sie das laute und fröhliche Leben in der sonst so stillen Villa genoss. Sie setzte sich zu ihren Kindern an den Tisch und sah ihnen zu.

»Guten Morgen, Mama«, sagte Alexander. Er hatte kurz innegehalten und setzte aber sogleich die Attacke auf Corinne fort.

»Alexander, hör schon auf, deine Schwester läuft ja gleich blau an, weil sie nicht mehr atmen kann«, ermahnte Esther Ahrensberg ihren Sohn kurz darauf aber, trotz der Freude an dem Spaß.

Corinne war inzwischen von Alexanders Beinen heruntergerutscht und auf dem Boden gelandet. Sie streckte die Hand zu ihm hoch. »Friede«, sagte sie.

Alexander griff zu und schüttelte ihre Hand. »Friede«, bestätigte er. »Aber ich habe gewonnen.«

»Was immer du willst, Hauptsache du kitzelst mich nicht mehr«, erwiderte Corinne. Sie hatte vor lauter Herumalbern einen Schluckauf bekommen.

Alexander zog sie auf die Beine und reichte ihr ein Glas Wasser. Corinne setzte sich auf ihren Platz und trank das Glas hastig in drei großen Zügen leer.

»Guten Morgen, Mama. Danke für die Rettung«, sagte sie dann und warf ihrer Mutter einen Luftkuss zu. Sie streckte sich und lachte. »Jetzt bin ich etwas wacher als gerade eben noch«, meinte sie schließlich. »Aber jeden Tag brauche ich so ein Weck-Kitzeln wahrlich nicht. Himmel, ist das anstrengend, einen großen Bruder zu haben.«

Theatralisch wischte Corinne sich mit dem Handrücken über die Stirn.

»Ach komm, so ein großer Bruder hat schon auch Vorteile, gib es ruhig zu«, forderte Alexander sofort. Corinne konnte nicht anders, sie musste sich zu ihm hinüberbeugen und ihm einen Kuss auf die Wange geben.

»Es ist anstrengend, aber auch wundervoll«, konkretisierte sie ihre Aussage von gerade eben. Daraufhin nickte Alexander zufrieden. Damit konnte er offensichtlich leben.

Während Corinne ihre erste Tasse Kaffee trank und eine Scheibe Toast mit Avocado und pochiertem Ei frühstückte, unterhielten sie sich über ihren Vater. Er hatte eine ruhige Nacht gehabt und war stabil. Corinne und Alexander wollten nach dem Frühstück nach ihm sehen, bevor sie sich auf den Weg in die Firma machten. Sie sprachen über den kommenden Tag und ihre Pläne.

»Noah kommt um zehn in die Firma. Wir wollen Opas Trommelröster inspizieren. Ich hoffe, es ist in Ordnung für euch, dass ich ihn nehme, wenn er noch funktioniert?«, fragte Corinne.

»Dieser Noah, der ist ganz süß«, sagte Alexander und zwinkerte Corinne zu. »Läuft da was?«

»Kaffee, in Strömen. Jedes Mal, wenn wir uns treffen«, konterte Corinne. Bevor Alexander protestieren konnte, hängte sie hintendran: »Aber wenn du es genau wissen willst: Nein, Brüderchen, da läuft nichts. Aber Noah ist ein fantastischer Mensch, und ich bin dankbar für seine Unterstützung und seine Freundschaft.«

Das Thema Freundschaft brachte sie wieder zur vergangenen Nacht und dem Tagebuch ihres Großvaters zurück, und sie wechselte das Gesprächsthema.

»Sag mal, Mama, hast du schon einmal etwas von einer Isabella gehört? Oder einer Familie Rosenbaum?«, fragte sie deshalb.

»Isabella?«, wiederholte ihre Mutter nachdenklich den Namen. Sie strich Erdbeermarmelade auf ihren Toast, biss ein Stück ab, und Corinne konnte sehen, dass sie währenddessen in ihrem Gedächtnis kramte. »Heißt nicht die Tochter unseres Hausarztes so? Was ist mit ihr?«, fragte ihre Mutter endlich.

Corinne nickte und schüttelte gleich darauf den Kopf. »Ja, schon, sie heißt so, aber nein, diese Isabella meinte ich nicht. Es war ein Mädchen, mit dem Großvater wohl befreundet gewesen ist. Wenn ich die Einträge in seinem Tagebuch richtig verstanden habe, gab es wohl ein Missverständnis oder einen Streit. Es muss etwas mit dieser Familie Rosenbaum zu tun gehabt haben. Ich weiß es noch nicht genau, dazu muss ich noch mehr lesen. Auf jeden Fall hat das Schicksal der Familie Rosenbaum Großvater sehr beschäftigt. Die Familie wurde verhaftet und in ein Konzentrationslager gebracht. Opa ging davon aus, dass sie ums Leben gekommen sind, aber sicher wusste er es nicht. Und nachgeforscht hat er auch nicht.« Corinne holte tief Luft und sortierte die nächsten Sätze in ihrem Kopf. »Ich glaube, unser Urgroßvater war ein überzeugter Nazi und an dieser Verhaftung maßgeblich beteiligt. Ist das nicht grauenvoll? Großvater hat sein Leben lang mit der Schuld seines Vaters gehadert. Deshalb waren ihm soziale Projekte so wichtig. Er hatte das Gefühl, etwas wiedergutmachen zu müssen.«

Corinne schluckte gegen die aufsteigenden Tränen an, das Schicksal dieser Menschen und die Geschichte ihrer eigenen Vorfahren bewegte sie zutiefst.

»Weißt du mehr über diese Rosenbaums? Geburtsdaten? Wohnort? Vornamen?«, fragte Alexander. Er hatte Corinne sehr interessiert zugehört.

»Ich nicht, aber ich glaube, Großvater hat das notiert. Warte, ich hole das Buch und sehe nach.« Schon war sie aufgesprungen und rannte die Treppe hinauf in ihr Zimmer. Sie schnappte sich das Buch und saß kurz darauf wieder am Esstisch, wo sie durch die Seiten blätterte.

»Ich habe heute Nacht etwas gesehen. Moment, ich habe es sicher gleich«, murmelte sie und blätterte weiter. Auf den letzten Seiten wurde sie fündig.

Manchmal denke ich darüber nach, vielleicht doch Erkundigungen einzuziehen, um zu erfahren, wie es mit den Rosenbaums weitergegangen ist. Ich frage mich, ob ich es dann loslassen könnte, aber ich bin mir nicht sicher. Egal wie sehr ich darüber nachdenke, es bleibt ein Rest Unsicherheit. Ich glaube, ich habe Angst vor der Wahrheit. Es gibt diesen kleinen Teil in mir, der sich vorstellen möchte, sie hätten vielleicht wie durch ein Wunder den Horror des Konzentrationslagers überlebt. Hätten den Segen erleben dürfen, ihre Tochter aufwachsen zu sehen. Ich weiß nicht, wie es mir gehen würde, wenn ich diese Hoffnung gegen eine unerbittliche Wahrheit tauschen müsste. Und so schiebe ich die Entscheidung auf. Wieder und immer wieder.
Für den Fall, dass es eines Tages doch so weit ist, dass ich beschließe, es wissen zu wollen, halte ich hier die Daten fest, die mir zur Verfügung stehen:

Jacob Rosenbaum, geboren am 25. März 1918 in Enweiler
Rebecca Rosenbaum, geborene Saalemann, geboren am 18. April 1917 in Aachen

Sarah Rosenbaum, geboren am 24.12.1941 in Enweiler
Nach meinen Erkenntnissen wurden die Rosenbaums im September 1943 in das Konzentrationslager Bergen-Belsen verbracht.

Alexander holte sein Smartphone aus der Jacketttasche und fotografierte die Tagebucheintragung ab.

»Wenn jemand etwas über das Schicksal dieser Menschen herausfinden kann, dann unser Doktor Waldmann. Ich würde ihm gern die Daten geben und ihn bitten, Erkundigungen einzuziehen. Es ist zwar nicht sein Tätigkeitsfeld, aber ich bin sicher, er schlägt uns diese Bitte nicht ab. Bist du einverstanden?«

»Ist es denn für euch in Ordnung?« Corinne sah fragend zu ihrer Mutter und auch zu Alexander. Den Firmenanwalt um Unterstützung zu bitten, war wirklich eine gute Idee – zumindest, wenn man sicher war, dass man die Wahrheit erfahren wollte. »Ich meine, Großvater hatte sicher Gründe für seine Zurückhaltung. Wenn ich es richtig gelesen habe, war unser Urgroßvater für die Verhaftung dieser Familie verantwortlich. Ich persönlich möchte wirklich wissen, welches Schicksal diese Menschen hatten. Und ich möchte auch wissen, wie das damals war, mit Urgroßvater und Großvater und der gesamten Situation. Aber mute ich euch damit nicht zu viel zu? Ist es für euch in Ordnung, dass ich etwas aufwühle, was so weit in die Vergangenheit reicht und vielleicht auch unschöne Familienmomente aufdeckt?«

»Was ist das für eine Frage, Corinne. Selbstverständlich ist das in Ordnung. So wie sich das liest, hatte dein Großvater bis zu seinem Tod nicht mit dieser Vergangenheit abgeschlossen. Ich weiß nicht wie das ist nach dem Tod, aber ich bin sicher, er wäre dir dankbar, wenn du das nun für ihn in die Hand nimmst. Vielleicht bekommt er es ja sogar irgendwie mit.«

»Wir nehmen es in die Hand«, korrigierte Alexander ihre

Mutter. »Das geht uns alle an, ich werde auf jeden Fall mithelfen. Zusammen und mit der Unterstützung von Doktor Waldmann werden wir sicher bald eine Antwort auf die Frage nach dem Schicksal der Familie bekommen. Und wer weiß, vielleicht gab es ja tatsächlich ein Wunder und sie haben überlebt.«

Alexander hatte das Tagebuch zu sich gezogen und war beim Durchblättern bei dem Bild gelandet, das Corinne gestern entdeckt hatte.

»Das sind Großvater und seine Freundin Isabella. Die beiden waren von Kindesbeinen an ein Herz und eine Seele. Die Seiten strotzen nur so von Berichten, wie sie gemeinsam durch den Wald und über die Felder gezogen sind. Es ist eine Fülle von Momentaufnahmen, ich glaube, Isabella hat Großvater viel bedeutet. Einmal waren sie zusammen auf der Pirsch, Isabella wollte so gerne einmal einen Fuchs von Nahem sehen. Aber sie haben nur ein Eichhörnchen erwischt. Und das hat Großvater so heftig in den Finger gebissen, dass er es vor Schreck und Schmerz gleich wieder losgelassen hat. Oder eine andere Geschichte – Isabella war eine gute Schwimmerin, sie hat es Großvater beigebracht.«

Corinne hatte viele dieser Anekdoten gelesen, seit sie das Tagebuch in Besitz hatte. Ihr Großvater hatte seitenweise von seiner Kindheit erzählt. Feinsinnig, mit viel Liebe zu witzigen Pointen. Es war kaum zu fassen, dass diese glückliche Kindheit während dieser dunklen Nazizeit möglich gewesen war. Ihre Urgroßmutter Johanna musste eine wunderbare Frau gewesen sein. Sie hatte alles dafür getan, um die schlimme Realität solange es ging von ihren Kindern fernzuhalten.

Und dennoch gab es zwischen diesen glücklichen Erinnerungen auch dunkle Sätze und tiefschwarze Kapitel. Corinnes Großvater hielt den Finger mit seinen Worten unerbittlich direkt auf die Wahrheit. Aber er tat es nie effekthascherisch. Gerade diese schnörkellose Reflexion, diese harte Realität in knappe Worte gefasst, ließ es auf Corinne umso eindrücklicher wirken und auch umso grausamer.

Immer wieder musste sie über solche Stellen hinweglesen und es zu einem späteren Zeitpunkt erneut versuchen, weil sie es in einem Rutsch gar nicht ertragen konnte. Aber es ließ sie auch nicht mehr los. Sie wollte jedes Wort aufsaugen, das ihr Großvater ihr hinterlassen hatte. Jede Silbe, jedes Gefühl, und war es auch noch so traurig und schrecklich.

»Weißt du, Corinne, ich habe viel nachgedacht, seit wir uns ausgesprochen haben«, begann Alexander in Corinnes Gedanken hinein zu sprechen und versuchte noch einmal, sie umzustimmen. »Ich glaube, ich war vor lauter Angst vor einer Bloßstellung viel zu verbohrt. Ich kann jetzt nicht ins Detail gehen, aber ich schwöre dir, wenn du es dir anders überlegst und doch in der Firma bleibst, werden wir einige deiner Ideen diskutieren und umsetzen. Willst du nicht doch noch mal über deine Entscheidung nachdenken?«

Es war fantastisch für Corinne, zu spüren, dass es Alexander ernst war mit seiner Frage. Aber gleichzeitig wusste sie absolut sicher, dass es für sie nicht mehr infrage kam.

»Ich bin so glücklich, dass wir uns im Guten trennen, Alexander. Aber ich habe mich entschieden. Und ich freue mich wie ein Jacu Bird, wenn er eine reife Kirsche findet, auf mein Abenteuer. Ich kann es kaum erwarten, die richtigen Räume zu finden, damit es endlich losgehen kann.«

Alexander sah auf seine Armbanduhr. »Apropos losgehen. Warst du nicht verabredet?«

***

»Ich bin so gespannt, was du sagen wirst«, wiederholte Corinne nun schon das dritte oder vierte Mal. Sie stieg mit Noah zusammen die Treppe hinauf zum Dachboden.

Gleich würde sie wissen, ob sie Großvaters Trommelröster zu neuem Leben erwecken konnte, oder ob er doch nur noch ein Museumsstück war. Sie hoffte innig, dass Noah ihn für einsatztauglich erklärte.

»Dann zeig mir mal dein Schätzchen«, forderte Noah sie auf, kaum, dass sie den Speicher betreten hatten. Das wäre allerdings gar nicht notwendig gewesen, denn Corinne hatte bereits das weiße Tuch weggezogen und stand strahlend neben dem alten Röster. »Damit hat mein Großvater nach dem Krieg seine eigene Firma gegründet!«

»Hm«, machte Noah, und besah sich das Gerät näher. Er drehte die Trommel, begutachtete das Kühlsieb und diverse Kleinteile. »Das sieht alles sehr gepflegt aus, wirklich ausgezeichnet. Auf den ersten Blick würde ich sagen, er könnte durchaus noch funktionieren. Allerdings müssen wir unbedingt die Gasanschlüsse kontrollieren lassen, und sicher müssen die Dichtungen erneuert werden. Wenn du einverstanden bist, organisiere ich das. Ich habe einen guten Draht zu dem Gasspezialisten, der auch meinen Röster regelmäßig wartet. Wenn er den Röster gewartet hat und sein Okay gibt, können wir einen Testlauf starten? Willst du das hier oben machen, oder sollen wir den Apparat lieber nach unten schaffen? Kannst du in der Zwischenzeit grüne Kaffeebohnen organisieren?«

»Ohhhh Noah, du bist spitze!« Vor lauter Begeisterung hüpfte Corinne auf der Stelle.

»Erst mal abwarten. Noch wissen wir nicht, ob und wie schnell alles klappt«, versuchte Noah Corinnes Begeisterung etwas zu bremsen.

Aber das funktionierte nicht, zu sehr war Corinne Feuer und Flamme. Sie glaubte beinahe, schon den ersten Kaffeeduft in der Nase zu haben.

»Das klappt. Ich weiß es einfach«, sagte sie mit großer Bestimmtheit in der Stimme. »Ich werde Kurt, den Hausmeister, bitten, den Röster in mein Büro zu bringen. Dort haben wir genug Platz. Du kümmerst dich um den Spezialisten, und ich organisiere Kaffeebohnen. Ach, ich bin so glücklich, Noah. Das wird bestimmt fantastisch!« Corinne hielt inne und sah Noah fragend an. »Aber sag mal, hast du überhaupt Zeit? Ich meine, du hast ja deinen Laden. Was, wenn Kunden vor der Tür stehen und sich ärgern, weil geschlossen ist. Es war ohnehin schon super, dass du überhaupt hierherkommen konntest.«

Noah lächelte Corinne an. »Es ist lieb, dass du dir Gedanken machst, aber meine Kunden können ganz normal Kaffee kaufen, Felix – das ist ein Freund, der mir manchmal aushilft – hat den Verkauf für heute übernommen. Ich dachte mir schon, dass wir länger brauchen.«

»Ich bin dir so dankbar. Für deine Hilfe, für deine Freundschaft ...«

»Es macht mir Spaß, Corinne. Wirklich.«

Noah und Corinne standen sich gegenüber. Ziemlich nahe. Corinnes Blick verfing sich in seinem aus diesen kornblumenblauen Augen. Ihr Herz klopfte sehr schnell und ihre Finger zuckten, weil sie durch Noahs lange Haare fahren wollten. Beim näheren Hinsehen entdeckte Corinne hinter dem Blau der Kornblumen auch noch hellere Stellen in Himmelblau. Ein Himmel voller Kornblumen, dachte sie und wäre sie nicht im Bann seines Blickes gewesen, hätte sie vermutlich über ihren poetischen Anflug gelacht.

Noah kam ihr noch ein Stück näher. Sie konnte seinen Atem auf ihrer Haut fühlen. Er hob die Hand und legte sie ihr an die Wange. Corinne rührte sich nicht.

Das ist nicht gut, dachte sie. Ich habe keinen Platz für Liebe in meinem Leben. Ich muss mich um die Rösterei kümmern. Um die Rosenbaums. Um Mutter.

Gleich würden sie sich küssen, und Corinne wusste, dass es richtig war. Komplett verkehrt, aber absolut richtig. Es gab gar keine Wahl, sie wollte unbedingt wissen, wie seine Lippen sich anfühlten. Wie es war, von ihm geküsst zu werden.

Mit einer ganz kleinen, kaum merklichen Bewegung hob sie ihm das Gesicht entgegen. Noah reagierte sofort, als hätte er nur auf diese Geste gewartet. Endlich spürte sie ihn. Warm und weich und …

»Corinne? Bist du hier oben?« Alexander kam zur Tür herein und blieb abrupt stehen, als er seine Schwester und Noah entdeckte. »Oh«, sagte er. »Tut mir leid, ich wollte nicht stören.« Dabei grinste er allerdings von einem Ohr zum anderen.

»Wir wollten gerade los«, sagte Noah, und Corinne sah ihm an, wie ungelegen Alexanders Störung ihm kam. Aber er bewahrte Haltung. »Ich kümmere mich darum, dass Hans Strohmeier so schnell wie möglich herkommt. Mal sehen, ob ich ihn am Handy erwische, vielleicht kann er die Wartung heute noch dazwischenschieben. Ich melde mich dann, okay? Bis später!«

Noah umarmte Corinne kurz, nickte Alexander zu und machte sich auf den Weg. Corinne sah, wie er im Gehen schon das Handy aus der Hosentasche zog.

»Wie es aussieht, könnte es tatsächlich sein, dass Großvaters Trommelröster funktioniert«, sagte Corinne in die Stille hinein, die sich zwischen Alexander und sie gesenkt hatte.

»Soso«, machte Alexander nur. Er hatte die Arme vor der Brust verschränkt und musterte Corinne eindringlich.

Sie tat so, als merkte sie es nicht und ging zu dem Röster hinüber. »Schau, wir müssen die Anschlüsse überprüfen lassen. Aber Noah meint …«

»Nein, Brüderchen, da läuft nichts«, ahmte Alexander jetzt Corinne nach. »Aber Noah ist ein fantastischer Mensch, und ich bin dankbar für seine Hilfe. Kaffeebohnen, ich hör euch rascheln, kann ich da nur sagen.«

Eigentlich wollte Corinne sich nicht von Alexander aus der

Reserve locken lassen. Doch dann fiel ihr ein, wie sehr seine Geheimnistuerei ihr wehgetan hatte, deshalb schwenkte sie um und prustete unwillig aus.

»Also gut, du hast gewonnen. Da ist etwas. Vielleicht. Ich meine, ich weiß es nicht. Ach, Alexander, keine Ahnung, ehrlich. Ich will eigentlich keinen Freund, viel lieber möchte ich mich auf die Gründung meiner Rösterei konzentrieren. Wenn ich mich jetzt verliebe, wird das alles so kompliziert und viel und ach, keine Ahnung.«

Corinne merkte selbst, dass sie ziemlich viele Worte machte und sich dabei im Kreis drehte.

»Ich verstehe dich, Corinne, aber wenn dein großer Bruder dir einen Rat geben darf, verschließe dich nicht, wenn dein Herz dir sagt, dass er der Richtige ist. Liebe ist ein Geschenk und keine Last. Verliebt zu sein, wird dich nicht in deiner Arbeit behindern, sondern dir Flügel schenken.«

»Ich hatte das nicht geplant, es hat mich irgendwie überrollt.« Corinne sah Alexander eindringlich an. »Ich finde es so unpassend. Zu Hause kämpft unser Vater darum, wieder zurück ins Leben zu finden, und wir wissen nicht, wie das ausgeht. Und ich habe nichts anderes im Sinn, als mich zu verlieben?«

»Ich kann dir natürlich nicht sagen, was der Kaffeebaron von einem Kerl mit einer kleinen Rösterei halten würde, aber eines kann ich dir garantieren. Unser Vater will, dass wir glücklich sind. Auch wenn unsere und seine Vorstellungen, wie dieses Glück aussehen kann, nicht immer kompatibel sind. Also, jetzt hör mal auf, alles zu zerdenken und zu analysieren und vertrau dir selbst mal ein bisschen mehr – und vor allem: Hör auf deinen großen Bruder.« Alexander nickte zu dem Trommelröster. »Und Noah meint, das Ding tut es noch?«, fragte er.

»Das wollen wir herausfinden«, sagte Corinne. Sie umarmte Alexander und flüsterte: »Danke.«

Kapitel 17
Zwei Rivalen

Aachen • Oche • Aix-la-Chapelle • Aken • Aquae Granni

Gegenwart: Dezember

Es war später Vormittag und Corinne und Sebastian hatten sich bei Susan im Café getroffen. Hier hatten sie einen Ecktisch am Fenster ergattert und es sich gemütlich gemacht. Nachdenklich drehte Corinne die Kaffeetasse in ihrer Hand und träumte ein wenig vor sich hin, während Sebastian sein Notebook aufgeklappt hatte und noch eben schnell etwas vorbereiten wollte, um es ihr gleich zu präsentieren.

Auch wenn sie wusste, dass es um die Webseite für ihre Kaffeerösterei ging, tat Sebastian sehr geheimnisvoll. Er hatte das Notebook so gedreht, dass sie den Bildschirm nicht sehen konnte, und ihr mit erhobenem Zeigefinger verboten, zu schummeln und zu versuchen, einen Blick zu erhaschen. Sein ganzes Gesicht leuchtete vor Vergnügen. Es war ganz offensichtlich, was für einen Spaß er damit hatte, seiner Freundin eine Freude zu machen.

Corinne lächelte ihm zu. Was hatte sie doch für ein Glück, so einen wunderbaren Freund zu haben. Ihren Versuch, mit ihm über die Kosten der Seitenerstellung zu sprechen, hatte er rigoros abgeschmettert. Corinne hatte sich vorgenommen, ihn zumindest mit hochwertigem Kaffee zu entschädigen, sobald sie ihren Betrieb aufgenommen hatte – das war das Mindeste was sie tun konnte.

Um sie herum herrschte gemütliches Unterhaltungssummen, das Café war gut besucht. Die Leute genossen eine kleine Pause von der Einkaufshektik, denn in der Stadt herrschte weihnachtlicher Trubel. Alle schienen auf den letzten Drücker noch Geschenke, Dekoration oder Essen zu kaufen, die ganz normale Torschlusspanik, die Corinne noch vor wenigen Wochen vermisst hatte, hatte die Menschen erfasst. Alle hetzten von Geschäft zu Geschäft und schienen erneut vergessen zu haben, worum es an Weihnachten eigentlich ging.

Umso schöner war die Oase der Ruhe, die Susan in ihrem Café bot. Hier konnte durchgeatmet werden, und die brennenden Füße durften sich erholen. Nach einem Stück Kuchen und einer Tasse Kaffee ging es dann mit neuen Kräften wieder kopfüber hinein in den Weihnachtseinkaufswahnsinn, schließlich brauchte man dringend noch ein Parfum für Tante Frieda oder ein Paar Socken für Onkel Ernst. Dabei würden sich viele Menschen viel mehr über eine ehrliche und liebevolle Umarmung freuen, davon war Corinne überzeugt.

Das vergangene Jahr, der Schlaganfall ihres Vaters, das Outing und damit verbundene Wiederfinden ihres Bruders, den sie so sehr vermisst hatte, Alexanders verstorbener Freund und die Menschen auf der Kaffeeplantage in Brasilien, die mit so wenig glücklich und zufrieden waren – all diese Erfahrungen hatten Corinne sensibler gemacht. Sie feierte Weihnachten dieses Jahr viel bewusster und wirklich als Fest der Liebe.

Und trotzdem: Am nächsten Tag sollte schon Heiligabend sein? Corinne konnte es kaum fassen, es fühlte sich an, als wäre sie gerade erst aus Brasilien zurückgekommen. Die Zeit war wie im Flug vergangen. Seit Wochen steckte Corinne ihre gesamte Energie in die Vorbereitung für ihre Firmengründung. Mit jedem Tag wurde sie ungeduldiger und konnte es kaum erwarten, endlich ihre eigene Kaffeerösterei zu eröffnen, aber was an Detailarbeit in einem solchen Unterfangen steckte, war enorm. Corinne kam kaum zum Atem holen.

Sie hatte einen Businessplan erstellt, um sicherzugehen, dass sie keinen Fehler machte. Mehr als einmal hatte sie in Gedanken bei ihrem Vater Abbitte geleistet, denn jetzt war sie sehr dankbar für ihr betriebswirtschaftliches Wissen.

Natürlich hatte Corinne ihrem Vater von all ihren Plänen und Entwicklungen erzählt, und ihm auch gesagt, wie froh sie im Nachhinein über ihr Studium war. Doch er hatte nicht darauf reagiert. Vermutlich hatte er es nicht verstanden. Vielleicht aber konnte er ihre Dankbarkeit spüren – das zumindest war Corinnes Hoffnung.

Die kognitiven Fähigkeiten ihres Vaters waren ebenso wie seine körperlichen noch immer stark eingeschränkt. Trotzdem gab es kleine Verbesserungen zu feiern. Einfache Fragen wie »Möchtest du etwas trinken?« oder »Hast du Hunger« konnte er inzwischen wieder beantworten und es auch signalisieren, wenn er nicht gefragt wurde. Es waren kleine Erfolge, die der ganzen Familie Mut schenkten.

Seit er in der Villa gepflegt wurde, hatte Corinne es sich zur Gewohnheit gemacht, ihrem Vater jeden Abend gute Nacht zu sagen, sich kurz zu ihm zu setzen und ein paar Minuten seine Hände zu massieren. Auf diese Behandlung, im wahrsten Sinn des Wortes, reagierte er manchmal mit zuckenden Mundwinkeln, vor allem aber spürbar mit Entspannung.

Es war nicht viel mehr als eine kleine Geste, aber es bedeutete Corinne viel, auf diese Weise für ihren Vater da sein zu können. Diese allabendlichen Minuten gehörten ihnen, in diesen Momenten kamen sie beide zur Ruhe.

Ansonsten war es mit Ruhe in Corinnes Alltag nicht weit her. Im Gegenteil, sie war nun in eine ungemein aufregende Lebensphase eingetreten, und sie genoss es sehr, auch wenn die nächsten Jahre ursprünglich ganz anders geplant gewesen waren. Gleichzeitig war sie aber auch ein wenig ängstlich, denn trotz der vielen Fortschritte und erledigten Punkte auf ihrer To-do-Liste, hatte sie das Gefühl, nicht vom Fleck zu kommen. Das war verständlich, denn all ihre Pläne standen und fielen mit den passenden Geschäftsräumen, und die waren leider noch immer nicht in Sicht.

Corinne hatte bereits eine Suchanzeige in der Aachener Zeitung aufgegeben und bei einem auf Geschäftsräume spezialisierten Makler angefragt, doch die richtige Immobilie war bislang nicht dabei gewesen. Vielleicht musste sie intensiver suchen. Und vielleicht würde sie doch Abstriche bei ihren Ansprüchen machen müssen. Es sah nicht danach aus, als gäbe es das perfekte Objekt für ihre Rösterei. Bisher konnte sie sich aber noch nicht zu einem Kompromiss entschließen. Sie hatte sich vorgenommen, im Januar, mit der Energie des neuen Jahres im Rücken, die Suche energisch voranzutreiben.

In anderen Bereichen klappte es deutlich besser. Besonders über das künftige Herzstück ihrer kleinen Firma freute sie sich sehr. Der Trommelröster ihres Großvaters stand frisch überholt und poliert in ihrem Büro und wartete auf seinen Einsatz. Ihr Großvater hatte wirklich gut darauf aufgepasst, das Metall hatte kaum Kratzer und glänzte inzwischen, als wäre der Röster fabrikneu und nicht schon über siebzig Jahre alt. Die Wartung war vollkommen problemlos gewesen, es hatten tatsächlich nur die Dichtungen erneuert werden müssen.

Wenn Corinne an die erste Proberöstung dachte, bekam sie auch jetzt noch Glücksgänsehaut. Und das, obwohl sie währenddessen ganz schön ins Schwitzen gekommen war, denn es gab bei diesem alten Röster einiges zu beachten. Vor allem die richtige Brenntemperatur war eine große Herausforderung, man musste immer wieder die Gasflamme anpassen und benötigte dafür einiges an Fingerspitzengefühl und Erfahrung, die ihr natürlich noch fehlte. Zwischendurch musste man alle paar

Minuten, später sogar alle paar Sekunden, den Röstgrad kontrollieren. Je länger der Vorgang dauerte, desto öfter musste man die Farbe der Bohnen prüfen. Auch das Rascheln war wichtig, und natürlich der *First Crack*, das Signal, dass die Bohnen aufgebrochen waren.

Ob und wie lange sie danach noch im Röster verbleiben mussten, hing von der Kaffeesorte und dem gewünschten Ergebnis ab. Für einen Espresso brauchte man eine deutlich dunklere Röstung als für einen Filterkaffee.

Natürlich hatte Corinne das alles schon vorher gewusst, aber es selbst in der Hand zu haben, war etwas komplett anderes. Sie liebte dieses Gefühl – es war Handwerk und Kunst zugleich. Sie konnte damit ihren ganz persönlichen Kaffee schaffen, den Menschen ein individuelles Aroma schenken und immer aufs Neue versuchen, das Optimum aus jeder Kaffeebohne herauszuholen. Genau darin lag die Herausforderung.

Corinne hatte sich nach den ersten drei Durchgängen bei den zum Teil verkohlten Bohnen entschuldigt. Sie hatte ein sehr schlechtes Gewissen, so eine schlechte Behandlung hatte kein Kaffee verdient. Aber unter Noahs Anleitung und mit ihrem guten Gespür für die Bedürfnisse der Kaffeebohnen, hatte es ab der vierten Röstung immer besser geklappt.

Dass der sechste Probelauf dann allerdings doch wieder in die Hose gegangen war, hatte nicht an Corinnes fehlender Röstbegabung, sondern vielmehr an Noahs Nähe gelegen. Seine Augen hatten sie verwirrt und so aus dem Konzept gebracht, dass sie versehentlich, ohne es zu bemerken das Gas viel zu stark aufgedreht hatte. Erst der brandige Geruch hatte sie aus dem Kornblumenzauber gerissen. Hastig hatte sie das Gas zugedreht und die Bohnen in das Kühlgitter geschüttet, doch diese Charge war nicht mehr zu retten gewesen.

Was Corinne aber viel mehr irritierte als der verdorbene Kaffee, war Noah. Er hatte nicht noch einmal versucht, sie zu küssen. Hatte sie sich die Situation auf dem Dachboden nur eingebildet? Oder wartete er darauf, dass sie den ersten Schritt machte? Aber wollte sie das denn? Alles in ihr schrie Ja, nur ihr Verstand stellte sich quer. Was hatte Alexander gesagt? Sie solle nicht alles zerdenken. Hatte er recht? Grübelte sie zu viel?

Vielleicht würde sie es nachher wirklich tun. Vielleicht würde sie den ersten Schritt wagen. Vielleicht. Sie wollte nachmittags Noah wieder in seiner Rösterei besuchen und bei ihm mitarbeiten. Das war die beste Möglichkeit für Corinne, um sich noch weiter in die Thematik einzuarbeiten und gleichzeitig seine wertvollen Praxistipps aufzusaugen. Vielleicht würde …

»So, jetzt bin ich so weit. Voila! Sieh dir mal die beiden Seitenentwürfe an, bitte, und sag mir, was du davon hältst und welcher dir besser gefällt«, forderte Sebastian sie auf und riss sie abrupt aus ihren Gedanken. »Und wie findest du das Logo? Damit schaffen wir eine Corporate Identity. Du wirst sehen, damit wird dein *Öcher Böhnchen* im Handumdrehen zur Marke. Passend zur Webseite habe ich direkt schon ein Probeetikett für deinen Kaffee gestaltet. Das sind natürlich alles nur Vorschläge, aber irgendwie muss man ja beginnen, und ich habe mich bemüht, alles, was wir in den letzten Wochen besprochen haben, irgendwie aufzugreifen. Auf der Basis können wir jetzt diskutieren, und du kannst deine Wünsche einbringen, falls etwas noch nicht passt.«

Corinne brauchte einen Moment, um wieder in der Realität anzukommen. Während Sebastian noch am Computer getippt hatte, hatte sie sich so sehr weggeträumt, dass sie ganz vergessen hatte, wo sie war. Dass sie mit Sebastian hier im *Emotions* saß und auf seine Überraschung wartete.

Und plötzlich fand sie es wirklich aufregend. Was hatte er wohl für sie entworfen? Neugierig nahm sie die von ihm gestalteten Seiten in Augenschein.

»Wow«, hauchte sie gleich darauf begeistert. Sie klickte sich durch die beiden Seitenentwürfe und war tief beeindruckt. »Sebastian, du hast dich selbst übertroffen! Ich finde beide Seiten fantastisch, wie soll ich mich denn da entscheiden?«

Sebastian grinste sehr zufrieden, nahm einen Schluck Kaffee, und Corinne wischte ihm automatisch mit dem Daumen über den Milchbart, der danach seine Oberlippe zierte. Das hatte sie bestimmt schon tausendmal getan, es war eine Geste unter Freunden, doch plötzlich veränderte sich Sebastians Blick. Er hielt ihre Hand, die sie gerade wieder wegziehen wollte, fest, und sah Corinne sehr ernst an.

»Ich freue mich wirklich, dass es dir gefällt. Weißt du Corinne, ich ...«

Susan ging an ihrem Tisch vorbei und machte ihnen ein Zeichen, dass sie gleich zu ihnen käme. Sebastian ließ Corinnes Hand los.

»Was?«, fragte Corinne und war gespannt, was er so Ernstes mit ihr besprechen wollte. Doch er winkte ab.

»Nichts, vergiss es«, sagte er.

»Here we go«, erklang kurz darauf auch schon Susans Stimme, bevor Corinne bei Sebastian nachhaken konnte. Sie stellte einen Teller mit Weihnachtsgebäck auf den Tisch. »Ich habe English Cookies gebacken. Was meint ihr? Does it taste like Christmas?«

Corinne warf Sebastian noch einen fragenden Blick zu, doch er tat, als sei nichts gewesen. Sie akzeptierte es, auch wenn sie durchaus neugierig war, und wandte sich Susan zu. »Heimweh?«, fragte sie.

Meistens, wenn Susans Englisch sehr stark durchkam, steckte die Sehnsucht nach England dahinter, die die Cafébetreiberin hin und wieder überkam, auch wenn sie freiwillig und gern in Aachen lebte.

»Oh well, it's just the Christmastime. Alles gut, Honey«, beteuerte sie und fügte noch hinzu: »Don't worry, I'm fine.«

Noch jemand, der nicht mit ihr sprechen wollte, stellte Corinne fest, und drang nicht weiter auf Susan ein. Vielleicht hatte sie ja auch recht und es war besser, Heimweh gar nicht zu sehr zu thematisieren.

»Schau mal, Susan. Was sagst du?«, fragte Corinne also stattdessen. Sie drehte das Notebook so, dass Susan etwas erkennen konnte.

Aufmerksam betrachtete sie die Entwürfe, blätterte sich durch und rief: »Oh dear, its so lovely! Fantastic!« Überschwänglich klopfte sie Sebastian auf die Schulter. »Would you develop such a Seite für mich auch? Falls ich mir das kann überhaupt leisten. How many Kaffee und Kuchen would I have to sell für so etwas?«

Während Susan und Sebastian den Preis für eine Webseite für Susans *Emotions* in Kaffee und Kuchen verhandelten, betrachtete Corinne in aller Ruhe noch einmal Sebastians Entwürfe.

Sie war begeistert und hatte nun doch einen Favoriten gefunden. Die Seite war überwiegend in warmen Beige- und Brauntönen gehalten. Sebastian hatte Bilder von grünen und gerösteten Kaffeebohnen und vom Trommelröster auf der Eingangsseite platziert. Alles war sehr übersichtlich gestaltet. Vor allem das Logo mochte sie sehr. Sebastian hatte einen achteckigen Button gestaltet, in dem mit weißer Schrift *Öcher Böhnchen – Die Kaffeerösterei* stand. Unter der Schrift hatte er eine Kaffeebohne platziert. Das Logo war markant, aber nicht aufdringlich. Ein bisschen verspielt, aber dennoch nicht kitschig. Corinne fand es schlicht und elegant und einfach perfekt.

Von der Begrüßungsseite aus konnte man sich weiterklicken zu einer Seite über Kaffeeherkunft und Sorten, Kaffeeanbau und Verarbeitung, zu Kaffeezubereitung und zu einer persönlichen Seite über Corinne, wo Sebastian Texte über sie zusammengestellt hatte, über ihren Werdegang und über ihre Liebe zu Kaffee. Natürlich hatte sie ihm bei den Texten und Bildern geholfen, aber trotzdem musste er unzählige Stunden daran gesessen haben. Es gab sogar einen Shop, den er allerdings noch nicht eingerichtet hatte, schließlich hatte Corinne noch keine Ware. Außerdem fehlten noch ihre Verpackungen, und die Entscheidung für die Sorten stand ebenfalls noch aus.

Sebastian nickte zufrieden, als Corinne ihm ihre Entscheidung verkündete.

»Die lag bei mir auch vorn«, sagte er. Der zweite Entwurf war zu verspielt, darin waren sie sich einig.

Sie saßen noch eine ganze Zeit zusammen. Susan versorgte sie zwischendurch mit einer Lauchquiche, damit sie etwas Vernünftiges in den Magen bekamen, und Corinne half Sebastian mit Geschenkideen für seine Mutter.

Dann wurde es Zeit für sie, aufzubrechen.

»Ich muss los«, sagte Corinne. »Noah wartet.«

»Echt Mist, dass ich dir nur mit dem Webdesign helfen kann«, grummelte Sebastian. »Ich würde dich gern auch bei der Geschäftsplanung und mit dem Kaffee unterstützen.«

Corinne lachte laut auf und schüttelte den Kopf über Sebastians Anwandlung. »Hast du gerade *nur* gesagt? Sebastian, du bist der Beste! Ohne dich wäre ich lange nicht so weit, wie ich heute bin, und ob ich jemanden gefunden hätte, der ein Firmendesign so perfekt passend zu mir entworfen hätte, wage ich sehr zu bezweifeln«, bestärkte sie noch einmal ihre Begeisterung für seine Arbeit. Sie stand auf und sagte: »Aber jetzt muss ich trotzdem los. Ich ruf dich später an, okay?«

Sebastian sah nicht sehr zufrieden aus, aber das konnte Corinne jetzt nicht ändern. Er reagierte oft merkwürdig, wenn sie Zeit mit Noah verbrachte, irgendwie schien ihm das nicht zu passen. Corinne ignorierte seinen Unmut, umarmte ihn und ging zu Susan, um sich zu verabschieden. Sie wünschte ihr frohe

Weihnachten, denn vermutlich würden sie sich vor dem Fest nicht mehr sehen. Dann machte sie sich auf den Weg zu Noah.

***

Gut gelaunt öffnete Corinne die Tür zu Noahs Rösterei und trat unter dem melodischen Ding-Dong der Türglocke ein. Als sie die Ladentür schließen wollte, kam Noah herbei und hielt sie fest.

»Da bist du ja«, begrüßte er Corinne.

Die Freude, sie zu sehen, funkelte in seinen Pupillen. Als er sie anlächelte, zogen sich kleine Linien um seine Augen herum und um die Mundwinkel. »Ich habe schon auf dich gewartet. Lass den Mantel gleich an, wir haben etwas vor.«

»Aber …«, versuchte Corinne einen Einwand hervorzubringen.

Doch Noah schüttelte den Kopf. Sein Lächeln wurde noch intensiver. »Kein Aber. Es ist Weihnachten. Zeit für Wunder.« Er schlüpfte in seine Jacke, legte sich den Schal um und streckte Corinne auffordernd die Hand hin. »Kommst du?«

Was hatte er nur vor? Wo wollte er mit ihr hin? Zu gern hätte Corinne ihm die Fragen gestellt, aber sie konnte an seinem Gesichtsausdruck ablesen, dass sie keine Antworten bekäme, also schluckte sie die Fragen hinunter und meinte nur: »Dann gibt es wohl keine Existenzgründernachhilfe heute.«

»Das würde ich so nicht sagen«, meinte Noah lediglich.

»Aha«, machte Corinne. »Und was genau soll das heißen?« Noah grinste und blieb stumm. Seufzend nahm Corinne die Hand, die er ihr noch immer hinstreckte, und ging neben Noah her Richtung Innenstadt.

Eine Weile hielt sie es aus, doch dann gewann die Neugier wieder Oberhand und sie startete einen neuen Versuch. »Ach komm, Noah, verrate es mir: Wo gehen wir hin?« Sie versuchte zu kombinieren, sie gingen in Richtung *Emotions*. »Zu Susan?«, fragte sie deshalb. »Na, die wird staunen, wenn ich schon wieder dastehe, da komme ich nämlich gerade her«, erzählte sie.

»Falsch geraten. Lass mir doch die Freude, dich zu überraschen«, bat Noah. »Wir können hinterher zu Susan gehen, wenn du möchtest. Unser Ziel ist nicht weit von ihr entfernt. Wir gehen in die Schmiedstraße, Höhe Spitzgässchen.«

»Aha«, sagte Corinne. »Und was gibt es da Spannendes?«

Als keine Antwort kam, seufzte Corinne und beschleunigte ihre Schritte. »Wenn du schon ein Geheimniskrämer sein möchtest, dann leg aber wenigstens einen Zahn zu, damit es nicht so lange dauert, bis wir da sind.«

Noah lachte und hatte ganz offensichtlich Spaß an Corinnes Neugier und Ungeduld, aber er tat ihr den Gefallen, und ging schneller. Im Nu hatten sie die Schmiedstraße erreicht und gleich darauf auch das abzweigende Spitzgässchen.

Neugierig sah Corinne sich um, worauf wollte Noah nur hinaus? Sie sah eine Boutique, einen Optiker und eine Buchhandlung. Wollte er ihr ein Buch empfehlen? Sie hatten sich schon ein paarmal über Fachliteratur rund um Kaffee unterhalten. Dafür hätte er sie aber doch nicht hierher zerren müssen.

Bevor sie nachhaken konnte, ging Noah auf die Eingangstür des Optikers zu. Im Schaufenster hing ein Zettel. *Verehrte Kundinnen und Kunden. Ab dem 15. Januar finden Sie …* Mehr konnte Corinne nicht lesen, da Noah ihr die Sicht versperrte. Er hielt die Tür für sie auf und bat sie einzutreten.

»Noah, grüß dich, ich habe schon auf euch gewartet«, wurde er von einer Frau in den Fünfzigern willkommen geheißen. Sie trug eine schicke und etwas extrovertierte Brille, einen dunkelblauen Bleistiftrock und eine Bluse in etwas hellerem Blau. Ihre braunen Haare hatte sie mit blonden Strähnchen aufgehellt, und an den gepflegten Händen funkelten drei auffällige Ringe.

»Du musst Corinne sein«, sprach die Frau nun Corinne an

und streckte ihr zur Begrüßung die Hand entgegen. »Ich hoffe, es ist in Ordnung, wenn wir uns duzen. Ich kenne Noah schon so viele Jahre, seine Freunde sind auch meine Freunde. Ich bin Christina, oder besser Chrissi, aber das hast du dir sicher schon gedacht.«

Reichlich verdattert schüttelte Corinne der sympathischen Christina die Hand. »Hallo, Chrissi«, sagte sie. »Schön, dich kennenzulernen. Aber um ehrlich zu sein, ich weiß gerade nicht so richtig, weshalb wir hier sind.«

Dabei sah sie sich um und bemerkte erst jetzt, dass der Laden leer war. Ein paar Kisten standen noch auf einer Seite des Raumes, an einer Wand ein Regal – sonst nichts.

»Ach so!« Christina schlug sich mit der Hand gegen die Stirn. »Ach, ich Schaf. Noah, ich hoffe, ich habe dir jetzt nicht die Überraschung verdorben.«

Noah grinste. »Nein, Chrissi, hast du nicht. Aber jetzt ist es wohl an der Zeit, die Bohne aus dem Sack zu holen. Liebe Corinne, ich möchte dir gerne – wenn du es willst natürlich nur – die Räume für dein *Öcher Böhnchen* präsentieren. Chrissi zieht nächste Woche aus, sie hat sich vergrößert. Als ich gehört habe, dass sie einen Nachmieter sucht, wusste ich sofort, dass es vielleicht das Richtige für dich sein könnte. Wenn dir die Räume zusagen, kannst du ab Januar mit deiner Kaffeerösterei hier an den Start gehen.«

»Noah! Ist das dein Ernst? Chrissi, wirklich?« Corinne hatte sich vor lauter Überraschung die Hände vor den Mund gelegt, und sah zwischen Noah und Chrissi hin und her.

»Was ist, willst du es dir mal ansehen?«, fragte Chrissi. »Der Hausbesitzer ist ein guter Freund von mir. Er wäre mit dir als Nachpächterin einverstanden, das habe ich bereits geklärt. Also, komm, ich zeig dir mein – oder vielleicht bald dein – Reich.«

***

Susan brachte ein Tablett mit Gläsern und eine Flasche Sekt. Wie versprochen waren sie direkt nach dem Termin bei Chrissi wieder zu Susan ins *Emotions* gegangen. Sie hatten Glück gehabt und auch Sebastian noch dort erwischt.

»Ich kann es noch gar nicht glauben«, sagte Corinne sicher zum zehnten Mal und besah sich den Schlüsselbund, den sie in der Hand hielt.

Sie war vollkommen überwältigt. Die Räume waren einfach perfekt, die Größe, die Aufteilung, die Lage – alles war genau so, wie sie es sich immer erträumt hatte. Ein großer Lagerraum hinten, in dem sie auch abfüllen und etikettieren konnte, ein kleinerer Raum, den sie als Privatraum nutzen konnte, ein kleines Badezimmer mit Toilette und Waschbecken, und ein großer Ladenraum mit genug Platz für eine Verkaufstheke mit Kaffeebar, ein paar Stehtische, Regale und einen Röstbereich. Die Lage war perfekt, mitten im Geschehen, nur zwei Ecken von Susan entfernt und mit reichlich Laufkundschaft.

Corinne hatte nicht lange überlegt, die Pacht war fair und der Zeitpunkt perfekt, deshalb hatte sie sofort zugesagt. Chrissi hatte ihr mit einem unglaublichen Vertrauensvorschuss einen Satz Schlüssel überlassen, damit sie sich über Weihnachten alles in Ruhe noch einmal ansehen und es auch ihrer Familie zeigen konnte. Chrissi meinte, sie habe ohnehin nur noch ein paar Kisten herumstehen, die sie nach den Feiertagen abholen lassen wollte. Alles andere hatte sie bereits in den neuen Räumen. Gleich für den ersten Tag nach den Weihnachtsfeiertagen war bereits ein Termin mit dem Verpächter vereinbart, da sollte der Vertrag besprochen werden.

»Auf dein *Öcher Böhnchen*«, sagte Noah und hob sein Glas. Auch Susan und Sebastian prosteten ihr zu, und Corinne hätte am liebsten die ganze Welt umarmt.

»Holla, hier wird ohne mich gefeiert?«, hörte sie Alexanders Stimme, gerade als sie ihr Glas auf den Tisch zurückstellte. Gelassen schlenderte er durch die Tür hinein und brachte einen Schwall kalte Luft mit. »Susan, Darling, lass mich bitte nicht verdursten.«

»Auf keinen Fall, Honey«, sagte Susan. Sie lachte Alexander an und drückte ihm gleich darauf ein Glas in die Hand.

»Und worauf stoßen wir an?«, fragte Alexander und sah zu Corinne. Sie wusste genau, was er dachte, und wurde prompt rot wie eine reife Kaffeekirsche, sie spürte die Hitze im Gesicht.

»Auf meine neuen Räume«, beeilte sie sich klarzustellen, bevor Alexander etwas Peinliches sagen konnte.

»Sag bloß!«, rief Alexander überrascht. »Das ging jetzt aber schnell, heute Vormittag hast du noch gejammert, weil es in ganz Aachen nichts Passendes für dich gab. Wie kam das denn jetzt so plötzlich?«

Corinne erzählte ihm von Noahs Überraschung und beschrieb ihrem Bruder die Räume, die sie in Gedanken bereits eingerichtet hatte. »Und als Erstes werde ich Opas Trommelröster hineinstellen. Dann fühlt es sich gleich richtig an«, erklärte Corinne.

»Oh, apropos Großvater. Ich habe auch Neuigkeiten. Stell dir vor, Doktor Hartmann hatte Erfolg mit seiner Recherche.«

Corinne verschluckte sich an ihrem Sekt, und Noah klopfte ihr auf den Rücken, bis sie nicht mehr hustete.

»Was hat er herausgefunden?«, fragte Corinne mit noch etwas krächzender Stimme und sehr nervös. »Haben sie, ich meine, sind sie …?«

»Sie haben überlebt, Corinne. Es ist fast ein Wunder, aber die Familie Rosenbaum hat das Konzentrationslager tatsächlich überlebt. Allerdings ist der Vater an den Folgen der Folter bald nach der Befreiung gestorben. Die Mutter hat ihre Tochter allein großgezogen und ist vor einigen Jahren im Alter von einundneunzig friedlich eingeschlafen. Aber – und jetzt wird es spannend! – die Tochter, Sarah Rosenbaum lebt noch. Sie ist inzwischen fast achtzig und wohnt in der Schweiz.«

Liebe Frau Rosenbaum,

sicher wundern Sie sich über den Brief einer Fremden, bitte entschuldigen Sie, dass ich Sie einfach so anschreibe.

Mein Name ist Corinne Ahrensberg, ich bin die Enkeltochter von Eberhard Ahrensberg, der in Euweiler, in Deutschland, geboren ist, genau wie Sie.

Mein Großvater lebt nicht mehr, aber ich habe ein Tagebuch gefunden, in dem er während seines Ruhestands viele persönliche Erinnerungen und Geschichten aus seinem Leben festgehalten hat.

Ich bitte Sie von Herzen, zerknüllen Sie meinen Brief nicht voreilig. Lesen Sie ihn, hören Sie sich mein Anliegen an und entscheiden Sie erst, wenn Sie alles wissen, wie Sie reagieren wollen.

Beim Studieren des Tagebuchs meines Großvaters habe ich – und es fällt mir nicht leicht, das zu schreiben – herausgefunden, dass mein Urgroßvater bis zuletzt ein überzeugter Anhänger des Nationalsozialismus und der NSDAP war. Genau wie mein Großvater schäme auch ich mich für die Taten und die Gesinnung meines Vorfahren, auch wenn ich nicht dafür verantwortlich bin, möchte ich doch zumindest einen kleinen Teil Verantwortung übernehmen.

Mein Großvater hat die Einstellung seines Vaters verabscheut und schon während des Krieges versucht, so vielen Menschen wie möglich zu helfen und sie vor Schaden zu bewahren. Doch er war ein Teenager, viele Möglichkeiten hatte er nicht.

Kurz bevor er 1943 als noch Jugendlicher an die Front beordert wurde, hatte er eine letzte Chance, seinem Vater in das schreckliche Handwerk zu pfuschen. Er hatte erfahren, dass Ihre Eltern und Sie selbst, Frau Rosenbaum, auf

Anweisung seines Vaters, meines Urgroßvaters verhaftet und in ein Konzentrationslager gebracht werden sollten. Ihre Familie hatte sich zu diesem Zeitpunkt bei Familie Pelzmann in einem kleinen fensterlosen Raum versteckt, dessen Eingang hinter einem Küchenregal verborgen war.

Wer sie denunziert hat, konnte mein Großvater nicht herausfinden, aber er hat versucht, die Pelzmanns zu warnen und damit Ihren Eltern und Ihnen – sie waren damals ja noch ein kleines Kind – die Möglichkeit zur Flucht zu geben.

Leider ist diese Rettung missglückt.

Bis zu seinem Tod hat mein Großvater sich mit diesem Ereignis kaum abfinden können. Er konnte seinem Vater nicht verzeihen, dass er so viel Unglück über die Menschen gebracht hatte, die meinem Großvater so lieb gewesen waren. Wie sie vielleicht wissen, war er mit den Pelzmanns, ganz besonders mit ihrer Tochter Isabella, sehr eng befreundet.

Als die Männer der SS das Haus der Pelzmanns stürmten, Isabellas Mutter erschossen und Sie und Ihre Eltern abführten, war mein Großvater bereits auf dem Weg an die Front, wo er schon kurze Zeit später in amerikanische Kriegsgefangenschaft geriet.

Nach seiner Heimkehr lag das Dorf in Schutt und Asche. Sein Vater war gefallen. Niemand wusste, was mit Ihnen und Ihren Eltern geschehen war, die Familie Pelzmann lebte nicht mehr.

Mein Großvater hat in dieser Zeit begonnen, mit Kaffee zu handeln und ein neues Familienunternehmen aufgebaut, das wir bis heute fortführen. Er hat sich und seine Familie aus dem Schutt herausgearbeitet und hatte ein langes und zufriedenes Leben. Doch Ihr Schicksal hat ihn nie losgelassen. Dennoch hat er nie nachgeforscht, was aus der

Familie Rosenbaum geworden ist. Die Angst vor einer schrecklichen Wahrheit und einer noch größeren Schuld war zu groß.

Doch er hat Sie nie vergessen.

Sein Leben lang hat er versucht, ein guter Mensch zu sein. Er war sozial engagiert, hat in Anbauländern für Kaffee dafür gesorgt, dass die Bedingungen besser wurden, war ein großzügiger Chef und ein wundervoller Großvater, den ich bis heute schrecklich vermisse.

Nachdem ich diese schlimme Geschichte in seinem Tagebuch gelesen habe, war es mir ein Anliegen, im Namen meines Großvaters Ihr Schicksal zu erforschen.

Ich weiß, es ist unsagbar Schreckliches geschehen, und mein Urgroßvater war an diesem Gräuel beteiligt. Aber ich möchte auch, dass Sie erfahren, dass mein Großvater alles riskiert hat, um Sie vor der Verhaftung zu bewahren. Hätte er zu Lebzeiten erfahren, dass Sie diese schlimmste Zeit, die ein Mensch sich nur vorstellen kann, überlebt haben, hätte es ihn sehr glücklich gemacht.

In seinem Andenken und in meiner eigenen Scham vor den Verbrechen meines Urgroßvaters, möchte ich Sie um Verzeihung bitten.

Mit beschämten, demütigen und dennoch auch sehr herzlichen Grüßen verbleibe ich,

Ihre Corinne Ahrensberg.

P.S.: Ich danke Ihnen, dass Sie meine Zeilen bis zu Ende gelesen haben, und ich wünsche Ihnen nur das Beste.

Kapitel 18
Schmuggel

Euweiler • Euwiller

Mai 1946

Trotz etlicher Kilometer in den Beinen, fühlte Eberhard sich fit und vor allem sehr erleichtert, denn der erste Teil seiner Schmuggeltour hatte reibungslos geklappt. Ohne Vorkommnisse hatte er es zu Jean-Claude nach Belgien geschafft. Und auch auf dem Weg zu seinem Abnehmer war alles ruhig und ohne Zwischenfälle geblieben.

Eberhard drückte dem Gastwirt in Monschau erleichtert das Paket mit dem bestellten Kaffee in die Arme. Damit war auch der zweite Teil seiner Tour erfolgreich beendet. Blieb noch Teil drei – er musste schließlich auch wieder heil nach Hause kommen, erst dann konnte er sagen, dass es eine gelungene Tour gewesen war.

Zweimal in den letzten Monaten hatte Eberhard Ware zurücklassen müssen, um sich selbst davor zu retten, entdeckt zu werden. Dadurch hatte er viel Geld verloren, aber immerhin war er beide Male mit heiler Haut davongekommen. Das war Glück im Unglück, doch die Verluste schmerzten ihn.

»Alles ruhig heute Nacht?«, fragte er.

»Habe zumindest nichts gehört«, kam die knurrige Antwort seines Gegenübers prompt.

Der Gastwirt wirkte immer ein wenig schroff, aber hinter dieser ruppigen Schale steckte ein freundlicher und hilfsbereiter

Mensch. Obendrein war er einer von Eberhards besten Kunden. Da sein Schwager beim Zoll arbeitete, konnte er Eberhard manchmal vor geplanten Kontrollen warnen.

Die beiden Männer tauschten sich noch kurz über die aktuelle Lage aus, und bald darauf bedankte Eberhard sich und marschierte mit einem Bündel Geldscheine in der Hosentasche und vor allem einem mit wichtigen Lebensmitteln vollgepackten Rucksack durch den Wald den Berg hinauf.

Sein Blick huschte dabei wachsam in schnellem Wechsel von rechts nach links. Angestrengt versuchte Eberhard die Finsternis, in der kaum auch nur der nächste Baum auszumachen war, zu durchdringen. Er setzte seine Schritte vorsichtig, um nur ja keinen Ast knacken und keine Steine knirschen zu lassen, und er zwang sich, langsam und kontrolliert zu atmen. Doch die Stille rundherum wirkte wie ein Verstärker, jeder Schritt schien wie ein Donnerschlag zu hallen, Eberhards Atemzüge dröhnten schmerzhaft laut in seinen Ohren.

Manchmal hörte er ein leises Rascheln, dann hielt er inne, um sicherzugehen, dass es wirklich nur ein Tier gewesen war, das sich vor dem Störenfried in Sicherheit gebracht hatte. Hin und wieder zerriss der Ruf eines Käuzchens für Sekunden die nächtliche Waldesruhe.

Der Weg schien sicher, vor Eberhard lag nur der Wald mit seinen natürlichen Bewohnern, zu seiner großen Erleichterung war keine Menschenseele zu sehen oder zu hören. Doch er blieb dennoch auf der Hut, denn Eberhard kannte die Gefahr. Blitzschnell konnte sich die Lage ändern, und schon kam es auf Sekunden an, die über Freiheit oder Gefangennahme entschieden.

In Monschau war immer ein lukratives Geschäft möglich. Die Preise hier waren höher als anderswo. Doch das hatte auch einen triftigen Grund, denn mit Schmuggelware nach Monschau zu kommen, war besonders gefährlich. Sehr viel gefährlicher, als die Ware in Aachen auf dem Schwarzmarkt oder an den Haustüren zu verkaufen. Dort kannte Eberhard sich aus wie in seiner Westentasche und konnte zwischen den vielen Menschen und in den Gassen ganz schnell untertauchen, wenn es brenzlig wurde.

Die Fluchtwege um Monschau herum waren bedingt durch die steilen Hänge und das unwegsame Gelände sehr begrenzt. Obendrein war es auch körperlich ausgesprochen mühsam, aus dieser Schlucht wieder herauszukommen. Selbst Eberhard, der durch seine häufigen Touren nach Belgien, seine ausgedehnten Verkaufsfahrten per Rad und die hin und wieder notwendigen Sprints, um nicht von Zöllnern erwischt zu werden, auf das Beste trainiert war, kam bei dem Aufstieg ordentlich ins Schwitzen.

Er hatte sich angewöhnt, das Rad oben stehen zu lassen, und Monschau nur zu Fuß zu besuchen. So konnte er sich zum einen die besten Abkürzungen suchen, zum anderen lief er sehr viel weniger Gefahr, auf den Wegen in eine Kontrolle zu geraten. Inzwischen hatte er die beste Route gefunden – es gab auf seinem Pfad sogar zwei schwierige Stellen mit schroffen Felsen, die er nur mit einer Seilsicherung überwinden konnte. Das war zwar mühsam, aber gerade dadurch verringerte sich auch die Gefahr unerwünschter Kontrollen, soweit das in diesen unsicheren Zeiten möglich war.

Diese verflixten Zöllner waren wie lästige Schnaken. Immer wenn man dachte, man wäre sie los, kam von Ferne wieder dieses penetrante Summen. Man ahnte die Gefahr, hörte das sich nähernde Surren und konnte sich doch kaum davor schützen.

Während der ersten Monate seines Handels mit Kaffee hatte er jede Tour wie ein Katz-und-Maus-Spiel gesehen und sogar so etwas wie Spaß dabei empfunden, der Katze immer einen Schritt voraus zu sein. Er hatte das Risiko richtiggehend gesucht, als wolle er dem Schicksal ins Gesicht lachen und es verhöhnen. Und dieser Wahnsinn hatte auch einen guten Grund gehabt: Es war der Versuch, seinen Schmerz zu überdecken.

Eberhard hatte herausgefunden, dass die Gestalt, die er bei einer seiner ersten Touren entdeckt hatte, tatsächlich Isabella gewesen war. Während die Fliegerbomben das Haus ihrer Eltern zerstört und ihren Vater in den Tod gerissen hatten, hatte Isabella sich im Wald aufgehalten. Sie hatte überlebt und den Wald seither kaum noch verlassen, wie Eberhard erfahren hatte. Wenig später, nach ihrer ersten flüchtigen Begegnung, wenn man das so nennen konnte, hatte er sie im Wald aufgespürt. Doch die Freude über die Tatsache, dass sie noch lebte, wich bald einer Ernüchterung und schließlich tiefer Enttäuschung.

Isabella wollte nichts mehr mit ihm zu tun haben. Mit ihm nicht und auch mit keinem anderen Menschen. Sie hatte sich in eine sehr versteckt liegende Waldhütte zurückgezogen und mit Steinen nach Eberhard geworfen, als er sich ihr nähern wollte.

Die Adrenalinschübe, die er bei seinen Jagden durch den Wald durchlebte, ließen ihn zwischenzeitlich an etwas anderes denken. In diesen Situationen hatte er keine Zeit, sich mit den Verlusten zu beschäftigen, die er verschmerzen musste. Keinen Gedanken konnte er dann noch an seine Trauer verschwenden. Alles worauf es in diesen Augenblicken ankam war sein Überleben. Der richtige Weg, die richtigen Verstecke und die Rückkehr nach Hause.

Doch wenn er dort ankam, überwältigte ihn wieder der Schmerz, und im Laufe der Monate hatte sich in Eberhard ein schwarzes Loch der Trauer gebildet, das ihn von innen zu zerfressen drohte.

Und dann war der Tag gekommen, an dem sein Katz-und-Maus-Spiel mit den Zollbeamten ihn beinahe nicht nur die Freiheit, sondern sogar fast sein Leben gekostet hatte. Eigentlich waren sie noch weit weg gewesen, und Eberhard hatte sich beinahe in Sicherheit gewogen, doch dann war der Schuss gefallen. Dieser Klang, von dem er so sehr gehofft hatte, ihn nie mehr hören zu müssen, war ihm durch Mark und Bein gegangen. Er hatte ihn aufgerüttelt und auf den Boden der Tatsachen zurückkatapultiert. Mit einem Hechtsprung war er im Unterholz verschwunden und hatte stillgehalten, bis die Beamten ihre Suche nach ihm aufgaben.

Dann war er nach Haus geschlichen und hatte beschlossen, dass es so nicht weitergehen konnte. Ja, er hatte Isabella verloren, sie dann wiedergefunden und musste sie nun erneut gehen lassen. Das war viel für seine kriegsgeschundene Seele, doch er musste diesen Teil von sich, der mit ihrer Freundschaft starb, begraben und loslassen, sonst würde er selbst nicht überleben.

Er verdammte Isabella deshalb nicht. Sie traf keine Schuld an all dem. Sie war einfach nicht mehr sie selbst. Und so trauerte er nun um seine Freundin, als sei sie tatsächlich gestorben. Und so wenig er das glauben wollte, das machte es leichter. Die Trauer wurde so erträglich und der Kampf ums Überleben, die notwendige Kraft, um den Alltag nach dem Krieg besonders für seine Mutter und seine Schwester wieder lebenswert zu machen, forderte ihn und ließ die Wunde langsam verheilen.

Und dann, vor wenigen Wochen, hatte er Magdalena getroffen. Mit Ende des Krieges hatte sie gemeinsam mit ihren Eltern ihre Heimatstadt verlassen und war nach Euweiler gezogen. Eberhard war ihr das erste Mal auf dem Schwarzmarkt begegnet. Magdalena war groß und hübsch. Ihre langen dunklen Haare fielen meist in einen ordentlichen Zopf geflochten ihren Rücken hinunter beinahe bis zur Hüfte. Sie verstanden sich vom ersten Moment an gut und trafen sich immer häufiger. Langsam entspann sich zwischen ihnen beiden ein zartes Band. Aus einer flüchtigen Bekanntschaft wurde Freundschaft und schließlich Liebe. Vor einer Woche hatte Eberhard um ihre Hand angehalten, und sie hatte Ja gesagt. Im Sommer wollten sie heiraten.

Es war alles sehr schnell gegangen zwischen ihm und Magdalena. Aber vielleicht, ging es Eberhard durch den Kopf, hatten die Menschen, die den Krieg erlebt hatten, keine Zeit, lange zu warten. Sie wussten, wie fragil das Leben sein konnte und konnten nicht anders, als die Zeit zu nutzen, die ihnen geschenkt wurde.

Seit es Magdalena gab, hatte sich Eberhards Leben stark gewandelt. Er hatte nun einen Menschen an seiner Seite, mit dem er sich eine Zukunft aufbauen wollte. Plötzlich fühlte es sich wieder richtig an, Pläne zu schmieden und nach vorne zu sehen. Aber natürlich lastete nun auch mehr Verantwortung auf ihm.

Nun waren es nicht mehr nur seine Mutter und seine Schwester, sondern auch Magdalena, die sich um ihn sorgten. Für Eberhard war es eine Zwickmühle. Magdalena bat ihn so oft, nicht mehr nach Belgien aufzubrechen, das Schmuggeln endlich zu lassen. Doch Eberhard wünschte sich, so schnell wie möglich mit Magdalena eine Familie zu gründen. Wenn er sich als Krämer verdingen würde, der nur mit legaler Ware handelte, kämen sie auf keinen grünen Zweig – dann müssten sie froh sein, wenn sie genug für das tägliche Leben zusammenbekamen.

Nein. Auf den Schmuggel zu verzichten, war keine Option. Eberhard brauchte den Gewinn, um für sich und seine Lieben für die Zukunft etwas aufbauen zu können. Doch das Schmuggeln wurde immer schwieriger. Die Kontrollen waren in der letzten Zeit viel schärfer geworden, die Zöllner rigoroser, und immer öfter wurde inzwischen geschossen. Trotzdem wagte er es immer wieder, und Magdalena blieb in Euweiler zurück, versuchte tapfer zu sein und weinte sich doch immer wieder die Augen rot. Es tat Eberhard weh, ihr das aufzubürden, doch er sah keinen anderen Weg.

Sie alle lebten überaus sparsam. Sich selbst gegenüber war Eberhard schon nahezu geizig. Er tat alles, um die Situation bald zu verbessern, und er hatte immer sein Ziel vor Augen: seine eigene Kaffeerösterei. Wenn er das geschafft hatte, würde alles besser werden. Davon war er überzeugt.

Sobald die Menschen wieder etwas mehr Geld hatten und sich Luxus leisten konnten, würde Eberhard auch den Kaffee offiziell kaufen und weiterverkaufen. Im Moment war das noch ein Traum, denn die immense Kaffeesteuer sorgte dafür, dass legaler Kaffee für die normalen Menschen nahezu unerschwinglich war. Sie nannten Kaffee nicht ohne Grund schwarzes Gold.

Doch nicht nur Magdalena hatte Angst. Auch Eberhard sehnte sich danach, endlich legale Wege gehen zu können, denn Schmuggeln war schon lange kein Kinkerlitzchen mehr. Nicht nur die Wahrscheinlichkeit erwischt zu werden, war drastisch gestiegen, auch die Strafen waren schmerzhaft härter geworden. Eberhards Angst, im Gefängnis zu landen, wuchs mit jedem Tag. Dieses Leben am Rande des Gesetzes war ihm von Herzen zuwider. Irgendwann würde er es lassen, doch heute noch nicht.

Es war noch früh genug, und das Wetter war ausgezeichnet. Eberhard wollte die Gunst des Neumondes nutzen und beschloss für diese Nacht eine weitere Tour. Er wollte für Nachschub sorgen, die Nachfrage war groß, und die Zeiten für den Handel ausgesprochen gut. Auf dem Aachener Schwarzmarkt hatte Eberhard sich im Laufe der letzten Monate als zuverlässiger und fairer Händler einen guten Namen gemacht. Er würde die Beute von Monschau nach Hause bringen und gleich noch einmal losziehen.

***

Am Westwall versteckte Eberhard sein Fahrrad und legte sich auf die Lauer. Er wusste, dass sich eine der Kinderbanden verabredet hatte, um hier über die Grenze zu gehen. Viele schmuggelten inzwischen in großen Gruppen, es gab etliche organisierte Banden, vor denen sich Einzelgänger wie Eberhard in Acht nehmen mussten. Erwischten sie ihn, konnte es geschehen, dass sie ihm den Kaffee abnahmen. Auch wenn sie oft wirklich noch Kinder waren, da sie in Scharen auftraten, hatte ein einzelner Mann keine Chance gegen diese Raufbolde.

Doch die Sache mit den Schmuggelbanden hatte zwei Seiten. Wenn die Zöllner auf sie aufmerksam wurden, sie durch die Nacht jagten und versuchten, möglichst viele zu ergreifen, konnte er im Schatten dieser Hetzjagd meist unbehelligt seines Weges gehen. Genau so hatte er es auch in dieser Nacht vor, und sein Plan ging auf. Im allgemeinen Tohuwabohu konnte er von den Kontrollen unbemerkt und unbehelligt nach Belgien schleichen.

Jean-Claude, sein jetziger belgischer Lieferant, begrüßte ihn freudig, denn auch er wusste Eberhards Zuverlässigkeit zu schätzen. Als Eberhard das erste Mal bei ihm geklopft hatte, hatte der Belgier die Arme vor der Brust verschränkt und ihn ein paar Augenblicke mit ernstem Gesicht und zusammengezogenen Augenbrauen musternd angesehen. In seinen Augen hatte Eberhard Argwohn erkennen können. Dann hatte der Belgier gesagt: »Alle Nazis sind Arschlöcher, immer und ohne Ausnahme. D'accord?«

»Ja«, hatte Eberhard ohne zu zögern geantwortet und den Blick des Händlers ganz offen und ohne mit der Wimper zu zucken erwidert. »D'accord.«

Jean-Claude hatte gelächelt, sein Blick war nun freundlich. Nachdem das für ihn Wichtigste geklärt war, hatte er ihm die Hand gereicht. »Mein Freund, was kann ich für dich tun?«, hatte er mit warmer Stimme gefragt. Seither waren die beiden Männer Geschäftspartner und so etwas wie Freunde.

Es dauerte nicht lange, und Eberhard konnte sich schwer bepackt auf den Rückweg machen.

»Sei vorsichtig mein Freund«, verabschiedete der Belgier Eberhard mit einem freundschaftlichen Schulterklopfen. »Man munkelt, dass die Geier heute Nacht tief fliegen.«

War es doch ein Fehler gewesen, noch einmal loszuziehen? War er zu gierig? Hatte er das Schicksal einmal zu oft herausgefordert? Eberhard nahm die Warnung seines Handelspartners überaus ernst, denn Jean-Claude hatte seine Antennen überall und war meist auf dem neuesten Stand. Vorsichtshalber beschloss Eberhard, einen anderen Nachhauseweg zu nehmen als üblich. Er kannte sich im Hohen Venn bestens aus und suchte sich seinen Weg durch das Hochmoor und den Wald, der nicht den üblichen Schmuggelrouten entsprach. Dieser Umweg bedeutete zwar zehn Kilometer zusätzlichen Fußmarsch, aber wenn er dafür wohlbehalten nach Hause kam, wollte er das gerne in Kauf nehmen.

Um bei Kräften zu bleiben, versteckte Eberhard sich kurz hinter der Grenze zwischen den Bäumen und packte das in Zeitung eingewickelte Brot aus, das Magdalena ihm zum Abschied in die Hand gedrückt hatte, als er am Abend losgezogen war.

Das dunkle und nicht mehr ganz weiche Brot war mit etwas Schmalz bestrichen. Magdalena hatte ihm Ringelblumen und in Streifen geschnittenen Sauerampfer daraufgelegt. Eberhard biss herzhaft hinein und genoss das Glück, das ihn beim Kauen durchflutete. Viel zu schnell war der letzte Krümel verschlungen. Eberhard leckte sich die Lippen und machte sich wieder auf den Weg. Er war müde und erschöpft und wollte endlich nach Hause.

Kaum hatte er ein paar Schritte getan, da hörte er sie von rechts hinten herankommen. Zöllner! Panisch verharrte Eberhard und lauschte. Auch von links hörte er verdächtiges Rascheln. Er saß in der Falle.

Den Bruchteil einer Sekunde brauchte Eberhard, um den

Schock zu überwinden, dann rannte er los. Nur wohin? Wie ein Hase versuchte er Haken zu schlagen. Er hörte ihre Rufe, sie hatten ihn entdeckt. Aber sie würden ihn nicht kriegen. Eberhard war fest entschlossen zu entkommen. Der Rucksack drückte schwer auf seinen Schultern, doch er wollte ihn nicht abwerfen, nicht schon wieder den Lohn der Mühe verlieren. Verbissen rannte er weiter.

Das Gelände war hügelig und erschwerte seine Flucht. Er kämpfte sich über Baumwurzeln und um gefallene Bäume herum. Zweimal erwischte er bei seinen Tritten sumpfigen Untergrund, es schmatzte laut, als er die Füße aus dem Moor zog und wieder auf festen Boden sprang.

Eberhards Atem ging keuchend, seine Lunge brannte, doch er lief und lief. Wenn sie ihn erwischten, wäre alles weg. Er dachte an seine Mutter, an die traurigen Augen seiner Schwester, an Magdalena, und legte noch einmal ein wenig Tempo zu, obwohl er längst nicht mehr konnte. Der Schweiß lief ihm in Bächen über das Gesicht, er nahm sich nicht die Zeit, ihn wegzuwischen.

Endlich, fast hatte Eberhard die Hoffnung aufgegeben, wurden die Rufe leiser, schienen sich von ihm zu entfernen. Hatten sie ihn verloren? Konnte es wirklich sein, dass er es geschaffte hatte?

Mit zitternden Knien lehnte Eberhard sich an den Stamm eines Baumes. Er war unendlich dankbar für die Dunkelheit, aber sein Atem war viel zu laut. Wenn er nicht aufpasste, würde sein Keuchen ihn verraten. Mit größter Selbstbeherrschung schaffte er es, langsamer zu atmen, kontrollierter. Der Impuls, gierig nach Luft zu schnappen wurde beinahe übermächtig. Vor seinen Augen flimmerte es, in den Ohren rauschte es wie bei einem Orkan. Doch Eberhard konzentrierte sich auf das stetige Ein und Aus und zwang seinen rebellierenden Körper in diesen Rhythmus.

Es dauerte eine gefühlte Ewigkeit, bis sein aufgewühlter Organismus sich beruhigt hatte. Nur noch das schmerzhaft schnelle Pochen seines Herzens zeugte davon, welche Panik gerade in ihm getobt hatte.

In der Nähe hörte Eberhard einen Bach plätschern. Der große Durst, der nun nach diesem unfreiwilligen Waldlauf in ihm aufstieg, wollte gestillt werden, deshalb schlich er vorsichtig in Richtung des Geräusches, das baldige Erquickung versprach. Als er sich die kleine Böschung hinunterhangeln wollte, verlor er den Halt und landete mit einem viel zu lauten Platschen im Wasser. Vergessen war der Durst. Sofort war Eberhard wieder auf den Beinen und lauschte in die Nacht. Und natürlich – sie hatten ihn gehört.

Verdammt! Er hätte sich am liebsten selbst geohrfeigt, für seine Ungeschicklichkeit. Aber das würde ihm jetzt auch nicht helfen. Nass wie er war, rannte er wieder los. Dieses Mal waren sie noch näher. Seine Chancen standen fast bei null, seinen Verfolgern noch einmal entkommen zu können. Einzig die Dunkelheit war seine Verbündete, fragte sich nur, ob das genügte.

»Da vorne, ich hör die Sau!«, schrie einer ganz nah.

»Dreckspack!«, kam es von etwas weiter rechts. »Jetzt kriegen wir dich!«

Sollte er einfach stehen bleiben und aufgeben? Eberhard wusste nicht, was richtig war. Wenn sie ihn noch lange jagen mussten und dann doch in die Finger bekamen, würden sie ihn für die Anstrengung zahlen lassen. Wenn er sich ergab, vertat er aber die kleine Chance, vielleicht doch unbescholten davonzukommen.

Während seine Gedanken jagten, jagte auch er. Gerade ging es eine Böschung hinauf. Inzwischen hatte er die Orientierung verloren, er lief einfach nur noch dahin, wo seine Füße ihn hintrugen. Die Richtung war egal, Hauptsache weg von den Zöllnern.

Das Keuchen seiner Verfolger war so nah, dass Eberhard fast glaubte, ihren Atem im Nacken zu spüren. Er drehte sich um, konnte aber nichts sehen. Im nächsten Moment verlor er den Boden unter den Füßen und fiel.

Bevor er schreien konnte, legte sich eine Hand über seinen Mund und erstickte den Laut.

Kapitel 19
Öcher Böhnchen

Aachen • Oche • Aix-la-Chapelle • Aken • Aquae Granni

Gegenwart: Januar

Überwältigt stand Corinne in ihrem *Öcher Böhnchen*, oder genauer gesagt, in den Räumen, die einmal das *Öcher Böhnchen* werden sollten. Inzwischen war alles leer geräumt, die Wände erstrahlten in frischem Weiß, und die Böden waren geputzt. Jetzt ging es daran, ihrer Kaffeerösterei Leben einzuhauchen und alles so einzurichten, dass es ihre persönliche Note bekam. Bald würde es hier nicht mehr nach Reinigungsmittel und Farbe riechen, sondern ganz wunderbar nach frisch geröstetem Kaffee. Corinne konnte es kaum erwarten. Übermütig drehte sie sich in dem großen Verkaufsraum mit ausgestreckten Armen im Kreis, bis ihr schwindlig wurde und sie sich am Türrahmen festhalten musste, um nicht umzufallen.

Glücksschwindlig, dachte sie. Dieses Wort passte perfekt, denn genau so fühlte sie sich – und das nicht nur jetzt, kurz nach dem Drehen, sondern fast ständig, seit die Dinge sich so wunderbar entwickelten. Sie konnte es noch immer kaum fassen, dass es nun wirklich so weit war. Alles fügte sich wie von Zauberhand gerade so, wie sie es sich gewünscht hatte. Sie hatte die perfekten Räume gefunden, die Verträge waren unterschrieben, und ihr Traum wurde langsam, aber sicher Wirklichkeit.

Der Termin mit ihrem Vermieter am Tag nach Weihnachten war rundherum positiv verlaufen. Helmut Bühling war ein sehr freundlicher älterer Herr, der Corinne ein bisschen an ihren eigenen Großvater erinnerte. Er hatte sie als Nachpächterin ja dank Chrissis Fürsprache bereits im Vorfeld akzeptiert, im persönlichen Gespräch hatte er seine Zustimmung dann nochmals bekräftigt und ihr ohne viele Umschweife den Entwurf des Pachtvertrags ausgehändigt.

Ihm war es wichtig, vernünftige Mieter – wie er sich ausgedrückt hatte – zu haben, die das Haus nicht auf den Kopf stellten und keine unlauteren Geschäfte trieben. Von Corinnes Idee, eine Kaffeerösterei zu eröffnen, war er durchaus angetan, auch wenn er ihre Beweggründe, aus dem großem Familienunternehmen auszuscheiden, zuerst nicht wirklich hatte nachvollziehen können.

Als ihr Verpächter von den gesundheitlichen Problemen des Kaffeebarons gehört hatte, war er aufrichtig betroffen gewesen und hatte ihm die besten Genesungswünsche ausrichten lassen. Er hatte Günther Ahrensberg vor Jahren bei einer Benefizveranstaltung zugunsten der Kinderkrebshilfe kennen und schätzen gelernt. Ein Mann mit starkem Willen und klaren Zielen, der aber auch an andere dachte – so hatte er den Kaffeebaron beschrieben, und Corinne hatte ihm zugestimmt. Einen starken Willen konnte man ihrem Vater wirklich nicht absprechen – wenn ihm etwas wieder auf die Füße helfen würde, dann wäre es genau diese Stärke.

Ihr einwandfreier Leumund durch den familiären Hintergrund hatte bei der positiven Entscheidung sein Übriges getan. Ein Mitglied der in Aachen gut angesehenen Familie Ahrensberg war Helmut Bühling als neuer Pächter sehr willkommen. Dreimal hatte er sich allerdings vergewissert, ob sie sich das wirklich gut überlegt hätte und nicht bei den ersten Schwierigkeiten aufgeben und in die Sicherheit des Familienunternehmens zurückkehren würde. Doch nachdem Corinne ihm von ihrem Wunsch, selbst Kaffee zu rösten, erzählt hatte und ihm ihren Ansatz mit kleinen Chargen und hochwertigen Kaffeesorten ganz individuell arbeiten zu wollen, dargelegt hatte, hatte er zufrieden genickt und ihre Entscheidung sogar befürwortet. Die Welt brauche schließlich auch kleine Projekte, und es dürfe nicht immer nur größer, schneller, weiter gelten.

Als der Firmenanwalt Herr Doktor Hartmann gehört hatte, dass Corinne passende Räume gefunden hatte, hatte er ihr von sich aus sofort seine Unterstützung angeboten, obwohl er zwischen den Jahren Urlaub hatte und Corinnes Angelegenheiten ohnehin nichts mit *Ahrensberg Kaffee* zu tun hatten. Er hatte jegliche Bezahlung vehement ausgeschlagen, als sie ihn nach dem Honorarsatz gefragt hatte. Das sei ja wohl selbstverständlich und als ein Freundschaftsdienst zu sehen. Schließlich kannte er Corinne bereits, seit sie begann laufen zu lernen.

Ihr Großvater wäre bestimmt stolz, wenn er wüsste, wie gut die Ahrensberg-Belegschaft zusammenhielt. Sie waren wirklich wie eine große Familie, und auch wenn Corinne nun einen eigenen Weg einschlug, blieb sie dennoch auch Teil dieses Teams, dafür war sie dankbar.

Alexander hatte sie sogar vor Weihnachten trotz ihres Ausstiegs gebeten, mit ihm gemeinsam ein kleines persönliches Weihnachtspräsent für die Belegschaft auszusuchen. Die Zeit drängte, die Idee dazu war ihm etwas zu spät gekommen, aber auch wenn es eine Hauruckaktion war, wollte Alexander nicht darauf verzichten. Es war ihm wichtig, ein persönliches Zeichen zu setzen, den Mitarbeitern zu zeigen, dass er seine Rolle als neuer Chef ernst nahm und sie alle ihm etwas bedeuteten.

Ihr Vater hatte alljährlich zu Weihnachten jedem Mitarbeiter eine Packung Ahrensbergkaffee und eine Schachtel Kaffeepralinen überreicht. Es war eine freundliche Geste, in die er allerdings nie allzu viel Energie gesteckt hatte.

Alexander und Corinne wollten diese kleine Zuwendung etwas abwandeln und persönlicher gestalten. Ihre Mitarbeiter sollten spüren, dass man sich Gedanken gemacht hatte, wie man ihnen eine Freude machen konnte. Kaffee und Pralinen konnte sich jeder Mitarbeiter mit Personalrabatt das ganze Jahr über kaufen, das war nichts Besonderes.

Corinne hatte die Idee gehabt, einen von Noahs Kaffeesprüchen auf eine große schöne Tasse drucken zu lassen. *Kaffee und Küsse – mehr braucht es nicht* – das war der Spruch, auf den sie sich nach kurzer Diskussion geeinigt hatten.

Thomas hatte dem Satz ein ansprechendes Design verpasst und auch das Logo der Firma eingefügt. Er hatte sich auch um den Druck und die pünktliche Lieferung gekümmert. Eigentlich war es bereits viel zu spät gewesen, um das alles noch rechtzeitig zu schaffen, aber Thomas hatte seine guten Beziehungen zu den Lieferanten genutzt und das Unmögliche möglich gemacht.

Zu der Tasse hatten sie einen passenden Porzellanfilter samt Dauerfiltereinsatz ausgewählt und sich dann letztendlich doch entschlossen, auch noch ein Päckchen Ahrensbergkaffee dazuzugeben. Es war für jeden ein schöner kleiner Geschenkkorb geworden, und die Mühe hatte sich absolut gelohnt. Das Geschenk war sehr gut angekommen, die Leute hatten sich aufrichtig gefreut und die Wertschätzung anerkannt.

Diese Idee mit der Spruchtasse hatte Corinne so viel Spaß gemacht, dass sie sie für ihr *Öcher Böhnchen* übernehmen wollte. Als Tassen, in denen sie Kaffee servieren würde, aber auch als Zusatzangebot zum Verkauf. Sie hatte Sebastian davon vorgeschwärmt und sich mit ihm zusammen ausgemalt, wie die Tassen bei ihr im Laden aussehen könnten. Inzwischen hatte Sebastian ihr auch schon eine Tasse designt – es war vorerst ein Einzelstück und Corinnes ganzer Stolz.

Sebastian hatte ihre Träumereien aufgegriffen und ihr die

erste Öcher-Böhnchen-Tasse zu Weihnachten geschenkt. Sie hatte es überhaupt nicht geahnt und sich riesig darüber gefreut. Sebastian war sehr zufrieden, dass seine Überraschung so gut angekommen war.

Sebastian war wirklich ein Schatz, dachte Corinne, als sie sich wieder einmal vor Augen führte, wie sehr er sie in den letzten Wochen unterstützt hatte und immer für sie da war, wenn sie ihn brauchte. Es war fantastisch. Überhaupt war so vieles gerade einfach wundervoll. Im Moment war Corinnes Leben eine Fülle von Glücksmomenten. Wenn jetzt noch der Kaffeebaron wieder auf die Füße käme, wäre wirklich alles perfekt.

Das vergangene Jahr hatte Corinne vor viele schwierige Aufgaben gestellt, aber sie hatte die Herausforderung erhobenen Hauptes und mit viel Mut angenommen. Aufgeben war für sie noch nie eine Option gewesen. Dieses neue Jahr nun fühlte sich bereits in den ersten Tagen wie ein Aufbruch in eine neue Zeit an.

Bald war sie nicht mehr nur in ihrer Fantasie, sondern auch im wirklichen Leben Kaffeerösterin. Sie würde wahrhaftig auf ihren eigenen Beinen stehen. Sie fühlte sich bereit und konnte es kaum erwarten, die ersten Bohnen in den Trommelröster zu geben, das erste Rascheln und Knacken zu hören, den ersten Kaffeeduft zu schnuppern und schließlich auch den ersten Kunden in ihrem *Öcher Böhnchen* zu begrüßen. Ihr Traum wurde tatsächlich Wirklichkeit.

Corinne stand noch immer an den Türrahmen gelehnt da, sie genoss es, ein paar Minuten nur für sich zu haben und hing entspannt ihren Gedanken nach.

Pünktlich auf die Minute tauchte Sebastian in ihrem Blickfeld auf. Sie beobachtete ihn lächelnd durch das Schaufenster, wie er um die Straßenecke bog und auf den Laden zu hielt. Er trug seinen extrawarmen dunklen Anorak, hatte sich einen dicken Schal um den Hals gewickelt und eine Wollmütze auf dem

Kopf. Von seinem Mund lösten sich im Rhythmus seines Atems kleine Dampfwölkchen. Der Winter hatte die Stadt seit Wochen fest im Griff, und es herrschten eisige Temperaturen.

Sebastian setzte seine Schritte vorsichtig, denn der Gehsteig war stellenweise ziemlich glatt, zum Teil waren die Eisflächen durch Neuschnee verdeckt und dadurch natürlich noch gefährlicher. Das wusste Corinne aus eigener Erfahrung, denn sie war vorhin selbst beinahe ausgerutscht und auf dem Allerwertesten gelandet. Nur ihre schnelle Reaktion und der Baum, an dem sie sich hatte abfangen können, hatten sie vor dem ungebremsten Sturz bewahrt.

Den Riemen seiner hellbraunen ledernen Aktentasche hatte Sebastian über die rechte Schulter gelegt. Als er Corinne hinter der Scheibe der Eingangstür entdeckte, zog ein Lächeln über sein Gesicht. Sofort hob er die Hand und winkte fröhlich zu Corinne hinüber. Er zeigte ihr mit Gesten, dass er fror, machte ein paar Faxen und legte Tempo zu, um schnell ins Warme zu kommen. Corinne sog erschrocken Luft ein, Sebastian war genau an der Stelle, wo sie vorhin … sie konnte nicht mehr zu Ende denken, da war es auch schon passiert.

Als Sebastian auf das Glatteis trat, verlor er wie Corinne eben das Gleichgewicht. Er ruderte wild mit den Armen, schon flogen die Beine nach vorne, und Sebastian lag der Länge nach rücklings auf dem Asphalt. So schnell sie konnte riss Corinne die Tür auf, doch bevor sie ihm zu Hilfe eilen konnte, hatte Sebastian sich schon wieder aufgerappelt.

»Nichts passiert«, rief er ihr zu und klopfte sich den Schnee vom Körper. Erleichtert prustete Corinne aus. Das hätte gerade noch gefehlt. Sie hätte sich schlimme Vorwürfe gemacht, wenn Sebastian sich etwas gebrochen hätte, denn immerhin war er ja nur ihretwegen überhaupt unterwegs, nur weil er sie unterstützen wollte. Er hätte genauso gut gemütlich an seinem Schreibtisch sitzen können und die Füße an die Heizung strecken.

Corinne und Sebastian hatten sich in ihrem Laden verabredet, weil sie heute zusammen alles ausmessen und über die Einrichtung und Gestaltung nachdenken wollten. Sebastian wollte ihr dabei zur Seite stehen und sie beraten – er hatte das Thema Corporate Identity immer fest im Blick und passte auf, dass Corinne ihrer Linie treu blieb.

Auch Noah würde später noch dazukommen, sobald er seine eigene Rösterei geschlossen hatte. Er unterstützte Corinne mit seinem geschulten Blick für die tägliche Praxis. Damit sie kleine, im Alltag anstrengende und zur Belastung werdende Fehler vermied. Darüber hatte Corinne eingehend mit Sebastian und Noah diskutiert. Es galt Design und Praktikabilität in harmonischen Einklang zu bringen.

Auf ihre beiden Männer, wie Corinne sie manchmal scherzhaft nannte, war wirklich Verlass. Corinne war dankbar, dass sie so gute Freunde hatte, denn das war nicht selbstverständlich. Das Einzige, was Corinnes Freude über ihre beiden Lieblingsmenschen ein wenig trübte, war, dass Sebastian und Noah sich noch immer nicht wirklich mochten.

Irgendetwas schwelte zwischen den beiden, sie konnte es nicht benennen, aber wann immer sie aufeinandertrafen, war die Atmosphäre angespannt, als würden sie sich belauern und nur darauf warten, dass der andere einen Fehler machte.

Doch so oft Corinne es ansprach, so oft behaupteten beide einhellig, dass sie sich täuschte und da nichts sei. Corinne seufzte, als sie daran dachte. So gerne sie ihnen glauben würde, so sehr bezweifelte sie, dass sie in diesem Punkt ehrlich zu ihr waren. Vielleicht waren sie nicht einmal ehrlich zu sich selbst, und wussten gar nicht, dass es an irgendeiner Stelle knirschte. Auch das schien ihr möglich zu sein.

Energisch schob sie diese ganzen Überlegungen weg, dafür hatte sie jetzt erst einmal keine Zeit, darüber könnte sie sich auch später noch den Kopf zerbrechen.

»Hast du dir wehgetan?«, fragte Corinne Sebastian, der jetzt beim Laden angekommen war und mit ihr zusammen in den Verkaufsraum trat.

»Nein, alles gut, mach dir keine Sorgen.« Er umarmte Corinne und fragte: »Wartest du schon lange? Bin ich zu spät?«

»Du bist auf die Minute pünktlich, mein Lieber. Ich konnte es nur kaum erwarten, und war deshalb schon früher hier. Ist es nicht fantastisch?« Es war eine rhetorische Frage, denn Corinne hatte sie in unterschiedlichen Varianten bestimmt schon hundert Mal gestellt. So war es nicht verwunderlich, dass Sebastian gar nicht darauf einging. Vielmehr kramte er in seiner Ledertasche und zog etwas heraus.

»Bitte schön. Für dich.« Er strahlte sie an und sah in diesem Moment wie ein kleiner Junge aus, der gerade einen riesigen Schneemann gebaut hatte. Die Kälte hatte seine Wangen und seine Nase erröten lassen, seine Augen glänzten vor Freude, und auf den Lippen lag ein übermütiges Grinsen. Hätte er hellblonde Haare gehabt, hätte er ausgesehen wie Michel aus Lönneberga.

Da sie noch keine Möbel hatte, setzte Corinne sich einfach auf den Boden und lehnte sich mit dem Rücken an die Wand. Neugierig und voller Ehrfurcht betrachtete sie den Flyer, den Sebastian ihr gerade in die Hand gedrückt hatte.

Öcher Böhnchen
Neueröffnung

In kaffeebrauner Schrift hatte Sebastian die Worte auf der Vorderseite arrangiert. Es folgten das Datum der Eröffnung, die sie für Anfang März geplant hatte, und die täglichen Öffnungszeiten.

Auch der persönliche Lieferservice innerhalb des Stadtgebietes von Aachen wurde vorgestellt – das war Corinnes Idee gewesen. Sie wollte das besonders für die Kunden anbieten, denen die Zeit oder die Möglichkeit fehlte, einkaufen zu gehen.

Nach Corinnes Erfahrung waren es oft wohlhabende Menschen, die stark im Beruf eingespannt waren, die sich aber etwas gönnen wollten und konnten und Wert auf hochwertige Produkte legten, und ältere Menschen, die sich gerne einen guten Kaffee leisten wollten, aber nicht mehr mobil waren. Diese beiden Gruppen hoffte sie mit ihrem kostenlosen Bestellservice zu erreichen. In ihrer Vorstellung sah sie sich bereits nach Feierabend durch die Stadt radeln, den Fahrradkorb vollbepackt, und gut gelaunt Bestellungen ausliefern.

Ob sie auch einen Onlineshop einrichten wollte, hatte sie noch nicht entschieden. Zuerst einmal wollte sie sich auf das regionale Geschäft konzentrieren und sehen, wie sie zurechtkam und wie ihr *Öcher Böhnchen* überhaupt angenommen werden würde. Sie wollte ihre Kaffeerösterei langsam und gesund wachsen lassen, das war ihr wichtig. Trotzdem hatte Sebastian es sich nicht nehmen lassen und bereits alles vorbereitet, wenn es so weit war, konnte der Onlineshop im Nu aktiviert werden.

Mit Sebastian hatte Corinne den perfekten Webmaster. Er brachte sich und eigene Ideen ein, dachte mit und voraus und schaffte es immer wieder, ihre Wünsche und ihre oft noch ungenauen Vorstellungen perfekt umzusetzen und sie zu begeistern.

Sebastian und Noah waren ihre besten Freunde, und Corinne konnte sich ein Leben ohne die beiden gar nicht mehr vorstellen. Ihr Herz quoll über vor Dankbarkeit, und sie würde die beiden zu einem ausgiebigen Essen mit viel Wein einladen, wenn das *Öcher Böhnchen* erst einmal die Anfangszeit hinter sich gelassen hatte und begann, sich am Markt zu etablieren. Vielleicht könnte sie auch ein Sommerfest planen, überlegte Corinne. Sie würde sich auf jeden Fall etwas Besonderes einfallen lassen, aber alles zu seiner Zeit – jetzt wollte sie erst einmal ausgiebig Sebastians Arbeit bestaunen und würdigen.

Gespannt drehte sie den Flyer um. Sebastian hatte ein Bild von ihr auf der Kaffeeplantage in Brasilien ausgewählt und stellte Corinne darunter mit ein paar persönlichen Sätzen vor. Er beschrieb ihre Leidenschaft und ihre Liebe für Kaffee.

Es folgten Informationen zu einigen der Kaffeesorten, die Corinne anbieten wollte, und auch die dazugehörenden Anbaugebiete hatte er beschrieben.

Den Abschluss bildete ein kurzes Essay über Kaffee und seine Bedeutung in der Gesellschaft, das Noah für Corinne verfasst hatte. *Kaffeezeit ist immer* hatte er als Überschrift gewählt und auf liebenswert humorvolle Art die Kaffeetrinker und ihre Vorlieben beleuchtet. Sein Resümee am Ende des kurzen Textes war: Eine Tasse Kaffee ist immer die richtige Idee – egal in welcher Lebenslage.

Vermutlich hatte er mehr als eine Tasse getrunken, während er sich das für sie ausgedacht hatte. Corinne lächelte dankbar.

Der dreiseitige Flyer war auf hochwertigem Papier gedruckt und wirkte edel. Sebastian hatte die Gestaltung an die Aufmachung der Webseite angepasst.

»Das ist fantastisch, Sebastian, ich bin absolut begeistert! Danke! Ich weiß, ich wiederhole mich, aber du hast unglaublich viel Talent.«

»Prima. Freut mich, dass du es magst. Was ist, willst du jetzt weiter hier faul herumsitzen, oder fangen wir an, auszumessen?«

Lachend streckte Corinne Sebastian ihre Hand hin, und er zog sie auf die Beine. »Na also, geht doch«, sagte er zufrieden.

Er holte den Zollstock, Corinne zückte ihren Block und Stift, und schon waren sie mitten in der Planung.

»Hier sollen Verkaufsregale hin«, erklärte Corinne. »Ich habe mir auch schon welche ausgesucht, die man selbst nach Wunschbreite zusammenstellen kann. Und für dort drüben lasse ich eine Theke anfertigen – so etwas, wie ich es mir vorstelle, gibt es nicht fertig zu kaufen. Dahinter kommen Schränke für Geschirr, eine breite Arbeitsfläche, um Kaffee kochen zu können, Unterschränke, eine Spülmaschine …«

»Stopp, stopp, stopp«, grätschte Sebastian in Corinnes Einrichtungsorgie hinein. »Das kann ich mir doch gar nicht alles merken. Mir raucht jetzt schon der Kopf. Vielleicht sollten wir systematisch vorgehen und uns von rechts neben der Eingangstür einmal rundherum messen. Du kannst sagen, was du genau brauchst und ich folge deinen Anweisungen. Oki?«

»Oki«, antwortete Corinne und musste über sich selbst und ihren Übereifer lachen.

»Und wir dürfen nicht vergessen, dass wir noch ein paar braune Akzente an den Wänden setzen sollten. Ich wäre dafür, dass wir einen Profi engagieren, der das macht. Was hältst du von einem breiten Streifen in kaffeebraun, einmal rundherum? Das würde sehr gut zu deinem Internetauftritt passen.«

»Super Idee. Und in der gleichen Farbe können wir dort hinten über der Arbeitsfläche ein Wand-Tattoo platzieren. So etwas kann man doch individuell anfertigen lassen, soweit ich weiß. Oder?«

Sebastian rieb sich das Kinn und nickte nachdenklich. »Was soll dort stehen? Ein Wort? Kaffee?«, fragte er. »Oder Kaffeezeit?«

Doch das war Corinne zu einfallslos. Sie wollte etwas, das die Emotionen ansprach, das die Leute lächeln ließ. Sie rief sich die Sprüche ins Gedächtnis, die sie bei Noah schon gelesen hatte.

»Ich habe es!«, rief sie dann. »Mit Liebe und Kaffee wird alles gut!«

Sebastian stand da und betrachtete sie nachdenklich.

»Was ist?«, fragte Corinne, nachdem er sie immer noch nur ansah, ohne etwas zu sagen. »Findest du es nicht gut?«

»Weißt du eigentlich, wie unglaublich fantastisch du bist, Corinne?«, fragte Sebastian, und seine Stimme hatte einen rauen Klang.

Corinne nagte verlegen an ihrer Unterlippe und brachte ein unsicheres Lachen hervor. Sie schluckte, ihr Herz klopfte mit einmal viel kräftiger als gerade eben noch. »Bist du sicher, dass du dir vorhin bei dem Sturz nicht den Kopf gestoßen hast?«, fragte sie in dem hilflosen Versuch, einen Scherz zu machen.

Doch ganz offensichtlich war Sebastian nicht zu Scherzen aufgelegt.

»Corinne«, begann er und sein Blick wurde noch intensiver. »Ich glaube …« Er brach ab, fasste mit seiner Hand zärtlich ihr Kinn und beugte sich zu ihr hinunter.

Bevor Corinne dazu kam, zu entscheiden, wie sie damit umgehen sollte, lagen seine Lippen auf ihren. Es fühlte sich angenehm an. Vertraut. Sebastian hatte einen festen Platz in ihrem Herzen, aber sie wusste auch, dass es nicht das Gefühl war, das entstand, wenn zwei Menschen sich küssten, die sich begehrten. Es fühlte sich vielmehr an, als würde sie ihren Bruder küssen. Oder eben ihren besten Freund. Sie durfte das nicht zulassen. Sie musste Sebastian bremsen, um ihn vor sich selbst zu schützen.

Entschlossen legte sie die Hände gegen seine Brust und schob ihn von sich weg. Sie sah ihm fest in die Augen und schüttelte ganz leicht den Kopf. Ein Schatten zog über Sebastians Gesicht, er hatte ihre Botschaft verstanden.

»Ist es Noah?«, fragte er.

War es Noah? Ja, dachte sie. Natürlich! Plötzlich war da kein Zweifel mehr, und auch alle anderen Fragen lösten sich in Luft auf. Das war es, was die ganze Zeit zwischen Sebastian und Noah geschwelt hatte. Eine Rivalität um sie, von der sie selbst noch nichts gewusst hatte. Gleichzeitig war sie sich sicher, dass sie es endlich wagen musste, nachdem Noah sich offensichtlich entschlossen hatte, ihr den nächsten Schritt zu überlassen. Es war nun an der Zeit, ihm zu zeigen, wie es um ihre Gefühle stand.

»Es tut mir leid, Sebastian«, sagte Corinne leise.

Sebastian war ein ausgezeichneter Verlierer. Einen Moment schluckte er schwer, holte tief Luft, dann blitzte er sie schelmisch an. »Du brichst mir gerade das Herz, Corinne, das ist dir schon klar, oder?« Theatralisch legte er sich beide Hände auf die linke Brust und stöhnte.

Erleichtert, weil er es offensichtlich besser verkraftete, als sie gehofft hatte, lachte Corinne auf. Sie spürte, dass er diese Gefasstheit nicht nur spielte, sondern dass es wirklich in Ordnung war für ihn. Vielleicht hatte auch er nicht das gefühlt, was er erwartet hatte und die Eifersucht auf Noah einfach falsch gedeutet. Es ging dabei gar nicht um ihr Herz, sondern nur darum, dass es ihm schwerfiel, sie mit einem anderen Mann zu teilen. Corinne umarmte Sebastian und drückte ihm einen festen Kuss mitten auf den Mund. »Du bist und bleibst mein bester Freund. Das ist ja mal klar!«, sagte sie.

Sebastian legte seine Arme um sie, hob sie hoch und wirbelte sie im Kreis. Corinne legte den Kopf in den Nacken und lachte.

Im Augenwinkel entdeckte sie Noah, der gerade durch das Schaufenster ins Ladeninnere starrte. Corinne erkannte Schmerz in seinen Augen. Noah musste den Kuss gesehen und die falschen Schlüsse gezogen haben.

Corinne löste sich von Sebastian und rannte zur Ladentür. Als sie auf die Straße trat, war Noah schon ein ganzes Stück entfernt. Die Hände in den Manteltaschen, die Schultern nach vorne gezogen, stapfte er mit großen Schritten von ihr weg.

Kapitel 20
Die Antwort

Aachen • Oche • Aix-la-Chapelle • Aken • Aquae Granni

Gegenwart: Januar

Die Kälte schnitt Corinne ins Gesicht und biss sie durch den dünnen Pullover in die Haut, doch das war ihr in diesem Moment egal. Wenn sie jetzt erst noch in den Laden zurückrannte, um ihre Jacke zu holen, war Noah vielleicht weg. Das wollte sie auf keinen Fall riskieren. Sie mussten das sofort klären, sonst würde sie vielleicht wieder der Mut verlassen.

So schnell sie konnte, rannte Corinne hinter Noah her. Immer wieder musste sie rutschigen Gefahrenstellen ausweichen und kam doch ein paarmal auf vereisten Untergrund und dadurch bedenklich ins Schleudern. Aber sie konnte nicht langsamer laufen, sie musste ihn erreichen. Unbedingt! Sie musste ihm klarmachen, dass er die falschen Schlüsse gezogen hatte.

Es ist nicht so wie es aussieht, schoss es ihr den Sinn. Wie oft hatte sie in Filmen über diesen albernen Satz den Kopf geschüttelt. Jetzt war sie versucht, ihn selbst hinter Noah her zu rufen. Aber dann entschied sie sich doch anders.

»Noah!«, schrie sie stattdessen, als sie ihn fast eingeholt hatte. »Warte! Bitte!« Ihr Atem ging stoßweise, sie war ziemlich außer Puste.

Es war ihr egal, dass Passanten sich umdrehten und das Schauspiel interessiert und durchaus neugierig verfolgten.

Sollten sie schauen. Sollten sie sich freuen, dass ihnen etwas geboten wurde. Es ging um ihre Zukunft, da spielten ein paar zufällige Zuschauer keine Rolle.

Im ersten Moment dachte Corinne, Noah würde sie ignorieren, doch dann blieb er stehen und drehte sich zögerlich zu ihr um. Wütend und gleichzeitig traurig sah er aus.

»Was willst du? Salz in die Wunde streuen? Mir erzählen, wie glücklich du mit Sebastian bist und dass ich ein Idiot bin? Oder kommt jetzt das vielzitierte: Lass uns Freunde bleiben?« Er gab ein spöttisches Lachen von sich. »Ich mag dich, Corinne, sehr sogar. Viel mehr, als du dir vielleicht ausmalst. Aber ich mag keine Spielchen. Und ich mag keine Unehrlichkeit. Seit wann läuft das? Habt ihr euch gemeinsam über den verliebten Idioten Noah kaputtgelacht?«

Seine sonst immer strahlend blauen Augen wirkten fast mitternachtsschwarz, als er sie mit zusammengezogenen Augenbrauen finster mit seinem Blick fixierte.

Doch Corinne ließ sich nicht so leicht einschüchtern. Im Gegenteil. Der Schmerz, den sie in seinen Augen entdeckte, offenbarte ihr, wie viel Noah wirklich an ihr lag. Sie würde jetzt ihren Mut zusammennehmen, und ihm sagen, wie es um ihre Gefühle stand. Wenn er sie dann wegstieß, hatte sie es zumindest versucht.

Erst im nächsten Moment sackten seine Worte in ihr Bewusstsein. Verliebt? Hatte er gerade verliebt gesagt? Die Angst, abgewiesen zu werden, löste sich in der Welle des Glücks auf, die Corinne zusammen mit dem Begreifen überflutete. Er hatte wirklich verliebt gesagt.

Jetzt konnte sie nichts mehr aufhalten. Entschlossen machte Corinne einen Schritt auf Noah zu. Ziemlich nah vor ihm blieb sie stehen.

»Du hast ziemlich viel Fantasie, mein Lieber«, sagte sie neckend und zärtlich zugleich. »Was du gesehen hast, Noah, war

Ausdruck einer innigen Freundschaft, die mich schon viele Jahre mit Sebastian verbindet. Es war aber auch der Punkt hinter einem kleinen Irrweg, auf dem Sebastian sich beinahe verlaufen hätte. Es war ein Nein und ein Ja zugleich, Noah. Und dieses Ja galt dir. Verstehst du?«

Noch war Noah nicht überzeugt, Corinne spürte seinen Zweifel. Sie griff mit beiden Händen seine Jacke und zog ihn noch ein Stück näher zu sich heran. Seine Augen wurden wieder ein wenig heller. Da war es wieder, das Kornblumenblau.

»Ja«, sagte sie noch einmal und hob ihm ihr Gesicht entgegen. Noah zögerte nur kurz, dann beugte er sich zu ihr hinunter.

Endlich fanden sich ihre Lippen. Corinne spürte Noahs Haut an ihrer und seine Arme, die sie umschlangen. Sie schloss die Augen und gab sich diesem wunderbaren Gefühl hin. Es war ein warmer inniger Kuss, der ihr Geborgenheit schenkte und so viel mehr versprach, dass Corinnes Knie weich wurden. Ihre Hände fuhren über seinen Rücken, sie wollte mehr, sie wollte Noah nahe sein, ihn spüren, seinem Herzschlag lauschen.

Trotzdem löste sie sich einen Moment von ihm, und plötzlich spürte sie die Kälte wieder. Sogar ihre Zähne klapperten. Auch Noah hatte es bemerkt. Sofort zog er seinen Mantel aus und legte ihn ihr um die Schultern.

Von der anderen Straßenseite erklang ein Klopfen. Corinne fuhr herum, sie hatte gar nicht gemerkt, dass sie direkt beim *Emotion* standen. Hinter der Fensterscheibe entdeckte sie Susan. Ihre Freundin klatschte, nickte und hüpfte sehr aufgeregt auf der Stelle. Vermutlich kiekste sie auch, aber das konnte man hier draußen auf der Straße nicht hören.

Im nächsten Moment verschwand Susan und tauchte kurz darauf vor der Eingangstür ihres Cafés wieder auf.

»I knew it«, rief sie, und ihre Stimme vibrierte vor Begeisterung. »Habe ich es dir nicht gesagt, Corinne? Noah ist ein Sahneschnittchen. Ach, ich werde verrückt. So lovely, you both. Come in! Darauf müssen wir anstoßen! Los, los! Kommt schon.«

Doch Corinne und Noah schüttelten beide den Kopf.

»Danke, Susan. Aber wir müssen zurück in den Laden. Sebastian wartet, wir wollen die Einrichtung besprechen«, erklärte Corinne der vor Freude übersprühenden Susan. Sie selbst fühlte sich so überwältigt von den letzten Minuten, dass sie das alles noch gar nicht ganz begriffen hatte. Noah war in sie verliebt!

»Oh well, dann hopp, macht, dass ihr kommt ins Warme! Aber we will celebrate this! Auf jeden Fall.«

Sie winkte Corinne und Noah zu und verschwand wieder in ihrem Café.

Eng umschlungen gingen Corinne und Noah das Stück bis zum *Öcher Böhnchen* zurück. Es fühlte sich so vertraut an, als wäre es schon immer so gewesen. Und doch war es herrlich neu und aufregend. Immer wieder hob Corinne ihren Blick, musste Noah betrachten und sich vergewissern, dass er es tatsächlich war.

»Sahneschnittchen?«, fragte Noah schmunzelnd, kurz bevor sie am *Öcher Böhnchen* ankamen.

»Ich habe keine Ahnung, wovon Susan da sprach. Vermutlich wollte sie uns auf ein Stück Sahnekuchen einladen«, sagte Corinne und ärgerte sich, weil sie spürte, dass ihr wieder einmal Hitze in die Wangen stieg. Was für ein Glück, dass sie durch die Kälte vermutlich ohnehin rot glühte.

Noah grinste amüsiert, doch im nächsten Moment wurde seine Miene ernst, denn sie waren am Laden angekommen, und er hielt Corinne die Tür auf und trat direkt nach ihr in den Verkaufsraum.

Sebastian stand mitten in dem großen Raum und sah ihnen entgegen. Er hatte, während Corinne hinter Noah hergejagt war, mit dem Ausmessen begonnen und fein säuberlich einen Plan mit allen wichtigen Angaben gezeichnet. Block und Stift lagen neben seinen Füßen auf dem Boden.

Für ein paar Sekunden schienen die beiden Männer einen Kampf mit ihren Blicken auszufechten. Corinne beobachtete das wortlose Gefecht sehr gespannt. Dieser Moment war ungemein wichtig, denn gerade wurden die Weichen für das künftige Miteinander gestellt. Hoffentlich schafften die beiden es, aufeinander zuzugehen. Corinne wünschte es sich von ganzem Herzen. Zuerst sah es nicht so aus, doch dann streckte Sebastian Noah seine Hand hin.

»Ich wünsche euch beiden viel Glück«, sagte er, seine Stimme klang etwas rau, aber auch fest. »Aber wenn du auch nur mit dem Gedanken spielst ihr wehzutun oder ein falsches Spiel mit ihr zu spielen, wirst du es bereuen!« Diese Worte hatte er voller Ernst und Zuneigung ausgesprochen. Er meinte von ganzem Herzen, was er da sagte. Einen Moment zögerte Noah, kurz war die Stimmung etwas gehemmt, dann schlug er ein.

»Danke«, sagte er und in diesem Wort schwang alles mit, was ihn gerade bewegte. Der Frieden war besiegelt, und mit dem nächsten Satz schaffte Sebastian es, auch den letzten Rest Anspannung zu lösen.

»Dass ich Patenonkel werde, ist ja wohl klar, darüber müssen wir nicht diskutieren, richtig?«, fragte er und zwinkerte Corinne zu, die daraufhin empört nach Luft schnappte. Noah schien weit weniger schockiert zu sein.

»Übernimmst du auch eine Doppelpatenschaft?«, fragte er lässig und grinste. »Bei uns in der Familie gibt es eine Tendenz zu Zwillingen.«

Corinne wurde schwindlig. Waren die beiden jetzt völlig übergeschnappt? Da hatte sie ja wohl auch ein Mitspracherecht, oder was glaubten sie? Nur weil sie Noah liebte, musste sie ja nicht gleich … Während sie sich immer mehr in Rage dachte, merkte sie plötzlich, dass sowohl Sebastian als auch Noah sie schelmisch angrinsten.

»Oh, ihr Schufte«, schimpfte Corinne los, als ihr klar wurde, dass die beiden sie gehörig auf den Arm genommen hatten. Sie schimpfte und lachte gleichzeitig. Das konnte ja heiter werden, wenn die beiden sich nach Ausräumung der Missverständnisse direkt so gut verstanden. Corinne schwante, dass die beiden Kindsköpfe ihr Leben gehörig auf den Kopf stellen würden.

Und das warme Gefühl, das sich in ihr breitmachte, sagte ihr, dass es genau das war, was sie wollte. Liebe, Freundschaft, Spaß und ein Miteinander, das von Respekt getragen wurde.

»Da ihr wohl beide gleichzeitig ein Stück vom Clown abgebissen habt, hätte ich da ein gutes Mittel gegen zu viel Quatsch im Kopf«, sagte sie, ohne weiter auf die Babyfrage einzugehen.

Noah wollte Einspruch erheben, doch Corinne stoppte ihn.

»Warte erst mal ab. Ich glaube, ich habe eine gute Idee. Es ist zwar noch etwas früh und wir haben noch viel Arbeit vor uns, aber ich kann es kaum erwarten, ihr wisst ja, wie sehr ich es mir wünsche, und deshalb dachte ich …« Sie merkte, dass sie ins Straucheln geriet. Während sie es formulierte, kam ihr ihre Idee doch nicht mehr so gut vor, sondern eher albern und kindisch. Sie sollte sich nicht in alberner Gefühlsduselei verlieren, sondern sich wie eine Erwachsene an die sinnvolle Reihenfolge für den Aufbau ihres Geschäftes halten, sonst machte sie sich und anderen die Arbeit doch nur unnötig schwer.

Unsicher kaute sie auf ihrer Lippe.

»Sag doch einfach, dass du gerne so schnell wie möglich den Trommelröster deines Großvaters hier drin hättest«, sagte Noah leichthin.

Wie bitte? Corinne riss erstaunt ihre Augen auf. Woher wusste er das? Wieso konnte er ihre Gedanken lesen?

Noah nahm sie in den Arm und gab ihr einen kleinen Kuss. Er betrachtete sie liebevoll und sagte: »Rate mal, was bei mir in der Rösterei als Erstes einzog?« Damit beantwortete er Corinnes unausgesprochene Frage, die er vermutlich an ihrer Miene abgelesen hatte. »Es ist doch klar, dass du es kaum erwarten kannst. Und wieso auch nicht? Wenn der Trommelröster abgedeckt wird, während hier drin an der Einrichtung gearbeitet wird, dann ist das sicher okay. Groß genug ist der Raum, er wird nicht zu sehr im Weg stehen.«

Er konnte nicht nur ihre Gedanken lesen, sondern verstand auch ihre Gefühle. Corinne strahlte Noah an.

»Dann also zu euch in die Firma?«, fragte Sebastian. »Aber wie kriegen wir das Monstrum transportiert? Meinst du, wir können uns einen der Firmenlastwagen ausleihen?«

»Da bin ich ziemlich sicher. Ich rufe gleich mal an, frage und lasse uns, wenn es geht, einen Wagen reservieren.«

***

Vollkommen erschöpft lagen sie alle drei rücklings im Verkaufsraum auf dem Boden und warteten darauf, dass der rasende Puls und die schmerzenden Muskeln sich beruhigten. Es war ein echter Kraftakt gewesen, den Trommelröster hierherzubringen. Allein hätten sie das gar nicht schaffen können, zum Glück hatten sie von Hausmeister Kurt und ein paar Lagerarbeitern Unterstützung bekommen. Die Männer der Ahrensberg-Belegschaft, die beim Verladen und auch beim Ausladen des schweren Rösters geholfen hatten, hatten sich bereits wieder verabschiedet.

Ein lautes Knurren tönte aus Sebastians Bauch, und Corinnes Magen stimmte direkt in das Konzert mit ein. Das war auch kein Wunder, denn inzwischen war es später Nachmittag, und sie hatten alle seit Stunden viel geschuftet und außer einer Tasse

Kaffee und ein paar Naschereien bei ihrem Kurzbesuch in Alexanders Büro nichts gegessen.

»Zeit für Pizza, oder was meint ihr?«, fragte Sebastian.

»Die beste Idee des Tages«, stimmte Corinne zu. »Aber ich möchte jetzt nicht essen gehen, sondern lieber hierbleiben. Lasst uns Pizza und eine Flasche Wein besorgen und hier ein Picknick veranstalten«, schlug sie vor.

Sie wollte in ihren eigenen Räumen sein, den Trommelröster bewundern und dieses aufregende Gefühl genießen, das in ihr kribbelte, wenn sie sich ausmalte, wie alles werden würde.

»Ich bin dafür!«, kam es auch prompt von Noah. »Sebastian, wenn du die Pizza holst, besorge ich Wein, Gläser und ein Dessert. Und Corinne hält hier die Stellung und passt auf ihr Schätzchen auf. Okay?«

»Ich dachte, du seist ihr Schätzchen«, alberte Sebastian, und Corinne war erleichtert, wie locker er mit der Situation umgehen konnte, auch wenn er ihr nichts vormachen konnte. Sie hörte den Unterton der Enttäuschung sehr wohl, der in seinen Worten mitschwang und den er versuchte, mit Lachen zu überdecken. Es wäre auch merkwürdig gewesen, wenn es ihm gar nichts ausmachen würde – selbst wenn es nur verirrte Gefühle gewesen waren. Aber er hielt sich bravourös.

»Aber Spaß beiseite«, sagte er jetzt. »Ich meine, es ist euer erster gemeinsamer Abend, ich könnte gut verstehen, wenn ihr lieber allein wärt. Das wäre absolut okay für mich.«

Wieder einmal wurde Corinne bewusst, weshalb sie schon so lange so gut mit Sebastian befreundet war. Er hatte einfach eine enorme menschliche Größe und war obendrein sehr empathisch. Sie wusste, dass ihr Glück für ihn wichtiger war als seine verletzten Gefühle.

Wenn noch ein paar Tage vergangen waren, würde er verstehen, dass er sich wirklich nur verrannt hatte, davon war Corinne überzeugt. Vielleicht hatte er Angst gehabt, sie als Freundin zu verlieren und sich deshalb eingebildet, er würde mehr für sie empfinden. Doch zwischen ihr und Sebastian war nie mehr als Freundschaft gewesen, das würde auch ihm sicher bald klar sein. Trotzdem, dass er sich jetzt zurückzog, kam überhaupt nicht infrage.

Ein kurzer Blick zu Noah, bestätigte Corinne, dass er es ebenso sah wie sie.

»Das ist lieb gemeint, Sebastian, aber wir …«, an dieser Stelle sah Corinne noch einmal zu Noah, der nickte lächelnd. »Wir wollen diesen ersten Abend hier in meinen Räumen gern mit dir gemeinsam feiern. Immerhin bist du ein wichtiger Teil meines Traumes, und außerdem bist du unser Freund. Also, ich hätte gern eine Quattro Stagioni«, verkündete sie und rieb sich schon mal voller Vorfreude den Bauch.

Ohne weitere Diskussionen schlüpften Noah und Sebastian in ihre Jacken und verschwanden in die verschneite Nacht.

Als die Tür hinter den beiden ins Schloss fiel, saß Corinne eine Weile einfach nur da und bewunderte den Trommelröster. Sie hatte eine kleine Stehlampe von zu Hause mitgebracht, die den Raum in warmes Licht tauchte. Auf der glänzend polierten Oberfläche des Rösters spiegelte sich das Leuchten, je nachdem, wie Corinne den Kopf hielt, funkelte und glitzerte es. Tatsächlich wirkte es so, als hätte der Trommelröster schon immer an diesem Platz gestanden. Es fühlte sich alles absolut richtig an.

Was für ein Glück, dass Noah diese Räume gefunden hatte. Hier würde sie ganz bestimmt glücklich werden. Corinne stellte sich vor, wie es aussehen würde, wenn alles eingerichtet war. Sie träumte vom melodischen Glockenklang, der beim Öffnen der Tür erklingen und einen neuen Kunden ankündigen würde. Und sie stellte sich vor, wie Noah und sie sich nach Feierabend gegenseitig besuchten, gegenseitig vom Tagesgeschäft erzählten und sich auf den gemeinsamen Feierabend freuten.

Noah! Vor lauter Wirbel um den nicht ganz einfachen Transport des Trommelrösters und der Aufregung um ihr *Öcher Böhnchen*, hatte Corinne noch gar keine Zeit gehabt, die Geschehnisse des Tages zu verarbeiten. Noah war in sie verliebt und sie auch in ihn. Sie hatten sich geküsst, und so wie es aussah, gehörten sie jetzt wohl zusammen.

So lange hatte sie diesen Schritt vor sich hergeschoben, hatte sich hinter allen möglichen Ausreden verschanzt und sich mit Belanglosigkeiten vor sich selbst gerechtfertigt, weshalb sie nicht endlich einen Schritt auf ihn zugegangen war. Und jetzt war alles plötzlich ganz einfach gewesen. Es hatte keinerlei Fragezeichen mehr gegeben. Keine Überlegung, kein Abwägen. Er liebte sie, und sie liebte ihn, und darüber mussten sie nicht weiter nachdenken.

Corinne musste niesen. Immer noch in Gedanken kramte sie in ihrer Tasche nach einem Taschentuch. Dabei fiel ihr ein Brief in die Hand, den Alexander ihr vorhin in seinem Büro zugesteckt hatte.

»Der ist für dich angekommen. Ich wollte ihn dir nachher vorbeibringen, weil ich mir dachte, dass du ihn gleich lesen möchtest, aber wenn du jetzt sowieso hier bist …«

Corinne hatte den Umschlag entgegengenommen und sich gefragt, weshalb Alexander das so dringend gewesen war. Er hatte ihr noch nie Post hinterhergetragen. Sie hatte gerade auf den Absender schauen wollen, als Kurt an die Tür geklopft und gemeldet hatte, dass sie jetzt bereit wären, um mit dem Transport zu starten.

Also hatte Corinne den Brief ohne ihn näher anzusehen in die Tasche gesteckt, um ihn später zu lesen. Sie hatten allesamt alle Hände voll zu tun gehabt, den Röster wohlbehalten an seinen Bestimmungsort zu transportieren. Über dieser ganzen Anstrengung hatte Corinne den Brief glatt vergessen.

Jetzt aber saß sie hier und hatte Zeit. Sie betrachtete den

Umschlag. Es war ein cremeweißes hochwertiges Briefpapier. Die Adresse war in einer klaren sauberen Handschrift darauf geschrieben, die sie nicht kannte. Sie drehte das Kuvert und im nächsten Moment bekam sie ordentlich Herzklopfen. Der Brief kam aus der Schweiz. Sarah Rosenbaum hatte ihr geantwortet.

Mit fahrigen Bewegungen öffnete Corinne den Umschlag. Sie war unglaublich aufgeregt, als sie den Brief herauszog. Wie hatte Sarah Rosenbaum die Kontaktaufnahme aufgenommen? War sie verbittert durch das schlimme Schicksal? Hatte sie die Geschichte von Corinnes Großvater bereits gekannt oder wollte sie überhaupt etwas von damals hören? Gleich würde Corinne es wissen.

Als sie den Briefbogen aufklappte, fiel Corinne eine getrocknete Blüte entgegen. Sie nahm die Blume in die Hand und bewunderte sie. Es war eine Lilie, wenn sie das richtig erkannte.

Was es damit wohl auf sich hatte? Zumindest schien es ein positives Zeichen zu sein. Wenn Sarah Rosenbaum beim Schreiben zornig gewesen wäre, hätte sie vermutlich keine Blüte in den Umschlag gegeben.

Als Corinne gerade beginnen wollte zu lesen, ging die Ladentür auf und Noah kam herein. Er hatte einen Korb in der Hand, in dem es leise klirrte. Corinne entdeckte Rotwein, Wasser und Gläser. Und eine Schachtel, deren Design ihr sehr bekannt vorkam – Noah war bei Susan gewesen und hatte bei ihr den Nachtisch besorgt. Er stellte den Korb ab und kam zu Corinne rüber.

»Da ich die Dame des Hauses gerade allein erwische, wäre ich ja ein Dummkopf, wenn ich die Gelegenheit nicht ausnutzen würde«, sagte er, als er sich neben sie setzte. Er schenkte Corinne einen zärtlichen Blick und zog sie in seine Arme.

Sie erwiderte seinen Kuss, aber er merkte sofort, dass sie angespannt war. »Was ist los?«, fragte er.

»Sarah hat geantwortet«, erklärte Corinne und hielt den Brief hoch, den sie noch immer in der Hand hatte.

»Die Sarah aus der Schweiz?« Die Frage kam von Sebastian. Kaum hatte er die Tür hinter sich geschlossen, verströmten die Pizzas auch schon ihren verführerischen Duft. Gleichzeitig hatte Corinne das Gefühl, jetzt in dieser Situation keinen einzigen Bissen hinunterzubekommen.

Sebastian stellte die Kartons in die Mitte und setzte sich.

»Erst der Brief«, forderte er Corinne auf. »Wenn wir die Kartons zulassen, bleiben die Pizzas sicher noch einen Moment heiß.«

Corinne nickte. »Also gut. Ich lese ihn euch vor.« Sie räusperte sich und schluckte gegen die Mundtrockenheit an, die der Aufregung geschuldet war.

Noah zog den Korb zu sich, holte eine Flasche heraus und reichte Corinne gleich darauf ein Glas. Sie nahm es dankbar und trank einen Schluck.

Ihre Hand zitterte, als die das Blatt so hielt, dass sie den Text ablesen konnte.

Liebe Corinne,

ich hoffe, es ist in Ordnung, wenn ich Sie mit dem Vornamen anspreche. Ich weiß, dass Sie eine erwachsene Frau sind, aber ich fühle mich Ihnen verbunden und wähle deshalb diese persönliche Ansprache.

Für Ihren Brief möchte ich Ihnen von Herzen danke sagen. Sie haben eine Gabe, die richtigen Worte zu finden. Es hat mich sehr berührt, was Sie mir von Ihrem Großvater erzählt haben. Das wusste ich tatsächlich alles nicht.

Meine Mutter hat es so gut es ging vermieden, über die Vergangenheit zu sprechen. Ich habe es irgendwann akzeptiert und nicht mehr insistiert.

Es ist eine Art der Traumabewältigung, wie ich sie bei vielen Kriegsgeschädigten erlebt habe. Sie hat diese schreckliche Zeit mit einer Hülle versehen und sie in einem Winkel ihrer Seele verankert, den sie vor sich selbst und auch anderen verschlossen hat.

Manche Menschen – so auch meine Mutter – konnten auf diese Weise trotz schlimmster Erlebnisse ein zufriedenes Leben führen. Allerdings zu dem Preis, dass mit den Erinnerungen auch ein Teil ihrer Persönlichkeit verkapselt wurde. Meine Mutter konnte bis zu ihrem letzten Atemzug nur sehr schlecht über ihre Gefühle sprechen. Ihr Motto war: Durchhalten und dem Schicksal entgegenlächeln.

Ich habe meine Mutter nie weinen sehen. Diese Art der Schwäche hat sie sich selbst nicht gestattet. Ich vermute, sie hatte Angst, dass sie sonst in der Flut ihrer Tränen ertrinken würde, wenn sie erst einmal angefangen hätten zu fließen.

Aber ich möchte kein falsches Bild entstehen lassen. Meine Mutter hatte nach den Schrecken des Krieges und nachdem sie sich vom Tod meines Vaters erholt hatte, ein gutes Leben. Ich denke es ist angemessen, zu sagen, dass sie in den Jahren danach mit Glück gesegnet war.

Wir haben in der Schweiz eine schöne Heimat und viele Freunde gefunden.

Ich glaube, wir, die Überlebenden, ebenso wie die nachkommende Generation, haben die Pflicht, dafür zu sorgen, dass die Schrecken der Naziherrschaft nie vergessen werden. Gleichzeitig müssen wir uns aber auch unbedingt die Hand reichen und uns mit offenen Herzen begegnen. Nur so können die verletzten Seelen heilen und ein Teil von dem, was geschehen ist, wiedergutgemacht werden.

Meine Mutter war passionierte Hobbygärtnerin. Sie liebte Blumen, insbesondere Lilien. Und so erlaube ich mir, diesem Brief als Zeichen des Friedens eine getrocknete Lilie beizulegen.

Liebe Corinne, ich bin fest davon überzeugt, dass Ihr Großvater ein stolzer Mann wäre, wenn er wüsste, was für eine großartige Enkeltochter er hat.

Vielleicht – ich möchte sagen, ich bin fast sicher, dass es so ist – kann er von einer anderen Warte aus, in welcher Form auch immer, Ihren Werdegang miterleben. Ist das nicht ein wunderschöner Gedanke?

Ich danke Ihnen nochmals sehr für Ihre Zeilen, für Ihre Empathie und für Ihren Mut, einen Teil der Verantwortung tragen zu wollen, die wir alle tragen sollten und auch tragen müssen.

Ich wünsche Ihnen von Herzen alles Liebe und würde mich freuen, falls Sie sich wieder einmal bei mir melden.

Mit Grüßen, die von Herzen kommen,

Ihre
Sarah Rosenbaum

Kapitel 21
Versöhnung

Euweiler • Euwiller

Mai 1946

Im ersten Schreck wollte Eberhard sich von der Hand auf seinem Mund befreien und sich gegen den Übergriff zur Wehr setzen. Er versuchte seinen Gegner anzubrüllen, aber die Finger drückten sich so fest gegen seine Lippen, dass er nur einen undefinierten Laut zustande brachte.

Wo war dieser verdammte Zöllner so schnell hergekommen? Er hatte doch noch einen kleinen Vorsprung gehabt – zumindest hatte er das gedacht. Eberhard wand sich. Er schlug und trat verzweifelt um sich, ohne jedoch einen ordentlichen Treffer landen zu können. Wenn er doch nur etwas sehen könnte. Er kniff die Augen zusammen, aber er schaffte es nicht, diese Schwärze zu durchdringen, die sich wie ein schweres Tuch um ihn herum gelegt hatte.

»Schhh«, machte es fast unhörbar an seinem Ohr. Es klang eindringlich. »Halt still«, flüsterte es so leise, dass er die Aufforderung mehr ahnte als hörte.

Doch auch wenn die Worte fast tonlos gewesen waren, wusste er es sofort, und die Erkenntnis traf Eberhard wie ein elektrischer Schlag! Diese Stimme hätte er immer und überall erkannt, selbst wenn sie – wie jetzt gerade – nicht viel mehr als ein Hauch war. Es war Isabella! Seine Isabella. Und sie hielt ihn fest umklammert!

Da endlich begriff er, dass er gar nicht überwältigt, sondern gerettet werden sollte. Erleichterung durchflutete ihn, und natürlich gehorchte er ihrer Aufforderung und hielt still. Sein Brustkorb hob und senkte sich in schnellem Takt, Eberhard war komplett außer Atem.

Als Isabella merkte, dass er sie verstanden hatte und ruhig geworden war, löste sie behutsam die Hand von seinem Mund und ließ ihn los.

Eberhard spürte, wie sie sich an etwas zu schaffen machte. Er vernahm ein schabendes Geräusch direkt über sich. Gleich darauf hörte er die Rufe der Zöllner, die bis vor einer Sekunde noch laut und nah geklungen hatten, nur noch gedämpft. Sie musste den Eingang ihres Verstecks verschlossen haben.

»Was ...«, setzte er leise flüsternd zu einer Frage an. Doch Isabella zischte blitzschnell ein »Still« hervor und Eberhard schwieg.

Er verstand die Zusammenhänge noch immer nicht. Was machte Isabella mitten in der Nacht hier mitten im nirgendwo? Was genau war eigentlich gerade passiert? Wieso hatte er den Halt verloren? Wo war er gelandet, nachdem er den Boden unter den Füßen verloren hatte? Die Fragen überschlugen sich in seinem Kopf.

Vorsichtig tastete er um sich herum und spürte Erde. Er musste in so etwas wie einer Höhle oder einem Loch gelandet sein. Die Stimmen der Zöllner klangen nun so nah, als wären sie direkt über ihnen.

»Verdammt, wo ist die Sau?«, rief einer. »Der kann sich doch nicht in Luft aufgelöst haben.«

»Gerade habe ich ihn noch gehört«, meinte ein anderer. »Ich glaube, er ist den Abhang runter«, mutmaßte er.

»Okay, Männer, ich habe genug für heute. Lasst uns abziehen und Feierabend machen. Der ist weg, den kriegen wir ohnehin nicht mehr.«

Die Stimmen wurden leiser und verebbten schließlich vollkommen.

»Danke«, sagte Eberhard leise und atmete erleichtert durch. »Das war knapp.«

»Noch nicht«, flüsterte Isabella. »Pst!«

Was hatte sie nur? Die Zöllner waren abgezogen, sie hatten es doch gerade gehört. Eberhard wollte aufbegehren, im nächsten Moment aber besann er sich. Er saß gemeinsam mit Isabella hier in diesem Loch. Sie waren sich so nah, dass er die Wärme ihrer Haut spüren konnte. Sie hatte ihn gerettet. Er war ihr also doch nicht so egal, wie sie ihm vorgemacht hatte. Plötzlich erschien ihm die Lage, so misslich sie auch war, nicht mehr ganz so schrecklich, und er wollte dieses zarte Band der Annährung nicht gleich wieder kaputt machen, nur weil er zu ungeduldig war.

Statt nachzufragen oder zu diskutieren, ergab er sich in die Situation und vertraute darauf, dass Isabella wusste, was sie tat. Wenn sie glaubte, dass es wichtig war, würde er mit ihr hier drinnen noch eine Zeit lang ausharren. Aber wenn er schon warten musste, wollte er es sich zumindest etwas bequemer machen. Also tastete er den Boden ab, setzte sich und lehnte sich mit dem Rücken an die Höhlenwand. Diese Nacht hatte es wirklich in sich. Die vielen Kilometer, die Rennerei, die Anspannung – in diesem Moment schlug alles über ihm zusammen. Erschöpft schloss Eberhard die Augen. Am liebsten wäre er auf der Stelle eingeschlafen.

Isabella tat es ihm gleich. Eberhard konnte sie zwar nicht sehen, aber er spürte, wie sie sich neben ihn setzte. Zögerlich hob er seine Hand und tastete nach seiner Freundin. Der Freundin, die sie immer für ihn geblieben war und die er doch längst verloren geglaubt hatte. Jetzt erkannte er, dass diese Freundin noch immer in Isabella steckte. Sie war nicht fort, sie hatte sich nur sehr gut versteckt. Vor dem Grauen, den Wirren und der

Verzweiflung zurückgezogen, um sich nicht damit auseinandersetzen zu müssen. Kurz dachte Eberhard an Magdalena, sie würde Isabella mögen, da war er sich ganz sicher. Und sie wäre ihr von Herzen dankbar, dass sie ihren zukünftigen Mann gerettet hatte.

Vielleicht war diese Begegnung ein erster Schritt zurück in die Normalität. Konnten sie gemeinsam dafür sorgen, dass Isabella zurück in ein normales Leben fand? Sie konnte sich doch nicht für immer im Wald verkriechen und leben wie ein Tier.

Doch als er ihr die Hand auf den Arm legte, spürte Eberhard, wie sie sich versteifte und schließlich zurückzuckte. Sofort zog er seine Hand wieder zurück.

Eberhard hatte kein Gefühl, wie lange sie so saßen und ausharrten. Am liebsten wäre er aufgestanden, hätte sich den Hintern abgeklopft und das Versteckspiel beendet. Mehrfach war er kurz davor. Gerade holte er Luft, um zumindest die Stille zu durchbrechen, die zwischen ihm und Isabella lag, da hörte er von oben dumpf erneut Stimmen.

»Feierabend, Männer!«, rief einer der Zöllner. »Entweder er hat gemerkt, dass wir doch noch da sind, oder er ist wirklich auf und davon. Ich habe die Nase voll. Für heute hat er gewonnen.«

Als ihm klar wurde, dass er ohne Isabellas Umsicht direkt in eine Falle gelaufen wäre, holte Eberhard scharf Luft. Er spürte die Hand seiner Retterin, die ihn sanft am Arm berührte.

»Noch ein paar Minuten, dann können wir es wagen«, sagte sie leise.

»Woher wusstest du das?«, fragte Eberhard.

»Ich hatte reichlich Gelegenheit, die Zöllner und ihre verschiedenen Taktiken zu studieren«, gab sie leichthin zurück.

***

Der Morgen dämmerte, als Isabella und Eberhard bei der kleinen Hütte ankamen, die Isabellas Zuhause war, seit ihr Elternhaus bei einem Bombenangriff zerstört worden war. Auf dem Weg durch den Wald hatten sie auf Isabellas Anraten geschwiegen. Die Gefahr, doch noch entdeckt zu werden, war zu groß. Mit dem Betreten der Lichtung, an deren Rand sich die Hütte zwischen die Bäume kauerte, atmete Isabella spürbar auf, und ihre Anspannung ließ nach. Kurz bevor sie die Holzhütte erreicht hatten, zeigte sie auf den Brunnen davor.

»Hier kannst du dir die Hände waschen und dich frisch machen«, sagte sie, und ihre Stimme, die nun nicht mehr flüsterte, klang brüchig, als hätte sie sie lange nicht benutzt. »Ich gehe hinein und koche uns einen Tee.«

Dankbar nickte Eberhard. Er fühlte sich in Isabellas Gegenwart seltsam befangen. Sie sprach es nicht aus, aber er konnte spüren, dass sie ihm gegenüber sehr ambivalente Gefühle hatte. Einmal wirkte sie freundlich und zugewandt, und ein kleines bisschen der alten Isabella, wie Eberhard sie vor den tragischen Geschehnissen gekannte hatte, blitzte in ihren Augen auf. In diesen Momenten war ihr Blick klar, und ihr Gesicht hatte die Weichheit, die ihm so vertraut war. Doch schon in der nächsten Sekunde zog wieder dieser Schleier über ihren Blick, der ihn jedes Mal aufs Neue schockierte. Dann sah sie ihn an wie eine Fremde, in ihren Augen sah er Abscheu, fast hatte Eberhard den Eindruck, sie hasste ihn.

Doch immerhin hatte sie ihn heute Nacht gerettet und nun mit zu sich in die Hütte genommen, damit er sich etwas erholen konnte, bevor er den Heimweg antrat.

Vielleicht würde sie ihm die Möglichkeit geben, mit ihr über die Ereignisse zu sprechen, die damals geschehen waren. Vielleicht würde sie dann verstehen, wie viel Schuld er sich selbst gab, auch wenn er wusste, dass er keine Chance gehabt hätte gegen die Übermacht seines Vaters und der Partei.

Während Eberhard zu dem Brunnen hinüberging, ließ er den Blick schweifen. Isabella hatte sich auf dieser mitten im Wald versteckt gelegenen kleinen Lichtung eine Zuflucht geschaffen. Er entdeckte, dass sie sogar einen kleinen Garten angelegt hatte und bewunderte sie für die Kraft, die sie bewies. Gleichzeitig schmerzte es ihn so sehr, zu sehen, wie der Krieg die Seele seiner Freundin zerstört hatte, dass er am liebsten geweint hätte.

Was war das für ein Leben, in dieser Abgeschiedenheit und ohne Kontakt zu den Mitmenschen? Wie hatte sie den Winter hier draußen überstanden? Was war, wenn sie einmal krank wurde? Er nahm sich vor, alles daranzusetzen, Isabella wieder ins Dorf zu holen. Sie war eine von ihnen, und er war sicher, dass sie wieder in die Gemeinschaft finden konnte, wenn sie es nur versuchte und Nähe zuließ.

Entschlossen beugte Eberhard sich über den Brunnen. Zuerst wusch er sich die dreckverschmierten Hände – beim Herauskriechen aus dem Loch hatte er sich fest in die Erde krallen müssen, um Halt zu finden. Nachdem er die letzten dunklen Spuren beseitigt hatte, schöpfte er mit beiden Händen das eiskalte Wasser und warf es sich ins Gesicht. Es kostete ihn zwar Überwindung, aber er wiederholte diese kalte Dusche noch ein paarmal, nahm dann einige große Schlucke des klaren Nasses und spürte seine Lebensgeister neu erwachen.

Aus der Hütte klangen Geräusche, es war Zeit, hineinzugehen. Eberhard hoffte inständig auf die Chance eines klärenden Gespräches. Nachdenklich beendete er seine Katzenwäsche und ging auf die Tür zu. Er klopfte und blieb in der geöffneten Tür stehen. Isabella sah ihm entgegen und nickte.

»Komm herein. Ich habe einen Kräutertee gekocht. Und etwas Brot habe ich auch noch. Du bist sicher hungrig.«

»Danke«, sagte er und setzte sich zu ihr an den grob gehobelten Tisch.

Neugierig sah er sich um. Es musste einmal eine Jagdhütte gewesen sein. Die Einrichtung war spärlich und zweckmäßig. Mit kleinen Details hatte Isabella trotz der Kargheit eine behagliche Atmosphäre geschaffen. In einer Ecke stand ein einfaches Bett. Sie besaß außerdem einen Kohleherd, ein paar Schränke, einen Tisch und zwei Stühle.

Isabella ließ ihm Zeit, alles in sich aufzunehmen, dann zuckte sie mit den Schultern. »Nichts Besonderes, ich weiß, aber für mich reicht es. Hier habe ich zumindest meine Ruhe.« Sie goss Tee in die beiden Tassen. »Was ich brauchte, habe ich mir aus den Trümmern der Häuser zusammengesucht. Ein paar Tassen und Teller, Besteck … auch Kleidung. Eine warme Decke. Es ist alles da, was wichtig ist. Und wenn doch etwas …«

Ihr Blick flackerte, Eberhard merkte, wie nervös und angespannt Isabella war. Sie sprach hektisch und schien sich vor dem zu fürchten, was geschehen konnte, wenn sie aufhörte zu reden.

»Danke Isabella«, sagte er. Isabella schob eine der Tassen zu ihm hin. Er nahm sie und umfasste sie mit beiden Händen. »Bitte lass mich dir erzählen, was passiert ist«, sagte er leise.

»Sie sind tot«, sagte Isabella mit einer hohl klingenden Stimme. »Alle die ich liebhatte, sind tot.«

»Ich weiß«, sagte Eberhard. »Es ist schrecklich.«

Er suchte nach den richtigen Worten. Sie würde ihm nicht viele Chancen geben, er durfte es nicht vermasseln.

»Mein Vater war ein verdammter Nazi«, sagte er. »Ich habe es gewusst, ich habe so gut ich konnte, gegen ihn gekämpft. Das weißt du, Isabella.«

Ihre Augen schimmerten feucht, aber sie rührte sich nicht, also sprach Eberhard weiter.

»Zufällig hatte ich am Abend vorher belauscht, dass sie von den Rosenbaums in ihrem Versteck wussten und planten, zu euch zu kommen, und dann, wenige Minuten später erfuhr ich, dass ich am nächsten Tag an die Front aufbrechen musste. Mir blieb gerade noch so viel Zeit, dass ich eine Warnung schreiben konnte. Aber es war zu spät. Ihr habt meinen Zettel zu spät gefunden.«

Jetzt kam Leben in Isabella. Sie riss die Augen auf und ihren Mund und starrte Eberhard fassungslos an. »Du hast uns gewarnt?«, fragte sie endlich.

Eberhard nickte. Er fuhr sich durch die Haare und zuckte mit den Schultern. »Ich habe es versucht, doch was hat es genutzt? Bis zu meiner Rückkehr trug mich die Hoffnung, dass ihr meine Botschaft gefunden hattet, doch sie waren schneller. Ich konnte nichts mehr für euch tun.«

Das Geräusch, mit dem Isabella schluchzend zusammenbrach, klang wie das eines schwer verletzten Tieres in seinem Schmerz. Eberhard sprang auf und umschloss sie mit beiden Armen. Sie klammerte sich an ihn, als wäre sie eine Ertrinkende und er ihr Retter.

Zeit spielte keine Rolle. Isabella weinte, bis sie keine Tränen mehr hatte. Zaghaft löste sie sich irgendwann von Eberhard, putzte sich die Nase und setzte sich wieder.

»Ich dachte, du hättest mich im Stich gelassen. Ich hatte keine Ahnung, ich fühlte mich so verraten. Ich war so zornig. So traurig. So verzweifelt. Sie haben Mama erschossen. Peng. Einfach so. Und sie haben die Rosenbaums mitgenommen. Die kleine Sarah war doch fast noch ein Baby. Was kann denn ein Baby so Schlimmes getan haben, dass man es verhaften muss, Eberhard, was?«

Doch Eberhard schüttelte heftig den Kopf. »Nichts, Isabella. Das Baby nicht und auch die erwachsenen Menschen nicht. Sie haben nichts getan. Sie wurden verhaftet und ermordet, einfach nur, weil ein Mensch sich und seinesgleichen für etwas Besseres hielt.«

»Ich habe Steine nach dir geworfen«, sagte Isabella plötzlich. Sie schlug die Augen nieder. »Es tut mir leid«, flüsterte sie.

Eberhard griff nach ihrer Hand. Dieses Mal zuckte sie nicht zurück, sondern ließ es geschehen. »Nichts muss dir leidtun, Isabella. Gar nichts. Ich schäme mich, der Sohn eines Mörders zu sein. Ich werde mein Leben lang versuchen, etwas von seinen schlimmen Taten wiedergutzumachen. Es wird mir nicht gelingen, die Gräuel wiegen zu schwer, das ist mir bewusst. Aber ich muss es zumindest versuchen. Kannst du mir verzeihen, Isabella?«

Als er es aussprach, wusste Eberhard, dass genau das sein Lebensweg sein würde. Verzeihung suchen. Wiedergutmachung. Zeichen zu setzen gegen die Bosheit und Gemeinheit seines Vaters. Er würde seine eigene Kaffeerösterei eröffnen, Geld verdienen und damit Gutes tun.

»Ich muss dir nichts verzeihen. Du hast dein Bestes getan. Aber ich schäme mich, weil ich an deiner Freundschaft und Loyalität gezweifelt habe. Ich war undankbar, und du bist es, der mir dafür verzeihen muss. Es tut mir wirklich leid. Aber der Schmerz war zu groß.« Isabella starrte nachdenklich auf den Fußboden vor sich, dann sprach sie weiter: »Weißt du, ich wollte sterben. Ich habe mir nichts sehnlicher gewünscht, als einzuschlafen und nie wieder aufzuwachen, um den Schmerz nicht mehr spüren zu müssen. Aber es ging nicht. Mein Herz hat einfach nicht aufgehört zu schlagen.«

Eberhard konnte Isabellas Leid kaum ertragen, aber er bewahrte Haltung, sie brauchte jetzt jemanden, der ihr zeigte, dass es jenseits des Schmerzes auch noch Glück gab, inneren Frieden, ein Lachen.

»Der Schmerz wird immer Teil von dir bleiben, Isabella. Aber er wird dich nicht immer vollkommen ausfüllen. Es wird auch wieder Platz in dir geben für Leben, für Lachen und auch für Liebe. Ich bin mir sicher.« Er räusperte sich.

War dies der Moment, in dem er ihr von Magdalena erzählen musste? Eberhard war glücklich, sich mit Isabella ausgesprochen zu haben, aber sie musste wissen, dass er Magdalena liebte.

»Sie ist hübsch und sehr liebenswert«, sagte Isabella und es war das erste Mal, dass sich sogar ein kleines Lächeln auf ihren Lippen zeigte. Als sie seinen überraschten Ausdruck sah, vertiefte sich das Lächeln noch etwas. »Ich lebe zwar mitten im Wald, aber dennoch nicht hinter dem Mond, mein Lieber. Ich freue mich für dich, dass du eine liebenswerte Frau gefunden hast. Ich wünsche dir, dass du glücklich wirst.« Eberhard hörte, dass sie es genau so meinte, wie sie es sagte. Es gab keinen Zweifel.

Er blieb noch eine ganze Weile bei Isabella in der Hütte. Die Aussprache hatte ihnen beiden gutgetan, und Isabella taute langsam etwas auf, sodass er etwas von dem unbeschwerten zuversichtlichen Mädchen wiedererkannte, was sie einst gewesen war. Über sich selbst sprach sie nicht viel, doch sie fragte nach, wie Eberhard sich seine Zukunft mit Magdalena vorstellte. Nur zu gern erzählte er ihr von seinen Träumen.

In schillernden Farben malte er aus, was er auf die Beine stellen würde. Er erzählte Isabella, wie er sich seine Kaffeerösterei vorstellte. Und auch von seinem Traum, in die Anbaugebiete von Kaffee zu reisen, vielleicht eines Tages selbst eine Plantage in Südamerika zu besitzen oder aber zumindest Anbauer kennenzulernen und Hand in Hand mit ihnen zusammenzuarbeiten. Er wollte den Menschen in diesen Ländern helfen, dafür sorgen, dass die Arbeit sich für sie lohnte.

Isabella saß schweigend da und hörte ihm zu. Ihr Blick war im Laufe ihres Gespräches wieder ein bisschen lebendiger geworden. Eberhard hatte das Gefühl, dass in den letzten Stunden ein wenig von seinem Lebensmut auf Isabella übergegangen war und ihr Kraft geschenkt hatte. Es schien, als kehrte der Glauben an das Gute, den Isabella durch die Schrecken des Krieges verloren hatte, schüchtern in ihre Seele zurück.

Als er sich verabschiedete, versprach Eberhard, in den nächsten Tagen wiederzukommen.

***

Voller Vorfreude ging Eberhard eine knappe Woche nach seiner Rettung auf Isabellas Hütte zu. Er hatte eine Überraschung für sie: Einige Dorfbewohner hatten sich bereit erklärt ihn beim Wiederaufbau von Isabellas Elternhaus zu unterstützen. Sie alle kannten sie seit ihrer Geburt und hatten Mitleid mit der jungen Frau, die sich seither im Wald versteckte. Obwohl in dieser Zeit jeder genug mit sich selbst zu tun hatte, hielten die Menschen doch zusammen. Sie wollten Isabella helfen, ihr Leben wieder in den Griff zu bekommen.

Eberhard war sehr gespannt, wie seine Freundin die Neuigkeiten aufnehmen würde, doch als er an ihre Tür klopfte blieb es drinnen still. Vielleicht war sie unterwegs. Oder sie schlief, überlegte er. Nach kurzem Zögern öffnete er die Tür und trat ein. Seine Augen brauchten einen Moment, um sich an die Dunkelheit in der Hütte zu gewöhnen, doch dann entdeckte er Isabella.

Sie lag in ihrem Bett, die blonden Haare waren wie ein Fächer auf dem Kissen ausgebreitet, ihr Gesicht wirkte wächsern. Sie sah aus wie ein Engel. Mit zwei Schritten war Eberhard bei ihr, doch ihm war klar, dass er zu spät kam. Schon bevor er sie an der Schulter berührte wusste er: Isabella war tot.

***

»Die Kriegsstrapazen und das erlebte Unglück waren zu groß«, sagte der Arzt. Eberhard hatte Isabella auf seine Arme gehoben und zum Arzt im Dorf getragen. Sie war so zierlich und leicht gewesen und er so verzweifelt und voller Entsetzen, dass er die

Anstrengung kaum gespürt hatte. So hinterhältig konnte das Schicksal doch nicht sein, dass es ihm die eben wiedergefundene Freundin erneut entriss. Nun musste er in so kurzer Zeit ein drittes Mal Abschied nehmen.

»Gibt es Verwandte?«, fragte der Arzt. »Kennst du jemanden, den wir benachrichtigen können? Und der für das Begräbnis aufkommt?«

»Es gibt niemanden. Nur mich. Ich kümmere mich um die Bestattung«, sagte Eberhard mit erstickter Stimme.

Der Arzt nickte. »Ich gebe der Gemeinde Bescheid, der Pfarrer wird sich dann um alles Weitere kümmern.«

Eberhard nickte. Der Arzt legte ihm den Arm um die Schultern und zwang ihn sanft, aber bestimmt zur Tür hinaus. »Geh mein Junge«, sagte er. »Geh nach Hause zu deiner Familie. Der Pfarrer wird sich bei dir melden.«

Eberhard tat wie ihm geheißen, doch der Nachmittag floss an ihm vorbei, ohne dass er ihn wirklich wahrnahm. Schon am nächsten Tag war die Beerdigung.

Während Magdalena an Eberhards Seite stand, ihn stützte und für ihn da war, sprach der Pfarrer ein paar salbungsvolle Worte, die Eberhard nicht im Mindesten erreichten. Was ihn jedoch tröstete, waren die Trauergäste, die gekommen waren. Seine Mutter, die Dorfbewohner … alle hatten sich um das Grab versammelt, um sich zu verabschieden.

»Was ist das für ein mieses Spiel?«, wiederholte Eberhard die Frage, die ihn seit Isabellas Tod umtrieb, während sie von der Kapelle zum Friedhof gingen. »Wieso finde ich sie wieder und verliere sie dann?«

»Vielleicht war das eure Chance«, sagte Magdalena leise und nachdenklich. »Vielleicht musste Isabella sich mit dir aussöhnen, um ihren Frieden zu finden.«

Eberhard lachte bitter auf. »Dann habe ich sie auf dem Gewissen? Sie ist gestorben, weil wir uns ausgesprochen haben?«

Doch Magdalena ließ die Bitterkeit nicht zu. »Sei nicht albern, Eberhard. Isabella war erschöpft und ihres Lebens müde. Sie hätte nicht die Kraft gehabt, weiterzumachen, wieder auf die Beine zu kommen und sich eine Zukunft aufzubauen. Zu schwer haben die Verluste ihrer Liebsten ihr auf der Seele gelastet. Doch Isabellas Herz war nicht bereit, sie gehen zu lassen, ohne dass sie sich mit dem einen Menschen aussöhnte, den der Tod ihr noch nicht genommen hatte, mit dir. Auch dich hat sie geliebt, doch ihr Hass und ihre Verzweiflung hatten ihr den Weg zu dir versperrt. Trotzdem hat sie es nicht übers Herz gebracht, im Hass von dir zu gehen. Eure Versöhnung war eine Befreiung für sie. Sie hat ihr dich zurückgegeben, und du hast ihr so einen Funken von dem Glück wiedergegeben, das sie einmal, in besseren Zeiten, mit dir gemeinsam empfunden hat. Du hast ihr ein letztes großes Geschenk gemacht.«

Dann stand er an Isabellas Grab. Sie wurde in einem einfachen Sarg beerdigt. Man hatte ihr eine Grabstätte unter einem Baum ausgewählt, was Eberhard freute. Der Wald war ihre Zuflucht gewesen. Hier würde sie sich auch in Zukunft sicher fühlen. Eberhard warf eine Handvoll Erde in die Grube und dankte ihr stumm für ihre Freundschaft. Und er schwor ihr, dass er die Schuld seines Vaters sühnen würde.

Als er den Friedhof verließ, fühlte er Magdalenas zarte kühle Hand in seiner großen. Sie gab ihm Halt.

Kapitel 22
Das Versprechen

Aachen • Oche • Aix-la-Chapelle • Aken • Aquae Granni

Gegenwart: Januar

Es war noch ziemlich früh in den Morgenstunden, die Dämmerung brach sich gerade erst Bahn. Corinne gähnte verschlafen und räkelte sich genüsslich unter der warmen Decke. Sie kuschelte sich nahe an Noah heran, der seine Augen noch geschlossen hatte. Lächelnd stützte sie ihren Kopf auf ihren aufgestellten Unterarm und betrachtete das Gesicht ihres Liebsten im Zwielicht des beginnenden Tages. Im ersten Moment des Aufwachens hatte sie gedacht, es wäre alles nur ein Traum gewesen – aber es war wunderbare Wirklichkeit.

Nachdem sie gestern zu dritt bis in den späten Abend im *Öcher Böhnchen* gesessen, gegessen, gelacht und Pläne geschmiedet hatten, hatte Sebastian sich verabschiedet und die frisch Verliebten allein gelassen. Noah hatte Corinne zärtlich in die Arme genommen und geküsst. Lange und intensiv. Irgendwann hatte er sie gefragt, ob sie ihn nach Hause begleiten würde, und Corinne hatte zugestimmt.

Ihr ganzer Körper kribbelte, die Leidenschaft der vergangenen Nacht vibrierte noch in ihr. Noah war umwerfend. Zärtlich und einfühlsam und immer darauf bedacht, dass es ihr gut ging. So intensiv hatte sie das Zusammensein mit einem Mann noch nie erlebt.

Der Gedanke an die erlebte Leidenschaft weckte ihre Lust erneut. Dabei hatten sie sich die ganze Nacht geliebt, wieder und wieder. Wenn sie erschöpft gewesen waren, hatten sie eng aneinandergeschmiegt ein bisschen geschlafen, nur um nach einer kurzen Pause erneut den Körper des anderen zu erkunden und die Wogen der Lust neu zu entfachen.

Noah regte sich. Er blinzelte und strahlte Corinne im nächsten Moment auch schon an.

»Guten Morgen, schöne Frau.« Seine Stimme klang ein wenig kratzig, sein Lächeln aber war tief und weich. »Dann war das kein Traum«, stellte er nach einem langen Blick in Corinnes Augen fest.

»Guten Morgen, schöner Mann«, antwortete Corinne. »Wenn es ein Traum ist, dann träumen wir ihn gerade gemeinsam«, stellte sie fest. »Bitte wecke mich nicht.«

Noah hob den Kopf und lehnte sich zu ihr hinüber. Er knabberte an ihrem Ohr, küsste sie in die Halsbeuge und weiter hinunter zu ihren Brüsten. »Keine Angst«, raunte er, »ich werde dich nicht wecken. Aber wie wäre es mit ein bisschen weiterträumen?«, fragte er und schenkte ihr einen Blick, der ihr einen Schauer der Lust bescherte.

»Träumen ist wundervoll«, erwiderte sie. Sie fuhr mit den Fingern in seine Haare und zog Noah noch etwas näher zu sich heran.

Es war wie ein Rausch. Ihre Hände, seine Hände, Lippen auf der Haut des anderen, glückliches Seufzen und ein aneinander Festhalten. Corinne hatte kein Gefühl mehr für Raum und Zeit, sie konnte nur noch Noah wahrnehmen, die Leidenschaft und Erfüllung, die er ihr schenkte.

Die Wintersonne schien zu ihnen herein, als sie in Noahs gemütlicher Wohnküche saßen. Ihr erstes gemeinsames Frühstück.

Corinne hatte einen Fuß unter ihren Po gezogen und lehnte sich auf ihrem Stuhl zurück. Sie hatte einen von Noahs Pyjamas an und fühlte sich herrlich wohl und geborgen darin. Vor ihr auf dem Tisch stand eine große Schale Milchkaffee. Die Augen geschlossen, hielt Corinne ihr Gesicht in die Sonnenstrahlen.

Noah erhob sich und ging zum Herd hinüber. Er wendete die Pancakes und holte dann Obst aus dem Korb. Als er begann, eine Orange zu schälen, blinzelte Corinne zu ihm hinüber.

»Lass mich dir doch helfen«, sagte sie, weil sie sich nutzlos fühlte, wenn sie einfach nur untätig dasaß. Sie hatte ihm vorher schon Hilfe angeboten, aber er hatte das strikt abgelehnt.

Auch jetzt schüttelte er wieder den Kopf.

»Ich möchte dich verwöhnen«, sagte er, grinste schelmisch zu ihr hinüber und fügte hinzu: »Und von meinen Qualitäten überzeugen.«

»Quatschkopf«, gab Corinne zurück. »Das hast du doch längst«, sagte sie. »Oder glaubst du, ich wäre sonst mit dir nach Hause gegangen?«

»Lass mich dich trotzdem verwöhnen. Pancakes mit frischem Obstsalat sind meine Spezialität.« Er warf ein Küsschen durch die Luft zu Corinne hin und schenkte ihr einen bittenden Blick. Wie hätte sie ihm diese Freude nicht gönnen können?

»Also gut«, sagte sie deshalb. »Du hast mich überredet.«

Weil sie aber trotzdem nicht nur untätig dasitzen und ihm zusehen wollte, holte sie ihre Handtasche und zog Sarahs Brief hervor. Zeile für Zeile las sie den Text noch einmal. Die Großherzigkeit, die aus diesen Zeilen sprach, berührte sie immer noch sehr, auch wenn sie die Worte jetzt schon mehrfach gelesen hatte – sie verloren nicht an Kraft.

»Es ist so schade, dass Sarah und mein Großvater sich nie kennengelernt haben«, sagte sie.

Noah nickte. »Nach allem, was du mir von deinem Großvater erzählt hast, hätten die beiden sich sicher sehr gut verstanden«, antwortete er und schnippelte währenddessen eifrig weiter das Obst. Gerade hatte er eine Birne halbiert und vom Kerngehäuse befreit.

Nachdenklich betrachtete Corinne die getrocknete Lilienblüte und steckte dann alles zusammen wieder in den Umschlag zurück.

Der Gedanke an ihren Großvater brachte Bilder und kleine Szenen in ihre Erinnerung, sie saß lächelnd da und fühlte sich ihm wieder einmal sehr nahe. Ob er wirklich stolz auf sie wäre? Corinne hoffte es und war fest entschlossen, immer so zu leben, dass er es auch sein konnte.

»So, jetzt geht es los«, sagte Noah, als er zwei Teller voller Pancakes auf den Tisch stellte. Er hatte sie mit frischen Früchten garniert. Es duftete verführerisch, und Corinne lief das Wasser im Mund zusammen.

Zusätzlich brachte Noah noch eine größere Schüssel mit Obstsalat und platzierte sie in die Mitte des Tisches.

»Ich habe etwas frischen geriebenen Ingwer zum Obst gegeben, ich hoffe, du magst das. Das stärkt die Abwehrkräfte und gibt dem Ganzen einen gewissen Pepp«, erklärte er.

»Hmmm«, machte Corinne. »Ich liebe Ingwer!«

Und schon machten sie sich beide hungrig über das köstliche Frühstück her.

»Ich habe mir heute freigenommen«, sagte Noah ein wenig später. »Was meinst du, wollen wir Regale für dein *Öcher Böhnchen* aussuchen gehen? Oder möchtest du heute lieber frei machen und wir gehen bummeln, ins Kino oder essen? Was auch immer du möchtest!«

Nachdenklich legte Corinne ihren Löffel zur Seite und sah Noah ernst an. »Ich würde später sehr gerne mit dir zusammen nach Regalen suchen und was ich sonst noch so brauche. Aber zuerst möchte ich etwas anderes tun.« Sie hielt inne und sortierte ihre Gedanken und Gefühle. Dann sprach sie weiter: »Mir ist klar geworden, was ich mit der getrockneten Lilie machen möchte. Würdest du mich begleiten? Ich werde meine Mutter und Alexander anrufen und sie bitten, auch zu kommen.«

Sie musste es nicht erklären, Noah verstand sofort, was sie vorhatte.

»Das ist eine wunderbare Idee, Corinne. Selbstverständlich komme ich mit. Danke, dass du mich fragst. Das ist nicht selbstverständlich.«

Corinne gab ihm einen zärtlichen Kuss. »Doch«, sagte sie. »Für mich ist es das.«

***

Alexander, Thomas, Noah und Corinne kamen fast gleichzeitig am Hauptportal des Friedhofs an. Glücklicherweise war es etwas wärmer geworden, die Sonne schien vom strahlend blauen Winterhimmel auf sie herunter, und es war windstill. So konnten sie die frische Luft und das Draußensein genießen, ohne mit den Zähnen zu klappern. Corinne hatte auf dem Weg von Noahs Wohnung zum Friedhof noch einen Strauß frische Lilien besorgt.

Gerade als sie sich begrüßten, fuhr ein Taxi vor und ihre Mutter stieg aus.

»Da komme ich ja gerade richtig«, sagte sie und begrüßte nicht nur Corinne und Alexander mit einer herzlichen Umarmung, sondern auch Thomas.

Dann wandte sie sich Noah zu.

»Noah Engel«, stellte er sich vor. »Freut mich, Sie kennenzulernen, Frau Ahrensberg«, sagte er und streckte ihr die Hand zur Begrüßung hin.

Das klang ungewohnt steif für Noah, Corinne warf ihm einen überraschten Blick zu und merkte, wie unsicher er war. Der sonst so lässige und selbstsichere Noah hatte Bammel vor dem Urteil der Mutter seiner Freundin. Hätte er ihr Herz nicht schon erobert gehabt, in diesem Moment wäre es ihm ganz sicher gelungen.

»Willkommen in unserer Familie«, sagte Corinnes Mutter sehr warmherzig. Sie nahm Noahs Hand, schüttelte sie, umarmte ihn dann aber gleich darauf ebenso herzlich wie die anderen. Sie lächelte ihn an und musterte ihn kurz. Dann sagte sie augenzwinkernd: »Den guten Geschmack hat meine Tochter offensichtlich von mir geerbt.«

Damit war das Eis gebrochen.

Noah lachte auf und sagte: »Wie könnte ich es wagen, der Mutter meiner Freundin gleich zu Beginn des Kennenlernens zu widersprechen? Da werde ich das wohl einfach als Kompliment nehmen, vielen Dank Frau Ahrensberg.«

»Esther, bitte. Lass uns doch dieses unpersönliche Sie direkt überspringen.«

»Sehr gern. Danke.«

»Willst du uns jetzt verraten, was wir hier eigentlich wollen?«, mischte sich nun Alexander in das Gespräch ein. Er stand Arm in Arm mit Thomas da. »Was hast du so Geheimnisvolles geplant, dass wir uns unbedingt und so schnell wie möglich hier treffen mussten?«

»Lasst uns zu Großvaters Grab gehen, bitte. Dort erkläre ich es euch.« Corinne war aufgeregt, aber sie war auch dankbar und fühlte sich sonderbar fröhlich.

Zu fünft gingen sie den Weg entlang und blieben an dem großen Familiengrab stehen, in dem nicht nur Eberhard Ahrensberg, sondern auch seine Frau Magdalena die letzte Ruhe gefunden hatte.

Einen Augenblick blieben alle stumm stehen, es schien, als

würde jeder für sich den Kontakt zu den Menschen suchen, die hier begraben lagen.

Dann legte Corinne die Lilien, die sie mitgebracht hatte, auf das Grab und räusperte sich.

»Sarah Rosenbaum hat mir geantwortet. Ich möchte euch gern ihren Brief vorlesen. Ist das in Ordnung für euch?«, fragte sie.

Alle nickten. Corinne faltete den Brief auseinander und begann mit fester Stimme Sarahs Worte zu lesen. Als sie geendet hatte, hatte ihre Mutter ein Taschentuch in der Hand und putzte sich energisch die Nase, um die Fassung wiederzuerlangen. Auch die drei Männer wirkten sehr berührt.

»Diese Sarah Rosenbaum scheint ein sehr besonderer Mensch zu sein«, sagte ihre Mutter. »Es war eine schöne Idee von dir, uns den Brief hier am Grab deines Großvaters vorzulesen, Corinne.«

Alexander und die anderen nickten zustimmend.

Corinne freute sich, dass die Menschen, die ihr wichtig waren, verstanden, wie viel ihr dieser Moment bedeutete. Aber mit dem Lesen des Briefes war es noch nicht getan.

»Ich habe mich so sehr über die Zeilen gefreut, und ich bin fest davon überzeugt, auch Großvater wird es in irgendeiner Form mitbekommen. Aber ich habe noch etwas. Sarah hat dem Brief ja diese getrocknete Lilienblüte als Zeichen der Versöhnung beigelegt.« Sie hielt den anderen die flache Hand hin, auf der die Blüte lag. »Meint ihr nicht auch, dass hier bei Großvater der richtige Platz dafür ist? Ich würde die Blüte gern hier direkt bei seinem Grabstein vergraben.«

»Eine wunderschöne Idee«, sagte Alexander begeistert. »Es gibt keinen besseren Ort dafür.«

Corinne ging vor dem Grabstein in die Hocke und schob ein wenig Erde zur Seite. In die dabei entstandene kleine Mulde legte sie die Blüte und deckte sie mit Erde zu, damit der Wind sie nicht irgendwann wegwehen konnte. Dann stellte sie sich wieder hin. Sie hielt den Blick fest auf den Grabstein gerichtet.

»Das ist von Sarah, Großvater. Sie dankt dir für den Versuch, sie zu retten. Es war eine schreckliche Zeit für sie, aber auch wenn die Warnung zu spät kam, sie haben alle drei das Lager überlebt. Sarah hatte ein glückliches Leben, weißt du? Ich danke dir, Großvater. Und ich werde deinen Röster in Ehren halten, das verspreche ich dir. Die Menschen werden den Duft des Kaffees lieben, da bin ich sicher.«

Mit diesen Worten drehte Corinne sich von dem Grab weg. Sie nahm Noahs Hand. Ihre Mutter lächelte, gab Corinne einen Kuss und hakte sich rechts und links bei Alexander und Thomas ein.

Jetzt würden sie in die Villa gehen, und ihren Vater besuchen. Vielleicht …, dachte Corinne, und dieses Vielleicht, das sie in sich trug, gab ihr Hoffnung und Zuversicht.

Kaffee-Pralinen

Helle Ganache

Zutaten:

200 ml Sahne (plus etwas mehr, um den Verlust durch das Aufkochen und Absieben im Nachhinein wieder auszugleichen)
30 g geröstete Kaffeebohnen
400 g weiße Schokolade oder Kuvertüre
Pralinen-Hohlkörper – Sorte nach Wahl Vollmilch, Zartbitter oder auch Weiß (findet man im Fachhandel oder auch im Internet)

Dunkle Ganache

Zutaten:

200 ml Sahne (plus etwas mehr, um den Verlust durch das Aufkochen und Absieben im Nachhinein wieder auszugleichen)
30 g geröstete Kaffeebohnen
300 g Vollmilchschokolade
Pralinen-Hohlkörper Sorte nach Wahl Vollmilch, Zartbitter oder auch Weiß (findet man im Fachhandel oder auch im Internet)

Zusätzlich für die Fertigstellung:

300 bis 400 g zu den Hohlkörpern passende Schokolade.

Einen schönen optischen Effekt bekommt man, wenn man dunkle Hohlkörper hell füllt und umgekehrt.

Die Herstellung der Pralinen ist für beide Füllungen identisch. Zuerst werden die Kaffeebohnen grob gemörsert.
Wer keinen Mörser besitzt, kann die Bohnen in eine Gefriertüte geben oder auf ein Brett legen und mit einem Geschirrtuch abdecken. Nun mit einem Teigroller oder Fleischklopfer auf die Kaffeebohnen schlagen, bis sie grob zerkleinert sind.
Den Kaffeebohnenschrot in die Sahne rühren und einmal kurz aufkochen lassen.
(Vorsicht: Sahne kocht sehr schnell über, besser daneben stehen bleiben)
Diesen Kaffee-Sahne-Ansatz beiseitestellen und mindestens 5 Stunden ziehen lassen. Danach die Sahne durch ein Sieb gießen, der Kaffeeschrot wird nicht mehr benötigt und kann entsorgt werden, die Bohnen haben ihr Aroma an die Sahne abgegeben.

Die Schokolade oder Kuvertüre im Wasserbad schmelzen.
Aufpassen, dass es nicht zu heiß wird, maximal 40°, und aufpassen, dass kein Wasser in die Schokolade spritzt, sonst trennt sich die Kakaobutter vom Rest der Masse und die Schokolade klumpt.
Nach dem Sieben wird ein bisschen Sahne fehlen, darum mit frischer Sahne auffüllen, es müssen 200 ml sein.
Die Sahne in die geschmolzene Schokolade einrühren, dabei sehr gut rühren und vermischen.
Masse etwas abkühlen lassen.
(Wenn man die Masse zu warm in die Hohlkörper füllt, schmelzen diese.)

Die Ganache in einen Spritzbeutel füllen, eine kleine Tortenspritze kann man auch nehmen.

Nun die Ganache bis knapp zum Rand in die Hohlkörper füllen. Es soll nichts überlaufen, aber auch keine zu große Vertiefung entstehen.
Die halb fertigen Pralinen beiseitestellen und abkühlen lassen (am besten über Nacht)

Hohlkörper verschließen:
Die zu den Hohlkörpern passende Schokolade im Wasserbad schmelzen und abkühlen lassen, bis sie wieder kurz vor dem Festwerden ist.
Die Schokolade in einen Spritzbeutel geben, die Hohlkörper mit einigen Tropfen Schokolade verschließen und abkühlen lassen.

Überzug:
Die Schokolade im Wasserbad schmelzen, runterkühlen lassen auf ca. 23 °C.
Nicht wärmer!
Die Kugeln in die geschmolzene Schokolade tauchen, mit einer Pralinengabel (sofern vorhanden) aus der Schokolade heben und auf ein Gitter legen.
Die Schokolade kurz anziehen lassen (= sich etwas verfestigen lassen).
Dann die Kugel auf dem Gitter hin und her rollen (»igeln«). Dadurch entsteht das typische Oberflächenmuster.

Kriegsplätzchen

Rezept original
von Oma Liselotte, genannt Lilo.

40 g Butter
40 g Zucker
30 g geriebene gekochte Kartoffeln
180 bis 200 g Mehl
1 Eidotter
1 TL Backpulver

Oben drauf:
Obst, so man hat
Eiweiß und etwas Zucker

Hellgelb backen. Eventuell, so man hat, mit Obst bestreichen und obenauf, das mit Zucker geschlagene Eiweiß draufgeben und nochmals kurz mit Oberhitze backen.

Falsche Schlagsahne

Rezept original
von Oma Liselotte, genannt Lilo.

½ l Magermilch
25 bis 30 g Mehl
30 g Zucker
Etwas Vanillezucker

Das Mehl mit etwas Milch anrühren. Die übrige wird zum Kochen gebracht und die Mehlmasse hineingerührt. Einige Stunden recht kühl stellen. Mit Zucker und etwas Vanillezucker schlagen, bis Masse steif wird. Zu Früchten oder mit Saft, Kaffee, Kuchen.

Kunsthonig

Rezept original
von Oma Liselotte, genannt Lilo.

1 l Buttermilch
500 g Zucker

Buttermilch mit Zucker ansetzen, verkochen lassen. Gewicht 700 g ca.

Bavaroise von Kaffee

Rezept 1112 aus einem Kochbuch
von Henriette Davidis aus dem Jahr 1913.

Man schütte 125 Gramm frisch gebrannten Mokka-Kaffee in einen Viertel Liter kochende Sahne, decke ihn zu und lasse ihn kalt werden. Nachdem man die Sahne durch ein feines Sieb gegossen, tue man 150 Gramm Zucker und 20 Gramm Gelatine hinein und rühre sie auf dem Eise, bis sie verdickt. Dann vermische man sie mit einem halben Liter steif geschlagener Sahne.

Wie man richtig Kaffee kocht

Anleitung aus dem Kochbuch
von Luise Schäfer, um 1930.

Das Rösten des Kaffees muss mit großer Aufmerksamkeit geschehen. Man setzt die Bohnen mit einem erbsengroßen Stückchen Butter auf ein starkes Feuer und rührt unablässig darin, bis sie eine mittelbraune Farbe erhalten haben. Noch zweckmäßiger ist das Rösten des Kaffees in den verschlossenen Drehtrommeln. Dies muss langsam auf nicht zu starkem offenem Feuer vor sich gehen, und nur so lange fortgesetzt werden, bis die Bohnen gut zu knistern anfangen, worauf man die Trommel öffnet, gestoßenen Zucker (auf ein Pfund Kaffee 15 Gramm Zucker) hinein schüttet und die Bohnen noch ein paarmal damit umrührt, wodurch das Entweichen der aromatischen Stoffe verhindert wird. Nun nimmt man die Trommel vom Feuer, schwingt sie noch einige Augenblicke und sieht hierauf nach, ob die Bohnen die richtige Farbe haben. Die fertig gerösteten Kaffeebohnen werden auf einem Blech ausgebreitet und erkaltet in gut verschlossene Kaffeebüchsen gefüllt.

Zur Bereitung des Getränkes lässt man in einer Messing- oder Emailpfanne Wasser, dem man ein Stückchen Zichorie zusetzen kann, kochend werden, schütte das Kaffeemehl hinein und kocht es zehn Minuten. Dann nimmt man den Kaffee vom Feuer, gießt einige Tropfen Wasser darauf, lässt ihn etwa fünf Minuten zugedeckt stehen, damit sich das Mehl setzen kann, und gießt ihn dann in die Kaffeekanne ab.

Noch feiner wird der Kaffee, wenn man ihn auf folgende Weise bereitet:
Man gibt das Kaffeemehl (zu zwei Tassen etwa 15 bis 25 Gramm Mehl) in einen Filtriersack, den man auf einen passenden Topf setzt, oder man gibt dasselbe auf den Seiher einer Kaffeemaschine, deckt den Topf mit einem Deckel, die Maschine mit dem dazugehörigen Einsatz und Deckel zu, gießt nach und nach mit einem Schöpflöffel kochendes Wasser hinein, deckt wieder zu und lässt den Kaffee langsam durchlaufen.
Der auf diese Weise filtrierte Kaffee erfordert etwas mehr Kaffeemehl, als der oben beschriebene Kaffee, weshalb der gekochte für den alltäglichen Gebrauch geeigneter ist.

Quellennachweis

Das Zitat »Wer fliegen will, muss den Mut haben, den Boden zu verlassen« auf Seite 157, stammt von Walter Ludin. www.aphorismen.de/zitat/43228
Ludin, Wo sind die Freundbilder?, Verlag P. Rothenhäusler, 1994

»Bist du bereit?«
»Bereit, wenn du es bist« ist ein Zitat aus der Edelsteintrilogie »Liebe geht durch alle Zeiten«, von Kerstin Gier. Es kommt in allen drei Bänden vor (Rubinrot, Saphirblau, Smaragdgrün). Erschienen im Arena Verlag, 2009 ff.

Danke

Dieses Buch zu schreiben, war eine große Herausforderung, besonders das Eintauchen in die dunkle Vergangenheit der Naziherrschaft hat mich immer wieder aufs Neue Überwindung gekostet.
Viele Menschen haben mich auf meinem Weg begleitet und mir ihre Unterstützung geschenkt.

Meine Freundin Andrea Mecke (Mara Andeck), hat mich mit viel Enthusiasmus bei der Recherche unterstützt. Sie hat für mich auch die alten Rezepte ihrer Uroma Lilo ausgegraben und mir sogar die Uroma für meine Geschichte geliehen. Danke, du bist wunderbar! Andrea war aber auch für mich da, wenn die Wogen des Nationalsozialismus mich zu überschwemmen drohten. Sie hat sich nicht gescheut, mit mir in die Dunkelheit dieser Zeit einzutauchen. Dieser Teil des Buches hat mir enorm viel abverlangt. Ich habe das auf mich genommen, weil ich es sehr wichtig finde die Vergangenheit zu verarbeiten und zu thematisieren. Wir müssen die Erinnerung lebendig halten, auch und gerade in dieser Zeit, um nie wieder so etwas geschehen zu lassen. #niewieder

Beim Recherchieren bin ich auf Engels Kaffeerösterei gestoßen und selbstverständlich direkt hängen geblieben. Tatsächlich heißt der Röster allerdings Markus, nicht Noah.
In der echten Rösterei Engel hängt ein Spruch, der nun in ähnlicher Form auch bei Noah hängt. Danke für diese tolle Idee, Markus!

Uns ist egal, ob du schwarz, weiss, hetero, bisexuell, schwul, lesbisch, klein, gross, fett, dünn, reich oder arm bist. Wenn du bei uns bist, werden wir zusammen Kaffee trinken. Ganz einfach.

Ein herzliches Dankeschön geht auch an die Firma Dallmayr (www.dallmayr.com), insbesondere an Frau Mork und Herrn Meyer-Lücke, die sich Zeit genommen haben, meine Fragen rund um Kaffee und Kaffeeverarbeitung im größeren Stil zu beantworten.
Es gilt: Sollte ich trotz der guten Beratung fachliche Fehler eingebaut haben, trage allein ich dafür die Verantwortung.

Mein Kollege Tom Liehr, den ich schon viele Jahre kenne und schätze, bringt Sachverhalte oft sehr klar auf den Punkt. Bei ihm las ich den Satz: »Alle Nazis sind Arschlöcher, immer und ohne Ausnahme.« Ich hätte das von mir aus wahrscheinlich nie so formuliert, auch wenn ich es genauso fühle. Gerade das hat mich vermutlich so begeistert. Keine Schnörkel, keine Umschweife. Einfach nur geradeheraus. Danke Tom, für deinen Mut. Als ich diesen Satz las, wurde mir wieder deutlich, wie wichtig es mir ist, diese Geschichte zu schreiben. #gegendasVergessen.

Die Eifel mit ihren großen Naturschutzgebieten ist ein besonderer Flecken Erde. Hier findet der Besucher Ruhe und Natur. Es ist ein fantastisches Erlebnis, dort wandern zu gehen. Ich habe meine Recherchezeit dort sehr genossen. Und ich habe den vermutlich unhöflichsten Kaffeeröster kennengelernt, den Deutschland zu bieten hat.
Ja, Recherche ist nicht nur Milchkaffee und Kaffeepralinen, es kann auch richtig fordernd sein. Doch in der kleinen Rösterei hatte ich Glück im Unglück. Während der grummelige

Röster sich schnurstracks ins Hinterzimmer verzog, als ich fragte, ob er mir etwas über das Rösten und seinen gasbeheizten Trommelröster verraten würde, nahm sich seine aufgeschlossene Mitarbeiterin ein Herz und erklärte mir im Flüsterton, damit der Chef es nicht mitbekam, die Vorgänge und ließ mich sogar fotografieren, was mir später beim Schreiben eine große Hilfe war. Dafür ein herzliches Dankeschön in die Eifel!

Aachen ist eine Stadt, die ihre Besucher verzaubert. Jeder Pflasterstein trägt eine Geschichte. Die vielen Brunnen und Skulpturen sind legendär, und überall stolpert man über Karl den Großen – den ich aus meiner Geschichte jedoch außen vor gelassen habe. Ich freue mich jetzt schon auf meinen nächsten Besuch in dieser wunderbaren und lebensfrohen Stadt.

Ich möchte mich bei meiner Agentin Beate Riess bedanken – nicht nur für diese Geschichte, sondern für alles! Ohne Beate würde ich vermutlich längst nicht mehr schreiben, weil mich zwischendrin der Mut verlassen hätte. Wenn wir uns wiedersehen, werden wir das Leben feiern, liebe Beate!

Danke auch an meine Lektorin Christiane Branscheid, die Programmleiterin Heide Kloth und an das gesamte Verlagsteam für die Begeisterung und die fantastische Unterstützung, die ich bei HarperCollins bekomme.

Mein Mann Bernd hat sich die Zeit genommen, das Kaffeepralinenrezept auszutüfteln. Es war mir ein Fest, als Testerin zur Verfügung zu stehen. Darüber hinaus hat er mich ohne zu Murren auch in der intensiven Schreibphase ertragen, in der ich oft sogar für mich selbst nur schwer erträglich bin.

Meine Freundin Kerstin stand als Testleserin zur Verfügung und hat diese Aufgabe mit großer Begeisterung und sehr viel Empathie wahrgenommen. Sie schafft es immer wieder, mir Schwung für die nächsten Kapitel zu geben. Danke!

Mein letzter Dank an dieser Stelle gilt Ihnen, meinen Lesern. Danke für die gemeinsame Reise.

Susanne Oswald
Verliebt im Café Inselglück
€ 15,00, Klappenbroschur
ISBN 978-3-9596-7411-9

Seit Langem träumt Hannah davon, ihre kleine Pension auf Amrum in ein Café umzubauen. Sie weiß auch schon genau, wie es aussehen soll. Das Café Inselglück soll der perfekte, unverwechselbare Wohlfühlort sein. Und dazu gehören natürlich auch süße Köstlichkeiten. Da kann es nur Schicksal sein, dass Hannah beim Aufräumen ein altes Backbuch ihrer Urgroßmutter hinter dem Bücherregal findet. Sofort wird sie vom Kuchenfieber gepackt, und ist von da an kaum aus der Küche fortzubekommen. Doch ausgerechnet jetzt, wo alles so perfekt läuft, bekommt Hannah von ihrem Verlobten Lennard nicht die Unterstützung, die sie sich erhofft hat. Mit einem Mal ist Hannah sich nicht mehr sicher, ob sie wirklich den richtigen Mann an ihrer Seite hat.

www.harpercollins.de

Gina Mayer
Die Schwimmerin
€ 22,00, Hardcover
ISBN 978-3-95967-557-4

Mitten im Wirtschaftswunder stellt sich eine starke Frau den Schatten ihrer Vergangenheit

Essen 1962: Betty heiratet ihren Martin und ist fest entschlossen, ihr lang ersehntes Glück mit aller Macht festzuhalten. Zu viele Entbehrungen hat sie schon hinnehmen müssen. Der zweite Weltkrieg hat Betty nicht nur ihre Heimat, ihre Familie und ihre erste Liebe genommen, sondern ihr auch ein düsteres Geheimnis aufgebürdet. Seit jener Zeit ist das Schwimmen Bettys Halt und Trost. Eine Überlebensstrategie, den Kopf immer über Wasser zu halten, komme was wolle. Ausgerechnet beim Schwimmen trifft sie nun auf ein junges Mädchen, das ihr eigenartig vertraut erscheint. Und dieses Mädchen hat entschieden, sich ein Stück von Bettys Glück zu greifen. Es beginnt, sie zu verfolgen, zu erpressen. Betty erkennt, dass die Vergangenheit sie hinabzureißen droht, wenn sie sich ihr nicht endlich stellt.

www.harpercollins.de